Volker Klüpfel / Michael Kobr

DRAUSSEN

Volker Klüpfel / Michael Kobr

DRAUSSEN

Thriller

Ullstein

Besuchen Sie uns im Internet:
www.ullstein.de

MIX
Papier aus verantwortungsvollen Quellen
FSC® C014496

ISBN 978-3-550-08181-1

Gesetzt aus der Sabon LT Pro bei
Pinkuin Satz und Datentechnik, Berlin
Druck und Bindearbeiten: GGP Media GmbH, Pößneck

Prolog

Ihr Tag hatte beschissen angefangen. Dass er noch viel schlimmer enden würde, ahnte sie nicht. Jetzt, in diesem Moment, fühlte sie sich einfach nur frei. Endlich. So wie andere Mädchen in ihrem Alter. Junge Frauen, korrigierte sie sich selbst. Sie lag zwischen den Bäumen, spürte das Moos in ihrem Rücken und richtete den Blick auf das bisschen Himmel, das durch die Wipfel zu erkennen war. Der Wald gehörte ihr. Niemand, der ihr schreiend Anweisungen erteilte, niemand, der sie zur Eile antrieb oder ihre Geduld herausforderte. Erleichtert sprang sie auf und sog die Luft in ihre Lungen, diesen archaischen Geruch nach Holz und Blättern, vermodertem Laub und feuchter Erde. Sie pfiff in die Stille, hörte den Tönen nach, die in der düsteren Tiefe des Waldes verhallten. Es war ein trauriges Lied, aber die Zeile passte so gut: *Hier haben dich selbst die Deinen vergessen.* Obwohl es so traurig war, musste sie laut lachen – eine Siebzehnjährige, pfeifend allein im Wald, wie das aussehen musste. Sie konnte gar nicht mehr aufhören, bis ihr die Tränen in die Augen schossen. Sie wischte mit dem Ärmel über ihre feuchten Wangen.

Eine Weile lag sie einfach nur da, hörte sich selbst beim Atmen zu. Dann rappelte sie sich auf und kroch auf allen vieren zu der Quelle, die vor ihr in eine Senke floss. Sie beugte sich über das Wasser und betrachtete lächelnd ihr Spiegelbild. Die anderen mochten es nicht, wenn sie sich anschaute, deswegen genoss sie diesen Augenblick, auch wenn sie sich alles andere als schön fand: die schwarzen Haare zu lockig, die Arme zu muskulös, die Haut zu dunkel. Viel zu dunkel. Nur mit ihren Augen war sie zufrieden. Ihren *Sternen*, wie Mama sie immer genannt hatte …

Das Lächeln erstarb. Der Gedanke an ihre Mutter schmerzte. Jetzt würde sie wieder den ganzen Tag … Ein Knacken ließ sie aufhorchen. Sie hielt den Atem an, lauschte und sprang auf. Ein stechender Schmerz durchzuckte ihre Beine, als sie lossprintete, aber sie ignorierte ihn. Sprang über moosüberwucherte Baumstümpfe, versuchte, möglichst wenig Lärm zu verursachen, hielt ihre Hände schützend vor den Kopf, um die Äste abzuwehren, die ihr ins Gesicht peitschten, und stoppte dann ebenso abrupt, wie sie zu laufen begonnen hatte. Höchstens fünf Meter entfernt saß ein kleines Häschen auf dem Boden. Es rannte sofort weg, doch sein Fluchtversuch endete schon nach ein paar Metern, als es unsanft herumgerissen wurde. Der rechte Hinterlauf steckte in einer kaum sichtbaren Schlinge fest, die, dem jammervollen Quieken nach zu schließen, schmerzhaft in sein Bein schnitt.

»Ganz ruhig, mein Kleiner«, versuchte sie das Tier zu beruhigen. Tatsächlich hielt es inne, starrte mit seinen Knopfaugen zu ihr hinauf, zuckte nervös mit der Nase, machte aber keine Anstalten mehr, wegzulaufen. Das Mädchen näherte sich ihm mit winzigen Schritten und folgte mit den Augen der Schlinge, die zu einem Metallbolzen führte, der im Boden steckte. Ganz nah war sie dem Tier nun, streckte behutsam ihre Hand aus und ließ es daran schnuppern. Es atmete langsamer, schien seine Angst zu verlieren. Vorsichtig hob sie den Hasen an, streichelte ihm ein paarmal sanft über das flauschige Fell, bevor sie ihm mit einem kräftigen, routinierten Griff das Genick brach. Es knackte, als würde man auf einen morschen Ast treten. Der Körper des Häschens erschlaffte.

Das Mädchen entfernte nun die Schlinge vom Hinterlauf, rollte sie sorgfältig zusammen, zog den Bolzen aus dem Boden und verstaute alles in der Seitentasche ihrer Flecktarn-Hose. Dann packte sie das tote Tier an den Löffeln, warf es sich über die Schulter und spazierte in Richtung Waldrand.

Trotz der Dämmerung konnte sie das freie Feld dahinter schon sehen, als sie erneut ein Geräusch hörte. Eines, das sie aufhorchen ließ. Sie schloss die Augen, um sich ganz auf ihr Gehör zu konzentrieren. Versuchte, alles andere auszublenden: das Vogelzwitschern, das sanfte Rauschen der Bäume. Dann hörte sie es wieder: ein Knacken, als hätte jemand einen Zweig zertreten. Näher als gerade eben. Dann wieder Stille. Keine Frage, da war jemand. Aber warum sah sie nichts? Erlaubte sich jemand einen Scherz mit ihr? Falls dem so war, würde dieser Jemand was erleben können. Genervt sog sie die Luft ein.

Sie wollte gerade weitergehen, als zehn Meter vor ihr ein Mann hinter einem Baum hervortrat. Ganz ruhig, ohne Eile. Augenblicklich war ihr klar, dass es sich nicht um einen harmlosen Spaziergänger handelte: Er trug schwere Stiefel und eine olivgrüne Armee-Hose. An seinem Gürtel hing in einem ledernen Holster ein langes Messer, sein Gesicht war mit Ruß beschmiert. Mehr konnte sie im Dämmerlicht nicht erkennen. Nur seine Augen waren gut zu sehen, sie funkelten gefährlich. Das Mädchen erschauderte, war unfähig, sich zu rühren, beobachtete mit wachsendem Entsetzen, wie der Mund des Mannes sich zu einem Grinsen verzog, das eine Reihe gelbbrauner Zähne enthüllte. Widerlich, dachte sie noch, dann stürzte er auf sie zu.

Das Mädchen spürte den kalten Wind, hörte ihr Herz

schlagen, ihren Atem keuchen. Sie war vorbereitet. Nicht auf diesen Moment, nicht auf diesen Angreifer, aber darauf, dass eines Tages jemand wie er kommen würde. Nun war es so weit. Und sie würde nicht einfach dastehen und warten, dass er über sie herfiel. All die Jahre hatte sie hart trainiert, um sich verteidigen zu können, jetzt musste sie zeigen, was sie konnte. Wenn nicht, würde sie nicht lebend aus der Sache rauskommen.

Diese Gedanken schossen ihr gleichzeitig durch den Kopf, als der Mann sie erreichte. Reflexartig ging sie in die Hocke, nahm den Schwung seines Angriffs auf, drehte sich zur Seite, trat mit ihren schweren Stiefeln in seinen Rücken und schlug ihm den toten Hasen gegen den Kopf. Der Mann jaulte auf, ob vor Schreck oder vor Schmerz, wusste sie nicht. Er stolperte ein paar Schritte vorwärts, fing sich dann aber wieder und drehte sich um. Schwer atmend standen sich die beiden jetzt gegenüber. Der Angreifer glotzte sie überrascht an. Auf einmal spuckte er aus. »Du dreckiges schwarzes Miststück.« Er griff an sein ledernes Holster und zog das Messer.

Eines der besten Kampfmesser, das man kriegen kann, schoss es ihr durch den Kopf. Doch sie rannte nicht weg. Etwas hatte sie irritiert. Wie er redete … Kannte sie den Kerl? Der Klang seiner Stimme weckte eine vage Erinnerung. Doch sie hatte keine Zeit, dem Gedanken nachzugehen.

Blitzschnell schätzte sie ihre Chancen ab: Der Mann war groß, wuchtig, viel stärker als sie. Schien zu wissen, wie man kämpfte. Aber war er fit genug? Schon jetzt schwitzte er so stark, dass ihm das Haar strähnig am Schädel klebte. Sie hingegen war jung, schnell und wendig. Es müsste ihr möglich sein, ihm zu entkommen. Aber sie war schon zu oft weggelaufen in ihrem Leben, damit war nun Schluss. »Leck mich, du Dreckschwein«, blaffte sie, stellte sich breitbeinig vor ihn und hob die Hände in Kampfhaltung.

Ungläubig blickte der Kerl sie an. Offenbar hatte er leichtes Spiel mit ihr erwartet, gedacht, dass sie keine nennenswerte Gegenwehr leisten würde. Ihre Kampfbereitschaft schien ihn wütend zu machen. Sehr wütend. Schnaubend hob er das Messer und rannte auf sie zu.

Es gelang ihr mit zwei harten Kicks, den Angriff abzuwehren. Zu langsam war ihr Gegner, zu vorhersehbar waren seine Bewegungen. Doch sie hielt ihn nur auf Distanz, hatte ihm noch keinen nennenswerten Treffer beigebracht. Wieder kam er auf sie zu. Sie musste ihn an der Schläfe treffen oder noch besser am Kehlkopf. Sie holte zu einem weiteren Tritt aus … doch in diesem Moment ließ er sich fallen und hebelte sie mit einem Fußtritt von den Beinen. Ihr Kopf schlug schmerzhaft auf einem Ast auf. Für einen kurzen Moment war sie benommen. Instinktiv rollte sie sich weg, gerade noch rechtzeitig, bevor der Mann sich auf sie werfen konnte. Er landete direkt neben ihr im feuchten Laub, wobei ihm sein Messer entglitt. Das Mädchen streckte das Bein aus und kickte es weg. Vielleicht hätte sie es auch ergreifen können, aber mit dem Kampfmesser war sie zu wenig routiniert und insgeheim fürchtete sie, dass sie nicht den Mut haben würde, es dem Angreifer in die Rippen zu rammen.

Da traf sie ein Faustschlag mit voller Wucht im Gesicht. Noch nie hatte sie einen derartigen Schmerz gefühlt. Tränen schossen ihr in die Augen. Sie wischte sich mit dem Arm übers Gesicht, um wieder klar sehen zu können, da traf sie ein Fußtritt in den Bauch, ausgeführt mit der ganzen Kraft des massigen Männerkörpers. Ihr blieb die Luft weg. Instinktiv krümmte sie sich zusammen. Sie wusste, dass sie sich aufraffen musste, aber schaffte es nicht. Kauernd spürte sie bereits den Luftzug, als der Mann ausholte, um ihr gegen den Schädel zu treten. Sie drehte sich zur Seite, presste den Kopf in den Boden, sodass der Stiefel knapp über sie hinwegging. Nun warf sich der Kerl auf sie. Bleischwer lag er auf ihr, sie roch seinen säuerlichen Atem. Der Gestank von Schweiß, Alkohol und Pisse stieg ihr in die Nase.

Panik breitete sich in ihrem Körper aus, mobilisierte ihre Kräfte, ließ sie wild strampeln. So wollte sie nicht enden. Doch jetzt richtete der Mann sich auf und kniete sich auf ihre Oberarme. Greller Schmerz durchfuhr sie, sie war sich sicher, dass ihre Knochen jeden Moment brechen würden. Dann schlug er seine Faust erneut in ihr Gesicht. Und wieder. Und wieder. Sie würde jeden Moment ohnmächtig werden, also öffnete sie den Mund und schrie. Doch was herauskam, klang eher wie der Laut eines Tieres, das in einer Falle sitzt. Der Mann hielt mit erhobener Faust inne. Für einen Moment wirkte er verunsichert.

Würde er von ihr ablassen? Ihre aufkeimende Hoffnung erstarb jäh, als er seinem Hosenbund einen weiteren Gegenstand entnahm. Sie erkannte sofort, worum es sich handelte: Es war ein Draht mit zwei hölzernen Griffstücken. Die Gewissheit, was nun kommen würde, gab ihr die Kraft zu einem letzten Aufbäumen. Suchend griff sie um sich, bekam einen Stein zu fassen und schmetterte ihn dem Mann gegen die Stirn. Sofort quoll Blut an der Stelle hervor, an der sie ihn getroffen hatte. Doch ihr Gegner schien das gar nicht zu bemerken. Mit der Präzision und der Ruhe eines Mannes, der sein Handwerk beherrscht, legte er ihr den Draht um den Hals und zog an den Griffen. Sofort blieb ihr die Luft weg. Es fühlte sich an, als wolle er ihr den Kopf vom Rumpf trennen. Verzweifelt versuchte sie, die Finger unter die Drahtschlinge zu bekommen, doch sie schaffte es nicht.

Ihre Kraft schwand, ihre Bewegungen wurden langsamer, schwächer. Sie riss die Augen auf. Die Blätter über ihr verschwammen zu einem dunklen Strudel. Als die Schwärze sie zu verschlingen drohte, hörte sie Stimmen. Stimmen, die ihr bekannt vorkamen. Ein Traum bestimmt, eine Sinnestäuschung angesichts des nahenden Todes. Das war es also. So fühlte es sich an, wenn man starb. Dann ließ sie los. Endlich keine Enge mehr, ihr Brustkorb leicht, ein letzter Schatten über ihr, der schließlich verschwand.

1

Zwei Tage zuvor

»So, Thommi, jetzt beiß mal besser die Zähne zusammen.«

Der Mann auf dem Boden starrte die riesige Nadel an, die sich seinem Bein näherte. Er schien mit sich zu ringen, kniff die Augen zusammen, nur um sie sofort wieder aufzureißen. Flehend richtete sich sein Blick auf den Mann, der die Nadel in der Hand hielt: massiver Oberkörper, muskelbepackte Oberarme, die blonden Haare raspelkurz geschoren. Doch es war vor allem sein Gesicht, das ihn gleichermaßen abstoßend wie Furcht einflößend erscheinen ließ: Es war überzogen von Narbengewebe, das aussah, als läge an manchen Stellen das bloße Fleisch auf den Knochen. Die Haut war gespannt, was seine Mimik grotesk verzerrte. Auf seinen Mundwinkeln schien ein gespenstisches Dauergrinsen zu liegen.

Und dieses Grinsen gab dem Mann auf dem Boden den Rest. »Aufhören«, schrie er genau in dem Moment, als die Nadelspitze seinen Oberschenkel berührte.

Doch der andere dachte gar nicht daran. Sein vernarbtes Gesicht verzog sich noch etwas mehr. »Hab dich nicht so«, zischte er.

Nun begann Thommi zu strampeln, versuchte aufzustehen, doch der Typ über ihm presste ihm seine Pranke so fest auf die Schulter, dass ihm die Luft wegblieb.

»Verdammt, jetzt lassen Sie mich los, Sie sind ja irre.«

»Halt endlich still«, tönte es über ihm, dann bohrte sich die Nadel in Thommis Fleisch, was er mit einem schrillen Schrei quittierte.

»Siehst du, geht doch«, sagte der Typ und wollte weitermachen, da wurde er von hinten gepackt und hochgezogen.

»Herrgottnochmal, Stephan, was soll denn diese Scheiße?«

Unwillkürlich wichen die Männer, die sich um die beiden herumgruppiert hatten, zurück. Ein paar Sekunden sagte keiner etwas, nur ein Keuchen durchbrach die Stille des Waldes.

Stephan riss sich aus der Umklammerung und fixierte sein Gegenüber mit zusammengekniffenen Augen, während sich Thommi vom Boden aufrappelte, die Hand auf die Einstichstelle gepresst. Die Gruppe beobachtete die beiden Kontrahenten mit leuchtenden Augen, viele erwarteten eine handfeste Auseinandersetzung.

Doch Stephan schien daran nicht interessiert. Sein Gegenüber nahm die Baseballkappe ab und wischte sich übers Gesicht: »Ich hab es dir schon tausendmal gesagt: Das hier ist nur ein Trainingscamp, nicht der Krieg. Die Leute zahlen dafür.«

Damit löste sich die Spannung. Die anderen wirkten enttäuscht darüber, dass es keine Schlägerei geben würde. Sie nahmen Thommi in ihre Mitte, klopften ihm auf die Schulter und feixten: »Na, du Weichei? Hättest dir ruhig eine hübsche Ziernaht verpassen lassen können.«

Stephan drehte sich zu ihnen um. Ein Dutzend Männer, einige mit Bauchansatz, schütterem Haar und verschwitzter Tarnkleidung. Bei manchen waren die Klamotten so neu, dass noch die Etiketten daran baumelten.

»Wofür trainiert ihr denn in eurem Camp?«, rief er ihnen zu. »Wenn ihr schon vor so einer kleinen Nadel Angst habt, was macht ihr dann, wenn es wirklich ernst wird? Wenn ihr genäht werden müsst, weil ihr sonst einfach elend verblutet? Ihr müsst endlich mal eure gut geheizten goldenen Käfige verlassen, in denen ihr gefangen seid.«

»Das hier ist aber nicht der Ernstfall«, sagte Martin, der Leiter des Camps. Er war es, der Stephans improvisierte Operation eben beendet hatte. Nicht das erste Mal, dass er hatte einschreiten müssen.

»Das stimmt allerdings«, gab Stephan verächtlich zurück. »Im Ernstfall wärt ihr längst tot.« Dann stapfte er über den blätterbedeckten Boden auf das Feuer zu, über dem ein Wasserkessel dampfte, und ließ sich auf den Baumstamm davor sinken.

Zwei Frauen, ebenfalls in Tarnkleidung, gesellten sich zu den erhitzt tuschelnden Teilnehmern. »Haben wir was verpasst? Mist, immer, wenn's spannend wird, sind wir auf dem Klo.«

»Bei so einer Mädchenblase ist das kein Wunder«, antwortete Thommi. Dann holte er tief Luft, um sein eben durchlebtes Trauma in allen Einzelheiten zu schildern. »Ich wär grad beinahe bei lebendigem Leib aufgeschlitzt worden.«

»Oha, er kann schon wieder Märchen erzählen«, spottete einer.

Martin ging auf Thommi zu und legte ihm die Hand auf die Schulter. »Sorry noch mal. Alles okay bei dir?«

»Klar, bin ja nicht aus Zucker. Und gegen Tetanus geimpft. Aber das geht wirklich nicht. Der Typ hat doch 'ne Macke. Da musst du als Veranstalter mal ein Machtwort sprechen«, sagte er leise, darauf bedacht, dass Stephan ihn nicht hören konnte.

»Ich rede mit ihm«, stimmte Martin zu. Die Blicke der Männer folgten ihm, als er sich neben Stephan am Feuer niederließ. Er schöpfte mit einer Kelle heißes Wasser aus dem Kessel, goss damit Kaffeepulver in einer Blechtasse auf, rührte um und hielt sie Stephan hin. Doch der schüttelte den Kopf. Martin zuckte die Achseln und nahm selbst einen Schluck. Dann zog er sich die Kappe vom Kopf. *Survival of the fittest* stand auf dem Schild. Verächtlich schüttelte Stephan den Kopf.

Martin zog die Augenbrauen hoch: »Denkst du, das ist hier alles nur Spaß?«

»Ich nicht. Aber die …«, erwiderte Stephan und deutete mit dem Kopf in Richtung der Männer, die sich nun um Thommi drängten und die Stelle begutachteten, an der die Nadel in seine Haut eingedrungen war.

»Das ist mein Business, Stephan. Ich trag das Risiko, du kriegst deinen Lohn. Du bist gut, das weiß ich. Die Leute stehen ja auf die harte Nummer, die du abziehst, aber es gibt Grenzen. Wenn du so weitermachst, kann ich dich nicht mehr buchen. Neulich wollte uns schon einer anzeigen.«

Stephan bekam große Augen.

»Ja. Der, den du mit deiner selbst gebauten Falle kopfüber am Baum hast hängen lassen. Der Typ war Anwalt. Frag nicht, was es mich gekostet hat, den von seinem Vorhaben abzubringen.«

»Martin, dieses Arschloch war einfach …«

»Geschenkt. Aber ein für alle Mal: Noch so ein Ding, und du bist raus.«

»Ich dachte, ich soll die Leute auf den Krisenfall vorbereiten!«

»Vorbereiten? Schau dir doch mal diese Spinner an. Das sind alles verweichlichte Großstädter, die sich einmal wie in einem Actionfilm fühlen wollen. Einmal wie Rambo sein. Aber wenn du denen so kommst, meinen sie, Rambo hätte sie in den Arsch gefickt.«

»Martin, wenn das hier irgendwas bringen soll, dann …«

»Natürlich bringt das was. Kohle. Zieh deine Show ab, hüpf mit ihnen durch den Wald, bastle mit ihnen ein paar Fallen, meinetwegen fuchtle auch ein bisschen mit deinem Buschmesser rum, aber hör auf, mit den Leuten so umzuspringen, kapiert?«

»Willst du, dass ich gehe?«

»Nein, will ich nicht. Aber wenn du so weitermachst, musst du gehen.« Mit diesen Worten stand Martin auf und schüttete den Rest des Kaffees in die Glut, wo er mit einem Zischen verdampfte.

Stephan saß noch eine Weile da und sah den Rauchschwaden nach, die sich in der frischen Waldluft schnell auflösten, dann stand er abrupt auf und drehte sich um. Seine Gruppe nahm sofort Haltung an, während er mit schweren Schritten zu ihnen zurücklief. Er sah einen nach dem anderen an. Martin hatte recht: Sie waren verweichlicht, nicht wirklich bereit, ihre Komfortzone zu verlassen, auch wenn es ihm einen gewissen Respekt abnötigte, dass sie sich hier freiwillig der Natur aussetzten, die sie sonst wahrscheinlich nur von ihren perfekt gepflegten Reihenhaus-Vorgärten kannten. Wobei auch wieder ein paar dieser Verrückten dabei waren, die immer häufiger in seinen Kursen auftauchten. Typen, die jeden Moment mit dem Zusammenbrechen der Zivilisation rechneten. Prepper nannten sie sich, weil sie vorbereitet, *prepared* sein wollten, wie sie immer wieder betonten. Vorbereitet auf einen Krisenfall, einen Krieg, eine Naturkatastrophe. Für ihre Beweggründe hatte er ein gewisses Verständnis. Aber er war sich sicher: Trotz ihrer Überzeugung, die Einzigen zu sein, die den nahen Zusammenbruch überstehen würden, trotz ihrer Kenntnisse und der Lebensmittel, die sie in ihren Kellern horteten, waren sie für den Ernstfall in Wahrheit nicht besser gerüstet als die anderen Wohlstandsbäuche hier vor ihm. Aber er hatte versprochen, sich zusammenzureißen. Und vor allem brauchte er das Geld.

»Also, Leute, wo waren wir stehen geblieben?«

Thommi wich ein paar Schritte zurück und stellte sich hinter die restlichen Teilnehmer, die sich im Halbkreis um ihren Ausbilder scharten.

Eine der Frauen, eine sportliche Mittdreißigerin mit langen Haaren, meldete sich zu Wort. »Du wolltest uns, glaub ich, erklären, wie wir in einer Krise die Kontrolle behalten.«

Die anderen sahen sie bewundernd an. Keiner sonst wagte es, Stephan zu duzen.

Dem schien das jedoch nichts auszumachen. »Richtig. Aber vergesst das Wort Kontrolle. In einer echten Krise haben wir gar nichts unter Kontrolle außer unserer Vorbereitung – und unserem Körper, dessen Gehorsam wir in jeder Situation einfordern müssen.«

Sie nickten alle, auch wenn Stephan bezweifelte, dass sie wirklich verstanden. »Komm her.« Er winkte der Frau, die ihn angesprochen hatte. »Wie heißt du?«

Die Frau verzog das Gesicht. Sie hatten sich alle zu Beginn des Kurses vorgestellt, und offenbar war sie es nicht gewohnt, dass man ihren Namen vergaß. Sie seufzte. »Nenn mich Bine, das sagen alle.«

»Alles klar, Bine. Hau ab.«

Sie blickte ihn ungläubig an.

»Na los, lauf weg. Flieh. Renn um dein Leben.«

Noch immer stand sie mit fragender Miene da.

»Alaaaarm!«, brüllte Stephan unvermittelt.

Aus dem Stand rannte sie los, doch sie kam nicht mal zwei Schritte weit, dann wurde ihr Körper heftig herumgerissen. »Au, Scheiße, was …?«

Stephan hatte seine Hand in ihren Haaren vergraben und zerrte sie wieder zu sich. »Vorbereitung«, sagte Stephan.

»Keine offenen Haare, keine Pferdeschwänze.« Dann ließ er die Frau wieder los, die sich sofort daranmachte, ihre Frisur in Ordnung zu bringen und zu einem Dutt zu binden.

»Ihr müsst die Gefahren, die auf euch lauern, erkennen, bevor sie eintreten. Orientiert euch in eurer Umgebung, macht ...« Stephan brach mitten im Satz ab und hob den Kopf.

Irritiert blickten sich seine Schüler an, dann vernahmen sie ein leises Surren in der Luft, das schnell lauter wurde.

»Alarm! Gasmasken!«, schrie Stephan, und sofort stoben die Kursteilnehmer auseinander, rannten zu ihren Zelten, setzten die Masken auf und kauerten sich auf den Boden. Stephan tat es ihnen gleich, schaute nach oben, wartete, bis das Flugzeug nicht mehr zu sehen war, wartete noch ein paar Minuten, dann riss er sich die Maske wieder herunter. Die anderen folgten seinem Beispiel, einige japsten nach Luft, nachdem sie sich das Gummiteil vom Kopf gezogen hatten.

Nach einer Weile fragte ein untersetzter Mann mit schweißnassem Haar: »War das jetzt wegen der Chemtrails?«

»Was soll denn das sein, Chris?«, hakte Bine nach. »Das war halt 'ne Übung, oder?«

Stephan hob den Kopf, als wolle er sichergehen, dass das Flugzeug nicht zurückkehrte, dann sagte er: »Beides.«

»Seht ihr, hab ich's doch gesagt!«, rief Chris triumphierend.

»Was denn?« Bine schien nicht zu verstehen.

»Chemtrails! Weißt du etwa nicht, was das ist?«

Bine und noch ein paar andere schüttelten die Köpfe.

»Dann lass dich mal aufklären, Mädchen«, erwiderte Chris und leckte sich über die Lippen. »Ist dir schon mal aufgefallen, dass Flugzeuge diese Streifen hinter sich herziehen am Himmel?«

»Ach das.« Jetzt nickte sie. »Das sind doch Kondensstreifen.«

»Genau, dabei gibt's die gar nicht mehr.«

Bine blickte nach oben. »Klar, sieht man doch.«

»Ja, aber eigentlich müsste es sie nicht mehr geben. Flugzeuge verfügen heutzutage über Doppelmantel-Triebwerke.«

»Aha.«

»Ja, und die hinterlassen gar keine Kondensstreifen. Was du da siehst, sind Nanopartikel, die die schön in der Atmosphäre verteilen. Je höher, desto besser.«

»Und wozu?«

»Um das Wetter zu kontrollieren, uns mit Chemikalien gefügig zu machen …«

Bine wiegte skeptisch den Kopf. »Und wer sollen *die* sein?«

»Die Regierung, die Juden, die Freimaurer, die Moslems, vielleicht auch immer noch die Russen – alle eben, die die Macht übernehmen wollen.«

Jetzt verzog sich der Mund der Frau zu einem spöttischen Grinsen. »Klar. Wahrscheinlich auch die von der Wettervorhersage, damit sie sagen können: Seht ihr, wir haben recht gehabt.«

Jetzt wandte sich Chris an Stephan. »Sie glauben es doch auch, oder? Deswegen die Gasmaske.«

Stephan hatte keine Lust, sich an der Diskussion zu beteiligen. Was er glaubte und was nicht, ließ sich nicht in einem Satz beantworten. »Hier kann jeder glauben, was er will. Lasst uns weitermachen. Hat jemand noch Fragen zu dem, was wir heute besprochen haben?«

»Ja, ich«, meldete sich ein schmächtiger Mann. *Typ Finanzbeamter*, dachte Stephan. »Ich wüsste gern noch etwas.«

Die Unterwürfigkeit in seiner Stimme war in etwa so groß

wie die Verachtung, die Stephan deswegen für ihn empfand. »Wie sieht es denn aus mit einer lokalen Betäubung, wenn man mal jemanden nähen muss? Gibt es da irgendwas, was man benutzen kann? Eine Wurzel, ein Gras?«

Piss einfach auf die Wunde, hätte Stephan beinahe geantwortet, und wahrscheinlich hätten die Schafe vor ihm genickt und es in ihre Survival-Notizbücher geschrieben. Die Wut stieg wieder in ihm auf. »Klar, in der Wildnis gibt es eine wunderbare lokale Betäubung. Findest du gleich neben dem Asia-Restaurant und der Massagepraxis«, blaffte er. »Wenn ihr eine Verletzung habt, die genäht werden muss, macht ihr Folgendes …« Er nahm ein olivgrünes Päckchen aus einer seiner Hosentaschen, packte eine Nadel aus, führte einen Faden durch die Öse, zog sein Shirt aus, was neben weiteren Narben auch beachtliche Muskelpakete zum Vorschein kommen ließ, und begann, eine imaginäre Wunde auf seinem Bauch zu nähen. Er verzog keine Miene, während er immer wieder durch das Fleisch stach. Die Kursteilnehmer waren entsetzt. Mit ungläubigen Blicken folgten sie seiner Hand, suchten in seinem Gesicht nach Anzeichen des Schmerzes. Einer wandte sich ab und übergab sich, doch diesmal machte sich niemand darüber lustig. Eine andächtige Stille lag über der unwirklichen Szenerie – bis Martin von hinten rief: »So, Leute, Feierabend für heute, das Barbecue ist fertig.«

Das ließ sich die Gruppe nicht zweimal sagen. Alle eilten Richtung Feuer. Stephan, der nun ganz allein dasaß, zog die Nadel aus seiner Haut und verstaute sie wieder in seinem Notfallpäckchen. »Barbecue …«, zischte er verächtlich.

»Willst du auch was?«, fragte Martin, der zu ihm herübergekommen war.

»Nein. Aber verrat mir eins: Was hilft es denen noch mal genau, wenn sie sich hier zum gemütlichen Grillen versammeln?«

»Es hilft *uns*, Stephan. Dir und mir. Dann haben die Leute nämlich Spaß und empfehlen uns weiter. Oder kommen vielleicht sogar wieder. Positive Erlebnisse, verstehst du?« Martin fasste in seine Hemdtasche und zog ein Bündel Geldscheine heraus. »Hier«, sagte er und hielt es Stephan hin. Dann aber besann er sich, fingerte einen Hundert-Euro-Schein heraus und steckte ihn wieder ein. »Das ist Schmerzensgeld für Thommi, damit er nicht auch noch auf die Idee kommt, einen Anwalt zu konsultieren.«

Widerspruchslos nahm Stephan das restliche Geld. »Die Leute kommen wegen mir, das weißt du.«

Martin sah ihn an und nickte. »Ja, aber irgendwann kommen sie wegen dir nicht mehr, und das weißt du auch.«

2

Der Campingplatz *Waldesruh*, irgendwo im brandenburgischen Niemandsland, machte seinem Namen an diesem Nachmittag alle Ehre. Verlassen lag das parzellierte Gelände am Rand des großen Forstes. Nur in wenigen der Mobilheime und Wohnwagen waren die Lichter angegangen, als es vor einer halben Stunde zu dämmern begonnen hatte. Wegen des frühen Herbstes hatten einige der Dauercamper ihre Freizeitbehausungen bereits eingemottet und winterfest gemacht. Und von den Touristen mit ihren Wohnmobilen hatte sich schon seit Wochen keiner mehr hierher verirrt. Dennoch würden für das Fest zum Saisonende noch einmal ein paar der Dauergäste für ein gemeinsames Besäufnis zusammenkommen.

Ein kühler Wind pfiff über den Platz, als Cayenne die Zigarette an den Sohlen ihrer schweren Lederstiefel ausdrückte und zurück in den alten Wohnwagen schlüpfte. Sie blickte auf die karge Einrichtung. Immerhin: Es gab Strom, Wasser, Heizung, richtige Betten, Duschen am anderen Ende des Platzes, sogar einen Fernseher. Diese Dinge, für andere Siebzehnjährige alltäglich, waren für Cayenne reiner Luxus.

»Na, was brutzelst du, Jo?«, fragte das Mädchen ihren zwei Jahre jüngeren Bruder, der in einer Pfanne über dem Camping-Gaskocher herumrührte.

»Eier mit Dosenwurst. 'ne Büchse Mais hau ich noch

rein. Und ordentlich ... Cayennepfeffer. Okay, Schwesterherz?« Er grinste sie herausfordernd an. Sie lächelte zurück. Ihrem kleinen Bruder konnte sie nicht wirklich böse sein, auch wenn er sie immer wieder mit ihrem Namen aufzog. Natürlich nervte Jo manchmal tierisch. Es brachte sie auf die Palme, dass er ihr Leben zwischen Survivalcamp und Campingplatz für einen großen Abenteuertrip hielt – und vor allem froh war, dass er nicht in die Schule musste. Dagegen hatte zwar auch sie grundsätzlich nichts einzuwenden, es hätte ihrem Dasein aber wenigstens etwas Normalität verliehen.

»Gleich fertig. Kannst dich schon mal hinsetzen und zwei Teller rausholen.«

»Erscheint unser Herr und Gebieter denn nicht?«, fragte das Mädchen grinsend.

»Ich glaub, wir müssen nicht auf ihn warten. Wird vielleicht später, hat er gemeint. Komm, wir essen schon mal allein.«

Sie waren so in ihre Mahlzeit vertieft, dass sie den Schatten nicht bemerkten, der sich ihrem Wohnwagen in der Dämmerung näherte. Die Gestalt duckte sich hinter die Buchenhecke, die ihre Parzelle begrenzte, und lugte vorsichtig darüber hinweg. Leichtere Beute als die zwei Halbwüchsigen im Wohnwagen konnte es für einen Überfall im Halbdunkel kaum geben: ein hell erleuchtetes Fenster, sichtbar selbst aus größter Entfernung, die Pupillen der beiden verengt vom Licht. Sie würden nur eine grauschwarze Fläche wahrnehmen, wenn sie aus dem Fenster sahen.

Aber sollte er es wirklich tun? Andererseits: Waren sie nicht selber schuld? Er langte in eine Pfütze und schmierte sich die Wangen mit Schlamm ein. Auch wenn diese beiden Kids alles andere als wachsam waren: Nichts nahm man selbst in der Dunkelheit so gut wahr wie ein menschliches Gesicht.

»Lass den Rest einfach stehen, er isst es ja auch kalt«, rief Joshua nach drinnen, dann zog er die Tür zu und zündete sich vor dem Campingwagen eine Kippe an. Er nahm gerade den ersten Zug, da wurde er von hinten heftig am Hals gepackt. Mit Wucht drückte ihm eine kräftige Hand die Luft ab, und er spürte ein Knie, das sich ihm in den Rücken bohrte. Dann wurde sein Oberkörper nach hinten gerissen. Seine Finger ließen die glimmende Zigarette fallen, bevor er zu Boden ging. Lautlos, denn zum Schreien fehlte ihm bereits die Luft.

»Keinen Mucks!«, zischte es ihm aus dem schlammverschmierten Gesicht entgegen, das nun dicht über ihm auftauchte. Der Mann löste die Umklammerung um Joshuas Hals. Mit schreckgeweiteten Augen nickte der Junge, unfähig, ein Wort zu sagen, auch wenn er wusste: Jetzt war seine Schwester dran. Er rappelte sich auf und sah schweigend zu, wie lautlos die Tür geöffnet wurde, hörte die Musik aus dem Radio scheppern, blickte auf Cayenne, die an der Spüle stand, dann auf den Schatten, der sich ihr näherte.

Da hielt sie inne. Joshua wusste, dass sie einen siebten Sinn für Gefahren hatte. Und jetzt schien sie zu merken, dass etwas nicht stimmte. Doch genau in dem Moment, als sie sich umdrehte, ging es los.

»Glaubt ihr, das hier ist ein Ferienlager?«

Cayenne starrte in Stephans dreckverschmiertes Gesicht. Er trug einen Tarnanzug.

»Tür zu!«, blaffte er Joshua an, der seiner Anweisung mit gesenktem Kopf folgte.

Dann legte er richtig los. »Dumm, leichtsinnig, disziplinlos! Warum habt ihr das Licht an? Ihr sitzt da wie auf dem Präsentierteller! Eine richtige Einladung ist das. Warum wird schon wieder geraucht? Warum ist die Tür nicht verschlossen?«

Das Mädchen sog die Luft ein, während Joshua weiter betreten zu Boden sah.

»Na, hat jemand eine Antwort für mich?«

Cayenne funkelte Stephan an. Sie hätte ihm gern die Meinung gesagt, das spürte er, aber sie schien auch zu wissen, dass er recht hatte. Er war gespannt, wie ihr innerer Kampf ausgehen würde.

»Erst hab ich noch eine Frage«, begann sie schließlich. »Was soll die Scheiße mit den dämlichen Angriffen und deiner Anschleicherei? Willst du, dass wir uns irgendwann zu Tode erschrecken? Ich hätt mir fast in die Hosen geschissen!«

»Dann hättest du vielleicht mal was daraus gelernt!«

Cayenne reckte trotzig das Kinn nach vorn. Sie forderte ihn heraus, wieder einmal, das wusste er. Aber er wollte nicht in ihre Falle tappen. Wollte ihrem Lamento, das sie gleich anstimmen würde, nicht noch mehr Anlass geben. Und eigentlich wollte er auch nicht streiten. Er hatte sich auf einen Abend mit den Kindern gefreut, hatte vom frisch verdienten Geld sogar Bier und Chips gekauft. Vielleicht hätten sie sich zusammen einen Film ansehen können. Wie sie es früher manchmal getan hatten.

»Durch diese Tests sollt ihr wachsam bleiben, das weißt du genau«, fuhr er fort und versuchte gar nicht, die Sorge, die in seiner Stimme mitschwang, zu verbergen. »Wir müssen immer auf der Hut sein, niemand darf uns entdecken. Vor allem nicht … die! Ich tu das doch nur für uns, damit nichts passiert, damit wir zusammenbleiben können.« Dann senkte er seine Stimme und hob seine Linke zu einer vagen Geste der Entschuldigung. »Ihr müsst besser aufpassen, okay?«

Joshua ging auf Stephan zu, fasste ihn zaghaft an der Schulter. »Okay. Sorry … für alles«, murmelte er. »Kommt nicht wieder vor, versprochen.«

Stephan nickte.

Doch Cayenne war noch nicht fertig. Vielleicht fachte das defensive Verhalten ihres Bruders auch erneut ihren Kampfeswillen an. »Du wolltest doch noch eine Antwort, oder?«, fragte sie. »Die kannst du haben. Sie trifft auf alle deine Fragen zu.« Das Mädchen hielt kurz inne, und Stephan bedeutete ihr mit einem Nicken, fortzufahren. »Was du gerade von draußen gesehen hast, nennt sich Leben. Nicht ganz so wie das von anderen Teenies, aber wenigstens so ähnlich.«

Stephan fühlte sich, als habe ihm jemand einen Magenschwinger versetzt. Hatten sie nicht ein gutes Leben? Sicher, ein anderes zwar als die meisten, aber sie hatten einander. Waren eine Familie. Warum kam es bloß immer wieder zu diesen sinnlosen Auseinandersetzungen? Leise antwortete er: »Ihr seid aber nicht wie andere Kids.« Er bereute sofort, dass er das gesagt hatte.

Joshua zuckte die Schultern: »Ich find's okay. Wir sind nicht wie die anderen. Weil wir viel cooler sind. Cooler, härter und fitter!«

Stephan nickte ihm dankbar zu. »Vielleicht wird es Zeit, dass wir mal wieder draußen leben für ein paar Wochen. Im Wald.«

Entsetzt blickte Cayenne ihn an. »Bitte nicht«, presste sie heiser hervor. »Ich will nicht wieder wie ein Penner in der Wildnis hausen.«

»Aber es ist zu eurem Besten, ist das so schwer zu kapieren?«

»Immer schwerer«, antwortete sie. Tränen stiegen ihr in die Augen.

Joshua klopfte ihr aufmunternd auf die Schulter. »Komm, macht doch Spaß.«

Die Tränen rührten Stephan, doch er wollte es sich nicht anmerken lassen. Er musste stark sein. Für sie. »Wenn sie uns finden …«, begann er, »wir … müssen uns schützen … euch.« *Nicht sehr glaubhaft.* Er musste an seiner Überzeugungskraft arbeiten, sonst würde er die beiden früher oder später verlieren. Bisher waren sie ihm einfach gefolgt. Doch diese Zeiten waren vorbei. Sie waren keine Kinder mehr.

Nachdem auch Stephan gegessen hatte, saßen sie schweigend um den Tisch. Bis Joshua die Stille nicht mehr aushielt. »Er hat das alles für uns getan, Cayenne, das weißt du doch. Und jetzt hört bitte mit dem Gezanke auf, okay?«, sagte er.

»Ich will auch nicht mehr streiten«, erklärte Stephan mit gesenktem Kopf. »Wir sind doch eine … Familie.«

Cayenne spürte, wie es ihr die Kehle zuschnürte. Sie hatte ein schlechtes Gewissen, dass sie es wieder zu einer offenen Konfrontation hatte kommen lassen. Stephan würde sich wieder Sorgen machen, dass ihre seltsame Familienkonstruktion in sich zusammenbrechen könnte. Seine Welt, das waren sie drei. Seine einzige Welt. Doch wie lange sollte das noch so weitergehen?

Vor zwei Jahren, als sie so alt gewesen war wie Joshua jetzt, hatte sie noch genauso gedacht, nichts infrage gestellt. Auf einmal aber waren da Zweifel gewesen. Sie wollte endlich Freundinnen haben, vielleicht einen festen Freund … Niemand konnte von ihr erwarten, dass sie ewig so zusammenblieben. Sicher, sie hatten Stephan viel zu verdanken. Aber er ihnen auch. Anfangs war er es gewesen, der auf die Hilfe der Kinder angewiesen war.

Sie biss die Zähne zusammen, streckte ihre Hand aus und

sah Stephan in die Augen. »Sorry, Boss. Kommt nicht wieder vor.«

»In Ordnung.« Stephan verzog sein entstelltes Gesicht zu einer Art Lächeln. »Dafür gibt es morgen doppeltes Training. Und jetzt ab in die Kojen, klar?«

3

Dies ist ein Versuch.

Vielleicht hilft es wirklich, alles aufzuschreiben. Vorgestern einen Deutschen kennengelernt. Was er erzählt hat, war wie ein Weckruf. Er hat mir geraten, Notizen zu machen. Er sagt, dass es guttut. Er wird es schon wissen. Wirkt so erfahren, obwohl er kaum älter ist als ich. Er versteht mich, hat mir einen möglichen Weg gezeigt ... Deshalb will ich das mit dem Aufschreiben versuchen, auch wenn mir das nicht liegt. Es wird ja nichts anders, nichts besser dadurch. Und auch der Schmerz wird bleiben. Vielleicht gut so. Er erinnert mich. An Lena.

Lena!

Der Deutsche meint, es wäre eine gute Methode, um die eigene Vergangenheit endlich abzustreifen. Kenne nicht mal seinen richtigen Namen. Er nennt sich Georges. Mit einem neuen Namen fühlt man sich wie ein neuer Mensch, sagt er. Wenn nur die Hälfte davon wahr wäre ... Ich vertraue ihm, und das tut gut. Es fühlt sich richtig an. Viel zu lange war alles falsch.

Jetzt liegt das bald hinter mir. Hoffentlich. Ich werde neu anfangen. Das Alte stirbt.

Mein Schädel ist schon kahl geschoren. Ungewohnt. Gut so.

Morgen geht es nach Aubagne. Eine Mischung aus Angst und Vorfreude raubt mir die Ruhe. Morgen lege ich auch endlich meinen alten Namen ab. Den neuen habe nicht ich gewählt, sondern der Mann, der mich heute eingestellt hat. Von nun an also: Etienne Lefèvre. Ich weiß nicht einmal, warum er gerade diesen Namen ausgesucht hat. Es gibt da ein System, hat er gesagt. Dann hat er ihn mir zugeteilt. Egal. Hauptsache anders.

Meine persönlichen Sachen habe ich schon abgegeben. Es war ganz leicht. Morgen geht es dann richtig los.

Dann bin ich dabei. Als Soldat de deuxième classe in der französischen Fremdenlegion.

4

Schon am Morgen des nächsten Tages schickte das verschärfte Training seine Vorboten. Als der schrille Ton aus Stephans Trillerpfeife Cayenne aus dem Schlaf riss, ging der erste Blick auf ihre Armbanduhr: Viertel nach fünf. Das konnte ja heiter werden. Hinter den angelaufenen Scheiben des Wohnwagens sah man nichts als tiefschwarze Nacht. Was hätte sie darum gegeben, sich in ihrem Schlafsack noch einmal umzudrehen. Doch sie wusste, dass das nicht drin war, ohne den Konflikt mit Stephan zu verschärfen. Also wand sie sich heraus, gähnte und kratzte sich an der für ein Mädchen außergewöhnlich muskulösen Schulter. Im Wagen war es kalt geworden über Nacht. Sie fröstelte, als sie ihrem Bruder, der bereits mit geöffneten Augen dalag, einen sanften Rempler versetzte. »Komm, Bruderherz, keine Müdigkeit vortäuschen. Heute wird's hart, bringen wir's hinter uns.«

»Stimmt, nicht dass wir noch einrosten«, erwiderte der Junge.

Cayenne lachte. Joshua mochte das Training. Wahrscheinlich fühlte er sich dann wie der Held in seinem Lieblingsfilm: eine Westentaschenausgabe von Indiana Jones.

»Morgen, ihr zwei«, tönte Stephan gut gelaunt. »Zum Frühstück gibt's heute Haferflocken mit Wasser. Haut rein, ihr werdet Kraft brauchen. Bis zum Abend gibt's nur Notrationen aus der Natur. Wir müssen wieder lernen, mit dem

Nötigsten auszukommen. Das Leben hier auf dem Platz hat uns alle drei bequem werden lassen. Wir müssen unsere Sinne schärfen. Und zusammenstehen.«

Cayenne verkniff sich eine Replik. Sie hatte vorsichtshalber ein paar Energieriegel in ihre Notfallrucksäcke gesteckt, die wie immer gepackt neben den Betten standen. Stephan wollte das so. »Weil immer was sein kann«, wie er sagte. Weil man bereit sein müsse, von einem Moment auf den anderen abzuhauen und alles hinter sich zu lassen. Mehr als einmal hatten sie das auch schon getan. Manchmal nur zur Übung. Aber auch, wenn Stephan wieder einmal das Gefühl hatte, die nebulöse Bedrohung, die er beschwor, sei zu groß. Wehmütig dachte das Mädchen an das alte Ferienhaus in Südfrankreich, von dem sie eine Weile tatsächlich geglaubt hatte, es könnte ihre Heimat werden.

Doch Stephan hatte auch diesen Traum beendet, und sie waren hierhergekommen. Weil es sein musste, hatte er gesagt. Aber nie erklärt, warum. Sie hegte den Verdacht, dass er ihnen etwas verschwieg. Er schien auf irgendetwas zu warten, etwas zu suchen. Und sie wollte wissen, was das war.

Zwei Stunden später befanden sich die drei tief in einem Wald. Einem, wie Cayenne ihn bisher nicht kannte. Er schien älter, dichter, dunkler als anderswo. »Einer der wenigen Urwälder in Deutschland«, hatte Stephan erklärt. Das Wort übte eine düstere Faszination auf Cayenne und ihren Bruder aus, weshalb sie Respekt vor der Aufgabe hatten, die er ihnen gestellt hatte. Es galt, einen Zielpunkt auf der Karte zu erreichen, die Stephan sich beschafft hatte, als sie vor ein paar Wochen hierhergekommen waren und ihr Lager in dem alten Caravan aufgeschlagen hatten. Warum ausgerechnet hier, warum ausgerechnet in dem ziemlich in die Jahre gekommenen Wagen, wussten sie nicht. Stephan mochte solche Fragen nicht, wahrscheinlich weil sie ihm das Gefühl gaben, die beiden würden ihm nicht vertrauen. Was natürlich stimmte. Wie sollten sie auch: Er hatte Kontakt zu Menschen, die sie nicht kannten, blieb manchmal für ein, zwei Tage weg und verriet ihnen bei seiner Rückkehr nicht, wo er gewesen war. *So viel zum Thema Vertrauen*, dachte sich Cayenne – und nahm es gleichzeitig als Rechtfertigung für ihre eigenen kleinen Geheimnisse.

Meistens hatte seine Abwesenheit aber mit seinem Job zu tun, von dem sie letztlich alle lebten: den Survivalkursen mit den Psychos, wie sie sie nannten. Klar waren da auch ganz normale Typen darunter, aber immer wieder auch ein paar Prepper. Die meisten von ihnen – vor allem Männer – waren ziemlich krass drauf. Wahrscheinlich hatte einer von ihnen Stephan den Caravan vermittelt.

Mit einem Kompass und der Karte drückten sich Cayenne und Joshua am Waldrand entlang, bogen dann mit einem mulmigen Gefühl ins dichte Unterholz ab und stießen am vereinbarten Punkt wieder auf Stephan. Navigation hatten sie drauf, da machte ihnen keiner etwas vor, selbst im Urwald nicht. In seltenen Fällen, wenn Stephans Paranoia mal Pause machte, übernahmen sie diesen Part auch bei seinen Kursen. Dann bekamen sie sogar etwas von seinem Lohn ab. Ihm war wichtig, dass sie mit der Karte und dem Kompass umgehen konnten. »GPS können die Amis jederzeit abschalten. Den Nordpol nicht«, sagte er immer.

»Los, wieder hoch, keine Müdigkeit vorschützen«, rief Stephan gut gelaunt. Jetzt war er ganz in seinem Element. Seit gut einer Stunde rannten sie schon durch den Wald. An ihren großen Rucksäcken, in denen sich neben Schlafsack und Isomatte auch noch einige Flaschen Wasser und Seile befanden, hatten sie lange Baumstämme befestigt, die sie immer wieder die Anhöhe hochschleppen mussten. Verschärftes Üben, genau wie angekündigt. Immerhin: Stephan hatte sich selbst mit zwei Stämmen gleich die doppelte Ration verpasst.

»Das Training muss härter sein als ein möglicher Ernstfall, dann kommt der einem wie ein Spaziergang vor«, erklärte er, als sich Cayenne gefolgt von Joshua den bewaldeten Hügel hochgekämpft hatte. Das Mädchen zog die Augenbrauen nach oben. Immer dieselben Sprüche, wie sie das hasste!

Stephan holte seine »Handsäge« aus der Jackentasche, die Kette einer Motorsäge, die er mit zwei Griffen versehen hatte. »Okay, ihr macht einen der Bäume klein, dann spaltet ihr die Abschnitte«, ordnete er an. »Helft euch gegenseitig. Ich mach inzwischen unten in der Senke ein kleines Grubenfeuer. Muss ja nicht sein, dass wir entdeckt werden. Fragen?«

»Womit sollen wir die Dinger denn bitte spalten?«, wollte Cayenne wissen. »Hast du eine Axt dabei? Und Keile?«

Stephan grinste. »Natürlich habe ich eine Axt dabei. Aber die werde ich unten selber brauchen, fürs Kleinholz. Habe ich euch nicht beigebracht, mit Buchenästen Stämme zu spalten? Ohne Hammer, ohne Axt?«

Cayenne sah auf die Baumstämme. »Das dauert Stunden, ist höllisch anstrengend und dazu völlig sinnlos. Wozu diese Quälerei, wir können es ja kleiner sägen und dann …«

»Nein. Keine Diskussion mehr. Ihr braucht Training.«

»Mit meinen Armen kann ich Bäume entwurzeln.« Cayenne spannte ihren Bizeps an.

Stephan schüttelte den Kopf. »Du meinst, du bist stark genug, hm?« Er ging auf das Mädchen zu. Sie wollte nicht zurückweichen, nicht diesmal. Die Hände in die Hüften gestemmt, wartete sie. Stephan kam ihr so nahe, dass sich ihre Gesichter beinahe berührten. Cayenne erschauderte.

»Was tust du, wenn einer das hier macht?«, fragte er, packte sie mit einer blitzschnellen Bewegung, schleuderte sie herum, legte ihr einen Arm um den Hals und den anderen um ihren Körper. Sie fühlte sich wie in einem Schraubstock. »Wo sind jetzt deine Muskeln?«, raunte er ihr ins Ohr. Als sein warmer Atem ihren Nacken traf, bekam sie eine Gänsehaut. Sie ertrug es immer weniger, wenn er ihr derart auf die Pelle rückte.

»Joshua«, brüllte Stephan über seine Schulter. »Was tut ihr in so einer Situation?«

»Ausatmen, rauswinden und in die Eier dreschen«, kam es von hinten.

»Hast du gehört, Cayenne? Bringst du das?«, zischte Stephan.

Ihr Abscheu verstärkte sich. Seit einiger Zeit war das Training härter geworden. Früher war es fast ausschließlich ums Überleben in der Natur gegangen, dann immer öfter um Selbstverteidigung. Jetzt, und das war das Schlimmste, sollten sie auch zum Angriff übergehen.

»Das Ziel ist immer, den Gegner auszuschalten und ihn, wenn nötig, zu töten«, sagte Stephan.

Aber sie wollte niemanden töten.

Jetzt drückte er noch etwas fester zu, wobei sein Arm höher rutschte und an ihre Brust stieß. Cayennes Körper versteifte sich. Auch wenn sie sicher war, dass er es nicht absichtlich gemacht hatte: Das war eine Grenzüberschreitung, die sie von nun an nicht mehr tolerieren würde. Sie presste die Luft aus ihren Lungen, rutschte aus dem Griff nach unten und rollte sich auf dem Boden herum, um Stephan mit voller Wucht in den Schritt zu treten. Erst im letzten Moment lenkte sie den Tritt etwas von seiner Körpermitte ab und setzte ihn in die Leiste.

Stephan taumelte nach hinten und starrte sie an. Das

Mädchen wagte nicht, sich zu rühren. War sie zu weit gegangen? Auch Joshua verzog keine Miene. Dann klatschte Stephan in die Hände. »Das ist mein Mädchen! Ab jetzt probieren wir das jeden Tag, bis *du* diejenige bist, die mich in den Schwitzkasten nimmt.«

Als sie ihm ihre Ausbeute an Holzscheiten präsentierten, war Stephan zufriedener mit ihnen, als er zugab. »Okay, mit den restlichen Abschnitten des Stamms bauen wir Schlagfallen. Dort drüben, unter der alten Forsthütte, dürften sich einige Nager verstecken. Dazu suchen wir uns Reizker und Schafporlinge. Sind lecker und nährstoffreich, nimmt aber kaum jemand. Die kochen wir uns am Feuer.«

Jetzt sah auch Joshua ein wenig verzweifelt drein. »Aber von Pilzen krieg ich immer so Bauchweh. Können wir nicht was anderes essen?«

Stephan legte ihm väterlich die Hand auf die Schulter. »Alles nur eine Sache der Gewohnheit, Joshua. In unserer Situation können wir uns keine Empfindlichkeiten leisten. Aber wenn du magst, bekommst du eine größere Fleischration. Kriegst auch Salz dazu. Ab sofort machen wir das wieder einmal pro Woche.«

»Einmal pro Woche Ratte und Eichhörnchen«, mäkelte Cayenne. »Das können wir ja dann zum Grillfest am Platz mitbringen.«

Stephan wurde hellhörig. »Welches Grillfest?«

Cayenne biss sich auf die Lippen. Sie hatte eigentlich einen besseren Zeitpunkt abpassen wollen. »Gestern haben uns zwei von den Campern angesprochen, als wir vom Duschen gekommen sind. Die machen morgen alle zusammen ein Abschlussessen zum Ende der Saison und haben uns eingeladen.«

Stephan lächelte müde. »Nur gut, dass ihr wisst, dass wir

zu so etwas nicht hingehen. Mit welcher Begründung habt ihr abgesagt?«

»Also, so direkt abgesagt haben wir nicht.«

Er blickte sie ernst an. »Gut, dann übernehme ich das nachher. Nicht dass die noch auf die Idee kommen, morgen bei uns reinzuschneien, um uns abzuholen. Die wollen nur ihre Neugier befriedigen.« Er rubbelte über seinen kurz geschorenen Kopf. »Oh, wie ich diese Spießer hasse, die überall ihre Nase reinstecken müssen. Wollen wissen, wer wir sind, woher wir kommen, was wir tun. Und wenn sie es nicht erfahren, macht sie das immer bloß noch neugieriger. Lasst euch niemals ausfragen, okay? Verschwiegenheit ist unsere Lebensversicherung.«

Cayenne lachte. »Du mit deinen Sprüchen. Ist doch nett gemeint von denen. Du kannst übrigens nicht mehr absagen, weil ich uns schon angemeldet hab. Sie kaufen Würstchen. Und jeder bringt was mit.«

»Cayenne«, zischte Stephan, »wir sind hier nicht im Kleingartenverein. Das können wir uns nicht leisten.«

Das Mädchen zog die Brauen zusammen. »Wir haben doch gerade genügend Geld, hast du gesagt.«

»Das mein ich nicht. Sondern ... wegen der Sicherheit.«

»Aber Anja und Norbert seien auch immer gekommen, haben die gesagt. Wer ist das eigentlich?«

Stephan schien nachzudenken. »Ist nicht weiter wichtig. Hatten wohl vorher den Wagen, in dem wir jetzt wohnen. Wie auch immer: Wir können da nicht hin.«

»Wir können wohl und wir gehen auch hin«, beharrte Cayenne. »Jo und ich jedenfalls. Was du machst, musst du selbst entscheiden.«

Nun versuchte auch Joshua sein Glück: »Komm schon, Stephan. Wenn wir uns verhalten wie die anderen, schöpft niemand Verdacht. Überleg's dir doch wenigstens noch mal.«

»Welche Taktik gilt es anzuwenden, wenn man im Wald einen nächtlichen Angriff aus einem Hinterhalt befürchten muss?«

»Tarnen, täuschen und schlauer sein als der mögliche Gegner«, antwortete Joshua eifrig.

Cayenne hingegen hatte die Augen geschlossen. Nachdem sie mittags tatsächlich einen Siebenschläfer und ein Eichhörnchen mit ihren primitiven Schlagfallen gefangen, gehäutet, zerlegt und auf dem offenen Feuer gegrillt hatten, hatten sie die Viecher ebenso angeekelt hinuntergeschlungen wie das Pilzgericht, in das sie altbackenes Brot getunkt hatten. Dann waren sie auf Schleichwegen zum Campingwagen zurückgekehrt, wo Stephan noch eine Unterrichtseinheit angesetzt hatte. Dass er neben all seinen anderen Funktionen – Ausbilder, Ernährer, Erzieher – auch noch ihr Lehrer war, fanden die Kinder am schlimmsten. Auch wenn Cayenne zugeben musste, dass er ganze Arbeit geleistet hatte: Sie konnten nicht nur schreiben und lesen, sie waren einigermaßen fit in Mathematik, wussten über die Naturgesetze Bescheid und verfügten sogar über geschichtliches Wissen. Wobei das für einen Schulabschluss in der richtigen Welt bestimmt nicht gereicht hätte. Darum sah sie Stephan auch nach, dass er, statt normale Dinge zu unterrichten, wieder mit seinen Taktikspielchen anfing. Im Notfall, so fand er, würde es ihnen nicht das Leben retten, wenn sie wussten, wie die Hauptstadt von Polen hieß. Womit er wahrscheinlich sogar recht hatte – Warschau hin oder her.

Das Klingeln eines Handys riss sie aus ihren Gedanken. Stephan zog sein Mobiltelefon, ein Uraltgerät mit Tasten und einem dicken Schutzrahmen aus Gummi, aus der Tasche. Er schaute aufs Display und presste die Lippen zusammen. Anscheinend ein unangenehmes Gespräch. Dann nahm er ab. »Ja, Martin?«

Martin war der Typ von den Seminaren, so etwas wie Stephans Chef, auch wenn das alles unter der Hand lief und Stephan sich das Geld immer bar auszahlen ließ. Cayenne und Joshua kannten allerdings das Versteck, in dem er seine – und damit auch ihre – gesamte Barschaft aufbewahrte.

»Tut mir echt leid, Martin. Wir lassen das mit dem Nähen von Wunden in Zukunft einfach. Aber auch saublöd, dass der so was schreibt, oder? Diese Memme. Obwohl du ihm was rausgezahlt hast. Hättest du nicht machen müssen. War mehr als fair von dir.«

So kleinlaut hatten sie Stephan lange nicht gehört.

»Klar, Martin, das seh ich ein. Dann zieh mir das einfach nächstes Mal auch noch ab, okay? Ruf an, wenn du mich für einen Kurs brauchst.«

Kommentarlos schaltete Stephan das Telefon ab und ließ es wieder in seine Tasche gleiten.

»Ich will endlich ein Smartphone, und Jo soll auch eins kriegen«, sagte Cayenne ruhig.

»Ihr kennt doch gar niemanden, den ihr anrufen könntet«, antwortete Stephan lapidar.

»Bitte, Stephan. Wär soo cool«, bettelte Joshua.

Er schüttelte den Kopf.

»Komm schon, wir haben doch grad ganz gut Kohle, oder?«, legte Joshua nach. Seine Schwester freute sich darüber, dass er sich ausnahmsweise mal nicht für das neueste Kampfmesser oder einen Feuerstarter aus Magnesium interessierte. »Wir machen auch keinen Scheiß damit, ehrlich.«

Auch Cayenne versuchte noch mal ihr Glück, diesmal auf die nette Tour. »Wir halten uns an deine Regeln. Dann könnten wir Musik hören und ein bisschen YouTube gucken. Durften wir doch an unserer letzten Station auch. Ich mein, ins Internetcafé und so.«

»Das war anders. Deutschland ist … kontrollierter.«

»Die könnten uns echt nützen«, sagte Jo. »Die Dinger haben GPS und außerdem Karten drauf. Das hilft uns im Wald. Und es gibt gute Survival-Apps.«

Stephans Seufzen überraschte die Kinder. Es klang, als hätten sie ihn weichgeklopft, was sie sonst so gut wie nie schafften.

»Leute, ich weiß, dass es schwierig für euch ist. Aber wir sind einfach nicht wie die anderen da draußen. Wir würden zu viele Spuren hinterlassen. Ihr braucht kein Handy, glaubt mir. Ich weiß doch, was das Beste für euch ist.«

»Jaja, immer dieselbe Leier. Der große Meister weiß, was gut ist. Ich muss mal zum Klohäuschen«, brummte Cayenne. Sie wusste, dass es wieder knallen würde, wenn sie weiterbohrten.

»Geh nicht allein. Joshua, begleitest du deine Schwester?«

Cayenne verdrehte die Augen. »Schönen Dank auch. Handy krieg ich keins, dafür einen Klo-Begleiter.«

5

»So, meine sehr verehrten Damen und Herren, da jetzt auch die antragstellende Fraktion anwesend ist, darf ich die 148. Sitzung des Innenausschusses des deutschen Bundestages eröffnen.«

Jürgen Wagner senkte den Kopf und grinste, während Bernhard Seibold die Anhörung begann. Seibold war ein flexibler und pragmatischer Typ, was Wagner schon das ein oder andere Mal zugutegekommen war, doch es gab etwas, das er verabscheute, und das war Unpünktlichkeit. Dass nun ausgerechnet die Fraktion der Grünen in Gestalt der unsäglichen Krampfhenne Gundula Meier-Knoll für eine Verzögerung der Sitzung gesorgt hatte, spielte Wagner mehr in die Karten als alle Argumente, die er in den nächsten Stunden vorbringen würde, da war er sicher.

Dabei war die Verspätung bestimmt kein Versehen, sondern wieder einmal der Versuch von Meier-Knoll, der Öffentlichkeit zu demonstrieren, wie wenig sie sich angeblich aus Konventionen machte. Diesmal erwies die amtierende Fraktionsvorsitzende ihrer Sache damit aber einen Bärendienst.

»Unsere Sitzung wird übrigens live im Parlamentsfernsehen übertragen«, informierte Seibold die Anwesenden. »Wir werden dann sicherlich heute in den Tagesnachrichten erfahren, ob sich in den Elektrogeschäften im Lande spontan Trauben von Menschen vor den Bildschirmen gebildet haben, die uns zusehen wollten.«

Wieder musste Wagner grinsen. Was der CSU-Mann als Witz formuliert hatte, war wohl auch sein geheimer Wunschtraum: dass die Öffentlichkeit mehr Notiz von seiner Arbeit nahm. Schon viel zu lange betonte er, kein Interesse an irgendwelchen Posten wie dem Fraktionsvorsitz oder dem Parteivorstand zu haben – um hinter den Kulissen die Übernahme genau eines dieser Ämter vorzubereiten. Wagner wusste das, weil er ihm dabei half. Beim Blick in die Runde musste er sich allerdings eingestehen, dass das für so ziemlich jeden hier galt, jedenfalls was die Vertreter der Parteien betraf. Ihnen allen war er gern zu Diensten, manchmal sogar unentgeltlich, dann allerdings im Austausch gegen den einen oder anderen Gefallen. Wie viele es gewesen waren im Laufe der letzten Jahre, hätte er nicht sagen können – aber er konnte es nachschauen. Schließlich führte er penibel Buch über seine Tätigkeit. Er verlor nie den Überblick. Ein Grundpfeiler seines Erfolges. Wagner zupfte sich seine graue Strickkrawatte zurecht, die im Ton exakt auf seinen schmal geschnittenen Anzug abgestimmt war. Kein Zweifel, er war der am besten angezogene Teilnehmer dieser Sitzung zwischen den Politikern in ihren billigen Anzügen von der Stange und den Wissenschaftlern in ihren schlecht sitzenden Cordsakkos.

Auch an Eloquenz und Flexibilität war er ihnen überlegen, da war er sich sicher. Aber das durfte er die anderen nicht spüren lassen.

Nun begann Seibold wieder in seinem sachlich-bräsigen Tonfall zu reden: »Ich darf den Damen und Herren Sachverständigen danken, dass Sie unserer Einladung nachgekommen sind, unsere Fragen zu diesem wichtigen Thema zu beantworten. Auch bei dieser Anhörung werde ich Ihnen als den Experten die Gelegenheit geben, in fünf Minuten zum Beratungsgegenstand Stellung zu beziehen. Zum Schluss treten wir dann in die Fragerunde der Fraktionen ein. Es regt sich kein Widerspruch?«

Ein wichtiges Thema, ja, das war es. Aber auf andere Weise, als Seibold dachte, dieser beschränkte CSU-Apparatschik, der noch bei Franz Josef Strauß in die Lehre gegangen war. Seit die Ergebnisse dieser vermaledeiten Studie vorlagen, hatte Wagner alle Hände voll zu tun, den Schaden zu begrenzen. Allein schon der Titel, den die Mitarbeiter des Büros für Technikfolgenabschätzung für ihr Pamphlet gewählt hatten: *Was bei einem Blackout geschieht.* Was war aus den guten alten, einschläfernd wissenschaftlichen Titeln früherer Studien geworden? Die waren leichter unter Kontrolle zu bekommen. Aber die neue Forscher-Generation war genauso eitel wie Seibold oder Meier-Knoll. Und sie wussten, welche Sprache sie verwenden mussten, damit die Öffentlichkeit Notiz von ihnen nahm.

Wagner strich sich über den exakt geschnittenen Vollbart. Das würde ein ziemliches Stück Arbeit werden. Aber Herausforderungen hatten ihn immer schon zu Höchstleistungen beflügelt. Außerdem wartete heute Abend die Blondine aus der Bundestagsverwaltung auf ihn, und er freute sich darauf, sie nach allen Regeln der Kunst flachzulegen – und so gleichzeitig einen persönlichen Draht zu dieser Schnittstelle des Hohen Hauses aufzubauen. Dazu musste das hier aber einigermaßen schnell über die Bühne gehen, was er Seibold vorher auch deutlich zu verstehen gegeben hatte. Ohne Hinweis auf die Blondine natürlich.

»Maßgeblich ist wie immer die Uhr des Vorsitzenden«, sagte Seibold denn auch wie besprochen, »und ich werde durch dezentes und immer weniger dezentes Räuspern auf Einhaltung der Redezeit achten.«

Allgemeines, unterdrücktes Gelächter. Es war schon drollig anzusehen, wie das Dutzend Anwesender in der drögen Atmosphäre dieses Sitzungsraumes nach Lachern gierte.

»Ich erteile nun Frau Doktor Meier-Knoll das Wort für ihr Eingangsstatement«, sagte Seibold mit säuerlichem Gesicht, offensichtlich wenig erfreut darüber, dass er die Bühne nun seiner ungeliebten Kontrahentin überlassen musste. Allerdings gab er ihr noch ein »Vielleicht hält sich die Kollegin heute ja mal an die Zeitvorgaben« mit.

Die Abgeordnete bog sich das Mikrofon am Tisch vor sich zurecht, klopfte zweimal auf den Schaumstoff, der sich daran befand, was den Tontechnikern im Hintergrund sicher Schweißausbrüche verursachte, dann legte sie los. »Vorsitzender Seibold, meine Damen und Herren ...« – sie sagte tatsächlich Damen und Herren, obwohl sich außer ihr keine Frau im Raum befand, wie Wagner amüsiert feststellte –, »ich möchte mich zunächst bedanken. Bei den unerschrockenen Mitarbeitern des Büros für Technikfolgenabschätzung, die mit ihrer Studie ein Thema aufgegriffen haben, dem unsere Fraktion schon lange Gehör verschaffen will.«

Wagner beobachtete die angesprochenen Mitarbeiter genau, und ihm entging nicht, dass sie sich zwar über das Lob freuten, sich allerdings auch zunehmend unwohl fühlten, weil sie begriffen, dass sie gerade vor einen politischen Karren gespannt wurden, den zu ziehen eigentlich nicht ihre Aufgabe war. Wagner wusste, dass genau diese Anbindung der wissenschaftlichen Studie ans politische Programm einer Oppositionspartei der Punkt war, der zum Stolperstein für das ganze Vorhaben werden konnte. Auch Seibold war das klar, sonst hätte er schon längst eingegriffen. Alles im grünen Bereich also, dachte Wagner und musste beinahe über sein ungewolltes Wortspiel grinsen.

»Heute geht es darum, aus den beunruhigenden Erkenntnissen der Studie konkrete Handlungsvorgaben zu entwickeln«, fuhr Meier-Knoll fort. Er hatte Mühe, ihren Ausführungen zu folgen, so gestanzt waren die Sätze, so vorhersehbar ihre Schlüsse. Erst als sie Doktor Arne Peters das Wort erteilte, einer der Hauptverantwortlichen der Studie, merkte er auf.

Demonstrativ blickte er zu Seibold, der die Vorlage nur zu gerne annahm: »Es ist sehr nett von Ihnen, dass Sie versuchen, mir Arbeit abzunehmen, Frau Knoll«, sagte er süffisant lächelnd, wobei das Weglassen eines Teil des Doppelnamens bestimmt eine wohlkalkulierte Spitze darstellte, »aber leider verlangt die Geschäftsordnung für die Ausschüsse, dass der Vorsitzende die Wortzuteilungen vornimmt, was ich hiermit aber gerne mache. Herr Doktor Peters bitte.«

Der Angesprochene, ein etwa Dreißigjähriger mit mühsam gebändigtem Lockenkopf, schien durch das Geplänkel zwischen den Politikern verunsichert. Wagner hatte ihn noch nie in einem Ausschuss gesehen, demzufolge wusste der junge Mann sicher nicht, dass es mindestens so sehr darauf ankam, wie hier etwas gesagt wurde, wie auf den Inhalt.

»Ich … also, vielen Dank für … also das Wort eben«, stolperte der junge Mann los. Er fing sich erst, als er zu den Ergebnissen seiner Studie kam und sich wieder hinter seinen Wissenschaftsslang zurückziehen konnte. Er schilderte in teils drastischen, meist aber verquast formulierten Szenarien, was für verheerende Folgen ein Blackout in einem großen Gebiet der Bundesrepublik oder gar im ganzen Land haben könnte. Wagner wusste, dass er mit alldem recht hatte. Dennoch würde er ihn nachher bei lebendigem Leib verspeisen und ihm seine Erkenntnisse um die Ohren hauen, dass ihm Hören und Sehen verging. Peters endete mit den Worten: »Wir haben also herausgefunden, dass der Stromausfall als ein Paradebeispiel für kaskadierende Schadenswirkungen gelten kann. Wir halten als wichtige prophylaktische Maßnahme ein stabiles Netz dezentraler Stromerzeuger mit Inselnetzfähigkeit für alternativlos.«

Und unbezahlbar, fügte Wagner in Gedanken an. Er hatte das mit seinen Klienten bereits durchgerechnet. Ein solches Netz aufzubauen und am Laufen zu halten würde einen Milliardenbetrag kosten – kein Problem, wenn der Staat das übernahm, aber wie er aus sicherer Quelle gehört hatte, würde man versuchen, das auf die Energiekonzerne abzuwälzen. Also musste diese Initiative verhindert werden.

»Der Blackout«, endete Peters schließlich, »sollte demzufolge auf der Agenda der Verantwortlichen in Politik und Gesellschaft höchste Priorität haben, auch um die Sensibilität für diese Thematik in der Wirtschaft und der Bevölkerung zu erhöhen.«

»Vielen Dank, Herr Peters«, sagte Seibold, und wieder vermutete Wagner, dass er den Doktortitel des Mannes absichtlich weggelassen hatte. »Die Schlüsse, die aus Ihrer Studie gezogen werden müssen, sollten Sie dennoch uns überlassen, nicht?«

Der Mann lief rot an und nickte eingeschüchtert.

»Nun, wollen wir den Vertreter der Stromerzeuger dazu hören. Herr Wagner?«

Bevor er antworten konnte, schaltete sich Meier-Knoll ein: »Herr Seibold«, sagte sie forsch und nun ihrerseits ohne korrekte Anrede, »ich glaube nicht, dass Herr Wagner der Richtige ist, um über diese Studie zu befinden. Er ist lediglich bezahlter Lobbyist, kein wirklicher Vertreter der Energiekonzerne. Letztlich nicht einmal ein Experte, und es wäre doch unerlässlich, dass hier ein …«

Weiter kam sie nicht, denn Seibold fiel ihr harsch ins Wort, sein Kinn nach vorn gereckt und offenbar erfreut darüber, dass die Vertreterin der Grünen ihm so in die Karten spielte. »Frau Meier-Knoll, ich muss doch sehr bitten. Zu entscheiden, wer hier für wen spricht, ist nun wirklich nicht Ihre Sache. Die stromerzeugende Industrie dürfte durchaus in der Lage sein, beurteilen zu können, ob der von ihr entsandte Repräsentant kompetent ist oder nicht. In Sachen Geschäftsordnung scheint er schon einmal kompetenter als Sie.«

Das hatte gesessen. Meier-Knoll verstummte, und Wagner begann mit seiner Replik. Er sprach leise, denn er wusste, dass das mehr Eindruck machte, als wenn er den geifernden Ton seiner Vorredner aufnahm. »Vielen Dank, Herr Vorsitzender, in der Tat ist mir das Thema seit Jahren vertraut, und ich glaube, es ist eine Errungenschaft unserer Demokratie, dass Kompetenz nicht mit der Zugehörigkeit zu einer bestimmten Gruppe erreicht wird, sondern durch Wissen.« *Bumm.* Das war das, was man beim Tennis ein Ass nannte. »Es liegt im natürlichen Interesse der Stromversorger, die Funktionsfähigkeit unserer Netzstruktur aufrechtzuerhalten. Wir übernehmen hier seit Jahrzehnten und auch in der Zukunft große gesellschaftliche Verantwortung, ich denke, darüber kann kein ernsthafter Zweifel bestehen.« *Allerdings nur, wenn damit keine zu hohen Kosten verbunden sind*, fügte Wagner im Geiste hinzu, verschwieg diesen Gedanken aber natürlich. Stattdessen fuhr er fort: »Wenn Sie, Herr Doktor Peters, mit Ihrer Studie insinuieren, dass kritische Infrastrukturen wie Krankenhäuser, Leitstellen, Lebensmittellager mit Kraft-Wärme-Kopplungs-Anlagen oder mit Systemen ausgestattet und vernetzt werden sollen, die mit erneuerbaren Energien betrieben werden, damit sie bei einem Stromausfall nicht betroffen sind, verkennen Sie mehrere Punkte. Einmal die Kosten. Es würde die öffentlichen Kassen und damit die Steuerzahler in Milliardenhöhe belasten.« Das war zwar übertrieben, und vor allem würde es nicht der Steuerzahler berappen müssen, Wagner wusste jedoch, dass genau das morgen als Zitat in einigen Zeitungen landen würde. Dafür hatte er im Vorfeld gesorgt.

»Und diese immensen Kosten würden investiert in eine Infrastruktur, die anfälliger ist als die, die Sie damit schützen wollen. Jeder Anschluss ist in Deutschland pro Jahr im Schnitt lediglich dreizehn Minuten nicht mit Energie versorgt, in den USA sind es mehr als vier Stunden. Ich darf außerdem die Studie des Econ-Instituts vorlegen, die die Wahrscheinlichkeit eines Blackouts, wie Sie ihn hier unterstellen, auf weniger als ein Prozent beziffert.« Er wusste, dass man Studien am besten mit Gegenstudien konterte, und da er über Strohmänner am Econ-Institut beteiligt war, hatte er immer das passende Ergebnis parat. »Der letzte großflächige Stromausfall in Deutschland ereignete sich im Jahr 2006 bei der Überführung des Kreuzfahrtschiffes *Norwegian Pearl.* Auch wenn er innerhalb von dreißig Minuten behoben war, haben alle Beteiligten daraus gelernt. Ich wiederhole also: Wir würden Milliarden für ein Ereignis ausgeben, dessen Eintritt weit weniger wahrscheinlich ist, als dass die Grünen in Bayern bei der nächsten Wahl die absolute Mehrheit holen.«

Seibold und der Vertreter der FDP grinsten bei diesem Vergleich, doch Meier-Knoll schnellte wie eine Furie aus ihrem Stuhl. »Schön, dass Sie hier gleich offen zeigen, wem Sie politisch nahestehen, Herr Wagner, aber …«

»Frau Knoll, ich erteile Ihnen für die wiederholte Missachtung der Geschäftsordnung eine Rüge«, erklärte Seibold ruhig. Wagner entspannte sich: Das lief besser als erwartet.

In der anschließenden Fragerunde, die sich schnell zu einem kaum überraschenden Schlagabtausch entlang der Parteilinien entwickelte, fetzten sich die Vertreter in einer für Ausschüsse ungewöhnlichen Heftigkeit. Meier-Knoll wich kein Jota von ihrer Position ab, was Wagner zunehmend ungeduldig werden ließ. Er würde andere Saiten aufziehen müssen, wenn er seinen Termin mit der Blondine noch halten wollte. Als die Sitzung unterbrochen wurde, folgte er der Vertreterin der Grünen nach draußen. Sie war starke Raucherin, das wusste er, weswegen er sich auch eine Packung mitgenommen hatte. Er war zwar Nichtraucher, aber Prinzipien durfte man in diesem Geschäft nicht überbewerten.

»Finde ich toll, wie Sie für Ihre Überzeugungen einstehen«, begann er sofort das Gespräch. »Ist nicht selbstverständlich heutzutage.«

»Ein Lob von Ihnen ist wirklich die höchste Auszeichnung«, entgegnete sie sarkastisch.

Wagner betrachtete sie. Leider entsprach sie überhaupt nicht seinem Typ, sonst hätte er sie sich einfach zurechtgevögelt. »Das verstehe ich, Frau Meier-Knoll, wirklich. Aber selbst wenn wir hier gegensätzliche Auffassungen vertreten: Ich bewundere Ihre Beharrlichkeit.« Er zog an seiner Zigarette und hatte alle Mühe, den sofort einsetzenden Hustenreiz zu unterdrücken.

Die Frau entgegnete nichts. Sie schien sich nicht sicher, ob er es ernst meinte. Umso besser, dachte Wagner. Verwirrte Gegner waren schwache Gegner.

»Hören Sie, Frau Doktor Meier-Knoll«, es kostete ihn einige Überwindung, dieser langen Anrede kein spöttisches Grinsen hinterherzuschicken, »es gibt doch keinen Grund, die Kämpfe, die wir dort drinnen führen, hier draußen fortzusetzen. Ich verfolge Ihre Karriere schon länger und wundere mich, dass Sie noch nicht an die Spitze Ihrer Partei vorgedrungen sind.«

Ihre Augen verengten sich. »Sie unterschätzen ganz offensichtlich das Amt einer Fraktionsvorsitzenden.«

Jetzt musste er vorsichtig sein. Dass er ihre Karriereziele so genau kannte, ließ sie misstrauisch werden. Er würde sie mit einer echten Insiderinformation ködern müssen. Und er hatte eine passende parat. »Ich weiß zufällig, dass ein Teil Ihrer Doppelspitze in Kürze das Handtuch werfen wird.« Manchmal zahlte es sich aus, auch zu den Ärzten im Regierungsviertel Geschäftsbeziehungen zu unterhalten. So hatte er erfahren, dass die populäre Karin Bergmann wegen eines Lungenleidens mindestens pausieren, wenn nicht sogar ganz aus dem Geschäft aussteigen würde. Meier-Knoll war die logische Alternative – zumindest jetzt, mitten in der Legislaturperiode. Eine Wahl wäre mit ihren Umfragewerten kaum zu gewinnen.

Meier-Knolls Mund öffnete sich und schloss sich wieder. Sie wollte erst hören, was er anzubieten hatte.

»Ich eröffne die Sitzung wieder, deren Pause eigentlich dazu gedacht war, nach Lösungen und Kompromisslinien zu suchen, die vielfach aber zur Schädigung unseres Gesundheitssystems durch Tabakkonsum genutzt wurde«, sagte Seibold eine halbe Stunde später, worauf sich wieder Gelächter breitmachte. Jeder wusste, dass Seibold gern Zigarren rauchte. »Ich bitte nun die Kollegin Meier-Knoll mit ihren Ausführungen fortzufahren.«

»Herr Vorsitzender, ich habe noch einmal nachgedacht«, begann sie, blickte dann zu Wagner, der sich ein selbstsicheres Grinsen nicht verkneifen konnte, holte tief Luft und fuhr fort: »Wir können in dieser Frage keine Kompromisse eingehen, dazu ist das Thema zu wichtig, die betreffende Infrastruktur zu systemrelevant.«

Wagner seufzte. Was glaubte diese Schnepfe eigentlich, wer sie war? Dann würde er es eben anders regeln müssen. Er nahm sein Handy und verschickte eine SMS. Dann beobachtete er, wie Meier-Knoll vom Aufleuchten ihres Displays irritiert wurde, einen Blick darauf riskierte, und sich schließlich ihre Miene verfinsterte.

»Frau Kollegin?« Seibolds Stimme ließ die Frau zusammenzucken. »Sind Sie fertig, oder wollen Sie Ihre Redezeit mit einer Gedenkminute beenden?«

»Ich … nein, ich … bin noch nicht … Andererseits, wollte ich sagen, ist das Thema zu kritisch, um es rigiden Parteipositionen zu unterwerfen. Wir von den Grünen sind für unseren Pragmatismus bekannt. Wir werden deswegen noch einmal die Ergebnisse der Studie auswerten und gegebenenfalls ein weiteres Gutachten erstellen lassen, das uns mehr Klarheit über unsere Handlungsoptionen gibt.«

Ein Raunen breitete sich aus. Vor allem die Verfasser der Studie schienen wie vor den Kopf gestoßen und tuschelten aufgeregt miteinander.

Seibold ergriff die Gelegenheit beim Schopf. »Schön, wir vertagen uns also mit diesem Thema. Tatsächlich ist die Sache hochkomplex, ein Schnellschuss wäre nur von Nachteil. Damit schließe ich die Innenausschusssitzung.«

Seibold machte sich sofort auf den Weg nach draußen. Meier-Knoll stand langsam auf und warf Wagner einen eiskalten Blick zu.

Auf dem Weg in sein Büro nahm Wagner das Handy heraus und blickte noch einmal auf die SMS, die er der Politikerin geschickt hatte. Es war lediglich ein Foto gewesen, eigentlich ein Scan, den er vorsichtshalber gespeichert hatte. Er zeigte einen Beratervertrag, der auf den Namen Knoll lautete. Vertragspartner war ein namhaftes Unternehmen der chemischen Industrie. Auch wenn es nicht ungesetzlich gewesen war, was sie da getan hatte: Mit dem Bekanntwerden dieses Engagements hätte die Frau, im echten Leben promovierte

Verfahrenstechnikerin, all ihre politischen Ambitionen begraben können.

Da klingelte das Smartphone. Er legte die Stirn in Falten, als er den Namen las, der auf dem Display erschien: *Andreas Klamm.* Lange hatte er nichts mehr von ihm gehört. Zum Glück. Ohne sich zu melden, nahm er den Anruf an. »Sag mal, bist du hirnamputiert?«, zischte er. »Wie oft hab ich dir schon gesagt, du sollst mich nicht auf dem Handy anrufen?«

»Sorry. Hey, Jürgen, wie geht's?«

»Wie es geht? Beschissen geht es mir. Weil ich von lauter Idioten umgeben bin, die sich nicht an den Plan halten.«

»Was denn für einen Plan?«, fragte der Mann mit österreichischem Zungenschlag.

»Was willst du?« Wagner hatte keine Lust, diesem Gespräch mehr Zeit als nötig zu widmen.

»Gleich zur Sache, was? Wie immer. Soll mir recht sein. Hör zu, ich hab was entdeckt, worüber ich gern mit dir reden würde. Aber nicht am Telefon.«

»Sind wieder mal Aliens gelandet? Oder wurde die Kanzlerin von Außerirdischen entführt?«

»Komm, Jürgen, hab ich dich jemals wegen was Belanglosem angerufen?«

»Du willst nicht, dass ich jetzt anfange aufzuzählen, oder?«

»Mann, lass das. Was ich sagen will, ist, dass wir in Gefahr sind.«

»Jaja, die große Verschwörung. Hör zu: In Gefahr bist du, wenn du noch einmal diesen Kanal zur Kontaktaufnahme benutzt.« Mit diesen Worten beendete Wagner das Gespräch. Er atmete tief durch. Er musste Klamm endlich zum Schweigen bringen, der Typ war eine tickende Zeitbombe. Wenn die hochgehen würde, dann … Er schloss die Augen. Nein, so weit würde er es nicht kommen lassen.

6

Den ganzen nächsten Tag hatte das Thema Grillfest in der Luft gelegen, ohne dass es angesprochen worden war. Nach einigen Einheiten Mathematik, Englisch und Taktik hatte Stephan damit begonnen, Abendessen zu machen.

»Willst du wirklich Konservennudeln zum Fest mitbringen?«, hatte Cayenne gefragt, als er zwei Dosen Ravioli in einen Topf geschüttet hatte. Mit einem »Wir gehen nicht!« hatte er ihre Frage vom Tisch gewischt.

Nun flogen bereits seit zwanzig Minuten die Fetzen. »Könnt ihr nicht endlich damit aufhören?« Joshua knallte seine Faust auf den Resopaltisch im Campingwagen. »Mann, Cayenne, so geil wird das Fest auch nicht werden, mit all den alten Idioten. Die wollen uns nur ausquetschen.«

Stephan nickte ihm erleichtert zu.

»Ach ja? Die da draußen haben Spaß, und wir fressen mal wieder Dosenmatsch. Hört doch, die Musik läuft schon. Ich geh jedenfalls heut noch tanzen.«

Von draußen drangen Schlagerklänge durch die dünnen Wände des Wohnwagens.

»Tanzen? Mit wem denn, hm? Dem Rentner mit den Krücken?«, gab Stephan zurück.

Cayenne fuhr von ihrem Platz hoch. »Wenigstens ist er nicht entstellt …«

Joshua hielt den Atem an. Stephan rührte sich nicht. Er

hatte normalerweise keine Probleme damit, dass sein Gesicht und die Hälfte seines restlichen Körpers von Narben überzogen waren. Ein verheerendes Feuer hatte ihn so zugerichtet.

Das Mädchen sog die Luft ein. War sie zu weit gegangen? Doch statt Stephan durchbrach ihr Bruder das eisige Schweigen: »Sag mal, spinnst du jetzt komplett? Bloß wegen diesem blöden Marc.«

Stephans Augen blitzten.

»Halt bloß die Fresse, Jo«, zischte Cayenne.

Doch nun hatte ihr Bruder es schon ausposaunt. Klar wollte sie wegen Marc dorthin, dem Jungen, der die Wochenenden mit seiner Familie hier verbrachte. Ein paarmal hatten sie sich schon Blicke zugeworfen, zweimal sogar kurz unterhalten. Und natürlich war er es gewesen, der sie gefragt hatte, ob sie denn auch zum Abschluss-Grillfest käme.

»So, Fräulein, dann mal die Karten auf den Tisch. Wer ist Marc, was hast du mir über ihn zu erzählen, und was weiß er über uns?« Man merkte Stephan an, wie alarmiert er war.

Cayenne reagierte nicht. Sie kämpfte mit den Tränen.

»Na? Wird's bald?«

Sie sprang auf und rannte mit einem »Leckt mich!« nach draußen.

Stephan wartete vor dem Wagen auf sie, bis sie zurückkehrte, was zwar nur eine halbe Stunde dauerte, ihm aber wie eine Ewigkeit vorkam. Er war nervös. Seit Jahren hatte er sich vor solch einer Situation gefürchtet. Und doch traf sie ihn unvorbereitet. »Es sind noch Ravioli da«, sagte er, als Cayenne endlich vor ihm stand.

Sie sah ihn verständnislos an.

»Soll ich sie noch mal warm machen?«

Das Mädchen zuckte die Achseln.

»Du magst sie doch sonst so gern.«

Wortlos standen sie nebeneinander.

Stephan rang mit sich, suchte nach den richtigen Worten. Wie gern hätte er ihr gesagt, dass er Verständnis habe für ihre Wünsche, sogar dafür, dass sie einen Freund haben wolle. Dass er gern wie ein richtiger Vater zu ihr wäre, wenn sie ihn nur ließe. Aber kaum sollte er über Gefühle reden, bekam er Schweißausbrüche. Also blieb er stumm.

Cayenne ließ ihn einfach stehen.

Ein paar Minuten später saßen alle schweigend um den Tisch.

Cayenne hoffte, dass Stephan keinen weiteren Versuch unternehmen würde, mit ihr zu reden. Das war nicht seine Stärke. Vielleicht würde er irgendwann noch auf die Idee kommen, sie aufklären zu wollen. Sie musste grinsen bei dem Gedanken, wie er sich dabei anstellen würde.

»... durch die Nacht, bis ein neuer Tag erwacht.« Halblaut sang sie den Text des Liedes mit, das jetzt gespielt wurde. Cayenne ließ Stephan dabei nicht aus den Augen, der ihr und Joshua gegenübersaß und konzentriert in seinem Teller mit den Dosenravioli herumstocherte. Joshua hatte sein Essen noch nicht angerührt, er beobachtete gespannt das erneute Kräftemessen vor seinen Augen. Jetzt wippte seine Schwester mit dem Fuß zu den Rhythmen, die gedämpft, aber doch hörbar von draußen zu ihnen in den Wohnwagen drangen. Das Fest war mittlerweile in vollem Gange, das Gelächter schwoll mit der Lautstärke der Musik an.

Stephan tat jedoch noch immer so, als bekomme er nichts davon mit. Das wiederum stachelte Cayenne erst so richtig an. Sie erhob sich, bewegte sich immer heftiger zu den Melodien, sang laut mit, wo sie den Text kannte, pfiff, wo ihr die Worte fehlten.

Irgendwann wurde Stephan mürbe und knallte die Gabel auf den Tisch. »Himmel, dann geh eben hin! Von mir aus auch beide. Wenn ihr Wert drauf legt, euch so einen Scheiß in schlechter Gesellschaft anzuhören …«

Joshua blieb der Mund offen stehen, und auch Cayenne meinte, sich verhört zu haben. Sie war auf einen heftigen Streit gefasst gewesen, darauf, dass Stephan ihnen wieder eine Extra-Trainingseinheit aufbrummen würde, aber damit hatte sie nicht gerechnet.

Joshua auch nicht. Natürlich hatte auch er nichts dagegen, sich so ein Fest mal aus der Nähe anzuschauen. »Also los, lasst uns gehen!«, sprudelte es aus ihm heraus. Und weil die anderen nichts antworteten, schob er nach: »Das wird bestimmt ganz lustig.«

Cayenne hatte sich schneller wieder gefangen. »Er geht nicht mit, hast du doch gehört, Jo.«

»Ach klar, oder, Stephan?«

Stephan blickte ihn an. »Weißt du, ich bin nicht so … geübt in solchen Dingen.« Er wand sich. Eigentlich wäre er gerne mitgegangen, aber er befürchtete, dass ihm die vielen Menschen, die unkontrollierbare Situation zusetzen würden. »Ich würd euch nur die Laune verderben.«

»Nix da, du musst mit!«, verkündete Cayenne ihr Urteil.

Stephan freute sich, dass sie ihn tatsächlich dabeihaben wollten. Sie waren eben eine Familie. »Also gut«, sagte er gerührt.

»Echt jetzt? Wir gehen alle?« Joshua konnte es kaum fassen.

»Jetzt flipp nicht gleich aus, kleiner Bruder. Das kann auch bös ins Auge gehen, wenn wir da im Dreierpack auflaufen.«

»Ist ja klar, dass du wieder rummoserst. Willst nur nicht, dass Stephan dich mit Marc sieht.«

Sie knuffte ihn lachend in die Seite, dann machten sie sich an den Abwasch.

»Denkt an die Regeln.«

»Ja, die Regeln, die können wir inzwischen auswendig.« Cayenne wandte sich ihrem Bruder zu und verdrehte die Augen. Dann wiederholten sie im Chor: »Wir bleiben zusammen. Gehen mit niemandem mit. Und beantworten keine Fragen zu unserem Leben.«

»Und Marc wird allein nach Hause gehen heute, war es das, was du hören wolltest?«, schob Cayenne verschmitzt nach.

Stephan grinste. »Immerhin habt ihr aufgepasst.« Er hatte sich doch von ihrer ausgelassenen Stimmung anstecken lassen. Es schmerzte ihn, dass es so leicht war, den Kindern eine Freude zu machen. Vielleicht sollte er das in Zukunft öfter tun, um ihre kleine Familie wieder enger zusammenzuschweißen. Doch je lauter die Musik wurde, je näher sie dem Zentrum des Campingplatzes kamen, einem verwitterten Bretterverschlag, über dessen Tür die Worte *Kiosk/ Rezeptin* standen – offenbar war das »O« irgendwann abgefallen –, desto nervöser wurde er.

Er war schon lange nicht mehr unter Leuten gewesen, normalen Leuten jedenfalls, und er erinnerte sich nicht mehr daran, wann er das letzte Mal etwas mit den Kindern unternommen hatte. Jetzt tanzten sie ausgelassen um ihn herum, und er fragte sich, warum er so lange damit gewartet hatte. Dabei wusste er die Antwort genau. Sie waren keine Kinder mehr. Wenn er sie würde halten, sie weiter beschützen wollen, musste er etwas ändern. Und genau das würde er tun, versprach er sich selbst. Dann wurden sie von den anderen Campern erblickt.

Mit großem Hallo stürmten ein paar von ihnen auf sie

zu, drückten ihnen Bierflaschen in die Hand und zerrten sie auf die schäbige Holzterrasse, die mit ein paar Lampions geschmückt war. Eine Frau mit strohigen dunklen Haaren und einem Lächeln, dem die Schneidezähne fehlten, rief mit Reibeisenstimme: »Ich glaub's ja nicht, unsere kleine sonderbare Familie ist auch da.«

Als Henriette – so hieß die Frau, wie Stephan wusste, weil sie so etwas wie das Mädchen für alles auf dem Platz war, an der keiner vorbeikam – ihm zuwinkte, begann er schon wieder zu bereuen, dass er sich hatte breitschlagen lassen. Hier waren alle versammelt, die er so lange zu meiden versucht hatte: die Müllers, ein Dauercamper-Ehepaar, das tagsüber die Gartenzwerge unter der Deutschlandflagge platzierte und sich nachts in Gummiklamotten quetschte und die Kabelbinder rausholte; Fred, dessen ganzes mobiles Hab und Gut in einem Einkaufswagen neben seinem Zelt stand; Karlheinz, genannt Kalle, Henriettes Teilzeit-Lebensgefährte, von dem sie sich in schöner Regelmäßigkeit trennte, um kurz darauf bierselig Versöhnung zu feiern; Hannes, Birgit, Chris und Sandy, bei denen man sich nie sicher sein konnte, wer gerade mit wem zusammen war. Und die Familie mit den vier Kindern, zu denen auch Marc gehörte, der Jugendliche mit den gegelten Haaren, der es auf Cayenne abgesehen hatte. Seine Eltern hatten einen Getränkemarkt in Berlin-Zehlendorf, was Stephan wusste, ohne jemals mit ihnen gesprochen zu haben. Es war seine Aufgabe, zu beobachten, zu wissen, nur so konnte er für ihre Sicherheit garantieren. Das war der Preis, den er zahlen musste, um ihnen ein Familienleben zu ermöglichen.

Nachdem er keine Anstalten gemacht hatte, auf ihr Winken zu reagieren, kam Henriette zu Stephan und begrüßte ihn. Ihr Atem stank wie ein wochenlang nicht geleerter Aschenbecher: »Na, ihr Süßen, traut ihr euch auch endlich mal unter Leute? Glaubt ihr uns jetzt, dass wir nicht beißen?«

Dieser Spruch aus dem Mund der zahnlosen Henriette ließ Stephan schmunzeln.

»An dir ist ja eh nichts dran, in deinen Tarnklamotten! Komm, jetzt gibt's erst mal eine von Kalles berühmten Bratwürsten, das Wurzelzeug, das ihr immer fresst, ist doch nicht gesund auf Dauer.«

Stephan war anscheinend nicht der Einzige, der sich für die Gewohnheiten seiner Nachbarn interessierte.

Die Frau hakte sich bei ihm unter und wollte ihn mit sich ziehen, doch er blickte nervös auf die Kinder.

»Um die kümmern wir uns auch, keine Sorge«, versicherte Henriette, und Cayenne nickte lächelnd.

»Okay, aber rührt euch nicht vom Fleck«, sagte Stephan, dann zog Henriette ihn um die Ecke der Bretterbude, wo Kalle trotz der kühlen Witterung im Unterhemd am Grill stand, auf dem längliche, schwarz verkohlte Gebilde lagen.

Der Mann nahm einen kräftigen Schluck aus der Bierflasche und schüttete einen weiteren in die Glut, worauf es zischte und dampfte. »Das gibt erst den richtigen Wumms«, erklärte Kalle.

Stephan wurde in einen ausgeblichenen Klappstuhl gedrückt, und ehe er sich's versah, hatte er ein weiteres Bier in der Hand und einen Pappteller mit einer der Kohlewürste auf dem Schoß. »Ich schau lieber nach den Kindern …«

»Jetzt lass die mal ihren Spaß haben, die sind ja schon fast erwachsen. Bist bisschen übervorsichtig, wie? Die zwei sind sicher ganz froh, wenn der Papa sie nicht ständig im Auge hat«, beschwichtigte Henriette und beobachtete dabei genau seine Reaktion auf das Wort *Papa*. Offenbar war die aber zu wenig eindeutig, deswegen schob sie nach: »Wo ist denn die Mami?«

Stephan, der genau so etwas befürchtet hatte, biss schweren Herzens in die verbrannte Wurst und machte Kalle ein Kompliment: »Wirklich gut«, presste er hervor, während die schwarze, bröckelige Masse in seinem Mund immer mehr zu werden schien.

Kalle hob die Bierflasche und prostete ihm zu. »Aha, ein Experte. Die Banausen hier wissen ja gar nicht, was gut ist, denen könntste auch Hundefutter vorsetzen. Das Geheimnis ist nämlich ...«

»Wir haben ja hier nix gegen Menschen mit 'ner anderen Hautfarbe«, schaltete sich da Henriette wieder ein, die sich einen Stuhl hinzugezogen hatte: »Sind ja ein ganz schön buntes Völkchen hier. Bei uns kann jeder sein, wie er ist, weißte? Wird auch nicht groß gefragt. Aber gerade hier in der Gegend hat es die Kleine sicher nicht leicht, so dunkel, wie die ist. Sind die zwei denn adoptiert? Der Jeremia und die ... Catlin?«

»Joshua und Cayenne«, korrigierte eine Stimme in Stephans Rücken. Er drehte sich um und erschrak: Mindestens die Hälfte der Camper hatte sich hinter ihm versammelt und blickte ihn erwartungsvoll an. Immer mehr Fragen prasselten auf ihn ein: Wieso die beiden Kinder denn nicht zur Schule gingen. Ob er sie privat unterrichte. Ob die Mutter einen Unfall gehabt habe, weil man sie nie sehe. Ob sie einer Art Sekte angehörten. Vielleicht gar von Neonazis angegriffen worden seien – wobei ja nicht alle, die sich um die Zukunft unseres Landes Sorgen machten, deswegen gleich Nazis seien. Warum er so schlimme Narben hatte. Und warum man Norbert und Anja, die Vorbesitzer des Wagens, nie mehr gesehen habe. Ob er wenigstens eine Telefonnummer von ihnen habe.

Stephan kam sich vor wie bei einem polizeilichen Verhör. Und wurde entsprechend nervös. Er hatte kaum Zeit, sich immer neue ausweichende Antworten auf all die Fragen zu überlegen. Ihm schwirrte der Kopf, er war es nicht gewohnt, derart im Zentrum des Interesses zu stehen. »Ich muss …«, begann er und wollte aufstehen, doch er wurde sofort wieder in seinen Stuhl gedrückt, und die Befragung ging weiter, während sich der Kreis der Menschen immer enger um ihn zog.

Langsam machte sich ein klaustrophobisches Gefühl in seiner Brust breit, die rauchgeschwängerte Luft raubte ihm den Atem. Er begann zu schwitzen, blickte in Gesichter, die ihn fragend anstarrten, hörte Wortfetzen durch die Musik, konnte die Kinder nicht mehr sehen … und sprang auf. Erschrocken fuhren die Leute zurück. Doch Stephan war das egal, er ließ den Rest der Wurst einfach fallen, was Kalle ein tadelndes »Hey!« entlockte, schob die Leute um sich herum beiseite und verschwand um die Ecke des Kiosks. Cayenne und Joshua waren nicht mehr da. Gehetzt blickte er sich um. Wie hatte er es nur so weit kommen lassen können? Ausgerechnet er. Immer wieder hatte er den beiden gepredigt, in seiner Nähe zu bleiben – und nun hatte er selbst den Überblick verloren. Die Kontrolle.

Schwitzend rannte er zurück zum Campingwagen, riss die Tür auf, doch da waren sie nicht. »Scheiße! Scheißescheißescheiße«, schimpfte er. War das Fest nur ein Ablenkungsmanöver gewesen, ein Trick, um ihn von den Kindern zu trennen, damit man leichteres Spiel haben würde? Zu seiner Panik gesellte sich ein weiteres, schlimmeres Gefühl: Verzweiflung. Er würde es sich nie verzeihen, wenn … in diesem Moment sah er Joshua, der gesenkten Hauptes auf den Wohnwagen zuschritt.

»Jo, mein Gott, wo wart ihr? Ich hab euch gesucht! Wo ist Cayenne?«

Der Junge blickte ihn missmutig an. Mein Gott, war tatsächlich etwas passiert?

»So hab ich mir das nicht vorgestellt«, schimpfte Joshua. »Erst bist du weg, dann macht meine Schwester mit diesem Marc rum …«

Stephan fragte atemlos: »Mit diesem Marc?«

»Ja, ihr … Schwarm.«

»Wo sind sie?«

Joshua blickte auf. Erst jetzt erkannte er, in welcher Gemütslage Stephan sich befand. »Die sind … ich mein, ist schon okay, die reden ja sicher nur.«

»Wo? Sind? Sie?«, bellte Stephan, worauf Joshua wortlos die Hand hob und auf einen der Wohnwagen zeigte.

Stephan lief los, bevor der Junge noch etwas sagen konnte. Er zwang sich, nicht zu rennen, denn er spürte die Blicke der anderen Camper auf sich, die sich vor dem Kiosk versammelt hatten, um zu sehen, was er vorhatte. Der Wagen gehörte Marcs Familie. Da von Cayenne nichts zu sehen war, umrundete Stephan den Wagen – und da stand sie. An die Rückwand des Wohnwagens gelehnt, den Blick in den Augen des Jungen vor ihr versunken, dessen Gesicht nur eine Handbreit von ihrem entfernt war. Ob sie sich geküsst hatten?

»He«, schrie Stephan, worauf die beiden auseinanderfuhren.

Cayenne starrte ihn ungläubig an. »Ist was passiert? Wo ist Jo?«

Es beruhigte ihn etwas, dass sie offenbar genauso besorgt um ihren Bruder war wie er um sie. »Joshua geht es gut, wenn man davon absieht, dass er allein unterwegs war, weil du mit diesem Typen …«

»Marc«, ergänzte der Junge, der offensichtlich sauer über die Störung war.

»… diesem Marc rumknutschst.«

»Joshua ist doch kein Kleinkind mehr! Der braucht mich

nicht als Babysitter. Und wir haben nicht rumgeknutscht. Ich hatte es übrigens auch nicht vor.«

»Echt jetzt?«, fragte Marc mit enttäuschtem Gesichtsausdruck.

»Oh Mann, halt doch die Klappe«, zischte das Mädchen.

»Wie redest du denn mit mir, du Bitch!«

»Was hast du gesagt?« Stephans Augen verengten sich, und er machte einen Schritt auf die beiden zu.

Cayenne hob beschwichtigend die Hand. »Jetzt beruhigt euch mal, hier ist ein bisschen zu viel Testosteron in der Luft.«

»Hab gleich gewusst, dass das mit so 'ner Mischlingstussi nur Ärger gibt«, maulte Marc vor sich hin.

Ansatzlos verpasste Cayenne ihm eine Backpfeife mit der flachen Hand.

»Sehr gut, mein Mädchen«, kommentierte Stephan.

»Halt du dich raus.«

»Mir reicht's.« Marc drehte sich um und wollte gehen, da rief Stephan ihn zurück: »He, dageblieben! Erst entschuldigen.«

»Ich? Wofür denn?«

Stephan ging auf ihn zu und packte ihn an der Schulter. Der Junge wollte die Hand wegschieben, doch sie saß fest wie ein Schraubstock. »Los! Entschuldigen!«

»Ich denk gar nicht dran. Was seid ihr denn für Vollasis?« Marc versuchte sich loszureißen, aber er hatte keinerlei Chance gegen den durchtrainierten Mann. Und doch wehrte er sich tapfer. Irgendwann stieß er sich von Stephan ab, kam ins Trudeln, ruderte mit den Armen und traf Cayenne mit dem Handrücken am Kopf. Für eine Sekunde hielten alle den Atem an, dann rannte das Mädchen los.

Stephan ließ Marc stehen und lief Cayenne hinterher. »Bleib stehen, lass mich das mal ansehen.« Sie hatte eine kleine Schwellung an der Stirn, nichts Schlimmes, doch Stephan wusste, dass ihm die Situation entglitten war. War er denn nicht einmal in der Lage, ihnen einen unbeschwerten Abend zu bereiten?

»Komm mir ja nicht zu nahe. Da will man sich einmal fühlen wie ein normales Mädchen in meinem Alter, und dann so was ...«

»Cayenne, es tut ... Das ist alles nur passiert, weil wir schon zu lange hier sind. Und weil ich euch mal wieder nachgegeben habe.«

»Irrtum! Das ist nur passiert, weil wir seit Jahren dieses Scheißleben führen.«

»Cayenne, das alles ist ... ich will euch doch nur beschützen.«

»Dann bin ich lieber tot!«

»Das meinst du nicht ernst ...« Er hatte sie erreicht und packte sie am Arm. Mit einem geschickten Griff riss sie sich jedoch wieder los. Für einen Moment war er beeindruckt: Sie war gut geworden. Sein Training trug Früchte, und bald würde sie ihn nicht mehr brauchen. Doch noch war es nicht so weit. »Es ist Zeit, dass wir uns wieder auf den Weg machen. Die Leute hier sind neugierig, misstrauisch, sie stellen Fragen, auf die wir keine Antworten geben können.«

Jetzt blieb das Mädchen stehen und funkelte ihn aus ihren braunen Augen an. »Das ist nicht dein Ernst, oder? Jetzt, wo wir dabei sind, endlich mal Anschluss zu finden ...«

»Genau deswegen müssen wir weg.« Wieder packte er sie am Arm, diesmal fester, doch sie wehrte sich. Und dann passierte etwas, womit er nicht gerechnet hatte: Sie schlug ihn mit der freien Hand ins Gesicht. Verdutzt lockerte er seinen Griff, was das Mädchen sofort ausnutzte, sich losriss und zu rennen begann. »Mich siehst du nicht wieder! Nie!«

Er brauchte ein paar Sekunden, um zu begreifen, was gerade passiert war. Ein paar Sekunden zu lange: Als er ihr schließlich hinterherlief, war sie nicht mehr zu sehen.

7

Eben im strömenden südfranzösischen Regen mit sechs Kameraden den Exerzierplatz mit der Zahnbürste gereinigt. Was für ein Scheißtag. »Corvée Quartier« nennen sie das hier, »Schinderei in der Kaserne«. Immer noch besser als »Corvée Chiotte«, da geht es mit der Zahnbürste an die Scheißhäuser.

Das also ist jetzt mein Alltag. Damit wollen sie uns brechen. Könnte kotzen. Warum hab ich mich nur freiwillig in diese Hölle begeben? Einen Monat lang kein Ausgang, nur Schinderei. Und dann diese dummen Lieder. Ab und zu gibt es einen Coopertest, einen Wettlauf, ständig irgendwelche Psychofragen. Alles auf Französisch, das nervt.

Sonst immer nur putzen. Was hat das mit Militär zu tun? Sie sagen, das kommt noch. Ob ich dann noch dabei bin?

Habe das Gefühl, unter lauter Irren zu sein. Versuche aber, mich aus den krassen Konflikten rauszuhalten. Besonders die Jungs aus Osteuropa sind gefährlich. Die würden sich am liebsten gegenseitig totprügeln. Vor allem, wenn sie gesoffen haben.

Vor einer Woche, als wir mit Ausrüstung und voller Montur vom Bahnhof zur Kaserne gelaufen sind, sah alles anders aus. Verheißungsvoll. Erhaben. Und jetzt? Fühle mich wie der Bodensatz. Schütze Arsch im letzten Glied in der gottverlassensten Armee der Welt.

Kaum ein Auge zugemacht, seit wir in Aubagne sind. Im Schlafsaal ist es laut, die Typen schnarchen oder labern, es stinkt nach Pisse und Schweiß. Ständig Reibereien. Immerhin hatte einer von den Ungarn ganz passables Gras dabei. Keine Ahnung, wie er das bekommen hat.

Die Wachoffiziere haben ihn gestern hopsgenommen, mal sehen, wann er wieder aus dem Knast kommt. Oder … ob?

Der schlimmste von den Ausbildern ist »Kalinka«. Diese kleine russische Ratte. Ein echter Schinder, nicht mal einsfünfundsechzig groß. Mein Französisch ist nicht berauschend, aber seins ist so schlecht, dass man ihn kaum versteht. Wenn man aber nicht sofort macht, was er brüllt, und er brüllt ständig, gibt es eine Ladung »pompes«, Liegestütze. Gern auch mit seinem Stiefel im Nacken. Er und sein spanischer Kumpel Raúl haben im Hof Kippen auf den Boden geworfen und Rotze ausgespuckt. Und dann gesagt, wir hätten nicht richtig sauber gemacht. Schweine!

Soll ich mich wehren? Macht alles vielleicht noch schlimmer. Einige sind schon in den Bau gewandert – und kamen nicht gerade fit zurück. So wie »Fire«, der Schotte. Schläft unter mir im Stockbett. Völlig durchgeknallt. Hat sich neulich ein Branding mit einem zurechtgebogenen Eisenstück gemacht, in den eigenen Arm. Die Granate mit Flammen, das Symbol der Legion. Das Ding hat rot geglüht, so heiß war das. Er hat keine Miene verzogen. Vielleicht daher sein Name, keine Ahnung. Vorgestern hat er vor Kalinka ausgespuckt, dann ist er in den Bau gewandert. Kam heute Morgen raus, völlig fertig. Redet nicht drüber.

Bin völlig am Ende. Auch körperlich. Fast alle anderen sind fitter als ich. Sogar Goran, noch nicht mal halb so schwer wie ich, aber zäh. Eine richtige Kampfsau. Macht freiwillig pompes, bis er an den Fingern blutet. Hat auf dem Balkan viel Scheiße erlebt. Arme Sau.

Und ich? Auch eine arme Sau. Aber nicht zäh.

Habe gerade mit Georges gequatscht. Einzig gute Nachricht des Tages: Weil er schon weiter ist, wird er mein Binôme, mein Buddy. Wir üben zusammen Französisch, auch da ist er fitter. Der Buddy ist für den anderen verantwortlich. Wenn ich also Scheiße baue, kriegt er auch Ärger. Ich werde ihm keinen Ärger machen. Er ist so was wie ein großer Bruder. Ein besserer, als ich es für Lena jemals war. Er kennt die ganze Geschichte.

Hab ihm gesagt, dass ich hinschmeißen will. Georges sagt, ich hab den »Cafard«. Legionsblues. Geht vorbei, meint er. Schwer zu glauben.

Er ist in Ordnung. Wird sicher mal Karriere machen, bei der Legion. Elitesoldat werden, das will er. Er ist auf dem Weg dahin, auf jeden Fall. Kommt gut mit den Ausbildern klar, auch wenn er kein Arschkriecher ist.

Georges hat ein Buch gelesen, von 'nem Ex-Legionär. Hat einen Satz auswendig gelernt, den er aufsagt, wenn es ihn ankotzt: Wenn Paris will, dass die Legion in den Krieg zieht, dann sind sie die besten Soldaten der Welt. Und wenn der Staat entscheidet, dass sie alle Scheißhäuser in Paris putzen sollen, sind sie die besten Scheißhausputzer der Welt.

Will ich das sein?

Georges kommt aus einfachen Verhältnissen. Hat viel Mist durchgemacht. Er will es weit bringen. Sagt, durch die Scheiße in Aubagne muss jeder, aber danach weiß man, wofür. Und ich? Georges meint, ich kann es schaffen. Keine Ahnung, ob er recht hat.

8

»Na, Herr Fink, wo haben Sie denn diesmal reingelangt? Ihr Ringfinger ist ja ganz schön ramponiert.«

Kerstin Weinert beugte sich konzentriert über den blutenden Fingernagel, tupfte ihn mit einer Sterilisationslösung ab und begann, eine Mullbinde darum zu wickeln.

»Den müssen Sie jetzt aber sauber halten. Nicht dass Sie mir wieder eine Wundinfektion bekommen.« Die Ärztin zwinkerte dem Hausmeister zu. Fink war die gute Seele der Klinik. Er kannte alle Mitarbeiter beim Namen, war immer zur Stelle, wenn man ihn brauchte, und schaffte es sogar, durch kleine Gefälligkeiten oder Notreparaturen den allgegenwärtigen Renovierungsstau ein wenig erträglicher zu machen. Das war auch nötig, denn es fehlte an Geld – für einen Neubau sowieso, aber auch für dringend notwendige Sanierungen und natürlich für mehr Personal. Vielleicht war es gerade diese Tatsache, die sie alle hier besonders zusammenschweißte. Sie verstanden sich als Team. Ein Team, das hier, in einer Kreisklinik mitten in der brandenburgischen Provinz, sein Bestes gab. Und dazu gehörte ab und an, die Wehwehchen von Herrn Fink zu verarzten, auch wenn sich auf Kerstin Weinerts Schreibtisch wie immer die Patientenakten stapelten. Andererseits: Ihr Nachtdienst hatte gerade erst begonnen, und sie hatte noch den ganzen Abend Zeit für den Schreibkram.

»So, fertig.« Zufrieden schnitt sie den Rest der Bandage ab, rollte auf dem Hocker nach hinten und warf ihre Einweghandschuhe in den Papierkorb. »Sie auch?«, fragte sie, als sie sich einen Filterkaffee in die Tasse mit der Aufschrift »doctor fueled by coffee« schenkte, ein Präsent der Kollegen zum Abschluss ihrer Praktikumszeit. Sie nahm einen kräftigen Schluck und verzog das Gesicht. War diese Plörre warm schon kaum genießbar, wurde sie kalt zum regelrechten Brechmittel.

»Lieber nicht«, antwortete der Hausmeister angesichts ihrer Miene.

»Wird besser sein«, gab sie lachend zurück. »Dann sind wir fertig, Herr Fink. Morgen früh kommen Sie zum Verbandswechsel, bevor ich nach Hause geh, ja?«

»Danke, Frau Doktor. Wissen Se, heute war wieder Revision von die janze Notstromaggregate, und da is mir so 'ne rostige Klappe aufn Daumen jeknallt. Das Zeug ist doch uralt und wird nie jebraucht. Das läuft nur noch für die Überprüfung, die die Korinthenkacker von der Klinikaufsicht alle halbe Jahre hier veranstalten. Aber so sind nu mal die Vorschriften.«

»Jaja, die Vorschriften. Wenn wir die nicht hätten ...«, seufzte Kerstin Weinert vielsagend.

»Dann jinge es uns allen besser«, ergänzte der Hausmeister und knöpfte sich seinen Hemdsärmel zu. »Im Moment sind se da aber ooch besonders penibel. Irjend so 'ne Studie, hat der Typ vom Amt jesagt. Hat erjeben, dass im Falle eines Stromausfalls ...« Er konnte den Satz nicht zu Ende sprechen, denn ein ohrenbetäubender Lärm zerriss die abendliche Stille in der Notaufnahme.

Ehe sie begriffen, was da passierte, flogen ihnen die Splitter der Fensterscheibe um die Ohren. Instinktiv zogen Kerstin Weinert und der Hausmeister die Köpfe ein. Zu Tode erschrocken, sahen sie sich in die Augen, wagten nicht, sich zu bewegen, bis sie sich vom ersten Schock erholt hatten.

»Wat warn dat nu wieder?«, fragte der Hausmeister und blickte durch das zerbrochene Fenster in die Dunkelheit.

Kerstin Weinert suchte mit den Augen den Boden ab. Ein Pflasterstein lag inmitten der Glassplitter. Immerhin, kein Schuss. Es hatte in der Vergangenheit ein paar Drohungen gegen das Krankenhaus gegeben, weil hier immer wieder unbürokratisch Flüchtlinge aus der benachbarten Erstaufnahmeeinrichtung behandelt wurden. Sie hatten diese jedoch nie ernst genommen. Bis jetzt.

Die junge Ärztin ging hinter der Behandlungsliege in Deckung und bedeutete Fink, ebenfalls Schutz am Boden zu suchen, der nächste Stein würde bestimmt nicht lange auf sich warten lassen.

»Nee, die kauf ick mir jetzt, die Burschen«, winkte der Hausmeister ab und stürzte zur Tür. »Dat sind bestimmt diese Rotzbengel, die immer alles mit ihren Hakenkreuzen beschmieren.«

»Herr Fink, nicht! Wer weiß, vielleicht sind die gefährlich.«

Doch der Mann war bereits aus der Tür. »Hunde, die bellen, beißen nicht«, rief er noch.

Kerstin Weinert blieb zusammengekauert hinter dem Tisch. Sollte der Alte doch den Helden spielen, sie verspürte keinerlei Lust, gleich ein Loch im Kopf zu haben.

Keine Minute später war der Hausmeister zurück. »Sie müssen kommen, Frau Doktor! Da liegt eener. Mitten auf der Zufahrt. Kommen Se, schnell!«

»Herr Fink, meinen Sie nicht, wir sollten die Polizei …?«

»Nix Polizei, dem jeht's nich jut. Sie müssen helfen! Ick hol noch 'n paar Pfleger oben uff Station!«

Mit zitternden Knien erhob sich die Ärztin. Sie konnte

ihren Puls in der Halsschlagader spüren. Vorsichtig betrat sie den Gang und ging auf die elektrische Tür zu, wo sie mit dem Pförtner zusammentraf. Fink hatte ihn anscheinend bereits in Kenntnis gesetzt. Ob er ihr eine Hilfe sein würde, bezweifelte sie jedoch: Der schmächtige Mann schien noch mehr Angst zu haben als sie selbst.

Sie bedeutete ihm, mitzukommen, was er widerwillig tat, dann traten sie nach draußen. Obwohl der Eingangsbereich nachts beleuchtet war, sah sie nur schemenhaft die Umrisse eines undefinierbaren Bündels auf der Zufahrt liegen. Ob da ein Mensch lag?

Sie bewegte sich langsam, vorsichtig. Wer konnte schon wissen, ob das nicht eine Falle war, die sich eines dieser kranken Hirne da draußen ausgedacht hatte? Am Ende war es wieder der Perverse, der sie vor ein paar Monaten nach der Spätschicht vom Fahrrad ziehen wollte. Die Polizei hatte wenig Interesse gezeigt, nach ihm zu suchen, und ihr lapidar zu verstehen gegeben, dass sie eben besser nicht nachts allein durch die Gegend radeln sollte.

Kerstin Weinert zitterte jetzt am ganzen Körper. Sie hatte das Bündel noch nicht erreicht, da hörte sie einen Motor aufheulen. Scheiße, also doch eine Falle! Sie wollte zurückrennen, aber ihr Körper dachte nicht daran, zu gehorchen. Starr stand sie da, sah den Wagen aus der Parklücke fahren, mit Vollgas, unbeleuchtet. Jetzt würde er auf sie zurasen und sie …

»Kerstin, komm rein, wir rufen die Polizei, wer weiß, was da los ist.« Frank, ein Oberarzt aus der Geburtshilfe, rief aus einem Fenster im ersten Stock zu ihr herunter. Ausgerechnet der! Es passte zu diesem schleimigen Widerling mit seinen plumpen Anmachversuchen, dass er Schiss hatte und sich nicht zu ihr ins Freie traute. Die Wut auf ihn verdrängte ihre Angst. Noch dazu hatte das Auto gewendet und raste jetzt in Richtung Straße.

Die Ärztin rannte auf das Bündel zu. Jetzt erkannte sie, dass es eine olivgrüne Decke war, nein, eine Plane. Und sie bewegte sich. Ein klägliches Wimmern drang daraus hervor. Kein Zweifel, dort lag ein Mensch. Ein Mensch, der ihre Hilfe brauchte. Kerstin Weinert ging in die Hocke. »Was ist mit Ihnen?«, fragte sie und zog gleichzeitig die Plane zurück. Als sie sah, was darunter lag, entfuhr ihr ein spitzer Schrei.

Keine fünf Minuten später lief Kerstin Weinert wieder völlig rund. Sie war Internistin und ausgebildete Notärztin, sie wusste, wie man sich in Extremsituationen professionell und ruhig verhielt. Auch wenn es sich bei ihrer Patientin um ein übel zugerichtetes Mädchen handelte, das offensichtlich einem Gewaltverbrechen zum Opfer gefallen war. Um die Frage, wie es in die Klinikeinfahrt gekommen war, würde sie sich später kümmern, jetzt zählten erst einmal andere Dinge.

Den Blick auf ihre Patientin gerichtet, die von zwei Pflegern auf einer Liege durch die Krankenhausgänge geschoben wurde, diktierte sie in sachlichem Ton in ihr Aufnahmegerät: »Das Mädchen hat eine stark blutende Wunde am linken Oberschenkel, Kopfplatzwunde, Schürfwunden am Oberkörper und an den Beinen. Abwehrverletzungen an den Unterarmen. Vermutlich starker Blutverlust. Schnittwunden am Hals und an den Händen sowie Einblutungen im Gesicht, wahrscheinlich als Folge einer Strangulation. Nicht ansprechbar.« Sie schaltete das Gerät wieder aus. Das war wirklich starker Tobak, sie hoffte nur, dass die Kleine keine inneren Verletzungen hatte.

Dann wandte sie sich an die beiden Pfleger: »Ich brauche ein EKG. Außerdem Sauerstoffsättigung, Röntgen und Schädel-CT.« Die beiden Pfleger nickten. Kerstin Weinert fasste die Hand des vielleicht sechzehnjährigen Mädchens. Sie war bildschön, das konnte man selbst in diesem Zustand sehen. Ihre dunkle Hautfarbe bildete einen harten Kontrast zum blassen Teint der Ärztin und ließ den Zustand des Mädchens weniger schlimm erscheinen, als er wirklich war.

Die Plane, in der sie eingewickelt gewesen war, hatte sich als Armeeponcho herausgestellt. Er lag nun zusammen mit ihren schweren Stiefeln am Ende der Liegefläche. »Wird schon wieder, Kleine«, murmelte sie der Jugendlichen aufmunternd zu, obwohl die bislang nicht reagiert hatte. Dann wandte sie sich wieder an die Pfleger: »Bringt sie in OP drei und legt ihr einen Zugang mit Ringerlösung, bis das Laborergebnis da ist. Ach ja: Blutbild und Blutgruppe bräuchten wir auch.«

Auf einmal ging ein Ruck durch die junge Patientin. Sie schlug die Augen auf, hustete schwer, wobei sie etwas Blut ausspuckte. Dann brabbelte sie leise etwas vor sich hin. Die Ärztin verstand kein Wort, beugte sich zu ihr und hielt ihr Ohr an ihre Lippen. »J'ai dix-sept ans. Je pèse cinquante kilos. J'ai le groupe sanguin A. Je ne suis pas d'ici, j'ai perdu mon groupe de voyage. J'ai besoin d'assistance médicale.«

Mist, das musste Französisch sein – aber Fremdsprachen waren noch nie Kerstin Weinerts Stärke gewesen. »You are from France?«

»Ho diciassette anni. Peso cinquanta chili. Il mio gruppo sanguino …«

Das klang nun gar nicht mehr französisch. Eher italienisch. »Sorry, do you speak English?«, unterbrach die Ärztin den heiseren Singsang.

»Ho perso il mio …«

»Hör doch mal, sprichst du deutsch?«

»Tengo diecisiete años. Peso cincuenta chilos. Mi tipo de sangre es …« Spanisch, keine Frage! Kerstin wandte sich an einen der Pfleger, einen drahtigen jungen Mann mit schwarzem Wuschelkopf. »Sag mal, Balta, kommst du nicht aus Mexiko?«

»Sí claro.«

»Hör doch mal, verstehst du, was die Kleine sagt?«

»... mi grupo de viaje. Necessito ayuda medica.«

»Sie sagt, dass sie ihre Reisegruppe verloren hat und medizinische Hilfe braucht.«

»Frag sie mal, wie sie heißt.«

»¿Como te llamas?«

»I am seventeen years old. My weight is fifty kilos. My blood type is A. I am not from here. I've lost my travelgroup. I need medical assistance.«

Kerstin zog die Brauen zusammen. »I see. But what's your name? What happened? Who brought you here?«

Die Jugendliche zeigte keine Regung, sondern murmelte einfach weiter. »Ich bin siebzehn Jahre alt. Ich wiege fünfzig Kilo. Meine Blutgruppe ist A. Ich bin nicht von hier. Ich habe meine Reisegruppe ...«

»Fuck!«, schimpfte Kerstin Weinert. Was immer diesem Mädchen zugestoßen war, es musste heftig gewesen sein. Davon zeugten nicht nur ihre äußeren Verletzungen. Auch ihre geistige Verfassung schien desolat. »Ruft jemand die Polizei, bitte? Wir versorgen sie jetzt erst mal, dann werden wir hoffentlich bald wissen, wer unsere junge Patientin hier ist und was man ihr angetan hat.«

9

23.45 Uhr. Scheiße, das würde knapp werden bis zum Redaktionsschluss. Andreas Klamm drückte seine Zigarette in der Erde des verdorrten Kaktus aus, weil im Aschenbecher inzwischen kein Platz mehr war.

»Da muss doch noch ein Stück da sein«, sagte er dann zu sich selbst. Obwohl er vor gerade mal einer Stunde ganz allein eine Familienpizza und eine Packung Tiefkühl-Apfelstrudel – eine Reminiszenz an seine österreichische Heimat – verdrückt hatte, verspürte er immer noch kein Sättigungsgefühl. Er ließ seinen Blick über den Schreibtisch gleiten. Bücher lagen kreuz und quer darauf verstreut, dazu lose herumfliegende, mit kryptischen Notizen versehene Blätter. Unter einem zerfledderten Eckspanner fand er einen Teller mit einem verschimmelten Stückchen Wurst, dann schließlich, verdeckt von einem Lexikon mit unzähligen farbigen Klebezetteln, das letzte Stück Pizza. Der Käse klebte am durchweichten Karton und zog lange Fäden, als er es hochhob, doch das störte ihn genauso wenig wie die Tatsache, dass es eiskalt war. Seine Lieblingspizza schmeckte immer, dafür sorgte die doppelte Portion Parmesan in Verbindung mit den Fleischbällchen. Genussvoll lehnte er sich zurück und stopfte sich das ganze Dreieck auf einmal in den Mund. Er verstand nicht, warum wahrer Genuss langsames Essen erfordern sollte. Zum Hinunterspülen griff er sich die Tasse mit seinem Wachmacher – zwei Teile Kaffee, ein Teil Gin und ordentlich Würfelzucker. Er spürte, wie die Energie aus dieser selbst gemixten Rezeptur seinen Körper durchströmte. »Ahhhh. Und jetzt Nachtisch«, seufzte er, zündete sich eine Zigarette an, und starrte auf den bläulich leuchtenden Bildschirm seines Laptops.

Wieder durchfuhr ihn dieses Kribbeln. Er war an etwas dran, das fühlte er so deutlich wie nie zuvor. Sicher, das hatte er schon manchmal gedacht, etwa als er vor ein paar Monaten die Geschichte mit den Linien im Fichtelgebirge aufgedeckt hatte. Nachgewiesen hatte, dass sich diese imaginären Verbindungen an Orten kreuzten, die alle besondere Bedeutungen für die Menschen hatten, etwa als Opferstätten in der Vergangenheit, als Kirchen oder Rathäuser in unserer Zeit. Auch die Pflanzen konnten das spüren: Die Vegetation brachte an diesen Knotenpunkten besondere Gewächse hervor, mit absonderlichem Wuchs, bizarren Formen.

Doch seine Geschichte hatte sich nicht so verbreitet, wie er es erwartet hatte. Man hatte die Tragweite seiner Entdeckung nicht erkannt. Nicht einmal bei dem Online-Magazin, für das er schrieb, dem *Conspirator.* Diese Idioten! Dabei hatte er klare Beweise dafür gefunden, dass die Menschen sich in ihrem Siedlungsverhalten an bisher unbekannten, mysteriösen Ordnungssystemen orientierten. Ob unbewusst oder gesteuert, das hätte er gerne noch recherchiert, doch seine Redakteure hatten gesagt, die Geschichte sei auserzählt.

Irgendwann würde er sein eigenes Magazin haben, dann würden sie ihre Ignoranz bereuen.

Die Schuld, dass die Sensation derart verhallt war, gab er allerdings zum Teil auch sich selbst. Schließlich war es ihm nicht gelungen, den Menschen die Sprengkraft seiner Entdeckung begreiflich zu machen. Doch nun würde er es schaffen, denn die Fichtelgebirgs-Geschichte war nichts im Vergleich zu der Sache, der er im Moment auf der Spur war. Und doch hatte es damit zu tun.

Dabei war der Ausgangspunkt harmlos gewesen, hatte nicht nach einem großen *Scoop* ausgesehen. Ein anonymer Tippgeber hatte ihn aufgefordert, sich seinen Personalausweis einmal genauer anzuschauen. Er hatte noch den Vorläufer der jetzt verwendeten Scheckkarten, dieses laminierte Dokument in der Größe einer Zigarettenschachtel. Man musste es nur auf den Kopf stellen, und schon konnte man eindeutig eine mythische Gestalt erkennen: den Stierkopf mit den zwei Hörnern. *Baphomet.* Ein uralter Dämon. Natürlich musste das allein noch gar nichts heißen, aber es fügte sich als Puzzleteil in das, was er danach herausgefunden hatte. Dabei hatten ihm die Aufnahmen der sogenannten *Jäger-Cams* geholfen – automatische Fotofallen, die Fotografen und Förster irgendwo im Wald platzierten, um Tieraufnahmen zu machen. Klamm nahm sich ein paar der ausgedruckten Fotos zur Hand. Sie zeigten allesamt Tiere, einen Hirsch etwa oder einen Fuchs, die sich hell und mit leuchtenden Augen vom dunklen Hintergrund abhoben. Das lag daran, dass die Kameras Infrarotbilder von ihrer Umgebung schossen, denn viele der Tiere waren nachtaktiv. So weit, so normal.

Doch auf den Bildern waren nicht nur Tiere zu sehen. Im Hintergrund konnte man immer wieder mysteriöse Gestalten entdecken, verwachsene, menschenähnliche Kreaturen, die aus weit aufgerissenen Augen in die Kamera glotzten. Das alles war frei zugänglich im Internet verfügbar, aber offenbar hatte bisher niemand die entsprechenden Schlüsse gezogen.

Niemand außer ihm.

Wieder nahm Klamm einen Schluck seiner Spezialmischung.

Er hatte herausgefunden, dass die bizarren Aufnahmen der *Fotofallen* genau an den Stellen entstanden waren, an denen sich die gedachten Linien kreuzten, die er für die Fichtelgebirgs-Geschichte recherchiert hatte. Linien, die es jedoch nicht nur dort gab – sie zogen sich durchs ganze Land. Konnte das alles ein Zufall sein? Wohl kaum. Aber richtig *Klick* gemacht hatte es erst später.

Genüsslich lehnte er sich in seinem Stuhl zurück, was diesem ein jämmerliches Quietschen entlockte. Er blies den Rauch seiner Zigarette Richtung Zimmerdecke und blickte ihm nach. *Rauchspuren.* Das hatte ihn darauf gebracht. Kondensstreifen. *Chemtrails.* Jetzt musste er grinsen. Nur er hatte diese Verbindung gesehen. Nicht einmal die Verschwörungsspinner, die hinter allem und jedem ein großes Komplott vermuteten, waren darauf gekommen.

Dabei lag doch alles offen da. Man musste nur eins und eins zusammenzählen. Er konnte jetzt beweisen, dass auch die Chemtrails den imaginären Linien folgten, die er beschrieben hatte. Dazu hatte er die Daten der Chemtrail-Aktivisten mit seiner geologischen Datenbasis abgeglichen, wofür eine mühsame Recherche nötig gewesen war. Er hatte unzählige Interviews geführt, war bei mehreren Anhängern der Chemtrail-Theorie vorstellig geworden, hatte sich zuletzt viel in Prepper-Kreisen bewegt. Aber es hatte sich gelohnt.

Nur auf den Talkshow-Auftritt hätte er verzichten sollen. Der hatte seiner Sache eher geschadet, wie er sich im Nachhinein eingestehen musste. Zwei Politiker hatten ihn dort in die Mangel genommen, was einen Wutausbruch von ihm zur Folge gehabt hatte, der auf YouTube zum Klick-Hit wurde – samt zugehörigem Shitstorm. Dabei hatte er in der Sache recht gehabt, die Politik war Teil der großen Verschwörung, die er nun belegen konnte. Denn was bislang nur ihm klar war, was aber bald die breite Öffentlichkeit erfahren sollte, war, dass dort, wo die besagten Linien verliefen, die Chemikalien aus den Flugzeugen wegen der besonderen Energie dieser Orte eine ungleich stärkere Wirkung entfalteten als anderswo.

Da war es wieder, dieses Kribbeln. Immer wenn er sich die Aufnahmen der Fotofallen ansah, befiel es ihn. Denn die Bilder, davon war er überzeugt, zeigten nichts anderes als zuvor völlig normale Menschen, die sich an den Kreuzungspunkten der Linien befunden hatten, als dort die Chemtrails versprüht wurden. Was die mit den Menschen machten, konnte man anhand der Fotos begutachten.

Nur die Frage, wer hinter alldem steckte, hatte ihm eine Weile Kopfzerbrechen bereitet. Doch dann war ihm ein Licht aufgegangen. Eher als eine Art Gedankenspiel hatte er alles mit *Baphomet*, dieser ziegenköpfigen, geflügelten Kreatur auf dem Personalausweis in Verbindung gebracht, die schon von den Templern verehrt worden war. Die bloße Abbildung des Dämons, so erzählte man sich, sollte über die Kraft verfügen, Menschen nach eigenem Willen zu beeinflussen. Und auf einmal hatte alles Sinn ergeben. Es war das fehlende Puzzleteil gewesen, nun sah er das Bild klar und deutlich vor sich. Denn wer war für die Ausgabe von Ausweisen zuständig? Wo liefen all diese Fäden zusammen? Natürlich: im Zentrum der Macht. Dem, was die einfachen Leute naiv *den Staat* nannten. Jene Institution, von dem es hieß, das Volk bilde ihn. Dabei war alles genau andersherum.

Klamm hatte zu weit unten gesucht, doch das Übel kam von ganz oben. Der Staat wollte die Menschen gefügig machen – was ja irgendwie einleuchtete. Aus der Logik der Mächtigen jedenfalls. Wer nicht gehorchte, sich verweigerte, wurde mittels Chemikalien ruhiggestellt. Deswegen hatten die Politiker im Fernsehen so auf ihn eingedroschen. Wahrscheinlich hatten sie auch den Shitstorm angeheizt: Sie wussten, dass er ihnen auf der Spur war. Aber er würde sich nicht den Schneid abkaufen lassen. Würde ihre Pläne öffentlich machen. Oder wer weiß, vielleicht würde er, bei einem Angebot, das er nicht ablehnen konnte, auch die Seiten wechseln. Er würde …

Ein leises Klingeln ließ ihn zusammenzucken. Sofort setzte er sich kerzengerade hin. Lauschte. Doch nun war es wieder still. Zu still.

Schließlich hatte eben eines seiner Glöckchen angeschlagen. Denn so wenig er der digitalen Technik die Überwachung der eigenen Sicherheit anvertrauen wollte, die nicht mehr funktionierte, wenn man ihr den Saft abdrehte, so sehr glaubte er ans Analoge. Deswegen hatte er den Garten um sein abgeschieden stehendes Häuschen zu einem mechanischen Hochsicherheitstrakt umfunktioniert. Mit ein paar Dutzend Glöckchen und einem Gewirr aus fast unsichtbaren Nylonfäden, in deren Zentrum er saß wie eine Spinne, die sofort Bescheid wusste, wenn ihr irgendwo jemand ins Netz ging. Die Enden der Fäden hatte er durch den hölzernen Fensterrahmen geführt, jeweils eine Glocke drangehängt und mit Schildchen beschriftet. »Vordertür« bewegte sich noch leicht. Dort also schlich jemand herum.

Allerdings konnte er nicht ganz ausschließen, dass dieser Jemand eine streunende Katze oder ein verirrter Fuchs war. Tatsächlich war es bisher immer falscher Alarm gewesen, wenn eines seiner Glöckchen gebimmelt hatte. Aber er hatte auch noch nie an so einer brisanten Geschichte gearbeitet.

Sollte jemand von der Sache Wind bekommen haben, würde er automatisch zur Zielscheibe werden. War es nun so weit? Kamen *sie*, um ihn zu holen?

Langsam stand er auf und ging in Richtung Vordertür. Dort verharrte er ein paar Sekunden in völliger Reglosigkeit.

Es war weder etwas zu hören noch zu sehen. Lautlos holte er aus dem Regal ein langes Messer heraus, umklammerte es und riss mit Schwung die Tür auf. Aber da war nichts. Langsam entspannte er sich wieder. Also doch irgendein blödes Vieh. Das Messer allerdings nahm er mit zurück zum Schreibtisch.

Seufzend ließ er sich auf seinen Stuhl sinken und sah auf die Uhr. Sieben Minuten nach Mitternacht. Wenn er den Text morgen abschicken wollte, musste er allmählich fertig werden. Er zündete sich eine neue Zigarette an und überlegte: Wo war er stehen geblieben? Was musste er noch schreiben? Wo würde er Andeutungen platzieren müssen, die neugierig genug machten auf eine Folgegeschichte, wo galt es, mehr preiszugeben? Gedankenverloren blickte er dem Rauch nach, sah zu, wie er sich auf Höhe des Fensters in kleine Wirbel teilte ... Moment! Wie konnte das sein? Ein Luftzug war nicht möglich, seine Fenster waren immer geschlossen.

Er griff sich das Messer und wollte sich aufrichten, da spürte er bereits, wie sich von hinten ein kalter Draht um seinen Hals legte und mit einer Kraft zugezogen wurde, die ihm augenblicklich die Luft zum Atmen raubte. Dabei schnitt sie schmerzhaft in sein Fleisch. Er hatte das Gefühl, als träten seine Augen aus ihren Höhlen, so sehr stieg der Druck in seinem Schädel.

Doch Klamm hielt sich nicht damit auf, schockiert zu sein; es war nicht das erste Mal, dass er um sein Leben kämpfen musste. Sein Gegner, wer immer es auch sein mochte, würde das deutlich zu spüren bekommen. Er stemmte die Beine gegen die Schreibtischplatte und stieß sich nach hinten, woraufhin er und sein Angreifer quer durch den Raum schlitterten und an die gegenüberliegende Wand knallten. Sofort ließ der Druck auf seinen Hals nach und er bekam wieder Luft. Seine Arme schnellten nach hinten und krallten sich in eine Schulter. Als er die Muskeln unter dem Stoff spürte, war ihm klar, dass das kein leichter Kampf werden würde. Doch das befeuerte nur seinen Widerstandsgeist, und er ließ seine Hände höher wandern, bereit, seine Daumen mit aller Kraft in die Augenhöhlen des Angreifers zu drücken, nicht mehr aufzuhören, bis dieser jaulend zu Boden gehen würde und er ihm mit dem Messer die Kehle aufschneiden konnte, auch wenn das hässliche Blutflecken auf dem Parkett hinterlassen würde. Aber sein Kontrahent schien zu ahnen, was er vorhatte, denn er warf sich von hinten auf ihn und sie torkelten wieder nach vorn, rissen die Aufzeichnungen, den Aschenbecher und den Laptop vom Schreibtisch und landeten auf dem Boden.

Klamm drosch mit den Ellenbogen nach hinten in die Seiten des Angreifers, doch der stemmte ihm ungerührt sein Knie ins Kreuz. Diese Lage war brenzlig für Klamm, und er begann wie von Sinnen zu strampeln, warf seinen Körper nach links und rechts, wollte sich aufrappeln, wurde von seinem Widersacher aber unerbittlich zu Boden gedrückt. Wie ein aufgespießter Käfer zappelte er mit Armen und Beinen – vergeblich. Jetzt merkte er, wie der andere seine überlegene Position nutzte, um die Schlinge wieder zu greifen und langsam zuzuziehen.

Der Schmerz war grell, und sofort blieb Klamm wieder die Luft weg. Seine Zunge schwoll an, die Augen traten hervor, er japste, sabberte, erlahmte schließlich, spürte, wie sich die Welt um ihn herum langsam auflöste, wie es ihm immer schwerer fiel, seine Arme und Beine zu bewegen, wie seine Gedanken zerflossen. Dann schwanden ihm endgültig die Sinne.

Andreas Klamm hatte sich oft gefragt, wie sein Leben wohl enden würde, und als er aus seiner Ohnmacht erwachte, wusste er, dass es jetzt und hier so weit war. Er saß auf seinem Bürostuhl, die Hände auf dem Rücken zusammengebunden, seine Beine mit Tape an die Stuhlbeine geklebt. Um seinen Hals lag noch immer die Schlinge, doch die beiden Enden hingen herunter, die hölzernen Griffstücke lagen auf seinem Oberkörper. Der Grund, warum Klamm so sicher war, dass sein Schicksal besiegelt war, war die hünenhafte Gestalt vor ihm. Ganz in Schwarz gekleidet, mit einer Stoffmaske über dem Gesicht, stand der Mann da, die Hände in die Hüften gestützt, reglos, still. Erstaunlicherweise war das Erste, was Klamm spürte, nicht Verzweiflung oder Schmerz, sondern Triumph. Triumph darüber, dass er mit seiner Geschichte offenbar in ein Wespennest gestochen hatte. So sehr, dass sie ihn aufgespürt hatten, um ihn nun zum Schweigen zu bringen. Doch das Hochgefühl hielt nicht lange an: Schnell wurde es von der Erkenntnis abgelöst, dass er seine Entdeckung mit ins Grab nehmen würde. Denn er hatte noch niemandem davon erzählt. Das Treffen mit seinem Chefredakteur würde erst in ein paar Tagen stattfinden. Niemand würde je den Datenstick finden, auf dem er vorsichtshalber alles gespeichert hatte. Noch einmal erwachte Klamms Kampfgeist, er ruckte auf dem Stuhl herum, zerrte an seinen Fesseln, aber sie gaben keinen Millimeter nach.

Und dann tat der Fremde etwas völlig Unerwartetes: Er hob die Hand, zog langsam seine Maske vom Kopf und blickte ihm direkt in die Augen. Doch er sagte nichts. Erwartete er, dass er ihn erkannte? Klamm hatte ihn noch nie gesehen.

»Wie seid ihr mir auf die Schliche gekommen?«, durchbrach Klamm endlich mit heiserer Stimme die Stille. So viele Fragen quälten ihn, und er wollte nicht ohne die Antworten abtreten.

Sein Gegenüber schien überrascht. »Worauf?«

Die Stimme! Sie kam ihm tatsächlich bekannt vor. »Na, die Enthüllungsgeschichte, an der ich dran bin.«

»Ich weiß nichts von einer Geschichte.«

Klamm hob verwundert die Augenbrauen. *Weswegen war er dann hier?* Bevor er die Frage stellen konnte, beugte sich der andere vor und flüsterte ihm etwas ins Ohr. Klamm klappte der Kiefer nach unten. »Nein, das kann nicht … du bist tot!«

Der andere schüttelte den Kopf. »Ich nicht. Aber du.« Dann griff er die Enden der Schlinge, stemmte einen Fuß gegen den Stuhl und zog mit einer so überwältigenden Kraft zu, dass sich der Draht tief in Klamms Fleisch schnitt. Blut quoll aus der Wunde am Hals des Gefesselten, und wieder bekam sein Gesicht diesen aufgedunsenen Ausdruck. Doch diesmal stoppte der Mann nicht, als das Zucken in Klamms Körper schon aufgehört hatte, seine Muskeln erlahmt waren. Erst nach mehreren Minuten lockerte er seinen Griff.

Dann machte er sich an den zweiten Teil seiner Arbeit und begann zu suchen.

10

Kerstin Weinert atmete tief durch, während der Mann vor ihr auf sie einredete.

»Was sollen wir denn machen, Frau Doktor? Hier in der Gegend wird weder ein Mädchen vermisst, noch gibt es irgendeine Anzeige oder Zeugenaussage. Die Unbekannte hat keine Papiere oder sonst irgendetwas bei sich, was auf ihre Identität hinweist. Fingerabdrücke und DNA sind in keiner Datenbank gespeichert. War gar nicht so einfach, diese Infos so schnell zu bekommen. Wenn sie also nicht spricht, kann ich Ihnen auch nicht sagen, um wen es sich bei dem Mädchen handelt und wer die Kleine so übel zugerichtet hat. Aber wir haben ja noch ein wenig Zeit. In dem Zustand wird sie kaum in den nächsten paar Tagen fröhlich hier rausspazieren. Also mal den Ball flach halten.«

Kripo-Typen wie diesen Neumann hatte sie gefressen! Immer schön Dienst nach Vorschrift machen, bloß keine Empathie zeigen, sich nur ja für niemanden interessieren.

Sie blickte in sein graues Gesicht. »Den Ball flach halten? Wir haben das Mädchen mittlerweile seit achtundvierzig Stunden hier, ihr Zustand hat sich zum Glück einigermaßen stabilisiert. Aber sie redet wirres Zeug. Und sie ist schwer traumatisiert.«

Der Polizist zeigte keinerlei Regung, also wurde die Ärztin

deutlicher: »Das Mädchen ist Opfer massiver Gewalt geworden. Haben Sie die Strangulationsmale gesehen? Mann, irgendein perverser Psycho hat versucht, sie umzubringen, und der rennt nach wie vor da draußen herum! Wenn Sie schon selbst kein Interesse an der Sache haben, sagen Sie mir wenigstens, wie wir jetzt weiter verfahren sollen. An wen sollen wir uns wenden?«

Neumann zog seine Lederjacke zu, strich sich über seinen ungepflegten Bart und zuckte die Schultern. »Es bringt doch jetzt nichts, persönlich zu werden. Wir tun alle unsere Arbeit, Sie die Ihre, ich die meine. Wir brauchen allerdings Beweise, spekulieren allein reicht bei uns nicht aus.«

Kerstin Weinert holte Luft, doch der Beamte hob die Hand. »Lassen Sie's stecken. Der Rechtsmediziner hat das Mädchen ja schon begutachtet und wird wohl zu demselben Schluss kommen wie Sie: Gewaltverbrechen, akute Gefahr. Oder meinen Sie, wir haben den hier geparkt, weil wir nicht wussten, wohin mit ihm?« Bei diesen Worten wies er mit dem Kopf auf den uniformierten Beamten, der auf einem Stuhl vor dem Krankenzimmer saß. Er nickte Neumann beflissen zu.

»Nein, natürlich nicht«, lenkte die Ärztin ein. »Ich finde ja auch gut, dass Sie jemanden zu ihrem Schutz abgestellt haben.«

»Ob Sie das gut finden oder nicht, ist mir eigentlich egal«, antwortete Neumann, machte dann eine Pause und fuhr fort: »Aber ich kann Ihnen unser Vorgehen in solchen Fällen gern mal bei einem Schluck Kaffee erläutern ...«

Unfassbar, dachte Katrin Weinert. Der baggerte sie tatsächlich an! Und das, obwohl sie ihm ziemlich klar zu verstehen gegeben hatte, was sie von ihm hielt. Sie beschloss, sein Angebot einfach zu ignorieren. »Wie geht es denn jetzt weiter?«

»Wie es weitergeht? Na, das Übliche, würd ich sagen: Jugendamt, Betreuer, vielleicht psychologische Untersuchung. Mehr können wir im Moment von Amts wegen nicht machen. Aber wir ermitteln natürlich weiter.«

»Klar, auf Hochtouren, das merk ich schon«, brummte Kerstin Weinert, doch noch bevor der Kriminalbeamte etwas erwidern konnte, gesellte sich der Oberarzt der Inneren zu ihnen. Er nickte dem Polizeibeamten zu, dann wandte er sich an Kerstin: »Na, wie geht es unserer geheimnisvollen Unbekannten?«

»Körperlich bekommt sie das hin, auch wenn sie noch schwach wirkt. Fast schon ein Wunder, dass sie keine einzige Fraktur hat, nur massive Prellungen. Was die Gehirnerschütterung und den Sauerstoffmangel durch die Strangulation angeht, ist sie recht stabil, auch wenn sie noch eine Weile mit rezidivierenden Kopfschmerzen zu kämpfen haben wird. Die Wunde am Hals droht sich zu infizieren, das sollten wir aber in den Griff bekommen. Und sie hat im Moment 38,4 Temperatur, das gefällt mir nicht so besonders. Dass sie nach wie vor weder ihren Namen preisgibt, noch was mit ihr passiert ist, deutet auf eine erhebliche Traumatisierung hin. Und wir wissen alle: So etwas kann dauern.«

»Verstehe«, murmelte er. »Ich sehe sie mir selbst auch noch kurz an. Kommen Sie.« Kerstin verabschiedete den Kriminaler mit knappen Worten, lächelte dem Uniformierten vor der Tür zu und betrat hinter ihrem Vorgesetzten das Krankenzimmer.

»Sagen Sie, Kollegin«, fragte der Oberarzt aus dem Raum, »kann die Patientin bereits aufstehen?«

»Keinesfalls, wegen des Schwindels und der starken Medikamente muss sie weiterhin Bettruhe halten«, erklärte Kerstin. »Aber warum fragen Sie?«

Statt einer Antwort trat der Oberarzt zur Seite und gab den Blick auf das Krankenbett des Mädchens frei. Es war leer.

11

Zwei Stunden zuvor

Es war für Stephan ein Kinderspiel gewesen, den fast zwanzig Jahre alten Honda Civic zu knacken und ohne Schlüssel zu starten. Das zweite Auto innerhalb von zwei Tagen, das er hatte klauen müssen. Aber er hätte den Wagen, mit dem sie Cayenne an der Klinik abgeliefert hatten, schlecht vor dem Campingplatz parken können. Sicher suchte man bereits danach.

Jetzt fuhren er und Joshua Richtung Krankenhaus. Gut zwanzig Kilometer hatten sie vor sich. Der Tank war halb voll, der Sprit würde locker auch für die Rückfahrt reichen. Joshua saß schweigsam auf dem Beifahrersitz. So still hatte er den Jungen lange nicht erlebt. Der Schock über den Angriff auf seine Schwester saß tief, das merkte er. Und auch Stephan bekam die Bilder nicht mehr aus dem Kopf. Noch dazu, weil sie vorher gestritten hatten. Weil Cayenne nur deswegen abgehauen war. Weil es seine Schuld war.

Joshua und Stephan waren ihr hinterhergelaufen, doch es hatte lange gedauert, bis sie sie gefunden hatten. Zu lange.

»Du wusstest sofort, was los ist, oder?« Der Junge stellte die Frage ganz leise. Ihre Gedanken kreisten also um dasselbe Thema, denselben Moment.

»Irgendwie schon. Zum Glück waren wir ganz in der Nähe und haben ihren Schrei gehört. Sonst …« Stephan verstummte.

Joshua wischte sich verstohlen eine Träne aus dem Augenwinkel. Er wollte offensichtlich stark wirken. »Meinst du, sie packt das überhaupt?«, fragte der Junge mit belegter Stimme.

Stephan versuchte sich in Zweckoptimismus: »Na klar! Sie ist bestimmt schon wieder munter, kennst sie doch«, sagte er wenig überzeugend.

»War das irgendein Perverser oder waren … *die* das?«

Stephan zögerte. »Ich … Jo, weißt du, das …«

»Also ja? Fuck, wir werden alle sterben. Einer nach dem anderen.«

Als Stephan zu ihm hinübersah, bemerkte er, wie bleich der Junge war. Er zitterte am ganzen Leib. Wenn er sich nicht beruhigte, konnten sie ihren Plan vergessen.

»Nein«, sagte Stephan, so bestimmt es ihm möglich war. »Keiner von uns wird sterben. Nicht jetzt. Nicht durch irgendeinen Angriff, verstehst du? Dazu sind wir viel zu stark, viel zu gut vorbereitet. Niemand ist so blöde und greift uns an.«

»Warum liegt Cayenne dann im Krankenhaus?«

»Weil sie allein war, Jo. Wir müssen zusammenbleiben, aufeinander aufpassen. Darum fahren wir jetzt da hin, okay?«

»Aber Cayenne hat doch …«

»Cayenne hat überlebt. Wir sind in Topform. Und wir können kämpfen. Alle drei.« Das war nicht mal gelogen, fand Stephan. Und sie würden es bald erneut unter Beweis stellen müssen.

Joshua schniefte, dann sagte er mit festerer Stimme: »Genau, wenn's drauf ankommt, können wir kämpfen.«

Den Rest der Fahrt sprachen sie nicht mehr.

Um exakt 17.16 Uhr bogen sie auf den Patientenparkplatz direkt vor der Kreisklinik. Niemand nahm Notiz von dem unauffälligen Wagen oder seinen Passagieren.

»Können wir nicht beim nächsten Mal ein richtig cooles Auto nehmen? Einen Pick-up? So ’nen Ami vielleicht?«, fragte Joshua. Er schien deutlich besser drauf zu sein als noch vor ein paar Minuten.

»Zu auffällig. Und nichts ist leichter zu beschaffen als ein alter Honda.«

Der Junge war enttäuscht. Stephan stellte den Motor ab und stieg aus, schnappte sich den kleinen Rucksack von der Rückbank und bedeutete seinem Beifahrer mit dem Kopf, ebenfalls das Auto zu verlassen. Das Einzige, was einem Betrachter hätte seltsam vorkommen können, war der Umstand, dass weder der schwarz gekleidete, athletische Mann am Steuer noch sein gerade mal halb so alter Begleiter den Wagen abschlossen. Wie auch, sie besaßen ja keinen Schlüssel für das Gefährt. Die Verkleidung der Lenksäule war abgerissen, die Lenkradsperre mit roher Gewalt gebrochen und im Zündschloss steckte ein abgefeilter Schraubenzieher. Die Fahrertür war geknackt. Und die Kennzeichen gehörten eigentlich zum VW Golf einer alten Dame, die ihr Auto nur selten benutzte. Sie hatte den Diebstahl wahrscheinlich noch nicht einmal bemerkt.

Die beiden gingen zum Eingang des Cafés neben dem Hauptportal der Klinik.

»Also, du weißt Bescheid. Mein Zeichen: zweimal hintereinander kurz das Licht aus«, zischte Stephan Joshua zu. »Dann rennst du los und tust, was wir besprochen haben. Du bist dir ganz sicher mit der Zimmernummer?«

Der Junge nickte. »Es ist das einzige, vor dem ein Polizist sitzt.«

»Okay, verhalte dich möglichst unauffällig. Keine laute Musik, keine Spielereien mit dem Messer. Und untersteh dich zu rauchen, ja? Ich beginne, sobald es dunkel ist. Dann brichst du auch zu deinem Standpunkt auf. Klar?«

»Klar«, antwortete der Junge. Er war nervös, das sah Stephan. Die Situation war neu für ihn – und anscheinend ziemlich aufregend. Sie klatschten sich ab, und Stephan betrat das Café. Der Junge blickte ihm nach, dann verschwand er hinter der nächsten Ecke und zündete sich erst einmal eine Zigarette an.

Als Stephan in den Gastraum kam, bemerkte er sofort den schalen Geruch. Angewidert verzog er das Gesicht. Es roch nach Krankenhaus, Kantinenfraß und Filterkaffee, eine Mischung, die ihn für einen Moment würgen ließ. Was für ein schrecklicher Ort! Beklemmung stieg in ihm hoch. Hier würde er keinen Bissen herunterbekommen. Aber er war ja auch nicht zum Essen gekommen, für ihn war das Bistro nur eine Möglichkeit, in der Menge unterzutauchen, bis es so weit war. Er stellte sich an der SB-Theke hinter einem Typen im Bademantel an, der von einer Frau und zwei um ihn herumhüpfenden Kindern begleitet wurde. Eines der beiden, ein Mädchen mit asymmetrischen Zöpfen, blickte kurz zu Stephan und erstarrte daraufhin regelrecht. Sie wandte sich ihm zu, stierte ungeniert, als sehe sie zum ersten Mal einen Menschen mit …

Scheiße, die Narbe, dachte er.

Das Mädchen zupfte ihren Bruder am Ärmel und machte ihn auf ihre Entdeckung aufmerksam. Der jedoch fing bei Stephans Anblick gleich an zu weinen. Nun bemerkten auch die Eltern die Veränderung im Verhalten ihrer Kinder. Die Frau nahm den weinenden Jungen auf den Arm. »Was hast du denn, Finn?« Dann schaute sie zu ihrer Tochter, sah ihren starren Blick, folgte ihm und wich entsetzt einen Schritt zurück.

Verdammt, sein Ziel, unauffällig zu bleiben, löste sich gerade in Luft auf.

Die Mutter entschuldigte sich fahrig und zerrte ihre Kinder an einen Tisch am anderen Ende des Cafés. Endlich waren die Bälger weg, und er kam an die Reihe. Er bestellte sich einen Cappuccino und ein kleines Bier, womit er sich in eine Ecke im hinteren Bereich verzog.

Hier war zwar der Gestank noch schlimmer, doch Stephan hatte alles im Blick. Und es war nicht weit zur Toilette im ersten Stock, in die er sich in – er blickte auf die Uhr – exakt sechsunddreißig Minuten begeben würde, um von dort aus im Schutz der Dunkelheit auf das Klinikdach zu gelangen.

Noch immer betraten einzelne Menschen das Lokal: zwei Patienten mit ihrem Besuch, dann noch ein Pfleger oder Arzt. Niemand nahm Notiz von dem einzelnen Gast, der mit Jacke und Mütze in der Ecke saß und sein Bier trank.

Mit der Zeit wurde es ruhiger. Bald würde das Lokal schließen. Kurz vor sechs packte Stephan seinen Rucksack, schob das Tablett mit dem leeren Geschirr in den Rückgabewagen, sah sich kurz um und schlich dann unbemerkt hinauf zur Herrentoilette. *Zunächst sondieren, ob die Luft rein ist*, sagte er sich und musste schmunzeln über dieses für ein Scheißhaus vielleicht nicht ganz passende Bild.

Der Bistromief war hier weniger schlimm, er wurde allerdings abgelöst von einem stechenden Geruch nach Urin. Er blickte kurz in den Spiegel über den Waschbecken und war zufrieden über die Entschlossenheit, die ihm entgegenblickte. Wenn es drauf ankam, funktionierte er – und das würde außerordentlich wichtig sein in nächster Zeit. Lebenswichtig. Denn die Konfrontation, die er gesucht hatte, war früher eingetreten als erwartet.

Lautlos zwängte er sich mit dem Rucksack in die letzte Kabine mit dem kleinen Milchglasfenster, das aufs Flachdach führte. Er setzte sich auf den geschlossenen Klodeckel. Unter der Jacke schwitzte er bereits, aber noch brauchte er sie.

Unten würden jetzt wahrscheinlich die Türen geschlossen und die Stühle hochgestellt, so hatten sie es auch gestern gemacht. Niemand war mehr nach oben gegangen. Er hoffte, dass das auch heute der Fall sein würde. Vorsichtshalber drehte er aber am Griff des Fensters, zog es einen Spalt auf und schob schon mal den Rucksack hindurch. Im Notfall wäre er so schneller draußen. Er selbst wartete ab, bis es noch dunkler wurde. Ruhig starrte er auf die Klotür, auf die jemand mit Kuli einen Schwanz gemalt hatte mit einer Telefonnummer darunter.

Im Kopf ging er alle bevorstehenden Schritte noch einmal durch: zuerst aufs Dach, dann die kurze offene Fläche bis hinüber zum Patiententrakt. Das war die heikelste Stelle, dabei konnte er am ehesten gesehen werden. Er musste schnell sein.

»Fuck«, entfuhr es ihm plötzlich. Er hatte ein Geräusch gehört. Die Tür zum Vorraum der Toilette wurde geöffnet. Er entriegelte den Verschluss seiner Kabine und zog die Beine hoch. Abgesperrt konnte er die Tür nicht lassen, dadurch würde er sofort auffliegen. Wenn jemand kontrollieren kam, würde er sich vielleicht nicht die Mühe machen, jede Toilette einzeln zu öffnen. Wenn doch, hätte er Pech gehabt. Und der andere erst recht. Er zog sein Messer aus der Seitentasche seiner Hose und steckte es in die Jacke. Die Schritte auf dem gekachelten Boden hallten in dem kleinen Raum wider. Noch immer auf die Kloschüssel gekauert, hielt er den Atem an. Zwei Kabinen weiter wurde eine Tür aufgestoßen, dann hörte er es plätschern. Er atmete erleichtert auf. Anscheinend musste da tatsächlich nur einer pissen. Und der fing jetzt auch noch an zu pfeifen. Gut so, dadurch nahm er die Geräusche um sich herum weniger deutlich wahr. Das Plätschern versiegte erst nach einer Minute, da hatte es wirklich jemand nötig gehabt. Und das schräge Gepfeife wurde immer lauter. *Dancing Queen*, schoss es ihm durch den Kopf. Er kannte nicht viele Songs, vor allem keine aktuellen, aber an diesen erinnerte er sich. Die Tür flog erneut gegen die Trennwand, dann entfernten sich die Schritte.

Die Sau hat nicht mal runtergespült, schoss es ihm durch den Kopf. Er wusste selbst nicht, warum ihn das überhaupt interessierte.

Vorsichtig lugte er nach draußen und fand, dass es mittlerweile dunkel genug war. Noch so eine Beinahe-Entdeckung brauchte er wirklich nicht. Er zog sich durch die Luke nach draußen und wartete, bis auch der letzte Rest Dämmerung verzogen war.

Geduckt rannte er los. Der Kies knirschte lauter unter seinen Schuhen als gedacht, dennoch gelangte er unentdeckt zum hoch aufschießenden Zimmertrakt. Kraftvoll sprang er ab und bekam den Holm des Geländers zu fassen, das an sämtlichen Patientenzimmern vorbeiführte. Mit einem Klimmzug zog er sich nach oben und legte sich sofort flach auf den Metallboden des Balkons. Der Gitterrost machte einen Riesenlärm, er würde sich vorsichtig fortbewegen müssen.

Er lugte auf den Platz vor der Notaufnahme, die ein Stückchen unterhalb lag. Alles war hell erleuchtet, heller als gestern, glaubte er. Das Gesicht auf das Gitter gepresst, sah er unten einen Sanitäter stehen und rauchen.

Hatte der nicht gerade noch hergesehen? Jetzt zog er sein Handy aus der Westentasche, drückte darauf herum und hielt es sich ans Ohr.

Fuck! Gestern hatte alles so leicht ausgesehen.

Unten öffnete sich die Schiebetür der Notaufnahme, und ein weiterer Sanitäter schob eine Krankentrage heraus, die er im Rettungswagen verstaute.

Als sein rauchender Kollege ihn bemerkte, steckte er sein

Handy weg, klappte einen Flügel der Hecktür zu und stieg ein. Kurz darauf fuhr der Krankenwagen vom Hof.

Zum zweiten Mal heute hatte er Glück gehabt. Langsam robbte er vorwärts, das Gesicht knapp über dem Gitterboden. Ein Zimmer, noch eines, das dritte, dann war er da. Er drehte seinen Körper im Liegen halb nach oben und atmete auf. Dass das Fenster gekippt war, würde ihm einiges an Arbeit ersparen. Er holte die vorbereitete Drahtschlinge aus der Tasche und führte sie durch den Spalt.

Ob Cayenne schon etwas bemerkt hatte? Wenn sie nur nicht anfing zu schreien. Er hatte noch gut im Ohr, wie sie bei ihrem Überfall gebrüllt hatte.

Ein Zug am Draht, schon drehte sich der Fenstergriff nach oben.

Eine Schande, wie schlecht gesichert deutsche Krankenhäuser waren, dachte er und musste grinsen. Dann drückte er die Glastür auf und ging leise auf das Bett zu.

Das Mädchen schlief.

Umso besser.

12

Cayenne fuhr aus einem schweren, traumlosen Schlaf hoch, die Augen geschlossen. Ein Geräusch hatte sie aufschrecken lassen. Wo war sie? Was war passiert?

»Cayenne!«, drang es gedämpft an ihr Ohr.

Scheiße, hatte da jemand ihren Namen geflüstert? Die Erinnerung kam zurück. Vernebelt noch, aber genug, um zu wissen, wo sie sich befand. Wie sie hierhergekommen war. Sie war sich sicher, dass sie niemandem gesagt hatte, wie sie hieß. Genau wie Stephan es ihr eingebläut hatte. Waren sie ihr dennoch auf die Schliche gekommen? War ihr Angreifer zurückgekehrt, um sein Werk zu vollenden? Dabei hatte es doch geheißen, man würde rund um die Uhr auf sie aufpassen …

»Cayenne, kannst du mich hören?«

Das Mädchen riss die Augen weit auf und sah dem Mann ins Gesicht, der so unvermittelt vor ihrem Bett aufgetaucht war. Er schwitzte, eine Gesichtshälfte war entstellt. Trotz ihres Zustands verzog sich ihr Gesicht zu einem Lächeln. »Stephan! Was machst du denn hier?«, flüsterte sie.

Ihr Besucher hob seinen Zeigefinger an die Lippen und setzte sich auf die Bettkante. »Ich hab dir doch versprochen, dass wir dich so bald wie möglich rausholen. Und dass wir dich nicht im Stich lassen, weißt du sowieso.«

Cayenne schlang die Arme um seinen Nacken. Sie war

vielleicht noch nie so froh gewesen, ihn zu sehen. Jetzt würde das Versteckspiel mit den Ärzten und Polizisten ein Ende finden. Sie war sich nicht sicher, ob sie ihr Schweigen noch lange hätte durchhalten können. Sicher hätten sie bald irgendwelche Psychologen aufgeboten, um ihr ihre Geheimnisse zu entlocken.

In Stephans Umarmung lag dieselbe Erleichterung, das fühlte sie. Zum ersten Mal seit Langem verspürte sie den Wunsch, ihn Papa zu nennen, verkniff es sich aber. »Wo ist Jo?«, fragte sie stattdessen ein wenig lauter, als sie eigentlich gewollt hatte.

»Cayenne, wir müssen leise sein«, zischte Stephan, der nun unvermittelt aufstand, seine Jacke auszog und in seinen schwarzen Rucksack packte. Darunter trug er ein Hemd und ein Sakko, ein Outfit, das eigentlich gar nicht zu ihm passte.

Doch er hatte anscheinend nicht vor, ihren fragenden Blick zu beantworten. »Dein Bruder wartet am Parkplatz auf uns. Wir müssen zusehen, dass wir dich hier rausbekommen, du wirst bewacht.«

»Ich weiß«, flüsterte Cayenne. »Aber ich kann noch nicht klettern, sorry.« Cayenne stiegen die Tränen in die Augen.

»Kein Problem, mein Mädchen«, flüsterte er in beruhigendem Ton. »Das haben wir uns schon gedacht. Aber Joshua und ich haben uns einen ganz guten Plan zurechtgezimmert.«

Jetzt lächelte sie noch breiter als beim Wiedersehen eben. Ihre Wangen schmerzten, der Kopf hämmerte. Bald war die nächste Ration Schmerzmittel fällig. Immerhin, das Adrenalin hatte sie jetzt schon wacher gemacht, als sie die letzten Tage je gewesen war. Stephan hatte immer einen Notfallplan – und meistens funktionierte der, das musste man ihm lassen.

»Kannst du laufen?«, fragte er. Immer wieder blickte er misstrauisch zur Zimmertür.

»Ich weiß nicht. Glaube schon. Aber schnell bin ich sicher nicht.«

»Traust du dir zu, selber aus der Klinik zu gehen, wenn ich dich stütze?«

Cayenne seufzte. Warum verstand er denn nicht? »Stephan, die Wache sitzt vor der Tür. Wir können hier nicht einfach rausspazieren.«

Er nahm ihre Hand und zog dann sanft ihren Körper hoch, damit sie sich aufsetzen konnte. »Doch, Cayenne, das können wir. Mit Gottes Hilfe!«

»Mit … was?« Scheiße. Jetzt hatte er den Verstand verloren. Ihm war in all den Jahren nie ein religiöser Satz über die Lippen gekommen, nie hatte sie ihn beten sehen. Gottvertrauen hielt Stephan schon immer für die größte menschliche Schwäche. Sich selbst zu helfen, weil es sonst niemand tat, das war seine Maxime, das hatte er ihr und Joshua beigebracht. Und jetzt das?

»Schau nicht, als wär dir gerade der Teufel erschienen.« Stephan grinste. »Der Herr wird uns unseren Weg weisen, aber anders, als du denkst.« Er legte seine Hand auf den Lichtschalter, drückte ihn zweimal kurz hintereinander und begann im Kopf zu zählen.

»Grün-weiß, Himmelherrgottnochmal, das weiß doch jeder Trottel.« Rüdiger Brendow schenkte sich den letzten Rest Kaffee aus seiner Thermoskanne in den Plastikdeckel. Im Schwesternzimmer lief das »Quizduell«, das er jetzt eigentlich mit seiner Frau und einer Flasche Bier vor dem Fernseher genießen sollte. Stattdessen saß er hier in diesem renovierungsbedürftigen Krankenhaus und hatte nicht mal Ton zu seiner Lieblingssendung, sondern konnte die Fragen nur vom grisseligen Bild des alten Fernsehers in dem Glaskasten ablesen. Er schüttelte den Kopf: Welche Vereinsfarben Werder Bremen hatte, das hätte sogar seine Frau gewusst. Und das, obwohl sie seit jeher Anhänger des FSV Viktoria Cottbus waren.

»Beweg doch deinen fetten Arsch da weg«, schimpfte er vor sich hin, als ihm ein Pfleger den Blick auf den Bildschirm versperrte. *Pfleger!* Welcher richtige Mann wählte überhaupt so einen Beruf? Alles Schwuchteln. Polizist, so wie er, das war schon eher was für echte Kerle. Am heutigen Abend allerdings verfluchte er seine Berufswahl. *Bewachung rund um die Uhr*, hatte sein Chef angeordnet. Bei ihrem momentanen Krankenstand! War ja klar, dass sie schließlich auf ihn gekommen waren.

Was Langweiligeres und Sinnloseres konnte man sich schwer vorstellen. Dabei war die kleine Dunkelhäutige sicher nur von ihrem Freund vermöbelt worden. Wird schon seine Gründe gehabt haben. Deswegen musste Brendow auf seinen Quizabend verzichten. Auf seinen Feierabendsex sowieso, aber das war mittlerweile zu verschmerzen.

»Diamant, ihr Arschgeigen«, maulte er, als der Pfleger wieder Platz gemacht hatte und die nächste Frage auf dem Bildschirm erschienen war: *Worum handelt es sich bei dem Rosaroten Panther aus der legendären Krimikomödie mit Peter Sellers?* Er nahm einen Schluck Kaffee. »Na, großartig, eiskalt.« Jetzt würde er die nächsten Stunden ohne Getränk auskommen müssen, denn er durfte seinen Platz unter keinen Umständen verlassen, hatte man ihm eingeschärft. »Und wenn ich pissen muss?« Sein Chef hatte nur gegrinst und gemeint: »Zieh dir 'ne Windel an.« Der hatte sie doch nicht mehr alle. Vielleicht besser, wenn er weniger trank.

Die Tür zur Station ging auf, und die rothaarige Ärztin

kam herein. Er grüßte sie freundlich. Zu gern hätte er gewusst, ob sie überall rote Haare hatte.

»Herr Brendow?«

Sie erinnerte sich an seinen Namen, das hatte er nicht erwartet. Er nickte und lächelte sie unsicher an. Bei Frauen in höheren Positionen wusste er nie, was er sagen sollte.

»Es müsste gleich jemand von der Kripo kommen. Falls Sie ihn sehen, schicken Sie ihn doch bitte zu mir ins Arztzimmer.«

»Mach ich gern, Frau Doktor.« *Ich bin ja hier das Hilfsarschloch für euch alle*, dachte er.

Er blickte der Frau auf den Hintern, bis sie in ihrem Büro verschwunden war. Nicht schlecht. Für eine Akademikertussi jedenfalls.

Ein Geräusch am Ende des Korridors unterbrach seinen Gedankengang. Was war das denn gewesen? Es hatte sich angehört, als sei irgendetwas heruntergefallen oder … Da! Wieder derselbe Lärm. Er kam vom Fenster. War ein Vogel dagegengeflogen? Aber um diese Zeit … Er kniff die Augen zusammen und blickte den Flur entlang bis zu der großen Scheibe am Ende, die … Noch einmal, diesmal lauter, und jetzt war ihm auch klar, was es war: Irgendein Idiot warf Steine gegen das Fenster. Er schnellte aus seinem Stuhl hoch und wollte losstürmen, doch dann zögerte er. Eigentlich durfte er seinen Posten nicht verlassen. Er schätzte die Entfernung ab. Das waren maximal fünf, sechs Meter. Allerhöchstens acht. Was sollte schon passieren? Er vertrat sich ja nur ein bisschen die Beine, und bei den … Wieder flog ein Stein, diesmal noch größer als die anderen, so wie es sich anhörte. Wenn das so weiterging, würden ihnen hier bald die Splitter um die Ohren fliegen. Vielleicht wieder eine Protestaktion dagegen, dass im Krankenhaus Flüchtlinge kostenlos behandelt wurden. Für den Widerstand hatte er zwar Verständnis, aber wenn sie ihm hier seinen Dienst erschwerten, würden sie es trotzdem mit ihm zu tun bekommen. Kalte Wut stieg in ihm hoch. Na, die konnten was erleben, dachte er und lief los. Diese Idioten erreichten doch nur, dass die Presse wieder alles schrecklich aufbauschte.

Doch als er am Fenster stand und hinunterblickte, konnte er nichts Verdächtiges entdecken. Ein paar Autos auf dem Parkplatz, ein paar Patienten in Bademänteln beim Rauchen. Wahrscheinlich hatte das Auftauchen seiner Uniform am Fenster bereits ausgereicht, um den Schwachmaten mit den Steinen in die Flucht zu schlagen. Schade eigentlich, dachte er, als ihn ein Geräusch in seinem Rücken herumfahren ließ. War das eine Tür gewesen? Er blieb eine Weile stehen, kratzte sich am Kopf und blickte den leeren Gang entlang. Das kam nur von diesem verdammten Rumsitzen, es machte einen ganz mürbe in der Birne.

Missmutig schlurfte er wieder auf seinen Platz. Auf dem Fernseher im Schwesternzimmer stellte Jörg Pilawa gerade die nächste Quizfrage: »In welcher Region spielt die Krimireihe um Kommissar Kluftinger?« Rüdiger Brendow schüttelte den Kopf. Heute gab es wirklich nur Aufgaben für Flachpfeifen, vielleicht gar nicht so schlimm, dass er nicht daheim war. Er verschränkte die Arme und raunte: »Im Taunus natürlich, ihr Dussel.«

Als die Tür hinter Stephan ins Schloss fiel, blieb er ein paar Sekunden wie versteinert stehen und horchte. Er hatte mehr Krach gemacht als gewollt. Nach einer Weile jedoch entspannte er sich. Niemand schien etwas bemerkt zu haben.

Cayenne, noch immer auf seinen Armen, betrachtete interessiert die neue Umgebung: Ein Holzkreuz hing an einer Wand aus bunten Glasbausteinen, davor ein kleiner Tisch, einige Stühle und rechts an der Wand ein paar flackernde Kerzen.

»Ist es schon so weit?«, fragte sie und verzog das Gesicht zu einem schmerzhaften Grinsen.

»Sehr gut, deinen Humor hast du schon mal wieder«, erwiderte Stephan beruhigt. Er hatte auf ihre Zähigkeit gesetzt und recht behalten. Das war sein Mädchen! Er setzte sie auf einen der Stühle. Dass die Krankenhauskapelle ihrem Zimmer gegenüber lag, war ein Glücksfall, den er zu nutzen verstand. Das betrachtete er als eine seiner Stärken: die Lage analysieren und die Gegebenheiten für die eigenen Zwecke einzusetzen.

Vorsichtig nahm er seinen Rucksack ab, holte ein paar Kleidungsstücke hervor und hielt sie ihr hin: »Zieh das an. Schnell.«

Sie packte den Saum ihres Krankenhaus-Hemdes und wollte es sich gerade über den Kopf ziehen, da hielt sie inne und blickte ihn mit hochgezogenen Brauen an.

»Entschuldige«, sagte er und drehte sich um. Er hatte sich noch immer nicht daran gewöhnt, dass sie fast erwachsen war und mehr Privatsphäre forderte. Während Cayenne sich umzog, holte er aus dem Rucksack ein weißes Stück Stoff und steckte es sich vorn in den Kragen seines schwarzen Hemdes. Das musste für die Verwandlung zum Pfarrer reichen. »Bist du fertig?«

»Dauert leider etwas länger in meinem Zustand«, ächzte sie.

Da hörten sie, wie am anderen Ende der Kapelle, hinter der Glasbaustein-Wand, eine Tür geöffnet wurde.

»Schnell, da rein«, zischte Stephan. Sie schlüpften in einen kleinen Verschlag, eine Art Putzkammer, und atmeten flach. Stephan stieg ein muffiger Geruch in die Nase. Er ließ die Holztür einen Spalt offen und spähte nach draußen. Eine Nonne kam um die Glaswand herum und schritt auf den Ständer mit den Kerzen zu. Sie zündete eine an und setzte sich dann mit gefalteten Händen und gesenktem Kopf auf einen Stuhl. Ein paar Minuten tat sich nichts, dann merkte er, wie Cayenne zu zucken begann. Scheiße, hatte sie irgendeine Art Anfall? War es doch noch zu früh, um sie zu holen? Er blickte erschrocken zu ihr und erkannte, dass sie lautlos lachte. »Was ist denn?«, wollte Stephan wissen. Seine Frage war kaum mehr als ein Flüstern.

»Ich dachte gerade«, antwortete Cayenne grinsend, »dass es den Pinguin da draußen vielleicht nicht mal allzu sehr wundern würde, wenn sie im Beichtstuhl einen Pfarrer mit einer halb nackten Patientin findet.«

Nun musste auch Stephan ein Lachen unterdrücken. Als die Nonne schließlich aufstand und sie hörten, wie die Tür sich hinter ihr schloss, wurden ihre Mienen wieder ernst. Sie mussten sich beeilen.

In ihren neuen Kleidern war Cayenne kaum wiederzuerkennen: Das Gesicht wurde von dem schwarzen Schal, den sie sich um den Kopf gebunden hatte, und einer Sonnenbrille fast vollständig verdeckt, ihr jugendlicher Körper war unter dem weiten schwarzen Mantel nicht einmal zu erahnen.

»Tadaa«, sagte sie und streckte die Arme wie bei einem Fotoshooting von sich, was sie jedoch sofort mit einem Schwindelanfall bezahlte. Stephan drehte sich zu ihr, und sie fiel in seine Arme.

»Du bist noch sehr schwach«, flüsterte er. »Halt dich einfach an mir fest.« Dann schlang er ihren Arm um seine Schulter, drückte seine versehrte Gesichtshälfte an ihren Kopf und öffnete langsam die Tür der Kapelle.

Auf dem Gang saß wieder der uniformierte Polizist, den Joshua vorhin zum Fenster gelockt hatte. Wie am Schnürchen hatte das geklappt. Nun kam es noch einmal darauf an. Er war selbst gespannt, ob sein Plan aufgehen würde.

Schwungvoll stieß er die Tür ganz auf und betrat mit der

torkelnden Cayenne den Gang. Sie stöhnte vor Schmerzen, aber das hatte er einkalkuliert. Als er merkte, dass der Polizist auf sie aufmerksam geworden war, sagte er, lauter als es eigentlich nötig gewesen wäre: »Lassen Sie Ihrer Trauer ruhig freien Lauf. Wissen Sie, er muss jetzt wenigstens nicht mehr leiden. Er ist beim Herrn auf seinem ... also in seinem Schoß.«

Der Polizist erhob sich langsam. Stephan spannte instinktiv seine Muskeln an. Er war bereit, sofort zuzuschlagen, sollte der Mann versuchen, sie aufzuhalten. Im Augenwinkel beobachtete er, wie er auf sie zuschritt. Stephan krallte seinen Arm derart fest in Cayennes Schulter, dass diese vor Schmerz aufstöhnte. Der Polizist war jetzt direkt hinter ihnen. Stephans freie Hand umfasste das Messer in seiner Hosentasche, als der Uniformierte, ohne etwas zu sagen, an ihnen vorbeilief, zur Glastür ging, die ins Treppenhaus führte, und diese mit einem Nicken in seine Richtung aufhielt. Unfassbar, dieser Dummkopf half ihnen sogar bei ihrer Flucht. Als Stephan das realisierte, wurde er von einer Welle der Euphorie erfasst und murmelte in Cayennes Richtung: »Er ist jetzt bei seinem Schöpfer, wo die Engel über ihn wachen, im Himmelreich, wo es nur Glück gibt, keine Schmerzen ...«

»Übertreib nicht«, hörte er Cayenne flüstern. Sofort verstummte er, konnte sich aber, als sie den Beamten passierten, ein »Gelobt sei Jesus Christus« nicht verkneifen.

Als sie das Krankenhaus – völlig unbehelligt – verlassen hatten, hielten sie sich abseits des beleuchteten Weges: Sie schauten sich nicht um, bis sie vor dem Honda standen, in dem bereits Joshua saß und ungeduldig auf sie wartete. Als der Junge das schwarz gekleidete Mädchen in Stephans Arm erblickte, sprang er aus dem Wagen, umarmte sie und drückte sie so heftig an sich, dass ihr ein Schmerzensschrei entfuhr.

»Tut mir leid, tut mir leid«, beeilte er sich zu sagen. »Komm steig ein, Oma. Soll ich dir helfen?«

Cayenne grinste. Es tat ihr gut, seine Stimme zu hören – und wieder Ziel seines Spotts zu sein.

»Alles wird wieder gut«, fügte Joshua ernst hinzu. »Ab jetzt kümmern wir uns um dich, dann wirst du schnell wieder gesund, ja? Und den Typen, der dich so zugerichtet hat, werden wir finden, stimmt's, Stephan?«

»Schon gut, schon gut, kleiner Bruder«, presste sie hervor. »Bitte nicht zu viel Liebe und Fürsorge, das kann schmerzhaft sein, wie ich gerade feststellen musste.«

Joshua half ihr auf den Beifahrersitz.

»Seit wann fahren wir denn so 'ne schrabbelige Kiste?«, fragte sie.

Ihr Bruder blickte zu Stephan, der die Achseln zuckte. »Sie scheint schon wieder ganz die Alte.«

Als sie im Wagen saßen, blickte Stephan erst Cayenne, dann Joshua tief in die Augen. Bevor er den Motor startete, sagte er leise: »Von jetzt an wird alles anders. Es hat begonnen.«

13

»Mach's dir einfach gemütlich, schau ein bisschen fern und wärm dir was in der Mikrowelle auf. Wir kommen so bald wie möglich zurück, Schwesterherz!«

Cayenne verzog die Mundwinkel zu einem schwachen Grinsen.

Seit sie seine Schwester aus dem Krankenhaus geholt und hierher in den Wald gebracht hatten, versuchte Jo, sie mit ironischen Sprüchen aufzuheitern.

»Komm, wir müssen an die Arbeit. Hol Tarnmaterial«, trieb Stephan den Jungen zur Eile. Joshua nickte, setzte seine Wollmütze auf und entfernte sich. Auch wenn ihn das Dickicht schon nach kurzer Zeit verschluckt hatte, war sich Stephan sicher, dass er wie vereinbart in der Nähe bleiben würde, nach allem, was passiert war.

Dann blickte Stephan auf Cayenne. Der dicke Winterschlafsack, mit dem sie ihre Hängematte ausgekleidet hatten, hob und senkte sich bei jedem ihrer schweren Atemzüge. Zunächst hatte er das Gefühl gehabt, sie erhole sich schnell, aber die Schmerzen setzten ihr doch mehr zu als erwartet. Und die Wunde an ihrem Hals sah auch nicht besonders gut aus. Sie war groß und tief, und die hygienischen Bedingungen hier draußen waren problematisch. Eine Entzündung könnte sie in Teufels Küche bringen. Wenn es so weiterging, müsste er doch noch mal in eine Apotheke. Andererseits:

Was man da ohne Rezept bekam, hatte er ihr bereits verabreicht, noch dazu in weit höherer Dosis als angegeben. Immerhin hatte er noch ein paar Packungen Antibiotika von ihrem letzten Aufenthalt in Frankreich, wo er sich das Zeug über einen Arzt auf Vorrat besorgt hatte.

»Cayenne«, sagte er leise, »falls die Schmerzen zu stark werden, hast du hier noch mal Ibuprofen. Sechshunderter. Nimm sie aber bitte nur, wenn du es nicht mehr aushalten kannst, wir sind schon an der Obergrenze.«

Das Mädchen hob träge die Augenlider und nickte.

»Ist dir warm genug?« Hier, im Windschatten, den der große überhängende Findling bot, waren sie etwas besser geschützt als in ihrem alten Versteck zwischen den Bäumen. Und die Nische mit der Hängematte war, selbst wenn sich jemand hierher verirren sollte, kaum zu sehen. Viel besser als ein mit einem Netz getarntes Zelt oder ein Unterschlupf aus Blättern, über den immer irgendein Spaziergänger oder Jäger zufällig stolpern konnte. Dazu hatten sie ein *Tarp*, eine olivfarbene Plane, vor die Nische gespannt. Wenn sie jetzt noch ein paar Äste darauf auslegen würden, waren sie praktisch unsichtbar. Der größte Risikofaktor wäre dann das Feuer, das sie hin und wieder entzünden mussten. Um zu kochen – und vor allem, um sich aufzuwärmen.

Allerdings würde Stephan damit noch etwas warten, denn die nächsten zwei, drei Stunden mussten sie Cayenne allein lassen. Trotz ihrer Verletzungen, trotz der Schmerzen – und obwohl es besser gewesen wäre, sich in der momentanen Situation nicht zu trennen. Doch es ging nicht anders. Kalkuliertes Risiko, nannte er das bei seinen Kursen. Bloß dass die eine Art Spiel waren – und das hier bitterer Ernst.

»Halt die Ohren steif, Kleine, bis später«, flüsterte er und strich ihr über die Haare. »*La lune pleure parmi les rameaux et la nuit déserte*«, sang er leise. Ihr Lied. Er hatte es ihnen immer vorgesungen, als sie noch Kinder waren. Jetzt war Cayenne so groß geworden, derartige Momente der Nähe hatte es schon lange nicht mehr zwischen ihnen gegeben. Und jetzt auch nur, weil sie verletzt war, dachte Stephan bitter und ging nach draußen.

Joshua hatte bereits ein paar Äste herbeigeschafft, mit denen sie nun den Eingang zu ihrem Unterschlupf tarnten. Sie arbeiteten wortlos zusammen, ganz so, wie sie es immer geübt hatten. Stephan merkte, wie Jo sich freute, dass er die Fähigkeiten, die sie so lange trainiert hatten, endlich anwenden konnte. Trotz des Überfalls auf Cayenne blieb ihr gemeinsames Leben für ihn eine Art Abenteuerspiel. Er genoss die *Action*, die nun auf einmal geboten war. Und sicher auch den Umstand, dass er der Einzige war, auf den Stephan momentan zählen konnte.

Dann machten sich die beiden auf den Weg. Sie hatten ihre *INCH*-Rucksäcke ausgeräumt und mitgenommen. *INCH* stand in Prepper-Kreisen für *I'm never coming home*. Die Sachen, die sich sonst darin befanden, hatten sie in einem Seesack in der Nische zwischengelagert und zwei weitere der Segelstoffsäcke hineingestopft. Sie waren gefüllt mit allem, was ihr Überleben für ein paar Tage sichern würde, wenn sie überstürzt abhauen mussten: Kleidung, Energieriegel, Messer und Magnesiumstab zum Feuermachen. Die Rucksäcke lagen immer neben ihrem Schlafsack, sorgfältig gefüllt zur sofortigen Flucht. Die Packliste kannten sie seit Jahren auswendig.

Was Stephan und Joshua am Campingplatz noch holen würden, war eigentlich Luxus: ein Kocher für verschiedene Flüssigbrennstoffe, Seile und Planen, ein paar Akkupacks für Stephans Handy, das GPS und die Taschenlampen, die Schlagfallen, die kleinen Klappstühle und einige Werkzeuge, die ihnen das künftige Leben im Wald erleichtern würden.

Sie wussten nicht, wie lange sie sich eingraben mussten, also war es gut, für alle Eventualitäten gerüstet zu sein. Außerdem mussten sie noch *aufräumen*. Während ihres Aufenthalts hatten sie viel zu viele Spuren hinterlassen in dem Wohnwagen, den sie sich »geliehen« hatten, wie Stephan es vor den Kindern immer ausdrückte. Wie er wirklich zu dem Caravan gekommen war, brauchte niemand zu erfahren.

»Wir werden auf dem Rückweg ganz schön zu schleppen haben, Jo«, warnte er den Jungen, als sie die Forststraße erreicht hatten. »Es sind fast zwanzig Kilometer hin und zurück.«

Breit grinsend drehte sich Joshua zu ihm um. »Wenn du meinst, dass du es nicht schaffst, sag Bescheid. Ich bin fit. Schließlich haben wir *Code Red*, dafür haben wir all die Jahre trainiert.«

Stephan zwinkerte ihm zu. Er war froh, dass der Junge es so sah. Bei Cayenne hatte er nicht mehr so leichtes Spiel. Joshua schien tatsächlich auf diesen *Code Red*, die höchste Alarmstufe, gewartet zu haben. Seit bald zehn Jahren versteckten sie sich jetzt vor den anderen. Cayenne hatte in letzter Zeit immer mehr in Zweifel gezogen, dass es überhaupt eine Bedrohung gab, hatte infrage gestellt, ob es nötig war, derart unterhalb des gesellschaftlichen Radars zu leben.

Selbst Stephan war sich manchmal nicht mehr sicher gewesen, ob sie nicht besser in irgendeinem Hochhaus eine Wohnung genommen hätten, mit neuer Identität, die Kinder in der Schule, er beim Arbeiten. Doch seit dem Angriff waren Cayennes Zweifel ausgeräumt, glaubte er zumindest. Der Überfall auf das Mädchen war ein gezielter Akt gewesen.

In diese Gedanken versunken lief Stephan mit Joshua durch den Wald – immer parallel zur Forststraße. Es war wichtig, unsichtbar zu bleiben. Zwei Typen auf einem fünf

Meter breiten, kerzengerade durch den Wald führenden Weg hätten eine hervorragende Zielscheibe abgegeben. Auch wenn sie Flecktarn trugen, die Gesichter geschwärzt waren und sie sich ein paar Kiefernzweige an Rucksack und Mütze gesteckt hatten.

Nach gut zwei Stunden, in denen sie mehrere Waldgebiete, einige Felder und schließlich einen kleinen Flusslauf durchquert hatten, war der Campingplatz *Waldesruh* endlich in Sichtweite. Nur noch die kleine Wiese, dann konnten sie damit beginnen, die Spuren ihres mehrwöchigen Aufenthaltes dort gänzlich zu beseitigen.

Stephan kauerte sich hinter einen Busch und winkte Joshua zu sich heran. »Lass uns noch mal alles durchgehen, damit wir nichts vergessen, ja?«

Der Junge hob den Daumen und hockte sich neben ihn.

»Wir arbeiten unsere Liste mit den Sachen ab, die wir holen wollen, den Rest lassen wir zurück. Wir müssen vermeiden, dass uns jemand sieht. Je schneller es geht, desto geringer die Gefahr. Und bitte: Wir können uns nicht bei jedem Teil überlegen, ob wir es mitnehmen wollen. Außerdem müssen wir dran denken, dass wir alles zehn Kilometer zurückschleppen werden.«

»Geht klar. Falls jemand von den Campingfritzen fragt, was wir machen, sagen wir … Frühjahrsputz?«

Stephan grinste: »Stimmt ja auch, irgendwie. Auch wenn Herbst ist. Also, wir packen die schwereren Sachen in meinen Sack, die leichteren in deinen. Trotzdem wird er ganz schön was wiegen. Aber du schaffst das.«

»Logo. Das Leben ist schließlich kein …«

»Karibik-Urlaub, genau«, vervollständigte Stephan den Satz, den er beim Training schon so oft zu den Kindern gesagt hatte. Dann liefen sie los.

Der Platz war ruhig heute, obwohl das Wetter gar nicht

so schlecht war. Eigentlich hätte er sich Regen gewünscht. Zwar hätte das ihren Marsch deutlich ungemütlicher gemacht. Aber es hätte auch die Wahrscheinlichkeit, hier noch jemandem zu begegnen, deutlich verringert.

Sie erreichten den Wagen unbemerkt und schlüpften schnell ins Innere. Stephan merkte, wie sich sein Hals zuschnürte. Diese abgeranzte Bude, mit dem muffigen Geruch nach schlecht gelüfteten Polstern, die ihnen die letzten Wochen über Schutz geboten hatte, weckte zwar keine heimatlichen Gefühle in ihm – er hatte keine Heimat, schon lange nicht mehr. Aber sie hatten hier eine unbeschwerte Zeit verbracht, die ihm im Licht der aktuellen Ereignisse noch glücklicher erschien, als sie vielleicht wirklich gewesen war.

Schnell rang er diesen Anflug von Sentimentalität nieder, dafür war jetzt keine Zeit. In Joshuas Gesicht jedoch erkannte er, dass es dem Jungen ähnlich ging. »Lass uns zusehen, dass wir in zwanzig Minuten hier raus sind, okay?«, lenkte er die Konzentration wieder auf ihre Aufgabe.

Dann arbeiteten beide ihre Liste der Dinge ab, die ihnen weiterhin nützlich sein konnten. Jo packte allerdings auch heimlich das eine oder andere Erinnerungsstück aus dem Wagen ein, was Stephan unkommentiert geschehen ließ. Joshua würde die beiden Spiderman-Tassen, den gut siebenhundert Seiten starken Psychothriller und die Wärmflasche, die er sicher für seine Schwester mitnahm, schließlich selbst schleppen müssen.

Nach zehn Minuten waren sie fertig und blickten auf das Chaos, das sie hinterlassen hatten: Schränke standen offen, Schubladen waren aufgezogen, Küchenutensilien lagen über den Boden verstreut.

»Sieht schlimm aus, oder?«, sagte Joshua.

»Man wird denken, jemand sei eingebrochen«, antwortete Stephan.

Joshua nickte. »Also ich bin fertig.« Er hatte den Seesack geschultert und stand abmarschbereit da.

»Prima. Hör zu: Geh schon mal los, wir treffen uns genau an der Stelle am Waldrand, wo wir eben kurz gewartet haben, ja? Bei den Brombeersträuchern. Besser, wenn … wenn wir nicht zusammen voll bepackt über den Platz latschen.«

Der Junge zögerte, er machte den Eindruck, als wäre es ihm lieber gewesen, sie hätten den Wagen gemeinsam verlassen. Dann nickte er jedoch und zog die Tür auf.

Joshua lief einfach los, ohne sich noch einmal umzudrehen. Der Platz war etwas Besonderes, es fiel ihm schwer, das alles zurückzulassen. Aber vor Stephan wollte er keine Schwäche zeigen. Nicht heute. Stattdessen wollte er zeigen, dass er gelernt hatte, hart zu bleiben. Als er den Waldrand erreicht hatte, ließ er sich im Unterholz nieder und beobachtete, wie Stephan aus dem kleinen Geräteschuppen hinter dem Wagen zwei große blaue Fässer auf die provisorische Veranda schob. *Dabei hätte er ihm doch helfen können!* Warum hatte er ihn weggeschickt? Joshua wusste nicht, was sich in den Fässern befand – den Schlüssel zum Schuppen hatte Stephan nie herausgegeben. Als er die Tonnen unter dem vermoosten Kunststoffdach abgestellt hatte, ging er zurück zur Gerätehütte und holte zwei Plastikkanister. Stephan schüttete die Flüssigkeit, die sich darin befand, großzügig über die Veranda und die Fässer. *Was tat er da nur?* Jetzt kniete er sich hin – und begann auf einmal zu rennen.

Scheiße! Hatte jemand ihn entdeckt? Doch als plötzlich Flammen an der Außenwand des Campingwagens emporschossen und dunkle Rauchwolken in den Himmel stiegen, wurde Joshua klar, was da vor sich ging. Er hätte es wissen müssen. Stephan machte niemals halbe Sachen.

»Fuckshit, hat das Zeug gelodert!« Joshua hatte seiner Schwester gleich bei ihrer Rückkehr mit leuchtenden Augen von seinem Abenteuer erzählt. Stephan war froh, dass Jo ihm seine kleine Geheimniskrämerei nicht übel genommen hatte. Aber was hätte er sagen sollen? Stephan dachte an die beiden Fässer, die im Schuppen gestanden hatten. Manche Dinge musste man allein zu Ende bringen. Zudem hatte er den Jungen so weit wie möglich vom Feuer fernhalten wollen. Wenn einer wusste, was Flammen anrichten konnten, war er es. Er hatte das Gefühl, die Narbe in seinem Gesicht schmerze für einen kurzen Moment mehr als sonst.

Cayenne schien ihre Abwesenheit gut überstanden zu haben. Sie machte sogar den Anschein, als habe sie sich in der Zwischenzeit ein wenig erholt. So herrschte eine unter diesen Umständen fast heitere Stimmung, als sie sich in ihrem provisorischen Lager einrichteten. Cayenne sah ihnen zunächst mit einer dampfenden Tasse Tee von ihrer Hängematte aus zu.

Die Handgriffe hatten sie so oft geübt: Mit dünnen olivgrünen Schnüren aus Paracord, die man hier im Wald für so vieles brauchen konnte, spannten sie die Planen auf, die sie eben aus dem Wagen geholt hatten, um vor Nässe und Wind geschützt zu sein. Der Herbst hatte mit Macht Einzug gehalten, das war nicht nur an den sich verfärbenden Blättern zu sehen, es war vor allem zu spüren: Die feuchte Kälte kroch ihnen während der Nacht und der nebligen Morgenstunden in die Glieder. Doch nun loderte ein wärmendes Feuer, und die Wände ihrer improvisierten Behausung strahlten die Wärme zurück.

»Wir brauchen Holz für heute Nacht. Kümmerst du dich drum, Jo?«

Der Junge nickte zackig und machte sich auf den Weg.

Stephan gab Cayenne ein paar Zwiebeln und eine Stange

Lauch, die sie fürs Abendessen schneiden sollte. Es würde ihr bestimmt guttun, wenn sie etwas helfen konnte.

Eine Dreiviertelstunde später rührte Stephan im Eintopf mit den letzten Vorräten an Speck und Wurst, der seit zehn Minuten im Topf über dem Lagerfeuer köchelte. Mit Eichhörnchen hätte er Cayenne heute nicht zu kommen brauchen. Bald würde er losziehen müssen, um ein paar Dinge zu besorgen.

»Don't move!«, rief Joshua plötzlich mit gedämpfter Stimme. Stephan hatte ihn längst entdeckt, auch wenn es im Wald schon ziemlich dunkel war. Aber er machte dem Jungen die Freude und spielte mit, als der sich mit Sturmhaube im Gesicht an sie heranpirschte. Dann klickte ein Abzug.

»Mann, Stephan, sag ihm mal, er soll aufhören, mit seinem doofen Kinderspielzeug rumzuballern«, kam es genervt aus der Hängematte. »Ich hab gedacht, er hat Wache, soll mal besser aufpassen, dass keiner kommt.«

Stephan sah grinsend zu ihr hinüber. Immer wieder regte sie sich darüber auf. Doch er verstand nicht recht, warum. Die *Air-Gun* war Joshuas größter Wunsch gewesen, und zum fünfzehnten Geburtstag hatte Stephan sie sich von seinem Chef in der Survivalschule besorgen lassen. Genau das Modell, das er selbst als echte Waffe besaß, doch die hatte er unter Verschluss, wenn nicht gerade das Schießtraining anstand. Er musste mit der Munition haushalten. Hier in Deutschland war an so ziemlich alles schwerer ranzukommen als im Ausland.

Joshua hatte ein solches Strahlen in den Augen gehabt, als er das Geschenk geöffnet hatte.

»Lass ihn, Cayenne, er ist doch ein Junge. Und vergiss nicht, dass er mittlerweile so gut schießt, dass wir schon zweimal Hase hatten statt immer bloß Gemüsereis.«

Cayenne dachte über Stephans Satz nach. *Er ist doch ein Junge!* Wie sehr sie diesen Spruch hasste. Wer nahm schon Rücksicht darauf, dass sie ein Mädchen war? Hatte sie Barbies bekommen? Durfte sie sich schminken, sich die Haare schön machen? Nicht dass sie auf solche Dinge Wert legte, schon gar nicht jetzt, wo sie das Gefühl hatte, ihr Körper sei nicht siebzehn, sondern einundsiebzig Jahre alt. Sie hatte alle Trainingseinheiten mitgemacht, gelernt, wie man kämpft und einen Gegner ausschaltet, wie man Fallen stellt, Schmerzen erträgt, die eigenen Grenzen überschreitet, wie man hart wird. *Wie man ein Mann wird*, dachte sie nun bitter. Sie hatte immer zu beweisen versucht, dass sie weiter gehen konnte als die anderen.

Mit diesem idiotischen Spruch über Jungs aber rechtfertigte Stephan schon immer jeden Schwachsinn, der ihrem Bruder einfiel. Sie lebten draußen, außerhalb der Gesellschaft, nach ihren eigenen Regeln, scherten sich nicht darum, was »man« so machte, was sich gehörte, was üblich war. Aber dass es zum guten Ton gehörte, jeden seltsamen Einfall eines Jungen mit dessen Männlichkeit zu entschuldigen, hatte Stephan nicht abgelegt.

Ein Schmerz durchfuhr Cayenne, doch diesmal kam er nicht von ihren Verletzungen. Er saß tiefer. Sie dachte an ihre Mutter. Seit sie tot war, hatte niemand sie mehr so innig umarmt, ihr so zärtlich übers Haar gestrichen, wie sie es getan hatte – auch wenn ihre Erinnerungen an sie nur noch bruchstückhaft waren. Und nie wieder hatte sie sich so verstanden gefühlt. Sie wischte sich eine Träne aus dem Augenwinkel. Sie wollte nicht, dass die anderen sie so schwach sahen. Dann nahm sie einen Schluck Tee, als könne sie so ihren Schmerz hinunterschlucken.

Ihre Gedanken wanderten zu ihrer momentanen Lage: Stephan hatte recht behalten, es war tatsächlich einer von ihnen gekommen. Hatte versucht, sie zu töten. Damit sie niemandem sagen konnte, was damals geschehen war. Je länger sie darüber nachdachte, desto klarer wurde ihr, dass zwei Fragen sie mehr beschäftigten als alles andere. *Warum jetzt? Warum hier?* Sie waren vor einigen Monaten aus Südfrankreich nach Deutschland gekommen, weil Stephan es wieder einmal für nötig befunden hatte, den Ort zu wechseln. Damals hatten sie seine Entscheidung nicht hinterfragt. Aber jetzt waren sie denen direkt in die Arme gelaufen. Zufall? Ein Verdacht begann in dem Mädchen zu keimen. Doch er war so ungeheuerlich, dass sie es nicht wagte, ihren Gedanken zu Ende zu führen.

Außerdem gab es gerade Wichtigeres zu tun. Sie würden wiederkommen. Ganz sicher. Würden versuchen, nicht nur sie, sondern auch Jo und Stephan zu töten. Das musste sie verhindern. Was mit ihr passierte, war egal. Aber sie hatte sich fest vorgenommen, den Kleinen zu schützen. Sie hatte es ihrer Mutter versprochen. Ihrer toten Mutter, aber das machte das Versprechen nicht weniger bindend. Auch wenn er manchmal furchtbar nervte, Joshua war und blieb ihr kleiner Bruder. Und nun lief er durch den Wald und spielte Rambo, während sie in höchster Gefahr schwebten. Wahrscheinlich würde Stephan bald wieder seine echte Waffe rausholen, die genauso aussah wie die idiotische *Air-Gun* ihres Bruders. Er hatte sie in seinem Daypack ganz unten in einen Schal eingewickelt. Die passende Munition dazu lag in einer Tupperdose, auf der *Haferflocken* stand. Wahrscheinlich hielt er das für ein unglaublich tolles Versteck, weil Joshua und sie Haferflocken hassten. Dabei hatte sich ihr Bruder schon mehr als einmal bedient und im Wald herumgeballert. Sie konnte sich kaum vorstellen, dass Stephan das angesichts der knappen Munition entgangen war.

Aber wahrscheinlich fand er es sogar gut. Jo war eben ein

Junge. »Sag mal, Stephan«, sagte sie schließlich, »wie geht es eigentlich weiter? Ich meine, wollen wir wirklich warten, bis … bis die zurückkommen?«

Er hörte kurz auf, im Topf zu rühren, und atmete tief ein. Bevor er etwas sagen konnte, stellte sie jedoch eine weitere Frage. Eine, mit der er offenbar nicht gerechnet hatte.

»Warum sind wir hier?«

Er hängte die Kette des Topfes weiter oben an dem Stamm ein, der schräg über das Lagerfeuer ragte, nahm sich seine Tasse, setzte sich in die Nähe ihrer Hängematte und begann zu reden. Eine Antwort auf ihre Frage aber bekam Cayenne an diesem Abend nicht.

14

Die Hölle von Aubagne liegt hinter mir. Hatte gehofft, meine Verfassung würde nun besser. Doch hier ist alles nur noch schlimmer. Grundausbildung in Castelnaudary. Für vier Monate. Durchhalten.

Kann nur noch heimlich schreiben. Wenn mich einer meiner sogenannten Kameraden in diesem riesigen Schlafsaal dabei erwischt, werde ich noch mehr zur Zielscheibe. Trotzdem will ich nicht mehr aufhören damit. Schreiben hilft. Wie Georges gesagt hat. Alles, was er gesagt hat, stimmt.

Also ziehe ich mir die Decke über den Kopf. Die Luft darunter ist besser als draußen. Der Gestank, den die anderen knapp fünfzig Männer während der Nacht absondern, ist unerträglich.

Fühle mich verloren. Habe aufgehört, die Tage zu zählen. Alles ist gleichförmig, die Zeit verschwimmt, spielt keine Rolle mehr. Dabei hatte ich gehofft, mich daran zu gewöhnen: an die Strapazen, das Geschrei, die Gewalt, die Demütigungen.

Stattdessen: Angst. Schon als wir angekommen sind, sagte der neue Ausbilder: »Das ist die Männerschmiede der Legion. Hier machen wir aus Gesindel Soldaten.« Klang wie eine Drohung. War sicher auch so gemeint.

Gesindel findet sich hier auch genügend. Bettler, harte Jungs, Ex-Straftäter, zukünftige Straftäter, Sadisten aus aller Herren Länder. Egal, woher sie kommen: Hier sind alle gleich. Besser: Hier stecken alle in der gleichen Scheiße. Und Gewalt ist die Währung, mit der an diesem Ort bezahlt wird.

Ich muss es als Bestrafung für mein bisheriges Leben akzeptieren, mein persönliches Fegefeuer, sonst halte ich nicht durch.

Bleibe trotzdem weiter auf Distanz zu den Russen. Und den Schotten, das sind die Schlimmsten.

Es gibt aber auch andere. Wenige, aber immerhin. Vorhin kurze Unterhaltung mit einem eigenartigen Typen. Zwei Köpfe kleiner als die Kleinsten hier, und trotzdem lassen sie ihn in Ruhe. Weil er drahtig ist, gefährlich, kampfbereit, auch wenn er nicht so aussieht. Alle nennen ihn Panda, weil sein richtiger Name unaussprechlich ist. Aber keiner wagt es, ihn direkt mit Panda anzusprechen. Ob er überhaupt von seinem Nickname weiß?

Heute beim Appell wieder Tritte kassiert. Solange nicht alle da sind, müssen wir Liegestütze machen. Diese beschissenen pompes! Bin ans Limit gegangen, aber nach dreißig war Schluss. Zwei Minuten nach 5 h morgens geht einfach noch nicht mehr. Um 5 h wird geweckt. Und das, obwohl unsere Lehrgänge und Märsche erst um 23 h enden. Danach Waffenpflege. Wer nicht spurt, wird bestraft.

Ich dachte, wir lernen hier etwas über Werte, Strategie, Ordnung, finden Gemeinschaft, Zusammenhalt. Stattdessen: Drill, Willkür und Isolation.

Als ich am Boden lag, dann die Tritte. Zwanzig, für jede fehlende pompe einen. Jetzt tut mir alles weh, aber ich darf nicht noch mehr Schwäche zeigen. »Wer sich nicht behauptet, geht unter.« Noch so eine von diesen Weisheiten. Am meisten Angst macht mir aber die: »In jedem Zug hängt sich einer auf, bevor die Ausbildung zu Ende ist.«

Der Caporal, der mich getreten hat, hat gemeint, ein Tritt in der Ausbildung kann im Gefecht Leben retten. Er muss es wissen. Beschwört den Code d'honneur. Dieser Ehrenkodex hält mich aufrecht, auch wenn sich sonst anscheinend keiner daran gebunden fühlt. Ein Leben in Ehre, im Dienst der Menschen, Gehorsam für die Republik Frankreich, im Sinne einer langen Tradition – damit kann ich meine Schuld vielleicht ein wenig abtragen.

Trotz allem: Ich vertraue meinem Caporal, dass er uns an dieses Ziel bringt. Auch wenn ich nicht weiß, ob die Mittel die richtigen sind. Neulich hat er uns geweckt und wir mussten sofort unsere Waffennummer und Blutgruppe auswendig hersagen. Habe mich um eine Ziffer vertan und jetzt zwei Wochen zusätzlichen Latrinendienst. Der Caporal ist genauso hart wie der letzte Ausbilder, mit einem Unterschied: Er ist gerecht.

Hart, aber gerecht: Klinge schon wie Papa.

Papa.

Mama.

Lena …

Nein, kann mir nicht erlauben, euch zu vermissen. Nicht noch mehr Melancholie, die mich in den Abgrund zieht.

Stattdessen: »Und dem Bursch, den das nicht freut,

sagt man nach, er hat kein Schneid.«

Hätte nicht gedacht, dass ich mal alte Wehrmachtslieder singe. Aber hier gibt es viele davon, die meisten mit französischen Texten, aber ein paar auch noch mit deutschen. Ohohohduschöhöhönerwehehesterwald … einer der anderen Ausbilder, aus Bordeaux, liebt diesen reaktionären Scheiß. Dauernd fragt er mich, wie man dieses und jenes ausspricht. Muss ihm sogar vorsingen. Immerhin: Ich habe deswegen einen Bonus bei ihm, den ich gut gebrauchen kann. Ein Deutschenbonus bei einem Franzosen!

Nach dem Krieg gab es wohl viele Deutsche hier. Oft hört man noch von Diên Biên Phú, einem Einsatz der Fremdenlegion in Indochina, den man als letzte Schlacht der Deutschen Wehrmacht bezeichnet. Weil so viele von ihnen damals in der Legion waren.

Jetzt also auch ich.

Und Georges.

Er scheint weniger Probleme zu haben. So wie er möchte ich sein. Georges beklagt sich nie. Ist fit. Ein Vorbild. Nicht so ein verachtenswerter Schwächling. Ich hasse mein Spiegelbild, wenn es mir nach einem Marsch verschwitzt und bleich entgegenglotzt.

Werde nun aufhören zu schreiben und ein paar Liegestütze extra machen. Im Gang vor dem Scheißhaus, während die anderen schlafen.

Irgendwann werde ich so gut sein wie sie.

Nein. Besser.

15

Als Cayenne am nächsten Morgen in ihrem Schlafsack aufwachte, fühlte sie sich besser als erwartet. Die Schmerzen in ihrem Kopf hämmerten nicht mehr ganz so schlimm wie gestern, als sie eingeschlafen war, obwohl sie ihre letzte Tablette schon vor Stunden genommen hatte. Sie musste lange geschlafen haben, in ihr Versteck drang bereits das milchige Licht eines kühlen Herbstmorgens. Sie zog die Arme langsam ins wärmende Innere des Schlafsacks und schloss noch einmal die Augen. Sie war noch nicht bereit, ihren Tag zu beginnen. Gestern hatte Stephan ihr noch zu erklären versucht, warum es momentan keinen Weg gab, einfach weiterzuleben wie bisher. Ihr Gespräch war erstaunlich ruhig und sachlich verlaufen. Auch wenn sie mit ihrer Frage, warum sie hier seien, eigentlich etwas anderes gemeint hatte. Sie sah es natürlich ein, dass sie sich verstecken mussten, nicht mehr in den Campingwagen zurückkonnten. Obwohl es für sie so viel leichter gewesen wäre als in dieser unbequemen Hängematte im Schatten irgendeines Felsens.

Das leise Knacken von Zweigen und das Reiben eines Messerrückens über Metall sagten ihr, dass Stephan und Joshua schon dabei waren, Feuer zu machen. Rührend, wie sich die beiden um sie kümmerten, dachte sie, dann dämmerte sie mit einem warmen Gefühl im Bauch noch einmal weg.

»Cayenne, hörst du mich?«

Sie wollte antworten, brachte aber kein Wort heraus. Ihr Mund war ausgetrocknet. Langsam griff sie sich die Aluflasche, die neben ihr in der Hängematte lag, und nahm einen großen Schluck Wasser. Dann öffnete sie die Augen und blickte in das Gesicht ihres Bruders. Sie streckte die Hand aus und tätschelte sanft seinen Hals. »Hey, Kleiner, bist schon wieder fleißig?«

»Klar«, sagte er und grinste sie an, »während du hier nur faul rumliegst. Komm, ich hab Eier gemacht. Und Tee. Stehst du heute auf oder packst du das noch nicht?« In Joshuas Augen sah sie, wie besorgt er um sie war. Er starrte auf ihre Wunde, die sich heiß anfühlte.

»Quatsch, das wird schon besser«, log Cayenne, um ihren kleinen Bruder ein wenig zu beruhigen, obwohl auch sie Schiss hatte, dass sich ihr Hals noch übler entzünden oder sogar zu eitern beginnen könnte.

Sie zog den Reißverschluss des Schlafsacks auf und ließ die Beine über den Rand der Hängematte baumeln. Gähnend sah sie sich in ihrem Versteck um, das wie die Steinzeitversion eines Campingplatzes wirkte. »Wo ist denn Stephan?«

»Hm … das wollt ich dich eigentlich fragen. Seit gestern keine Spur von ihm.« Die Stimme ihres Bruders klang besorgt.

Cayenne runzelte die Stirn. Normalerweise sagte Stephan ihnen immer vorher Bescheid, wenn er wegging. Wenn auch nicht immer, wohin. »Stets über alles, was die Gruppe macht, im Bilde sein«, war einer seiner Leitsprüche, galt aber offenbar nur für die Befehlsempfänger, nicht für den großen Zampano. Ausgerechnet jetzt hielt er sich selbst am wenigsten an die wichtigste Regel, die er ausgegeben hatte: nie allein unterwegs zu sein. »Wird schon wieder auftauchen«, sagte sie.

Als sie zehn Minuten später am Lagerfeuer saßen und Haferbrei aus Tassen löffelten, waren Cayennes Schmerzen zurückgekehrt. Nicht ganz so vehement wie gestern, aber doch heftig genug, dass sie gleich zwei Tabletten auf einmal geschluckt hatte. Von Stephan noch immer keine Spur.

Nervös schaute Joshua auf seine Armbanduhr. »Was, wenn der Typ, der dich überfallen hat, zurückgekommen ist? Und jetzt Stephan …?« Er sprach nicht weiter.

»Quatsch. Dann würden wir auch nicht mehr hier sitzen und frühstücken. Wahrscheinlich jagt er irgendwo Ratten oder Eichhörnchen und denkt noch, er macht uns eine Freude damit.« Cayenne hielt inne. Hinter der Plane war etwas. Oder jemand. Sie hob die Hand und legte einen Finger an die Lippen. Jo runzelte die Stirn. Hatte er es nicht gehört? Da! Wieder knackte ein Zweig. Sie sah ihrem Bruder an, dass er es diesmal auch mitbekommen hatte: Jemand näherte sich ihrem Camp. Die beiden blickten sich in die Augen, wagten nicht, sich zu rühren, warteten gespannt auf das nächste Geräusch, um abschätzen zu können, wie schnell der Eindringling näher kam. Joshua stellte lautlos seine Tasse ab und zog sein Messer.

»Kuu-witt, kuu-witt, kuu-witt!«, pfiff es da durch den Wald.

Cayenne atmete erleichtert aus. Ein Außenstehender hätte vielleicht gedacht, es handle sich um einen Waldkauz, auch wenn diese Vögel normalerweise nicht am helllichten Tag herumkrakeelten. Sie aber wussten, dass es Stephan war, der zurückkam. Sie hatten das Zeichen für ebendiesen Zweck vereinbart, auch wenn Cayenne es bislang nie verwendet hatte. Irgendwie wäre sie sich dabei albern vorgekommen.

Joshua war aufgesprungen und erwartete Stephan ungeduldig. Cayenne hingegen blieb demonstrativ auf ihrem Klappstuhl sitzen.

»Fuck, wo warst du? Wir haben gedacht, dir ist was passiert!«, sprudelte es aus Joshua heraus, als Stephan auftauchte.

Bevor er antwortete, wuchtete er seinen Rucksack von der Schulter und hockte sich erschöpft auf den Boden. »Ich hab Vorräte besorgt, damit wir nicht immer nur an diesen mageren Eichhörnchen rumnagen müssen. Sogar frisches Brot.« Stephan zog einen Plastikbeutel mit Brotscheiben aus dem Rucksack, gefolgt von einem Glas Schokoladencreme.

»Geil, Nutella!«, jubilierte Joshua.

Cayenne lächelte, als er hektisch das Glas aufschraubte und sofort mit dem Finger hineinfuhr.

»Für dich hab ich Hühnersuppe mitgebracht, die wird dir guttun«, wandte sich Stephan nun an sie und wedelte mit ein paar Tüten Fertigsuppe herum. »Und die Kekse, die du so magst. Wie geht es dir? Schmerzen besser? Ich hab neues Ibuprofen dabei. Wie geht es der Wunde?«

Cayenne antwortete nicht. Sie starrte in ihre Blechtasse mit dem mittlerweile nur noch lauwarmen Rührei.

»Bin schon im Morgengrauen los, wollte nicht direkt im nächsten Ort einkaufen. Nicht dass jemand Verdacht schöpft oder zu neugierig wird.«

»Ist doch scheißegal jetzt, ist ja nix passiert und wir sind wieder zusammen«, tönte Jo mit schokoladenverschmiertem Mund.

»Ach, aber wir dürfen nicht mal einen Schritt allein machen! Entweder die Regeln gelten für alle, oder wir schaffen sie ab. Ich wär fürs Zweite«, ließ Cayenne nicht locker. Stephan jedoch hatte das Gespräch für sich bereits beendet. Er packte ein paar weitere Lebensmittel in die Alubox, die ihnen hier draußen als Vorratskiste diente, versenkte sie wieder in dem Erdloch, das sie extra dafür ausgeschachtet hatten, und deckte sie mit Zweigen ab. Dann schenkte er sich eine Tasse Tee ein.

»Magst du nix essen?«, fragte ihn Joshua und hielt ihm das Brot und sein Schokoglas hin.

»Nee, mir ist was auf den Magen geschlagen. Lass es dir schmecken.« Dann sah er zu Cayenne: »Apropos Regeln: Wir müssen den Schlafplatz sauberer halten. Heute Nacht hatten wir schon eine Ratte im Tarp. Das ist nicht gerade appetitlich. Wart ihr euch schon waschen?«

Cayenne schüttelte den Kopf. Sie wusste, was nun kam: Sie würden alle zu einem Bach laufen, ihrem *Badezimmer*, wie Stephan das scherzhaft nannte, auch wenn niemand darüber lachte. Dort würden sie sich ausziehen und sich alle zusammen waschen. Aber sie konnte das nicht mehr, selbst in dieser Lage brauchte sie eine gewisse Intimsphäre. Schließlich war sie kein kleines Mädchen mehr, das zusammen mit seinem Bruder in die Wanne stieg und ein Badeentchen schwimmen ließ. Sie würde ab jetzt darauf bestehen, dass Stephan und Jo etwas abseits Wache hielten, während sie sich wusch. Ein Kompromiss zwar, aber sie sah selbst ein, dass er in dieser Lage nötig war.

Immerhin kein Wiesel, sondern Ravioli. Wenn auch aus der Dose. Cayenne löffelte die letzte der labberigen Nudeltaschen aus ihrem Teller. Den Vormittag hatten sie damit verbracht, Wäsche zu waschen und Holzvorräte für die nächsten Tage anzulegen. Außerdem hatte Stephan angeordnet, dass der komplette Lagerplatz gesäubert werden müsse. Sie hatte sich nicht verweigert und ganz gut mitgehalten, auch wenn sie noch etwas klapprig auf den Beinen war. Stephan hatte mehrmals gewarnt, sie sollten wachsam sein – und sich heimlich seine Waffe in den Hosenbund gesteckt. Auch wenn er sonst mehr auf Nahkampf setzte, auf Fallenstellen und das Zuschlagen aus dem Hinterhalt: Irgendwie war die Anwesenheit dieser Waffe momentan ganz beruhigend.

Darüber hinaus hatte es gutgetan, mal wieder einen fast alltäglichen Morgen zu verbringen, mit allem, was für sie dazugehörte: ein bisschen mit Stephan streiten, ein bisschen von Jo genervt sein, ein bisschen wohltuende Langeweile.

Fast wie eine ganz normale Familie.

Beim Extrem-Camping.

Auf der Flucht.

Vor einem todbringenden Killer.

Das alles hatte sie hungrig gemacht. Hungrig und müde. Daran merkte sie deutlich, dass sie noch nicht wirklich auf dem Damm war.

»Nimm dir den Rest, Cayenne, du brauchst gerade am meisten Energie«, forderte Stephan sie auf und schöpfte ihr noch einmal Nudeln auf den Teller, nachdem Joshua bereits dankend abgelehnt hatte. Ihm lag wahrscheinlich noch das halbe Glas Schokocreme von heute Morgen im Magen.

»Unsinn«, winkte Cayenne ab. »Du hast doch noch gar nichts gegessen heute. Hol du dir erst mal was.«

Doch er seufzte nur, schüttelte den Kopf und legte sich die Hand auf den Bauch. Ob er wirklich etwas mit dem Magen hatte oder ihnen einfach nichts wegessen wollte, wusste sie nicht. Es gab Momente, da brauchte er das Gefühl, sich für die Kinder aufzuopfern, vermutete sie. Vielleicht war heute ja ein solcher Tag.

Nachdem sie gegessen hatten, blieb es eine Weile still. »Das im Wald … das waren die, vor denen wir uns seit Jahren verstecken, oder?«, wollte sich Cayenne noch einmal versichern.

Stephan atmete tief ein. »Davon müssen wir wohl ausgehen. Irgendwann, Kinder, musste es so weit kommen. Seht ihr jetzt endlich ein, dass ich das alles nicht zum Spaß gemacht hab? Die Ausbildung, die ganzen Regeln?«

Die beiden sahen betreten zu Boden, vermieden jeden Augenkontakt mit ihm.

»Das nicht gerade«, antwortete Cayenne schließlich. »Aber …«

»Aber was?«

»Ach, nichts.«

»Na los, Cayenne, sprich es aus.«

»Ich sehe ja jetzt ein, dass die Bedrohung real ist. Aber hattest du selber nie Zweifel daran? All die Jahre, in denen nichts passiert ist?«

Stephan ließ sich lange Zeit für die Antwort, und für Cayenne sagte das schon alles. »Nicht wirklich«, erklärte er schließlich kleinlaut. Doch dann fing er sich wieder. »Vielleicht war ich aber trotzdem zu lax. Zu leutselig. Irgendwie sind wir aufgeflogen. Ich weiß nicht, wie. Noch nicht.« Er machte eine Pause. »Egal jetzt. Wichtig ist, dass wir zusammenstehen. Darauf kommt es an.«

»Aber wie haben die Schweine uns bloß gefunden?« Joshua hatte Angst, obwohl er sich so mutig und forsch gab, das merkte Cayenne.

»Ich hatte euch gesagt, ihr müsst aufpassen, gerade auf dem Campingplatz sind viele, die gern tratschen und Gerüchte verbreiten. Und wenn so ein Gerücht von einem dieser Spießer an der falschen Stelle gelandet ist … Ihr hättet besser auf mich hören sollen.«

Cayenne baute sich vor ihm auf. »Wieso sollen denn jetzt auf einmal wir schuld sein, hm?«

»Ich hab doch gar niemanden beschuldigt.«

Das Mädchen schnaubte. »Ach ja? Das hat sich aber gerade verdammt danach angehört. Was, bitte, hätten wir denn anders machen sollen?«

Stephan nahm die Herausforderung an. »Dich zum Beispiel nicht diesem seltsamen Marc an den Hals werfen!«

»Ach ja? Und was ist mit deiner Narbe?«, giftete sie zurück. »Die sieht ja ein Blinder mit 'nem Krückstock! Schon mal darüber nachgedacht?«

Stephan schloss die Augen und seufzte. »Wir brauchen unsere Kräfte für andere Dinge. Also lassen wir das besser.«

»Müssen wir denn jetzt für immer im Wald bleiben?«, meldete sich Joshua zu Wort.

»Nein«, antwortete Stephan mit ruhiger Stimme. »Ich habe euch nicht beigebracht, Konflikten immer nur auszuweichen. Ihr könnt kämpfen. Und genau das werden wir von nun an tun.« Er blickte Cayenne an. »Ist noch was?«

»Warum sind wir hier, Stephan?«

»Das hab ich dir doch gestern schon ...«

»Nein«, fiel sie ihm ins Wort, »ich weiß schon, warum wir im Wald sind. Aber ich will wissen, weshalb wir ausgerechnet nach Deutschland gekommen sind, noch dazu in die Nähe von Berlin. Hast du nicht mal gesagt, dass einige von denen inzwischen hier wohnen?«

Stephan sah sie an und fuhr sich unruhig mit der Zunge über die Lippen.

»Ich ... ja, das stimmt. Aber hier in Brandenburg haben wir die besten Trainingsmöglichkeiten. Richtiger Urwald! Außerdem war die Sache mit den Survival-Kursen eine gute Gelegenheit, um über die Runden zu kommen. Das hat uns schließlich gutes Geld gebracht, wir haben sogar was auf der Kante.«

»Cool, sind wir reich?«, fragte Jo grinsend.

Manchmal hätte sie ihm am liebsten eine geschmiert. »In Frankreich war unser Leben viel ...«

Stephan unterbrach sie sofort. »Vielleicht hat uns das Schicksal hierhergebracht. Weil es an der Zeit war, dass sich etwas an unserer Situation ändert.«

Jetzt wurde Cayenne skeptisch. »Du hättest uns doch nicht absichtlich in Gefahr gebracht, oder?«

Ihr entging nicht, dass Stephan schluckte, bevor er antwortete. »Hätte ich euch dann all die Jahre beschützt?«

Auch wenn ihre Frage damit noch immer nicht beantwortet war: Ihr fehlte im Moment die Kraft, weiter zu insistieren. Doch bald würde sie zu alter Stärke zurückfinden.

16

»Jürgen? Jürgen!«

Wagner drehte sich um. Die Blondine aus der Bundestagsverwaltung. Wie hieß sie noch mal? Leider war der Sex nicht so gut gewesen wie erwartet – da konnte man schon mal den Namen vergessen. »Hallo … du. So eine Überraschung.«

»Bleibt es bei heute Abend?«, fragte sie, und eine leichte Röte legte sich auf ihre Wangen.

Hatten sie sich wirklich noch einmal verabredet? Na ja, eine zweite Chance könnte er ihr wohl geben, vielleicht brauchte sie ja ein, zwei Mal, um ein wenig aufzutauen, dachte er. Außerdem hatte er sowieso nichts Besseres vor. »Natürlich, ich freu mich schon.«

Sie lächelte. Konversation war ebenfalls nicht ihre Stärke.

»Na dann …«

»Hast du eigentlich das mit diesem Klamm gehört?«, fragte sie plötzlich.

Wagner erstarrte. Den Namen hatte er aus ihrem Mund nicht erwartet. »Welcher … Klamm?«

»Na, der Verschwörungsspinner aus der Talkshow!«

»Klamm? Habt ihr es auch mitbekommen?« Ein Mann in Jeans, Weste und Krawatte lief mit federndem Gang auf sie zu. »Hallo, Lisa.«

Lisa, richtig, so hieß sie.

»Den haben wohl die Aliens erwischt, was?«

Lisa lachte. Wagner jedoch gelang nur ein gequältes Lächeln. »Was ist denn mit ihm?«, fragte er ungeduldig.

»Wie, das wissen Sie noch nicht?«, sagte der Mann mit der Weste. Wagner kannte ihn nicht, aber er vermutete, dass er Mitarbeiter im Büro irgendeines Abgeordneten war. »Der wurde doch abgemurkst.«

»Abge…« Wagner versuchte, möglichst ungerührt auf die Neuigkeit zu reagieren.

»War wohl nur eine Frage der Zeit, bis das mal passieren würde. Diese Verschwörungstheorien waren ja völlig abstrus.«

Jetzt schaltete sich Lisa wieder ein. »Einen gewissen Unterhaltungswert hat der Klamm schon gehabt. Habt ihr die Theorie gehört mit den Linien am Boden? Die sich immer an wichtigen Stellen kreuzen? Nur hier im Bundestag nicht. Komisch …« Wieder lachte sie.

»Na ja, wenn man davon absieht, dass sich inzwischen auch rechte Parteien bei ihm bedient haben«, sagte der junge Mann ernst.

»Sorry, ich muss!«, sagte Wagner unvermittelt, drehte sich um und ging.

»Okay, dann bis heute Abend«, rief ihm Lisa hinterher.

Minutenlang saß Wagner starr in seinem Büro, nachdem er im Netz die ersten Berichte über Klamms Ermordung gelesen hatte. An vernünftige Insiderinformationen war er noch nicht herangekommen. Äußerlich wirkte er paralysiert, doch sein Hirn arbeitete auf Hochtouren. Plötzlich drückte er eine Taste auf seinem Telefon. »Frau Schäfer, schicken Sie mir Chu.«

Es dauerte nicht lange, und die Tür öffnete sich leise. Ein kleiner, drahtiger Asiate schlüpfte beinahe lautlos ins Zimmer und blieb stehen.

»Das ging ja schnell«, sagte Wagner erleichtert, stand auf, schloss die Fenster, versicherte sich, dass die Tür wirklich zu war, und wandte sich dann an den Mann, der über einen Kopf kleiner war als er selbst. »Klamm ist tot.«

Die Miene des anderen blieb unverändert. Wagner scherzte oft, dass Chu nur diesen einen Gesichtsausdruck habe, doch heute hätte er sich ein bisschen mehr erkennbare Regung gewünscht.

»Wie ist passiert?«, fragte Chu mit vietnamesischem Akzent. Auch das war ein beliebter Ansatzpunkt für Wagners Sticheleien: *Nach so vielen Jahren klingst du immer noch, als könnte man bei dir Nudeln mit süßsaurer Soße bestellen*, pflegte er zu sagen. Doch in diesem Augenblick war keiner von ihnen zu Scherzen aufgelegt.

»Ich weiß noch nichts Genaues, nur was ich in der Kürze der Zeit in Erfahrung bringen konnte. Auf jeden Fall ist er umgebracht worden.«

Chu blickte ihn stoisch an. »Ist doch kein Wunder? Hat er die falschen Leute auf die Fuße gehaut.«

»Auf die Zehen getreten. Aber egal. Stimmt schon.«

»Soll ich mehr herausfinden?«

»Ja. Und zwar so schnell wie möglich.«

Chu nickte und wandte sich zum Gehen.

»Warte. Laut meinen Informanten hat der Mörder was gesucht bei ihm. Die Frage ist nur, was – und ob er es gefunden hat.«

Der Asiate nickte. »Ich beeile mich.«

17

Luong Chu musste nicht lange nach seinem Ziel suchen, obwohl er zum ersten Mal in Templow war. Eigentlich gab es keinen Grund, die Hauptstadt für dieses märkische Nest zu verlassen. Dabei war es hier wahrscheinlich mal ganz idyllisch gewesen. Bevor die jungen Leute weggezogen waren, um in Berlin oder sonst wo ihr Glück zu suchen. Die Hälfte der Häuser, an denen Chu vorbeifuhr, schien leer, von anderen bröckelte der Putz, während blinde Fensterscheiben den Blick nach innen verwehrten.

Andreas Klamm hatte wohl genau nach einem solchen Ort gesucht. Er war schon immer ein Eigenbrötler gewesen.

Sein kleines Haus lag am Waldrand in einem verwilderten Grundstück, das von einem rostigen Zaun umgeben war. Viel Miete hatte er dafür bestimmt nicht gezahlt. Neben dem Haus, das sich unter den gewaltigen Bäumen zu ducken schien, stand eine baufällige Garage. Beides war in einem schmutzigen Grau getüncht. Chu hatte sich oft gefragt, ob den Leuten diese Farbe so gut gefallen hatte oder ob man zu DDR-Zeiten einfach an keine andere rangekommen war.

Je näher er dem Grundstück kam, desto heller zuckten die blauen Lichter der Einsatzwagen durchs Gestrüpp. Außer den Polizeiautos parkten auch zivile Kombis und Transporter vor dem Haus; ein Mann und eine Frau in Uniform hatten sich am Gartentor postiert, während dahinter Menschen in weißen Overalls geschäftig herumliefen.

Chu stellte Jürgen Wagners Tesla, den der ihm für die Fahrt zur Verfügung gestellt hatte, am Straßenrand ab und atmete tief durch. Ihm schwante, dass es trotz Wagners Vermittlung im Hintergrund nicht ganz einfach werden würde, den Provinzpolizisten begreiflich zu machen, dass er sich im Haus umsehen musste. Lieber hätte er das allein erledigt. Wobei das nicht nur für diese Situation galt. Wenn möglich, mied er andere Menschen.

Aber Wagner brauchte ihn jetzt, also steckte er sein Smartphone ein, strich sich über den kahl rasierten Schädel und stieg aus. Auf dem Kopfsteinpflaster hatte sich der einsetzende Regen mit dem Dreck dieses Kaffs zu einem schmierigen Film vermengt. Vorsichtig setzte Chu seine Schritte. Er war noch nicht weit gekommen, da lief der Mann in Uniform bereits auf ihn zu. »Polizei. Das hier ist alles abgesperrt, entfernen Sie sich bitte«, rief er wild mit den Armen fuchtelnd, noch bevor er Chu erreicht hatte. Der hob beschwichtigend eine Hand und holte seinen Personalausweis aus der Jacke, den er dem Mann unter die Nase hielt.

Er vermied es, mit Fremden zu sprechen. Auch wenn er die deutsche Grammatik einigermaßen beherrschte, bekam er diesen ganz bestimmten Singsang, der seine vietnamesische Herkunft verriet, nicht weg. Und das erschwerte ihm bisweilen die Erfüllung seiner Aufgaben. Auch wenn er nicht vorhatte, irgendwas anderes zu sein als das, was er war: der Mann fürs Grobe eines sehr einflussreichen Freundes. Seines einzigen Freundes. Seit sich vor vielen Jahren ihre Wege gekreuzt hatten, sorgte Jürgen Wagner dafür, dass es Chu an nichts mangelte. Viel brauchte er sowieso nicht: einen Platz zum Schlafen und Anonymität. Seine handgenähten Schuhe und die Lederjacken mit den daraufgestickten Drachen waren alles, was er sich an Luxus erlaubte. Und die paar Samurai-Schwerter, von denen er sich ab und zu eines gönnte.

Im Gegenzug sorgte Chu dafür, dass Wagner den Kopf frei hatte für seine wichtigen Geschäfte. Lästige Probleme löste er für ihn.

»Aha, Herr ... Chu Luong. Und jetzt? Soll ich Ihnen ein Autogramm auf den Ausweis geben, oder was?«, fragte der Uniformierte gelangweilt.

Chu seufzte. Wortlos kam er hier wohl nicht weiter. »Man hat mich hier bestellt«, sagte er.

»Verena, hast du was zu essen bestellt?«, rief der Mann seiner Kollegin über die Schulter zu. Sie verstand offensichtlich nicht.

Chu hingegen hatte sofort kapiert. Sein Gegenüber war nicht der Erste, der diesen Witz machte. Unter anderen Umständen hätte der Mann das bereut. Doch hier war das leider nicht möglich.

»Was ist, Verena, willst du etwa so früh am Morgen schon Hühnchen süß-sauer?«

Chu blickte ihm unbeeindruckt in die Augen, während die Polizistin, der die Aktion peinlich zu sein schien, an ihrem Funkgerät herumnestelte. Er ging ein paar Schritte zurück, zückte sein Handy und wählte die Nummer von Jürgen Wagner.

»Telefonieren Sie woanders, hier werden Ermittlungen durchgeführt«, rief ihm der Polizist nach.

Wagner regte sich furchtbar darüber auf, dass man sich auf niemanden mehr verlassen könne. Dann versprach er Chu, dass er die Sache gleich klären würde, diesmal an höchster Stelle, und beendete das Gespräch. Chu blieb stehen und wartete.

»Wenn Sie jetzt nicht freiwillig gehen, erteile ich Ihnen einen Platzverweis.« Der Polizist ließ nicht locker.

Chu blickte ihn aus kalten Augen an. Er hätte ihm mit einem einzigen Handkantenschlag den Kehlkopf zertrümmern können. Doch er verspürte keine Wut. Dieser nichtssagende Typ war ihm gleichgültig. Ein unbedeutendes Hindernis, das sein Leben für ein paar Minuten erschwerte.

»Sind Sie Herr Luong?« Vor dem Haus erschien ein Mann um die fünfzig in einem schlecht sitzenden blauen Anzug. Sein schütteres Haar wurde vom auffrischenden Wind durcheinandergewirbelt.

Chu nickte.

Der Anzugträger winkte ihn zu sich. »Beer, von der Staatsanwaltschaft. Das BKA hat mich gerade erst über Ihr Kommen informiert. Tut mir leid, falls Sie Unannehmlichkeiten mit den Kollegen von der Schutzpolizei hatten.«

Der Uniformierte musterte Chu mit verdutzten Blicken, als der an ihm vorbeiging, ohne ihn anzusehen. Er hatte den Mann schon so gut wie vergessen.

Chu folgte Beer durchs nasse Gras. Interessiert betrachtete er die Schnüre, die überall im Garten gespannt waren. Klamm hatte nichts von seiner Paranoia verloren.

Herr Beer stellte Chu seinen Kollegen als externen Experten des BKA für Verbrechensbekämpfung im Bereich politisch motivierter Kriminalität vor. Hörte sich einschüchternd an, fand Chu. Zumindest, wenn der Anzugtyp es sagte. Er fragte sich, ob es irgendwelche Türen gab, die Jürgen Wagner nicht mithilfe seiner weitverzweigten Beziehungen öffnen konnte.

»Herrn Luong Chu hier ist Zugang zu allen Räumen zu gewähren«, sagte Beer laut in die Runde, als sie das Haus betreten hatten. Dann wandte er sich wieder an Chu. »Ich bin informiert worden, dass Sie am liebsten in Ruhe gelassen werden, um in aller Konzentration zu arbeiten, aber falls Sie Fragen haben, zögern Sie bitte nicht.« Dann musterte ihn Beer noch einmal von oben bis unten – anscheinend wunderte er sich ein wenig über Chus legeren Aufzug. Aber vielleicht hatte er in seiner langen Dienstzeit gelernt, wie karriereschädlich Nachfragen sein konnten, und beließ es dabei.

Chu begann, sich im Haus umzusehen. Endlich hatte er Ruhe. Er ging über einen kleinen Korridor mit rissigem Linoleumbelag in die Küche: Überall stand dreckiges Geschirr, dazwischen Reste von billigem Essen – Fast Food, Pizzaschachteln, Pommes. Klamm war im Grunde schon immer schwach gewesen. Doch dass er sich so hatte gehen lassen …

Die Aschenbecher quollen beinahe über, der Großteil der Kippen war selbst gedreht. *Keine Disziplin, keine Selbstbeherrschung.* Chu verachtete diese Art der Lebensführung. Er selbst brauchte den Verzicht, das regelmäßige Hungern, die Selbstüberwindung. Fett hatte an einem Körper nichts verloren. Ein wacher Geist und geschmeidige Muskeln waren Voraussetzungen für die Beherrschung der asiatischen Kampfkünste. Wachsam und flink zu sein war sein oberstes Ziel. Hier hingegen sah alles nach Nachlässigkeit und Trägheit aus. Hätte ihn nicht jemand anderes erwischt, wäre Klamm sicher bald an seinem Lebenswandel zugrunde gegangen.

»Ekelhaft«, stieß einer der Beamten hervor, die das Haus nach Spuren durchsuchten. Er hielt sich angewidert die Hand vor die Nase.

Chu blendete den Gestank einfach aus. Er verließ die Küche Richtung Wohnzimmer, wo der Mord passiert sein musste. Hier herrschte jedenfalls am meisten Betrieb. Als er an einem Polizisten im weißen Schutzanzug vorbeiwollte, hielt der ihn zurück. Chu seufzte. Würde die Diskussion jetzt von vorn losgehen?

Doch der Beamte hatte andere Gründe, den Besucher vom Betreten des Zimmers abzuhalten. »Einen Moment, bitte,

Kollege«, begann der ins Chus Augen ziemlich attraktive Mann: Er war schlank und muskulös, das konnte man selbst unter dem Overall sehen. So ein Aussehen erreichte man nur durch Disziplin, Sport und einen asketischen Lebenswandel, wie Chu ihn selbst auch praktizierte. Viel zu lange hatte er keinen solchen Mann mehr im Bett gehabt.

»Das da drin ist wirklich kein schöner Anblick. Ziemlich krass. Wenn Sie also nicht unbedingt …«

»Ich werde schaffen«, erklärte Chu kurz und versuchte sich an einem Lächeln, dann trat er ein. Er konnte dem Mann schlecht sagen, was er bereits alles in seinem Leben gesehen hatte. Eine Leiche würde ihn ganz bestimmt nicht schocken, egal, wie sie zugerichtet sein mochte.

Das Wohnzimmer roch nach Tod. Chu ließ seinen Blick über eine alte DDR-Schrankwand wandern, bei der bereits einige Türen fehlten. Darin kreuz und quer Papiere, Aktenordner, Bücher, das 60er-Jahre-Geschirr alter Leute. Gegenüber eine abgewetzte Sofagarnitur. Vor der Terrassentür blieb Chus Blick unvermittelt an etwas haften: fein säuberlich geputzte lederne Militärstiefel. Sie waren mit Abstand das Sauberste und Gepflegteste im Haus. Klamm hatte schon früher einen Schuh-Tick gehabt.

Vor dem Fenster ein Schreibtisch, darauf ein Laptop, auf dem einer der Polizisten herumtippte. Auf dem Boden Papiere, Aschenbecher, Flaschen – Spuren eines Kampfes. Klamm hatte sich gewehrt. Chu betrachtete die Leiche, die vor dem Schreibtisch auf einen Stuhl gefesselt war. Das Gesicht war fahl und mit bläulichen Flecken überzogen, der Mund mit den gelben Zähnen stand weit offen, die Zunge quoll seitlich ein Stück heraus. Die Augen waren aus ihren Höhlen getreten und starrten leblos zur Decke.

»Ist mit einem Draht erwürgt worden«, erklärte der attraktive Beamte, der ihm ins Zimmer gefolgt war.

»Garotte«, entfuhr es Chu.

»Wie bitte?«

Chu seufzte. Was waren das für »Experten«, die nicht einmal den Namen dieses einfachen, aber effektiven Mordwerkzeugs kannten? Er zeigte auf Klamms Hals. »Das hier … von Garotte.«

»Ah. Hier in Templow spricht einfach kaum einer Chinesisch, sorry.«

Chu blickte ihn prüfend an. Er war sich nicht sicher, ob der Spruch ernst gemeint oder wieder gegen ihn und seine Herkunft gerichtet war.

Chu ging, ohne darauf zu reagieren, Richtung Terrassentür, starrte in die trostlose Wildnis dahinter, die kaputten Monoblockstühle, den rostigen Gartentisch. Er holte sein Handy aus der Tasche und begann, den Toten aus verschiedenen Perspektiven zu fotografieren. Vor allem die Strangulationsmale am Hals versuchte er möglichst deutlich einzufangen. Niemand behelligte ihn. Dann verschickte er drei der Bilder mit dem Smartphone an Jürgen Wagner, versehen mit einer Nachricht: »Sieht aus wir haben Problem«.

18

»*Code Red.*« Stephan fügte den Worten nichts hinzu, blickte nur in die Augen von Cayenne und Joshua. Sie saßen auf einem umgestürzten Baumstamm und schwiegen. Irgendwann begann Joshua zu kichern. »Wisst ihr, dass das auch in dem Film mit Tom Cruise vorkommt, wo er Militäranwalt ist und …«

»Ach, du findest das lustig?«, unterbrach ihn Stephan.

Joshuas Lächeln erstarb. »Nein, ich wollte nur … weil ihr alle so ernst seid.«

»Die Lage ist ernst.« Stephan zerbrach den Zweig, den er in den Händen gehalten hatte. »Ihr wisst, dass ich den *Code Red* meine nach dem …«

»… dem Cooper-Farbcode, wir wissen es«, sagte Cayenne genervt. Er hatte ihnen diese Farbsymbolik schon unzählige Male eingetrichtert. Für sie waren das immer Phrasen gewesen, die cool klingen sollten. Bei Joshua konnte er damit vielleicht Eindruck schinden, bei ihr längst nicht mehr. Jeder der drei wusste, dass sie ein Problem hatten, sie am allerbesten: Hier draußen streunte ein Irrer herum, der versucht hatte, sie zu töten. Es brauchte keine Farbenlehre, um ihr die Sachlage klarzumachen. »Wir hausen hier wie die Tiere, können wir nicht mal wieder ein beheiztes Zimmer mit Dusche und so beziehen? Wir können uns ja nicht ewig verstecken. Gehen wir halt zu den Bullen und machen 'ne Anzeige.«

Stephan schüttelte den Kopf. »Ihr wisst, dass wir nicht zur Polizei können. Die werden uns nicht schützen. Wir dürfen uns keinesfalls jemandem anvertrauen. Und wer weiß schon, was der Typ vorhat. Es hat schon den Nächsten erwischt.«

Die Geschwister sahen sich verwirrt an.

»Ja, hab ich vorhin im Radio gehört. Ein Journalist. Getötet. Mit einer Garotte.«

»Einer Drahtschlinge? Wo?«, fragte Cayenne schnell.

»Ganz in der Nähe.«

»Scheiße«, keuchte Joshua.

»Ja, Scheiße. Deswegen müssen wir aufpassen. Bereit sein. Konzentriert bleiben.«

Sie nickten. Dann griff Stephan in seinen Rucksack. Cayenne ahnte, was nun kommen würde.

»Schießtraining«, bestätigte er ihre Vermutung.

Jo wurde sofort hibbelig: »Cool! Ich fang an.«

Doch Stephan ging nicht darauf ein und drückte zuerst Cayenne die Waffe in die Hand. Sie schloss die Augen und sog die Luft ein. »Cayenne, das Ding kann uns das Leben retten, also müssen wir vernünftig damit umgehen können.«

Sie wusste, dass er im Grunde recht hatte. Trotzdem mochte sie die Pistole nicht. Hasste den Lärm der Schüsse, den Gestank der Munition. Sie verließ sich im Ernstfall lieber auf ihren Körper. Trotz des Vorfalls im Wald.

Stephan hatte mittlerweile eine Art Schießstand aufgebaut: Auf einem umgestürzten Baum standen drei leere Flaschen. »Drei Schuss. Mindestens zwei Treffer müssen drin sein. Konzentrier dich!«

Joshua tippelte nervös auf und ab, er konnte es kaum erwarten, bis er an der Reihe war. Cayenne legte an und zielte. Sosehr sie sich auch vorstellte, die Flasche, auf die sie anhielt, wäre der Kopf des Mannes, der sie im Wald überfallen hatte, musste sie sich dennoch überwinden. Dann löste sich der erste Schuss. Im selben Moment, in dem die Flasche zerbarst, durchfuhr ein stechender Schmerz Cayennes rechten Arm. Sie ließ die Waffe fallen und fasste mit der anderen Hand ihren Ellbogen. Sie hatte den Rückschlag mal wieder unterschätzt, vor allem aber ihre Verletzungen.

Stephan verkniff sich eine entsprechende Bemerkung, das konnte sie sehen. Sie war keine schlechte Schützin, aber die Pistole fallen zu lassen strapazierte seine Geduld.

»Was ist los, Cayenne? Wo tut es weh?«

Sie merkte, dass er sich nur mühsam beherrschte.

»Im Ellbogen, direkt im Gelenk, fühlt sich an wie elektrisiert.«

»Komm, ich hab Pferdesalbe, das nimmt die Schmerzen.« Er legte ihr den Arm auf die Schulter, und beide gingen nebeneinander die paar Meter zum Tarp zurück. »Mach du weiter«, rief er Joshua über die Schulter zu. Der ließ sich das nicht zweimal sagen.

»Verdammt! Was rede ich eigentlich den ganzen Tag? Das kann uns das Leben kosten, Jo!«

Cayenne sagte nichts, als Stephan ihren Bruder zusammenbrüllte. Er hatte in einer Minute das gesamte Magazin verballert und auch die Ersatzmunition aufgebraucht, bevor Stephan hatte eingreifen können.

»Ich hab ... du hast selber gesagt, ich soll weitermachen«, verteidigte sich der Junge kleinlaut.

»Ach ja? Und hab ich dir auch gesagt, du sollst das beschissene Eichhörnchen vom Baum holen? Das hier ist kein Spiel, kapier das endlich.«

Cayenne fühlte keinen Drang, ihrem Bruder zu Hilfe zu kommen. Schließlich hatte er diesmal wirklich Scheiße gebaut. Sie alle wussten, wie ernst die Lage war. Auch Jo.

Stephan kickte das halb zerfetzte Eichhörnchen mit dem

Stiefel weg. »Ich krieg hier nur ganz schwer die passende Munition. Jede deiner verballerten Patronen hätte im Kopf von einem unserer Verfolger landen können. Also schieß gefälligst mit deiner Air-Gun, wenn du Tiere töten willst, klar?«

»Aber die hat doch keinen Rückstoß, und wenn ich beim Schießen präziser werden soll, wie du immer sagst, dann muss ich das in echt trainieren.«

»Ohne Kugeln können wir überhaupt nicht mehr schießen. Nicht zur Übung und schon gar nicht, wenn's ernst wird.«

Stephan drehte sich zu Cayenne, die seinem Blick jedoch auswich. Sie hasste es, wenn er sie als Zeugin der Anklage mit in eine Auseinandersetzung hineinziehen wollte.

»'tschuldigung, Stephan«, flüsterte Joshua, »aber …«

»Kein Aber. Du wirst nun schön das Eichhörnchen begraben. Einen halben auf einen Meter, fünfzig tief, kapiert?«

Joshua nickte und holte ohne weitere Widerrede den Klappspaten.

Cayenne protestierte auch diesmal nicht, obwohl diese Strafe für sie eine der perfidesten und sinnlosesten war, die Stephan in seinem großen Repertoire hatte. Unzählige Male hatten ihr Bruder und sie schon irgendetwas »bestatten« müssen. Einmal, nachdem er sie beim Rauchen erwischt hatte, hatte er sie für ihre Kippen ein riesiges Grab ausschachten lassen. Sie waren Stunden damit beschäftigt gewesen. Vom Rauchen hatte sie das trotzdem nicht abgehalten.

Jo hatte es diesmal schon nach einer guten Stunde geschafft.

Stephan, der sich wieder einigermaßen beruhigt hatte, rief die beiden zu sich. »Ich möchte euch etwas zeigen.« Er holte ein Feuerzeug aus seiner Tasche.

»Kenn ich schon«, sagte Cayenne.

»Wart's ab. Ich zeige euch heute zwei neue Dinge, die ihr damit anstellen könnt, die werden euch vielleicht mal helfen.«

»Cool, 'ne Sprengfalle oder so was?«, fragte Joshua begeistert. Von Scham über die Standpauke war ihm nichts mehr anzumerken.

»So was in der Art. Also, schaut mal, was man aus so einem kleinen Feuerzeug Schönes basteln kann.« Er entfernte die metallene Schutzkappe, schob den kleinen Hebel, mit dem man die Flamme verstellte, ganz nach rechts, hob ihn an, stellte ihn zurück und wiederholte das Ganze ein paarmal, bis das Gas von selbst aus dem Feuerzeug austrat. Dann entzündete er die Flamme, riss einen Streifen des Panzertapes ab, das er immer dabeihatte, und klebte das Feuerzeug kopfüber an einen Baum. »Jetzt passt auf«, sagte er und setzte sich wieder zu ihnen. Gespannt blickten sie auf die kleine Flamme. Ein paar Minuten tat sich nichts, und Cayenne wollte gerade aufstehen, da tat es einen Schlag, und das Feuerzeug zerplatzte in tausend Stücke. Die Geschwister zuckten erschrocken zusammen, während Stephan keine Miene verzog.

»Wow, krass«, rief Joshua und klatschte in die Hände.

»Ja, ganz … nett«, pflichtete Cayenne ihm bei.

»Kann zumindest hilfreich sein«, sagte Stephan, den die Reaktion der beiden ganz offensichtlich freute. »Genau wie das hier.« Er holte ein weiteres Feuerzeug hervor und bemerkte zufrieden, dass er nun ihre ungeteilte Aufmerksamkeit hatte. Wieder hebelte er die Sicherheitskappe ab, doch diesmal entfernte er auch das Rädchen, den Zündstein und die Feder darunter. Er zog sie etwas in die Länge, wickelte ein Ende des Drahtes um den Zündstein, hielt ihn in die noch immer brennenden Reste des explodierten Feuerzeugs, bis er rot glühte, und blickte dann seine beiden Schützlinge an. »Jetzt gebt acht«, sagte er, doch diese Aufforderung wäre nicht nötig gewesen. Mit großen Augen verfolgten sie, wie Stephan seine Konstruktion über den Kopf hob und dann mit Schwung auf einen Stein zwischen ihnen warf. Sofort erhellte ein Lichtblitz das Zwielicht des Waldes.

»Heilige Scheiße«, rief Joshua bewundernd und rieb sich die Augen. »Darf ich auch mal? Bitte!«

»Klar, ihr sollt sogar. Hier, für jeden eins. Aber passt auf.« Er warf jedem von ihnen ein Feuerzeug zu.

Cayenne fing es halbherzig auf.

»Was ist los mit dir?«

»War ja ein ganz netter Trick«, gab sie lustlos zurück, »aber was soll uns so ein Pfadfinderscheiß denn im Ernstfall nützen?«

»Komm, sei keine Spielverderberin, Jenny, ich zeig dir noch mal, wie's geht«, rief Joshua eifrig und machte sich an seinem Feuerzeug zu schaffen.

»Ich weiß, wie es geht. Und nenn mich nicht Jenny, du Hosenscheißer.«

»Hört auf zu streiten.«

»Ich streite ja gar nicht, aber ...«

»Aaaah!« Joshua stieß einen spitzen Schrei aus und schleuderte das Feuerzeug in den Wald.

»Was ist los?«, fragte Cayenne besorgt.

»Hab mich geschnitten«, schimpfte Joshua. »Ich hol mir ein Pflaster.«

»Herrgott, ich hab doch gesagt, ihr sollt aufpassen! Seid konzentrierter. Was muss denn noch passieren? Soll euch erst jemand den Hals aufschlitzen?«

Cayenne machte einen Schritt auf Stephan zu. »Wer sollte das tun? Uns findet hier doch keiner mehr.«

Stephans Kiefer mahlten. Auch er machte einen Schritt auf sie zu, sie standen sich nun direkt gegenüber.

Sie funkelte ihn an. »Was ist los? Willst du mir eine scheuern?«

»Hör auf damit, ich warne dich …«

»Alles meine Schuld!« Joshua war zwischen die beiden getreten und schob sie auseinander. »Tut mir leid, ich hab nicht aufgepasst.«

Cayenne wusste, dass ihr Bruder begierig auf neue Pfadfindertricks war.

»Schon gut, kleiner Bruder«, sagte sie und wuschelte ihm durch sein strähniges Haar. »Wir machen nur Spaß. Stimmt's … Papa?«

Stephan zuckte bei dem Wort zusammen. »Stimmt«, presste er hervor. »Und jetzt noch mal von vorn …«

19

Luong Chu starrte auf sein Handy. Seit einer Stunde saß er im Auto an einer Ladesäule vor dem Supermarkt. In der Dönerbude, dem einzigen geöffneten Imbiss in Templow, hatten sie nur Speisen aus grauem Fleisch und fettige Pommes auf der Karte. Deswegen hatte er sich im Laden ein Wasser und ein paar Eiweißriegel besorgt, von denen er sich den letzten gerade in den Mund schob.

Jürgen Wagner hatte sich noch nicht zurückgemeldet. Das war ungewöhnlich, bedachte man die Brisanz der Neuigkeiten. Und die Frequenz, mit der Wagner normalerweise seine Nachrichten checkte. Chu trommelte auf dem Lenkrad herum. Er drehte die Heizung ein wenig höher. Es wurde kalt, der Herbst kam mit voller Wucht. Wenigstens die Akkus des Wagens waren jetzt wieder voll.

Er stieg aus und zog das Kabel ab, da klingelte im Auto sein Telefon. Obwohl er sofort alles fallen ließ und zur Tür stürzte, vermeldete sein Handy bereits einen Anruf in Abwesenheit. *Jürgen.* Chu hasste es, wenn er nicht rechtzeitig an sein Telefon kam. Vor allem, wenn Wagner anrief. Das hatte etwas mit Disziplin zu tun, mit Loyalität und mit Respekt. Und ein wenig auch mit Zuneigung. Er wählte umgehend Wagners Nummer.

Der wirkte gehetzt, als er annahm. »Ich konnte mich nicht früher melden. Er wurde also mit der Garotte eliminiert?«

»Gewürgt«, bestätigte Chu.

»Du weißt, was das heißt, oder?«

»Heißt, dass der Mörder uns kennt.«

»Zumindest ist das mehr als wahrscheinlich. Und es heißt auch, dass er uns damit etwas sagen will.«

Chu verstand nicht, worauf Wagner hinauswollte.

»Die Art des Tötens soll eine Botschaft an uns sein. Ich weiß nur nicht, was für eine. Will er Geld? Oder was anderes? Shit, was, wenn der uns auch auf der Liste hat, Chu ...«

»Vielleicht. Kann aber auch Zufall sein?«

»Vergiss es. Zufälle gibt es nicht. Jedenfalls nicht solche.« Wagner machte eine Pause. »Klamm hat mich angerufen, kurz vor seinem Tod. Er wollte mir irgendwas sagen ... Welchen Eindruck hattest du von der Wohnung? Hat der Täter was gesucht? War er an etwas interessiert, woran Klamm gearbeitet hat? War die Wohnung durchwühlt?«

»Das war Schweinestall. Andreas war ... unfit.«

»Stand ein Computer herum?«

»Laptop.«

»Okay, das hat der Täter also nicht mitgenommen. Seltsam ...«, murmelte Wagner mehr zu sich selbst als zu seinem Gesprächspartner.

»Könnte sein, ich weiß, wo etwas ist. Vielleicht das gleiche Versteck wie früher.«

Wagner wusste, was Chu meinte. »Aber du konntest nicht nachsehen?«

»Konnte nicht. Zu viele Bullen. Aber ich kann noch holen. Allein. In der Nacht.«

Wagner seufzte. »Okay, aber das musst du allein machen. Offiziell bring ich dich da nicht mehr rein.«

»Kein Problem. Geh ich, wenn Bullen nicht mehr da sind.«

»Okay. Check das ab. Und halt mich auf dem Laufenden, wenn es was Neues gibt. Viel Glück!«

»Danke«, sagte Chu und deutete dabei eine Verbeugung an.

Nachdem er aufgelegt hatte, ging er noch einmal in den Supermarkt, diesmal um sich Obst zu holen. Es würde ein langer Abend werden.

Gegen 22 Uhr näherte sich der Tesla dem Waldrand. Chu hatte noch ein bisschen meditiert und im Schutz der Dunkelheit hinter einem leer stehenden Fabrikgebäude trainiert. Er musste fit bleiben, jetzt mehr denn je. Den Wagen stellte er in der Einmündung eines Feldwegs ab. Die restlichen Meter zum Haus ging er zu Fuß, zur Sicherheit. Als es hinter der letzten Wegbiegung schließlich in Chus Blickfeld auftauchte, spürte er die Erleichterung: Kein Licht, keine Polizei und auch sonst war niemand zu sehen. Er würde leichtes Spiel haben und, wenn alles glattlief, in gut eineinhalb Stunden zurück in Berlin sein.

Obwohl es verlockend war, über die Terrassentür ins Haus zu gelangen – schließlich lag sie zur Gartenseite, die von der Straße aus nicht einsehbar war –, wollte er noch eine weitere Möglichkeit checken: Er hatte mitbekommen, dass das Haus unterkellert war. Kellertüren, zumal altersschwache, waren noch einfacher zu knacken als ebenerdige Fenster. Chu stieg die Stufen auf der rechten Hausseite hinab. Erst als er von oben nicht mehr zu sehen war, schaltete er seine Handylampe auf der schwächsten Stufe ein. Gerade noch rechtzeitig, sonst wäre er womöglich über die Berge aus Sperrmüll, Schrott und Plastiksäcken gestolpert, die sich vor der einfachen Holztür stapelten. Chu schüttelte den Kopf. Was für eine Schlamperei! Dann leuchtete er auf das Schloss. Diesen Zylinder würde er in weniger als einer Minute öffnen. Klamm hatte sich anscheinend mehr auf seine Schnüre-Glöckchen-Sicherung verlassen und deswegen einen Einbruchschutz der Türen nicht für notwendig erachtet. Mit welchem Ergebnis, hatte man ja gesehen.

Chu zog seinen Elektropick, einen akkubetriebenen Dietrich, aus der Tasche, der ein bisschen wie die filigrane Version einer elektrischen Zahnbürste aussah. Er steckte die Nadel, die aus dem Gehäuse ragte, ins Türschloss, dazu einen Federdraht und schaltete ein. Keine zehn Sekunden später konnte er mit dem Schraubenzieher das Schloss öffnen und betrat Klamms Keller. Oben hörte er leise eines der Glöckchen anschlagen.

Dass im Untergeschoss das gleiche Chaos herrschte wie parterre, überraschte ihn wenig. Auch den modrigen Geruch hatte er erwartet. Wie konnte sich ein Mann nur so gehen lassen?

Obwohl er sich sicher war, dass niemand im Haus war, versuchte er so wenig Geräusche wie möglich zu verursachen. Aus Prinzip. Dann stieg er die Treppe hoch, alles im Schein der Handy-Taschenlampe, öffnete vorsichtig die Kellertür und stand im dunklen Flur. Er hatte die Tür noch nicht wieder geschlossen, als er plötzlich Stimmen hörte. Chu hielt die Luft an. Es war ein verhaltenes Flüstern, und es kam – aus dem Keller. Konnte das sein? Er war doch gerade noch dort gewesen.

Vorsichtig zog er die Tür wieder auf, steckte sein Handy weg, setzte lautlos seine Schritte und blieb auf halbem Weg stehen. Noch immer unterhielten sich die Stimmen, riefen sich leise etwas zu. Er konnte drei verschiedene Personen ausmachen. Männerstimmen, die sich jung anhörten. Dazu kamen jetzt Kratzgeräusche und ein dumpfes Klopfen.

Er lauschte – und zuckte zusammen, als es auf einmal laut krachte. Als wäre ein Fenster aufgeflogen und gegen die Wand geknallt. Jetzt waren die Stimmen deutlicher, auch wenn Chu noch nicht verstehen konnte, was gesprochen wurde. War noch jemand hinter dem her, was auch er suchte? War es ein unglücklicher Zufall? Oder stimmte es, was Jürgen sagte: *Es gibt keine Zufälle!* Chu würde es in Kürze wissen, denn er setzte sich entschlossen in Bewegung, verharrte kurz hinter der Wand, die in den Raum führte, aus dem die Geräusche kamen, und schnellte dann um die Ecke. Den Raum, in dem Klamm Briketts und Brennholz gelagert hatte, nahm er nur im Unterbewusstsein wahr. Seine Aufmerksamkeit galt den drei Gestalten, die nun vor ihm standen. Jugendliche, dachte er beruhigt, als er im Mondlicht ihre erschrockenen Gesichter sah. Noch bevor einer von ihnen realisierte, was da vor sich ging, hatte der Erste bereits Chus Handkante gegen die Schläfe bekommen und sank ausgeknockt zu Boden. Die anderen, beide in dunklen Jacken und mit Basecaps, standen kreidebleich vor ihm, unfähig, sich zu bewegen. Chu fuhr geschmeidig herum und ließ seinen Fuß gegen den Hals des Kleineren mit den Rastalocken schnellen. Auch er ging wehrlos zu Boden.

Mittlerweile hatte der Dritte seine Schockstarre überwunden und zog ein Butterflymesser aus der Tasche, das er in Sekundenschnelle einsatzbereit in der Hand hielt. Im Augenwinkel sah Chu, dass der Erste, ein fetter, groß gewachsener Koloss, bereits Anstalten machte, sich wieder aufzurappeln. Auch wenn diese untrainierten Jungs keine echten Gegner darstellten: Sie waren in der Überzahl, ein Umstand, den man nie unterschätzen durfte.

Der mit dem Messer suchte jetzt eine Möglichkeit, ihn anzugreifen. Nervös tippelte er von einem Bein aufs andere. Chu entschloss sich, erst den Dicken noch einmal zu Boden zu schicken, diesmal mit einer flinken Drehung und einem Kick gegen sein schwabbeliges Kinn. Wie ein Mehlsack fiel er zur Seite. Der Kleine mit dem Messer nutzte den Moment und kam mit irrem Gebrüll auf ihn zu. Chu kniff die Augen zusammen, fing seine Rechte mit der Hand ab, drehte sich geschmeidig ein und bog dem Angreifer den Arm mit einer derartigen Vehemenz auf den Rücken, dass es in der Schulter knackte. Dabei entwand der Asiate ihm das Butterflymesser, mit dem er sich nun vor den drei am Boden Liegenden aufbaute. »Was macht ihr hier?«, herrschte er sie an. Die Jungs boten ein jämmerliches Bild. Der mit den Rastas kam gerade erst wieder zu sich und rieb sich den Hals, der Fette wimmerte mit abgewandtem Gesicht, und der Messer-Typ stöhnte vor Schmerzen und hielt sich seinen Arm.

»Wir … nichts, wir wollten nur …«, fasste sich der Dicke ein Herz.

»Halt bloß die Fresse!«, zischte der mit dem Messer. Er schien so etwas wie der Chef der armseligen Truppe zu sein.

Chu verpasste ihm einen Fußtritt in die Weichteile, der ihn heftig aufschreien ließ. Er würde eine Weile gebückt laufen müssen. »Reden!«

»Wir wollten uns nur im Geisterhaus umschauen. Wegen dem Thrill und so. Sonst nix. Ich schwör …« Immerhin, der Dicke ließ sich von seinem Anführer nicht gleich den Schneid abkaufen.

»Das hier ist Polizeisperre. Und jetzt haut ab!« Chu fand, dass er nicht besonders überzeugend geklungen hatte. Die drei standen dennoch ohne weitere Gegenwehr auf und sahen ihn fragend an.

»Raus, aber durch Tür!«, zischte Chu. Er hatte keine Lust, den Dicken am Ende noch durchs Fenster schieben zu müssen, weil er stecken blieb.

So schnell sie konnten, liefen die schwer lädierten Jugendlichen durch den Kellerflur zur Tür. Chu riss sie auf und beförderte sie mit einem Schubs nach draußen. Er würde sie hier nicht wiedersehen, da war er sich sicher.

Als er endlich wieder im Erdgeschoss war, bemühte sich

Chu, keine weitere Zeit zu verlieren. Noch eine unvorhergesehene Begegnung brauchte er nicht. Ohne Licht ging er zur Terrassentür. Der Mond schien fahl durch die milchigen Fenster. Das genügte, um sich zu orientieren. Chu hatte gelernt, bei fast völliger Dunkelheit zurechtzukommen. Und schließlich wusste er, wonach er suchte.

Als er die schweren Lederstiefel anhob, huschte ein Lächeln über sein Gesicht. Erinnerungen kamen hoch. *Klamm und seine Schuhe!* Immer blank gewienert, immer akkurat nebeneinandergestellt, die Schuhbänder säuberlich nach innen gelegt. So auch jetzt. Und das in all dem Chaos und dem Dreck.

Im hinteren Futter des rechten Stiefels wurde Chu schließlich fündig. Er zog das kleine Plastiktütchen heraus, inspizierte kurz seinen Inhalt und ließ es dann in seine Jackentasche gleiten. Die Stiefel stellte er exakt so nebeneinander, wie er sie vorgefunden hatte.

Eine Minute später verließ Luong Chu das Haus von Andreas Klamm auf demselben Weg, auf dem er es betreten hatte.

20

Es war ein Tag ganz nach Beat Gigers Geschmack: Im Vierwaldstätter See spiegelte sich ein heiterer Himmel, das Laub der Bäume leuchtete in der Herbstsonne und sein kleines Lokal war voller gut gelaunter Menschen, die sich die riesigen Portionen schmecken ließen. Zufrieden blickte er auf die kleine Gaststube, die hölzernen Tische mit den rot-weißen Deckchen und den Muschelschalen darauf, die farbenfrohen Tücher mit den maritimen Motiven an der Wand – es war ein wilder Stilmix, aber die Leute liebten es. Das Restaurant hatte sich vom Geheimtipp zum Renner entwickelt, seit es im *Lonely Planet* erwähnt worden war. Das Publikum war noch internationaler geworden, worüber er als Weltbürger sich besonders freute.

»J'ai besoin d'aide.« Seine Frau stand neben ihm, in jeder Hand ein voll beladenes Tablett, was die zierliche Dunkelhäutige noch zerbrechlicher aussehen ließ, als sie sowieso schon wirkte. Dabei täuschte dieser Eindruck, denn sie konnte zupacken. Und dass sie nie ihre gute Laune verlor, war eine der Eigenschaften, die er besonders an ihr liebte. Beat Giger war zufrieden mit seinem Leben, und das war mehr, als er angesichts seiner Vergangenheit hatte erwarten können. »Natürlich helf ich dir, ma petite«, säuselte er, schnappte sich eines der Tabletts und setzte seinen massigen, einst muskulösen Körper in Bewegung. Ein stechender

Schmerz in seinem Knie erinnerte ihn daran, dass er die notwendige Operation schon viel zu lange hinausschob.

»Le genou?«, fragte seine Frau besorgt.

Er winkte ab. »Nicht schlimm«, log er. Er hatte gelernt, Schmerzen zu unterdrücken. Genau wie die Erinnerung daran, wo er sich die Verletzung zugezogen hatte, die ihm jetzt zu schaffen machte.

»Table trois«, sagte seine Frau noch, auch wenn das nicht nötig gewesen wäre, denn so viele Tische hatten sie nicht, und den Garnelensalat mit Appenzeller Käse bestellte selbst bei seinen experimentierfreudigen Gästen nur einer.

»Grüezi, Pirmin, lass es dir schmecken«, sagte Giger, als er den Teller zusammen mit einem Bier vor dem Weißhaarigen mit dem faltigen Gesicht abstellte.

»Riecht guet«, sagte der knapp und schob sich schon die erste Gabel in den Mund. »Fangfrisch?«

»Direkt aus'm See. Wie immer«, gab Giger grinsend zurück und zwinkerte ihm zu. Dann machte er sich auf den Weg zurück in die Küche. Jetzt kam der weniger angenehme Teil seines Berufs. Während das Kochen und der Service ihm und seiner Frau nie langweilig wurden, war das Aufräumen danach nicht gerade seine Lieblingsbeschäftigung. Er seufzte, als er auf die Stapel aus Töpfen, Tellern und Pfannen blickte. Irgendwann würde er jemanden einstellen, dachte er sich wieder einmal und krempelte die Ärmel hoch.

Als seine Frau mit einem »Beat, chéri?« hereinkam, hätte er nicht sagen können, wie lange er schon mit dem Schwamm hantierte. An ihrem Tonfall merkte er sofort, dass etwas nicht stimmte.

»Il y a un homme ...«

»Was für ein Mann? Hat er dich belästigt?« Unwillkürlich spannte Giger seine Muskeln unter dem Hemd an.

»Mais non«, beeilte sie sich zu sagen. »C'est … qu'il … ne veut pas payer.«

Giger schwankte zwischen Erleichterung und Verwunderung. Zechpreller gab es hier in Luzern so gut wie nie. »*Will* er nicht zahlen oder *kann* er nicht?«

»Il dit qu'il est invité.«

»Eingeladen soll er sein? Von wem?«

Sie zeigte auf ihn.

»Von mir?«

Seine Frau nickte.

»Der kriegt jetzt gleich die Rechnung präsentiert, aber anders, als er es sich vorstellt.« Er schleuderte den Schwamm so heftig ins Spülwasser, dass es spritzte. »Wo sitzt der arme Irre?« Offenbar kannte ihn der Mann nicht, sonst würde er sich nicht mit ihm anlegen.

»Table deux. L'Asiatique.«

Beat Giger hielt inne. *Ein Asiate?* Sofort schoss eine Ladung Adrenalin durch seine Adern. Von einigen befreundeten Gastronomen wusste er, dass die chinesische Mafia hier Fuß zu fassen versuchte, Wirte bedrohte und Schutzgeld erpresste. Aber zu ihm hatten sie sich noch nicht getraut. Sie würden ohnehin auf Granit beißen: Er hatte sich geschworen, nie mehr für jemand anderen als sich selbst zu arbeiten.

»Qu'est-ce que tu as?« Seine Frau blickte ihn ängstlich an.

Beat entspannte sich und versuchte zu lächeln. Wenn er sich in Gedanken verlor, blitzte manchmal etwas auf, das den Menschen Angst machte. Etwas, das er tief in sich begraben hatte. »Was ich habe? Nichts. Ich rede mit ihm«, antwortete er und gab ihr einen Kuss auf die Stirn. Dann marschierte er in den Gastraum. Es waren nur noch zwei Tische belegt, einer von einem schwulen Pärchen, Banker, wie er wusste, weil auch sie regelmäßig hierherkamen. An Tisch Nummer zwei saß nur ein einzelner Gast mit dem

Rücken zu ihm. Er war schmal und nicht sehr groß, was Gigers Wut noch befeuerte: Glaubte dieser lächerliche asiatische Zwerg, er könnte ihn einschüchtern? Hier, in seinem Laden? Er würde ihm eine Lektion erteilen, die er so schnell nicht vergessen würde. Diese Wut hatte er schon lange nicht mehr gespürt. Früher war die Aggression ein Teil von ihm gewesen. Wie die Kippen und die Flasche. Aber das war ein anderes Leben gewesen. Doch jetzt tat ihm dieser Zorn gut, dieses altvertraute Lodern, das ihn heiß durchströmte. Er gab sich diesem Gefühl hin, und als er hinter dem Tischchen stand, zischte er aus zusammengepressten Zähnen: »Ich kauf keinen von deinen scheiß Karpfen fürs Aquarium, du dreckiges Schlitzauge …«

Beat Giger verstummte augenblicklich, als der Mann sich umdrehte. Er spürte, wie alle Wut von ihm wich und grenzenloser Verzweiflung Platz machte. Er taumelte zum Stuhl auf der anderen Seite des Tisches und ließ sich kraftlos darauf sinken.

»Du …?«, flüsterte er.

»Tu vas bien?«

Die Stimme seiner Frau drang wie aus weiter Ferne zu ihm. Sie stand neben ihm und hatte die Hand auf seine Schulter gelegt. Er sah auf, erkannte, wie besorgt sie war, und erkämpfte sich ein Stückchen Selbstkontrolle zurück. »Alles gut.«

Sie blickte zwischen ihm und dem Asiaten hin und her.

»Wir kennen uns«, sagte Giger schließlich. »Bring mir einen Schnaps«, forderte er sie auf, als sie nicht ging.

»Mais tu n'as pas bu depuis des années.«

Sie hatte recht. Er hatte schon Jahre keinen Tropfen mehr angerührt. »Hau endlich ab!«, blaffte er sie an. Sie zuckte zusammen und eilte verstört Richtung Küche.

Er sah ihr nach. Sein Ton tat ihm leid, aber er hatte keine

andere Wahl gehabt. Er holte noch einmal tief Luft, dann schaute er sein Gegenüber an. Sie fixierten sich, der kleine Mann hielt seinem Blick stand. Beat Giger öffnete den Mund, räusperte sich und flüsterte dann: »Ich habe immer befürchtet, dass dieser Tag einmal kommen wird.«

Sein Gegenüber starrte ausdruckslos zurück.

»Ist es so weit?«

Der Asiate nickte. Mit sorgsam gewählten Worten sagte er: »Dein Kommen wird verlangt.«

21

Ich kann erst jetzt wieder schreiben. Seit drei Tagen schlimme Schmerzen im rechten Arm. Blaue Flecken am ganzen Körper, Platzwunde über dem Auge. Georges hat mich verprügelt. Und das völlig zu Recht.

Waren abends in Castelnaudary unterwegs. Üble Spelunken, zu viel Alkohol, zu viel Adrenalin, zu viel Testosteron. Georges war mit einer Nutte im Zimmer. Wär ich doch nur auch mit einer mitgegangen, anstatt mir von einem Einheimischen Pillen andrehen zu lassen. Schäme mich so. Natürlich hat Georges danach sofort gemerkt, wie ich drauf war. Kennt mich zu gut. Hab ihm erzählt, was mit Lena war. Dass alles meine Schuld war, weil sie das Zeug bei mir gefunden hat und ... Ich bin so ein riesiges Arschloch!

Dann sofort zurück zur Kaserne. Auf halber Strecke hat er mich in einem kleinen Park vermöbelt. Ohne ein Wort. Seine Fäuste waren ganz wund vom Schlagen. Ich habe mich nicht gewehrt. Ich wusste, wofür.

Dann hat Georges mir sein foulard, sein Halstuch gegeben, damit ich mir das Blut aus dem Gesicht wische. Danach war ich völlig nüchtern. Und werde es bleiben, das hab ich mir geschworen. Später saßen wir auf einer Bank, und er hat angefangen zu reden. Vom Ärger, den er kriegt, wenn das 'rauskommt, weil er mein Buddy ist. Schließlich will er Karriere machen. Aber er wird mich nicht verpfeifen, das würde auch ihm schaden.

Georges versteht nicht, warum ich mich nicht durchbeiße, die Finger nicht von den verdammten Pillen lassen kann. Trotz der Geschichte mit meiner Schwester. Warum ich meine Chance nicht nutze. Sagt, wenn ich schon da bin, kann ich es auch vernünftig machen. Er hat irgendwann beschlossen, bei allem, was er macht, sein Bestes zu geben. Das tut er. Auch als mein Buddy.

Nur: Wie soll ich mein Bestes geben, bei all der Schikane? All den sinnlosen Aufgaben? Dem ganzen Drill?

Nützt uns nur, sagt Georges. Macht uns hart. Macht disziplinierte Menschen aus uns. Mit Zielen. Bei ihm hat das schon geklappt.

Immerhin, mein neues Zusatztraining zeigt Wirkung. Etwas weniger Probleme mit den Vorgesetzten. Weniger Zeit zum Nachdenken. Jetzt noch einmal 500 pompes, dann schlafen. Kopf ausschalten. Keine Schmerzen mehr.

22

Stephan riss die Augen auf. Schon seit Jahren hatte er diesen leichten Schlaf, jedes Geräusch ließ ihn hochfahren. Und er war sich sicher, dass er eben etwas gehört hatte. Etwas, das ihn geweckt hatte. Reglos lag er in seiner Hängematte, lauschte mit angehaltenem Atem. Die Kinder waren nicht wach geworden. Sie verließen sich auf ihn. Da! Jetzt war er sich sicher, dass eben irgendwo ein Schuss gefallen war. Nicht direkt neben ihnen, aber dennoch nah dran. Zu nah.

Eigentlich war es nichts Ungewöhnliches, dass Jäger nachts unterwegs waren. Aber hier im Dickicht des Urwalds war das unwahrscheinlich – und außerdem verboten. Hatten *sie* sie aufgespürt? Aber warum hätte ein Angreifer einen Warnschuss abgeben sollen? Er horchte weiter. Wartete auf näher kommende Schritte, einen weiteren Knall, knackende Äste. Doch stattdessen hörte er etwas anderes. Etwas, das nicht minder bedrohlich klang. Sofort sprang er auf.

»Cayenne, Jo, aufwachen, wir müssen uns in Sicherheit bringen. Schnell!«, zischte er und rüttelte an ihren Hängematten. Doch sie rekelten sich nur müde in ihren Schlafsäcken. Das hatte er nun von seinem harten Training. »Los, sofort raus hier, rauf auf den Felsen!«

Allmählich öffneten sie die Augen. Es war fast vollständig dunkel, den Mond konnte man nur schemenhaft hinter den

Wolken erkennen. Doch als Cayenne in Stephans Gesicht blickte, war sie schlagartig wach. Er zog sein Messer.

Aus dem Gegrummel und Geraschel war nun ein Tosen geworden, das sich direkt auf sie zubewegte.

»Scheiße, was ist das?«, stieß Joshua einen unterdrückten Schrei aus. Auch er war nun hellwach.

Stephan hielt sich nicht mit Erklärungen auf. »Schnell, den Felsen hoch.«

Joshua schaute zu seiner Schwester. »Schaffst du das überhaupt?«

Das Mädchen sah ihn mit schreckgeweiteten Augen an. Aus dem Dunkel hörte man Äste knacken. Und ein lautes Keuchen. »Wildschweine«, entfuhr es dem Mädchen atemlos.

Stephan nickte fahrig. Dem Lärm nach zu urteilen, mussten es einige kapitale Tiere sein, die da durch den Wald brachen. »Ich kümmere mich um deine Schwester, Jo, sieh zu, dass du dich in Sicherheit bringst!«

Unentschieden lief Joshua zur Felswand, in dessen Schutz die Hängematten angebracht waren, und zog sich in einen Spalt hoch. Am Abend hatte es angefangen, wie aus Kübeln zu regnen. Nun hatte es zwar fast aufgehört, aber der Fels war noch immer glitschig.

»Höher, mindestens zwei Meter! Die Großen können sich am Fels aufrichten«, schrie Stephan jetzt. Überleben war wichtiger, als nicht gehört zu werden. Dann bugsierte er Cayenne zur Wand. Sie stöhnte auf, als sie sich hochziehen wollte. Von oben streckte Jo, der auf einem kleinen Vorsprung stand, ihr seine Hand entgegen. Als seine Schwester sie ergriff, hievte er sie mit aller Kraft nach oben, während Stephan von unten schob.

Um selbst auch noch den rettenden Fels zu erklimmen, war es zu spät. Er konnte die Tiere bereits riechen. Entschlossen umfasste er sein großes Messer, drehte sich schnell herum und erschrak, obwohl er mit dem Schlimmsten gerechnet hatte. Es waren viele, mehr als er auf die Schnelle zählen konnte, und sie hielten mit voller Wucht auf ihn zu. Irgendetwas musste sie schrecklich wütend gemacht haben.

Von seinen Kursen wusste Stephan, dass die Viecher bis zu sechzig Stundenkilometer schnell werden konnten. Wenn ein ausgewachsenes Exemplar jemanden mit dem Kopfpanzer rammte oder ihm seine Fangzähne ins Fleisch schlug, kam nicht selten jede Hilfe zu spät. Aber wegrennen war unmöglich, er stand buchstäblich mit dem Rücken zur Wand. Er ahnte, dass er nur einen Ausweg hatte.

»Komm rauf, sie sind gleich da«, schrie Joshua mit sich überschlagender Stimme, doch Stephan ignorierte ihn. Fixierte mit den Augen das Tier, das als Erstes auf ihn zukam. Versuchte seine Bewegungen vorauszusehen. Es war keine zwanzig Meter mehr von ihm entfernt. Er drückte den Rücken fest gegen die Felswand, das Messer in der rechten Hand, die Linke nach oben ausgestreckt. Sein Herz pochte bis zum Hals.

»Komm endlich hoch!«, gellte Cayennes Schrei durch die Nacht.

Dazu war es zu spät. Der Koloss, der jetzt im Halbdunkel Kontur bekam und auf ihn zuhielt, wog gut und gern hundert Kilo. Stephan schluckte. Gegen Menschen zu kämpfen hatte er gelernt, das machte ihm keine Angst mehr. Aber die kalten Augen des Tieres ließen ihn erschaudern.

Als der mächtige Eber nur noch fünf Meter von ihm entfernt war, sprang Stephan zur Seite. Dann ging alles ganz schnell – das musste es auch, wenn sein Plan funktionieren sollte. Der Schädel des Tiers krachte gegen den Fels, während Stephan sein Messer oberhalb des linken Vorderfußes ins Fleisch des Wildschweins rammte. Sofort zog er es wieder heraus und hieb ein Stückchen über der Stelle die massive Klinge noch einmal in die Flanke, bis er das heiße Blut spürte. Weil man Schulter und Stirn eines Wildschweins nicht durchstoßen konnte, war die einzige Chance, die Achsellymphknoten zu treffen. Auch wenn er es noch nie gemacht hatte, zahlte sich sein theoretisches Wissen aus: Benommen vom Aufprall ging das Tier zu Boden, aus beiden Wunden strömte Blut.

Doch Stephan hatte keine Zeit zu verlieren, denn inzwischen waren auch die anderen Schweine bedrohlich nahe. Blitzschnell ergriff er mit seiner Linken einen Felsvorsprung, benutzte das halbtote Tier als Steighilfe und zog sich zu den Kindern hoch. In letzter Sekunde brachte er seinen Fuß vor den Hauern eines weiteren Ebers in Sicherheit. Während sich das durch seine Stiche schwer verletzte Tier unter Schmerzen krümmte und lautstark brüllte, scharrten die anderen mit den Füßen, schnaubten und grunzten, versuchten sich in rasender Wut an der Felswand aufzurichten. Stephan wartete ein paar Sekunden, dann atmete er durch. Gerade noch mal gut gegangen.

»Hat dich das Vieh erwischt?«, fragte Cayenne und zeigte auf seine blutverschmierte Hand, doch er winkte ab.

»Nein. Aber noch ist die Gefahr nicht vorbei«, erklärte er. Der Felsvorsprung, auf dem sie standen, war zu schmal und glitschig, um lange ausharren zu können. Sie mussten sich festhalten, um nicht abzurutschen.

»Warum sind die so aggro? Meinst du, die haben Tollwut?«, wollte Joshua wissen, der den Blick nicht von den Tieren wenden konnte.

»Ich denke nicht. Irgendwas hat sie aufgeschreckt. Wahrscheinlich der Schuss.«

»Welcher Schuss?«

»Der, von dem ich aufgewacht bin.«

»Und du bist dir sicher, dass es ein Schuss war?«, fragte Cayenne. »Das hätten wir doch alle gehört.«

Ihr Bruder nickte.

»Ganz sicher sogar«, murmelte Stephan.

Die Wildschweine waren mittlerweile ein wenig ruhiger geworden. Neben erwachsenen Tieren waren auch kleinere dabei. Der verletzte Eber gab keinen Laut mehr von sich, er zuckte nur noch ab und zu. Auch das würde bald vorbei sein. Die Frage war nur: wann. Die Muskeln des Arms, mit dem Stephan sich in den Fels krallte, brannten, und auch die Kinder würden sich bestimmt nicht mehr lange halten können. Da schien wieder Bewegung in die Rotte zu kommen. Ein großes Tier hatte sich abgewandt und schien irgendeine Witterung aufzunehmen. Es begann zu traben, dann folgten ihm die anderen.

»Sieht so aus, als hätten wir Schwein gehabt«, keuchte Stephan. »Trotzdem, wir müssen noch eine Weile hier oben bleiben, nicht dass sie zurückkommen. Schafft ihr das?«

Die Kinder nickten gequält.

Da knallte ein weiterer Schuss. Joshua erschrak und geriet ins Wanken. Nur ein beherzter Griff von Stephan verhinderte, dass er von dem Vorsprung fiel.

»Scheiße!«, hallte es durch den Wald zu ihnen herüber.

»Fuck, da ist einer!«, entfuhr es Jo.

Stephan versuchte verzweifelt, in der Schwärze vor ihnen irgendetwas zu erkennen. Sie mussten hier weg, gefangen in der Felswand waren sie ein zu leichtes Ziel.

»Hilfe! Ist da noch wer?«, brüllte die fremde Stimme aus der Dunkelheit. »Hilfe, diese Viecher …« Dann folgte ein schriller Schrei.

Die Geschwister blickten sich entsetzt an. »Da wird einer von den Wildschweinen angegriffen. Wir müssen ihm helfen!« Cayenne machte sich daran, den Felsen hinunterzuklettern.

»Einen Scheiß müssen wir«, zischte Stephan und hielt das Mädchen am Arm fest.

»Hey, waren das nicht immer unsere Prinzipien? Einander helfen? Das hast du uns beigebracht«, beharrte das Mädchen.

Joshua nickte zaghaft. »Ich glaub auch, dass wir besser …« Ein weiterer Schrei.

Stephan schnaubte. »Habt ihr euch nicht gefragt, was der nachts mit einer Waffe hier im tiefsten Wald treibt? Und selbst wenn er nicht wegen uns da ist: Ich wär beinahe draufgegangen. Wenn die Lage aussichtslos ist, heißt die Maxime: *Jeder für sich*. Das hab ich euch auch beigebracht.«

Wieder war das Brüllen des Mannes zu vernehmen, die Wildschweine quiekten Angst einflößend. Und wieder fiel ein Schuss.

»Ich geh ihm helfen«, erklärte Cayenne und machte sich an den Abstieg.

»Cayenne, warte, du bist doch noch verletzt …« Joshua blickte Stephan flehend an.

Eine Weile sagte keiner etwas, erst als ein weiterer Schrei erklang, leiser diesmal, verzweifelter, brummte Stephan: »Verdammte Scheiße! Nehmt eure Messer. Jo, du weißt, wo die Viecher am verletzlichsten sind?«

Im Hinunterklettern zählte der Junge auf: »Zwischen den Schulterblättern, am Bauch und in den Achselhöhlen.«

»Trotzdem: unbedingt vorsichtig sein. Und du hältst dich hinter uns, Cayenne, klar?«

Unten angekommen, rannten sie los. Es dauerte nicht lange, dann sahen sie die Furcht einflößenden Tiere wieder. Sie attackierten einen am Boden liegenden Mann, der sich verzweifelt zu wehren versuchte.

Stephan brüllte aus Leibeskräften. Die Tiere wandten sich sofort um, ließen von dem wimmernden Bündel am Boden ab und rannten auf sie zu.

»Los! Macht Lärm und lenkt sie von ihm ab«, rief Stephan. Er selbst sprintete den Tieren entgegen. Joshua und Cayenne grölten in die Nacht und sahen gebannt zu, wie ihr Beschützer sich kurz vor dem Zusammenprall mit dem ersten Tier auf den Boden fallen ließ und ihm, während es an ihm vorbeipreschte, das Messer in den Bauch stieß. Die Wildsau schleifte ihn einige Meter mit, dann knickten ihr die Vorderläufe ein und sie sackte schnaubend zu Boden. Das schien die anderen Tiere zu irritieren, sie hielten inne und glotzten sich an. Schließlich trollte sich eines nach dem anderen.

Nur ein kleiner Eber war so in Rage, dass er sich nicht bremsen ließ und nun wutschnaubend auf Joshua zugaloppierte. Cayenne kletterte mit schmerzverzerrtem Gesicht auf einen Baum, balancierte auf dem ersten dicken Ast und zog ihr Messer. Als das Schwein unter ihr vorbeipreschte, warf sie es – genau zwischen die Schulterblätter des Tieres. Das Wildschwein taumelte, ging jedoch nicht zu Boden. Anders als Cayenne, die ihre Kräfte überschätzt hatte und sich jetzt nicht mehr auf dem Ast halten konnte. Sie glitt nach unten, hielt sich aber fest und ließ sich schließlich keuchend ins Moos fallen.

»Pass auf«, schrie Stephan, als er sah, dass das verwundete Tier auf das Mädchen zutorkelte. Doch kurz bevor es Cayenne erreicht hatte, brach es zusammen. Als es umkippte, erblickte er dahinter Joshua, der dem Schwein den finalen Stoß mit seinem Messer versetzt hatte. Stephan schnellte hoch und rannte zu ihnen. Der Geruch von warmem Blut stieg ihm in die Nase. Ein archaischer Geruch, metallisch und erdig zugleich. Aber auch ein Geruch, der Erinnerungen wachrief. Es roch nach Tod.

»Alles in Ordnung?«, fragte er das Mädchen.

»Jaja, geht schon.« Sie rappelte sich auf und zog ihr Messer aus dem Tier. »Wir müssen nach ihm sehen!«, sagte sie und wies auf den Verletzten.

Der Mann lag wimmernd am Boden. Vorsichtig bewegten sich die drei auf ihn zu. Ein Stück neben ihm lag außer einer eingeschalteten Taschenlampe eine Pistole. »Kleinkaliber«, sagte Stephan verächtlich. »Das Ding ist garantiert nicht geeignet, den Kopfpanzer eines ausgewachsenen Wildschweins zu durchschlagen. Das hat sie nur noch wilder gemacht.« Er gab Joshua ein Zeichen, woraufhin der die Waffe an sich nahm. Dann stellte er sich neben den Mann, jedoch ohne sich zu ihm hinunterzubeugen. »Wer bist du? Was willst du hier im Wald?«, fragte er barsch.

Cayenne ging neben dem Kopf des Verwundeten in die Hocke. Sie legte ihm eine Hand unter den Nacken. Mit sanfter Stimme sprach sie ihn an. »Sie sind jetzt in Sicherheit. Können Sie reden? Wo genau sind Sie verletzt?«

»Ich bin … sie haben mein Bein erwischt.« Jetzt drehte der Verletzte sein mit Dreck verschmiertes Gesicht in ihre Richtung. »Ich wollt die Viecher erschießen, aber es ging nicht.«

Der Mann war dünn, fast dürr, mindestens Mitte sechzig.

»Mein Name ist Deutz. Horst Deutz. Und ihr, was macht ihr hier im Wald? Haben sie euch auch erwischt?«

»Wer?«, fragte Stephan scharf.

Deutz stöhnte und rieb sich das rechte Bein. »Na, die Schweine. Ihr seid denen doch gerade noch entkommen, oder?«

Stephan zuckte die Schultern. Hinter dem Rücken hielt er sein Messer fest umklammert. »Mag sein. Du hast sie aufgeschreckt.«

»Wollte nur ein paar Schießübungen im Wald machen.

Das muss sie gestört haben. Hatte ich noch nie bisher. Ich wollte nur mein neues Nachtsichtgerät testen. Weißte, ich versuche, vorbereitet zu sein, wenn mal was ist.«

Diese Parole kam Stephan bekannt vor. *Prepper* oder *Bushcrafter*, vermutete er. Auch wenn der Typ für dieses Hobby schon ziemlich alt schien.

Cayenne reichte Deutz die Hand, an der er sich stöhnend hochzog. »Danke, junge Frau, geht schon.« Er setzte sich auf, sein rechtes Bein ausgestreckt. Die schmutzige Cordhose darüber war zerfetzt und von Blut durchtränkt. »Vielen Dank jedenfalls. Ohne euch wär ich jetzt hinüber. Seid ihr Paramilitärs?«

Stephan kniff die Augen zusammen. Die vielen Fragen gefielen ihm nicht.

»Ist es so weit? Kommt endlich der Umsturz?«

Stephan war drauf und dran, ihn zu fragen, für wie auskunftsfreudig er im Verborgenen agierende Guerillatruppen hielt. Stattdessen zischte er: »So oder so, kein Wort darüber, dass du uns hier getroffen hast, sonst müssen unsere Eliminierungszellen dich aufsuchen. Klar?«

Deutz riss die Augen auf. »Elimi... Zellen. Klar, das ist ... logisch«, stammelte er. »Bin ja auf eurer Seite. Ich warte doch nur, dass es endlich losgeht. Wenn ihr mal was braucht oder so, ich hab bei mir zu Hause jede Menge Ausrüstung. Und gute Kontakte zu Gleichgesinnten. Ich helf gern. Wir müssen uns doch wehren gegen den Bockmist, den die da oben jeden Tag veranstalten. Meine Unterstützung habt ihr.«

Stephan nickte nur. Dieser Deutz war ein noch größerer Idiot, als er gedacht hatte.

»Mannomann, die Geschichte wird mir niemand glauben«, sprudelte es aus ihm heraus. »Ich dachte mir schon, dass ihr bereits im Geheimen agiert. Aber die Lügenpresse unterwandert ja alles und wäscht den Leuten das Gehirn. Jetzt weiß ich endlich Bescheid. Und dass ihr Kinder dabeihabt zur Tarnung – Wahnsinn!«

»Niemand wird diese Geschichte zu hören bekommen, kapiert?«, erklärte Stephan eindringlich.

»Kapiert, kapiert. Wann wird es so weit sein?«, fragte der Alte eifrig.

»Wann wird *was* so weit sein?«

»Na, die Machtübernahme. Bald?«

Im Augenwinkel sah Stephan, dass Joshua zu grinsen begann.

»Wir sind es nicht gewohnt, dass uns so viele Fragen gestellt werden.«

»Klar. Klar. Keine Sorge. Ich kann vertrauliche Informationen für mich behalten. War schon bei der NVA Geheimnisträger. Alles sicher aufgehoben bei mir.«

»Umso besser. Dann weißt du ja auch, was im Ernstfall mit Verrätern passiert.«

Erst jetzt sah Stephan eine Schaufel neben Deutz liegen. Frische Erde klebte daran. »Was hast du damit gemacht?«

Deutz grinste unsicher, seine Mundwinkel zuckten. »Nur was … versteckt. Material. Für den Notfall. Wie gesagt, wenn ihr mal was braucht …«

»Hau endlich ab und lass dich nie wieder hier blicken, klar?«, beendete Stephan die Unterredung. Deutz erhob sich ächzend und humpelte davon. Als er ein paar Meter entfernt war, ging Stephan ihm noch einmal nach. Er legte ihm die Hand auf die Schulter, krallte seine Finger hinein und sagte so leise, dass es die Kinder nicht hören konnten: »Ein Wort zu irgendjemandem, und dir ergeht es wie der Wildsau.«

Schon früh am nächsten Morgen hatten Stephan und Jo eines der erlegten Tiere abgezogen und ausgenommen, über dem Feuer kochte sein Fleisch. Cayenne schnitt Zwiebeln und Kartoffeln in den Topf.

»Wie geil, jetzt kriegen wir richtig gutes Wildschweingulasch, weil wir dem Typ geholfen haben«, freute sich Joshua. Und auch seine Schwester war erstaunlich gut gelaunt. »Ja, und einen Menschen haben wir auch gerettet. Den hätten die Schweine sonst totgetrampelt, ganz sicher …«

»Wir müssen zusehen, dass wir das Zeug kühlen, trocknen oder räuchern, sonst kommt es um. So ein Festmahl werden wir so schnell nicht wieder kriegen«, mahnte Stephan.

»Mann, wie wir die Viecher gemetzelt haben, bloß mit dem Messer – krass! Könnten wir doch öfter machen, oder? Noch dazu haben wir die Pistole von dem Typen.«

»Bloß leider keine Munition«, fügte seine Schwester an.

Stephan spannte die Kiefermuskeln an. Er hatte bisher nichts zu Cayennes eigenmächtiger Rettungsaktion gesagt. Jetzt war es an der Zeit. »Hört zu: Was gestern vorgefallen ist, war menschlich gesehen zwar verständlich. Aber es war gleichzeitig unglaublich dumm und leichtsinnig. Wir haben *Code Red*, da können wir uns kein Mitleid leisten. Damit haben wir uns in große Gefahr gebracht.«

Er hatte das »Wir« bewusst verwendet, um sich nicht in einem Scharmützel mit Cayenne zu verlieren. Jetzt ging es um die Sache, darum, dass die Kinder endlich kapierten, wie ernst die Lage war.

»Sorry, aber hast nicht du uns immer gepredigt, dass es menschliche Prinzipien gibt, bei denen man keine Ausnahme macht?«, wandte Cayenne ein. »Wir können doch nicht zuschauen, wie einer im Wald krepiert.«

»Es gibt Prinzipien, da hast du recht. Aber unser eigenes Leben geht vor.«

»Ist ja zum Glück alles noch mal gut gegangen«, versuchte Joshua zu vermitteln.

»Nichts ist gut gegangen«, entgegnete Stephan scharf. »Wir sind in Gefahr. Dieser Deutz weiß, wo wir sind. Er kann jederzeit mit irgendwem wiederkommen.«

Cayenne protestierte. »Bitte, Stephan, nicht schon wieder weiterziehen. Wir müssen uns doch bloß noch besser tarnen, dann findet uns keiner. Tarnen und täuschen zwei Punkt null, okay?«

Stephan musste unwillkürlich grinsen. Zwei Punkt null. Wie bescheuert sich das anhörte. Klar, auch ihm stand nicht der Sinn danach, schon wieder alle Zelte hier abzubrechen.

»Der sagt bestimmt nix. Er wird eisern schweigen«, bekräftigte Joshua.

Stephan blickte die beiden lange an, dann nickte er. *Nein, das würde er nicht.*

23

»Das ist es?« Beat Giger wusste nicht, was er erwartet hatte, aber so etwas sicher nicht. Mit einer Mischung aus Staunen und Abscheu blickte er in den Eingangsbereich des Penthouses, den sie über einen eigens dafür gebauten Aufzug erreicht hatten: Marmorne Bodenplatten glänzten im Licht der Designerleuchten, dazu kunstvoll geschnittene Bonsaibäume. Sein vietnamesischer Begleiter schien dafür keinen Blick zu haben, bestimmt war er schon viele Male hier gewesen. Dennoch bezweifelte Giger, dass Chu für das ganze Brimborium etwas übrighatte, er war schon immer ein Mensch geringer Bedürfnisse gewesen. Wahrscheinlich war es das, was ihn in die Arme von Jürgen Wagner getrieben hatte, dessen Wohnung hinter dem luxuriösen Entree lag. Das und die Tatsache, dass er ihm von Anfang an verfallen gewesen war, auch wenn Giger wusste, dass Wagner, anders als Chu, nicht schwul war. Aber hätte es ihm genutzt, wäre er es bestimmt geworden.

Chu ging auf die Tür zu und streckte die Hand aus. Er legte seinen Daumen auf den Sensor eines Fingerabdruckscanners, worauf sich die Doppeltür lautlos öffnete. Ein weiteres Gimmick, mit dem Wagner zu protzen versuchte.

Dass Wagner es einmal weit bringen würde, darauf hätte Giger gewettet, aber wie weit, hatte ihn nun doch überrascht. Unter den Linden war eine der teuersten Adressen der Hauptstadt, das wusste selbst er als Schweizer. Unabhängig von der Lage hätte die Wohnung auch überall sonst ein Vermögen gekostet: Sie war riesig, ausgestattet mit edlen Materialien, reduziert eingerichtet, aber mit allem erdenklichen technischen Schnickschnack. Für Beat Giger jedoch wirkte sie vor allem kalt und unbehaglich. Die bodentiefen Fenster gaben den Blick auf die Großstadt frei, Loungemusik tönte aus versteckten Lautsprechern.

»Drink?«

Giger wandte den Kopf. Da stand er, Jürgen Wagner, lässig an die Wand gelehnt, ein Glas in der Hand, das er ihm entgegenstreckte.

»Black Truffles Martini. Eigentlich ein normaler Wodka Martini, natürlich mit feinstem russischen Stoff, aber da sind auch noch gehobelte schwarze Trüffel drin.«

»Hast du ein Bier?«

»Du warst schon immer ein Kostverächter, Beat«, sagte Wagner und leerte das Glas in einem Zug. Dann ging er auf den Schweizer zu, umarmte ihn kurz und klopfte ihm auf die Schulter. »Schön, dich zu sehen.«

Giger spürte keinerlei Wiedersehensfreude. Er erwiderte die Umarmung halbherzig und entwand sich ihr schnell. Mit der Hand deutete er unbestimmt in den Raum. »Dir scheint es ja gut zu gehen.«

»Dir aber auch.« Wagner klopfte ihm auf den Bauchansatz.

»Schon, aber … anders.« Giger hatte auf einmal ein Bild vor Augen: Wagner, wie er ihn kennengelernt hatte. Ein kerniger junger Mann mit einem unverschämten Grinsen. Das Grinsen war noch da, auch wenn es jetzt etwas Überhebliches hatte.

»Man isst recht gut in deinem Restaurant, hab ich gehört.« Wagner blickte zu Chu.

Giger hatte keine Lust auf Small Talk. »So? Ich hab gar nichts gehört. Chu hat geschwiegen wie … wie ein Asiate.«

Wagner lachte. »Das schätze ich so an ihm. Wobei seine Verschwiegenheit sich eigentlich nicht auf alte Freunde erstrecken sollte.«

»Wo sind die anderen?«

»Außer dir kommt keiner mehr.«

»Warum nicht?«

»Nun, Andi ist … verhindert.«

»Und Tom?«

»Auch verhindert.«

»Was soll das, verdammt? Wo ist Tom?«

»Sitzt ein.« Wagner deutete auf den Durchgang. »Aber lass uns reingehen, Beat. Wir haben etwas zu besprechen.«

Giger folgte ihm in einen Raum mit einer Couchlandschaft, die so groß war wie das Wohnzimmer einer Kleinfamilie. Der Schweizer nahm Platz und drückte sich in die äußerste Ecke. Er fühlte sich unwohl und unternahm keinerlei Anstrengungen, es zu verbergen. Während Wagner sich ebenfalls setzte, blieb Chu stehen.

»Ich hab etwas für dich.« Wagner streckte die Hand aus.

Chu reichte ihm ein bedrucktes Blatt Papier, das er an Giger weitergab. Ein Foto von Menschen im Wald. Die meisten trugen Tarnkleidung, aber es waren keine Soldaten. Eher ein wild zusammengewürfelter Haufen, Frauen, Alte und Junge, sogar zwei Teenager. Giger stutzte. Er hielt das Blatt näher an seine Augen. Konnte das sein? Waren das etwa …? Er schluckte. Das Papier in seiner Hand zitterte. »Sind das …?«, krächzte er, obwohl er die Antwort bereits kannte. Wagner hätte ihn sonst nicht hierherkommen lassen.

»Ich sehe, du erinnerst dich«, gab Wagner zur Antwort.

Giger wünschte sich, er hätte den Drink doch genommen. »Was willst du … in der Angelegenheit unternehmen?«

»Ich? Wir! Oder soll ich sagen: du?«

Entsetzt blickte Giger auf. Das konnte nicht Wagners Ernst sein. Er hatte abgeschlossen, mit allem. Das war die Übereinkunft, die er mit seinem Gewissen getroffen hatte. Nur so hatte er es geschafft, mit der Schuld zu leben, die Geister der Vergangenheit wenigstens tagsüber in Schach zu halten. »Du musst noch verrückter sein, als ich dachte.«

»Ich? Bin völlig klar. Und ich halte mich lediglich an das, was wir uns geschworen haben.«

»Herrgott, Jürgen, das war vor … langer Zeit. Die Kinder sind völlig harmlos, was soll der Scheiß?«

»Harmlos, hm?« Wagner reichte ihm ein weiteres Foto.

Giger nahm es widerwillig. Als er einen Blick darauf warf, wurde ihm schwarz vor Augen.

»Andreas Klamm, ganz richtig«, sprach Wagner die Gedanken des Schweizers aus. »Ein bisschen verändert, aber unverkennbar unser Andi.«

Giger starrte ungläubig auf das Bild des Mannes, auf dessen Hals sich ein dunkler Striemen abzeichnete. Seine Augen waren weit aus den Höhlen getreten, das Gesicht aufgedunsen. Er musste einen grausamen Tod gestorben sein.

»Wie hast du noch mal gesagt? Harmlos?«, hakte Wagner mit süffisantem Grinsen nach.

Beat Giger erwiderte nichts. Sein Gegenüber hatte recht, harmlos sah das nicht aus. Aber wer wäre in der Lage gewesen, Klamm so zuzurichten? Wieder starrte er auf das Foto der Leiche. Und unter das Erstaunen und den Schock mischte sich eine weitere Empfindung: Angst. »Wie finden wir sie?«, wollte er schließlich wissen.

»Na also, das ist der Beat, den ich kenne. Pass auf, ich hab da schon so eine Idee …«

24

Es ist vollbracht. Klingt pathetisch, aber es ist erhebend, es endlich in der Hand zu halten: das Képi Blanc. Die weiße Mütze ist zwar keine Auszeichnung, ich stehe immer noch auf der untersten Stufe der Leiter. Mannschaftsdienstgrad. Aber darauf kommt es nicht an. Das Képi zeigt, dass ich dazugehöre, dass ich endlich ein richtiger Teil der Légion Étrangère bin.

»Niemand bleibt zurück, auch nicht tot.« Dafür steht die Legion, dafür steht nun auch mein Leben. Wie das so vieler mutiger Männer vor mir. Leben – endlich habe auch ich wieder eines.

Die letzten Tage waren noch einmal hart, aber nicht mehr so schlimm wie am Anfang. Alle möglichen Prüfungen, schriftlich und körperlich. Dann dreitägiger Marsch. Diesmal musste mir niemand helfen, niemand drohen. Ich hab es durchgestanden. Die Abreibung von Georges hat mich wachgerüttelt. Alles scheint nun leichter. Sinnvoller.

Alle Aufgaben gemeistert, einige sogar mit Auszeichnung bestanden. Großartiges Gefühl. Ich war beim letzten Marsch in der zweiten Gruppe dabei, die das Ziel erreicht hat. Einige Kameraden haben mir auf die Schulter geklopft. Das tat gut.

Das Beste aber: Raivo, der Lette, brach auf dem Marsch fast zusammen, und ich habe ihn wieder aufgerichtet. Ihn motiviert. Seinen Rucksack genommen und bis ins Ziel getragen. Legionäre halten zusammen. Er hat sich bedankt, unnötigerweise. Es war selbstverständlich. Ich bin dankbar, dass ich wieder Teil von etwas sein darf. Etwas Großem. Gutem.

Anfangs kam es mir vor, als ob sie ihre Ideale hier nur vor sich hertragen. Aber das stimmt nicht. Sie haben sie uns eingepflanzt. Sie sind in uns. Um zu wachsen. Das macht uns zu Brüdern. Wenn ich die Ausrüstung von jemandem trage, trage ich keine unnötige Last. Ich trage meinen Kameraden. Am nächsten Tag trägt er mich.

»Jeder Fremdenlegionär ist dein Waffenbruder. Du bezeugst ihm zu jeder Zeit jene bedingungslose Solidarität, die die Mitglieder einer Familie vereint.« So steht es im Code d'Honneur.

Endlich verstehe ich: Legio patria nostra. Meine neue Heimat also.

Das alles habe ich Georges zu verdanken. Er hat in mir etwas gesehen, von dem ich selbst nicht wusste, dass es da ist. Hat mir vertraut. Auf mich gebaut. Ich wollte ihn nicht enttäuschen und habe ihn nun stolz gemacht.

Stolz. Hätte nicht gedacht, jemals wieder dieses Gefühl zu spüren.

Freue mich auf alles, was kommen wird. Keine Angst. Keine Zweifel. Nur Vorfreude.

Habe sogar das große Los gezogen: sofortiger Auslandseinsatz. Riesenglück. In ein paar Tagen geht es nach Französisch Guyana. Dieser Name! Wie wird es dort aussehen? Bald werde ich es wissen.

25

»Wir von der Outdoorschule *Camouflage* begrüßen euch alle ganz herzlich zu unserem Bushcraft- und Survival-Tag für Fortgeschrittene. Gleich mal zu Beginn: Hat jemand was dagegen, dass wir uns alle duzen? Gehört bei uns eigentlich dazu. Und einige von euch waren ja auch schon ein paarmal dabei, die können bestätigen, dass es immer recht freundschaftlich zugeht, oder?«

Giger und Chu sahen sich an und rollten mit den Augen. Der Schweizer blickte auf die gut zwei Handvoll Leute, die sich im Halbkreis um die Übungsleiterin und ihren jungen Kollegen versammelt hatten. Es war ein bunt gemischter Haufen, der da im Moos zwischen den mächtigen Bäumen hockte.

Leonie, wie sich die Trainerin vorgestellt hatte, lächelte freundlich unter ihrer Schildmütze hervor. »Schön, wenn wir uns da alle einig sind, dann können wir gleich anfangen. Es ist ja unser letzter Kurs diesen Herbst, leider ist die Witterung nicht so, wie wir es uns gewünscht hätten. Trotzdem hoffen mein Kollege Max und ich, dass es euch gefällt und ihr viele Infos mitnehmen könnt. Beim Prepping kann man sich das Wetter nicht aussuchen, stimmt's? Fängst du gleich mal mit den Ponchos an?«

»Klar, Bombenidee«, trällerte Max, der wie Leonie komplett in Flecktarnklamotten mit dem Logo der Outdoorschule – einem Adler auf einem Buschmesser – gekleidet war. Er bestand darauf, dass sein Name englisch, also *Mäx* ausgesprochen wurde. Aus einer Alukiste zog er für jeden Teilnehmer einen olivgrünen Regenumhang.

»Chu, ich sag's dir: Wenn ihr mit dem ganzen Prepperkram falschlagt und wir umsonst bei den Knalltüten hier rumhängen, dann gnade euch Gott«, flüsterte Giger, als er wie geheißen in den Umhang schlüpfte. Wie alles hier draußen war das Kleidungsstück feucht, schließlich regnete es seit Stunden, und auch wenn der Wald hier sehr dicht war, tropfte es immer wieder auf die kleine Gruppe herab.

»Weiß auch. Ist Kindergarten. Aber machst du keine Sorgen, wird schon klappen. Wenn Jürgen sagt, stimmt immer. Fast«, gab Chu leise zurück.

Denn das war Jürgen Wagners Plan für sie gewesen: sich in dem Preppercamp umzuhören, dessen Logo auch auf dem Foto mit den Teenagern zu sehen war, um so vielleicht ihren Aufenthaltsort zu erfahren.

Bis hierhin war es eine leichte Übung für Chu und Giger gewesen. Sie hatten sich am Morgen mit falschen Namen vorgestellt: Beat als Urs, Chu als Kim. Nicht besonders einfallsreich für einen Schweizer und einen Vietnamesen, aber egal.

»Keine Privatgespräche, ihr beiden, wir sind nicht beim Kaffeekränzchen, sondern in der Wildnis«, rief Max ihnen mit dämlichem Grinsen zu.

»Wildnis, dass ich nicht lache«, brummte Giger unter seinem Poncho. »Hätte gute Lust, dem Westentaschen-Rambo die Fresse zu polieren.« Als er seinen Kopf unter der Kapuze herausstreckte, sah Max ihn herausfordernd an. Chu schüttelte den Kopf. Wagner hatte sie extra gebeten, sich unauffällig zu verhalten.

»So«, tönte Leonie, »jetzt sind alle vor dem Regen geschützt. Aber was ist, wenn es kalt wird? Kein Problem, wenn wir – und jetzt hört und staunt – eine Kerze haben.«

Unter den Teilnehmern wurde getuschelt, als Max jedem von ihnen ein Teelicht und ein Päckchen Streichhölzer in die Hand drückte.

»So, jetzt geht mal alle schön in die Hocke und seht zu, dass keine Luft mehr unter den Poncho zieht.«

»Sollen wir unsere Fürze anzünden, oder wie?«, flüsterte Giger Chu grinsend zu.

Wieder bedachte ihn Max mit einem abfälligen Blick.

»Zieht den Kopf in den Poncho zurück und zündet die Kerze an. Kauert euch darüber, aber passt auf, dass eure Kleidung nicht Feuer fängt. In ein paar Minuten werdet ihr die Wärme spüren.«

Giger und Chu gelang es trotz allem, während der nächsten Stunde Ruhe zu bewahren, selbst als sie beigebracht bekamen, wie man mit dem Poncho Holz holen, ein Tarp bauen oder eine provisorische Vorrichtung zum Sammeln von Regen basteln konnte. Auch beim Entzünden des Lagerfeuers, wobei sich einige Teilnehmer ziemlich dämlich anstellten, hielten sie sich zurück und beobachteten nur. Dummerweise jedoch bot sich kaum Gelegenheit, mit den Teilnehmern ins Gespräch zu kommen, da ununterbrochen einer der beiden Guides redete und dabei Stillschweigen der Teilnehmer verlangte.

Dann verkündete Max, es sei nun Zeit für eine kleine Lektion in Selbstverteidigung. »Überlegt euch mal, was ist, wenn jemand uns angreifen will, vielleicht weil Stromausfall ist und die Nahrungsmittel knapp werden – da ist unsereins ja fein raus, weil wir vorgesorgt haben. Aber dadurch werden wir auch zur Zielscheibe für die Normalbürger, die nicht vorbereitet sind. Was also tun wir, um uns zu schützen? Genau: Wir trainieren.«

»Sehr erhellend«, murmelte Beat Giger.

»Ich bräuchte zur Demonstration mal einen Freiwilligen. Hmm, vielleicht unseren Schweizer Freund, Urs?«

Giger machte keine Anstalten, Max' Wunsch nachzukommen.

»Magst du mal zu mir kommen?«

»Geht nicht«, sagte Giger lapidar.

»Oh, warum denn?«, wollte der Trainer wissen. Wieder lag für den Schweizer ein Hauch zu viel Provokation in seiner Stimme.

»Ist doch klar: Wenn du sagst, ich soll es machen, bin ich kein Freiwilliger mehr.«

Die anderen lachten, was Max in Rage brachte. »Ah, so meinst du das. Dachte schon, weil die Schweizer ja von Natur aus immer neutral sind und es nicht so mit Kämpfen haben.« Beifall heischend sah er in die Runde. »Aber wenn dein Alter oder auch körperliche Defizite dagegen sprechen …«

Chu wollte seinen Begleiter zurückhalten, doch der erwiderte: »Okay, ich mach's.«

»Schön, das freut mich aber.«

Die anderen gruppierten sich interessiert um sie.

»Also, nehmen wir mal an, mein Gegenüber will mich attackieren, auch wenn er, sagen wir, Schweizer ist und keinen besonders flinken Eindruck macht …«

Starr sah Giger Max in die Augen, der verzog keine Miene.

»So, dann greif doch mal an, und ich werde deinen Vorstoß mit einem wirksamen Trick aus dem Wing-Tsun abwehren, okay? Keine Angst, tut nicht allzu sehr weh. Die anderen sehen bitte genau hin, ihr sollt ja was lernen.«

Giger bewegte sich nicht.

»Na, dauert vielleicht ein wenig länger, bis es in der

Schweiz angekommen ist … Urs, magst du mich bitte angreifen, versuchen, mir ein Schlägli zu versetzen?« Max sprach übertrieben langsam.

Dann ging es ganz schnell: Giger machte zwei Schritte auf den Trainer zu, der ihn in Habtachtstellung erwartete. Dann täuschte der Angreifer einen Tritt an, drehte sich dabei, hob seinen Arm auf Kopfhöhe, winkelte ihn an und ließ seinen Ellenbogen gegen Max' Schläfe krachen, während er ihm von hinten in die Kniekehlen kickte und ihn so von den Beinen holte. Dumpf krachend landete Max auf dem Waldboden.

Ein erschrockenes Raunen wurde laut. Leonie ließ die Kiste Gemüse fürs gemeinsame Essen fallen und rannte auf ihren Kollegen zu. Der lag mit weit aufgerissenen Augen auf dem Rücken und schnappte nach Luft, als Beat ihm seinen rechten Stiefel an die Kehle setzte.

»Was geht denn hier vor, gibt's Ärger, Max?«, rief Leonie aufgeregt.

»Ich …«, presste Max benommen hervor.

Giger verlagerte sein Gewicht noch ein wenig mehr auf das Bein am Hals des Trainers. »Fresse, Kleiner. Sonst kommt zur Schweizer Infanterie auch noch die Kavallerie, kapiert?«

Chu seufzte. Die anderen begannen leise zu kichern. Giger kannte diese verlegenen, gepressten Lacher genau. Er wusste, dass sie fürchteten, es könnte ihnen genauso ergehen wie Max, wenn sie es sich mit ihm verscherzten.

»Mensch, Urs, jetzt lass doch den Max mal, der kriegt ja gar keine Luft mehr«, bat Leonie aufgeregt. »Es soll sich doch niemand wehtun, wir wollen alles spielerisch lernen.«

Giger nickte. »Max wollt ja nur wissen, wie wir Schweizer es schaffen, dass wir mit allen auf der Welt gut auskommen. Stimmt's, Max?«

»Jaja, das ... war für alle eine gute Demonstration.« Er umklammerte mit beiden Händen Gigers Stiefel und riss ungehalten daran.

»He, nicht bös werden. Alles nur ein Spiel, oder?« Damit zog der Schweizer sein Bein vom Hals des jungen Mannes und reihte sich gelassen bei den restlichen Teilnehmern ein, die alle einen Schritt zur Seite traten. »Ach so: Bei Fragen zur Selbstverteidigung wendet ihr euch lieber an meinen Freund Kim. Dann habt ihr auch Überlebenschancen, wenn euch wirklich jemand angreift«, schob er mit einem Zwinkern in Chus Richtung hinterher.

Max schien kein allzu schlechter Verlierer zu sein. Er zog mit Leonie sein Programm durch, allerdings mit etwas weniger überschäumendem Selbstbewusstsein als vorher und darauf bedacht, Beat Giger und seinen Begleiter nicht mehr einzubeziehen. Der Schweizer hielt sich ebenfalls zurück, immerhin waren die Fronten jetzt geklärt. Durch seine kleine Demonstration von Stärke hatte er nun leichteres Spiel bei den anderen Teilnehmern: Beim gemeinsamen Essen am Lagerfeuer – Gemüseeintopf aus dem großen Kessel – suchten einige sogar seine Nähe. Sie setzten sich um ihn herum auf die Baumstämme und wollten wissen, wo er so zu kämpfen gelernt hatte. Er tischte ihnen eine weit harmlosere Version auf als die echte. Es ging sie schließlich einen Scheiß an, was ihn irgendwann dazu bewogen hatte, sein Schicksal in die Hand zu nehmen, um sich am eigenen Schopf aus dem Dreck zu ziehen.

»Aber wenn du doch selber Kampfsportlehrer in der Schweiz bist, wieso kommst du dann hierher zum Seminar?«, ließ eine Mittvierzigerin in grellen Outdoorklamotten nicht locker.

»Immer gut zu wissen, wie andere es machen. Und es geht

ja nicht vorwiegend ums Kämpfen hier. Dieses ganze … andere Zeug interessiert mich schon länger.«

»Gibt da auch gute Bücher drüber«, erklärte Klaus, ein grauhaariger, hagerer Typ, während er ein Stück Brot in seinen Henkelbecher mit der Suppe tunkte.

»Bücher? Ja … weiß ich. Hab da auch schon einiges gelesen. Auch über Sachen, die nicht alle wissen. Kennt ihr zum Beispiel diesen Andreas Klamm?« Giger entging nicht, dass sich einige ein paar wissende Blicke zuwarfen.

Ein junger Mann, höchstens zwanzig, der sich während des Kurses besonders motiviert gezeigt hatte, erklärte eifrig: »Klar, der war sogar bei zwei Kursen von mir schon dabei. Hat sich echt interessiert für die ganzen Sachen. Aber der ist tot, den haben sie umgebracht.«

Chu und Giger blickten sich an. Na also, sie waren auf dem richtigen Weg.

»Echt? Hör auf!«, tat der Schweizer überrascht.

»Niemand weiß genau, was mit dem Klamm passiert ist«, erklärte Klaus wissend. Dann kniff er die Augen zusammen. »Ihr seid aber nicht vom Staatsschutz oder so? Undercover?«

»Nein, sicher nicht«, lachte Giger. »Schauen wir zwei aus wie Agenten?«

Das genügte Klaus. Er blickte sich kurz über beide Schultern um, dann fuhr er leise fort: »Ich hab fast alle Artikel und Blogs von Klamm gelesen. Der war einer von uns. Einer, der sich getraut hat, die Wahrheit zu sagen. Der wusste, was wirklich los ist hier im Land. Kennt ihr *Kreise im Stroh*? Ein langer Artikel über Außerirdische. Darüber, wie sie immer wieder Leute entführen und dabei mit unserer Regierung zusammenarbeiten.«

Klaus erntete skeptische Blicke. Mit Mühe bekam Giger eine einigermaßen interessierte Miene zusammen.

Klaus jedoch ließ sich nicht beirren. »Selbst schuld, wenn

ihr mir nicht glaubt. Hat wenigstens jemand das Ding über neosozialistische Guerillakämpfer gelesen? Die kommen aus Zentralamerika, Cuba, Venezuela, Nicaragua, all so was. Und die planen die Machtübernahme. In ganz Europa. Putsch, sag ich bloß.«

»Faszinierend«, presste Giger hervor.

Leonie hatte sich mit einer Blechtasse dampfenden Kaffees zu ihnen gesellt und steckte sich eine Zigarette an. »Redet ihr über den Klamm? Die Polizei hat neulich bei uns Befragungen durchgeführt, wegen seinem Tod«, erklärte sie. »Hat wohl für irgendwas recherchiert und deshalb mal einen Kurs bei uns gemacht.«

Doch Klaus war noch nicht fertig: »Vielleicht waren es nicht die Lateinamerikaner, die ihn gekillt haben, und es lag an was anderem. Ist sicher vielen Leuten auf die Füße getreten. Auch in Berlin, in Regierungskreisen. Kein einfacher Typ, munkelt man.«

»Bei uns war er okay«, meldete sich Leonie wieder zu Wort. »Er wollte alles Mögliche über die Outdoorschule wissen und über Prepping und so. Hat versprochen, er würde uns in einem Artikel groß rausbringen, und hat sich ganz viele Fotos geben lassen.«

Fotos, Bingo!, schoss es Giger durch den Kopf. Vielleicht hatte Klamm das Bild, wegen dem sie hier waren, aus genau dieser Quelle.

»Wäre supergute kostenlose Werbung gewesen, meint mein Chef.«

»Wer ist denn Chef?«, fragte Chu.

»Na, der Martin, bei dem ihr ja sicher auch gebucht habt.«

»Klar.« Giger sah die Zeit gekommen, das Foto zu präsentieren und seine Frage zu stellen. Er zog es aus seiner Tasche und gab es Leonie. »War das auch bei einem von Martins Kursen?«

Leonie schnippte ihre Kippe weg und schaute den Schweizer misstrauisch an. »Woher hast'n das?«

»Der Klamm war so was wie ein Freund von mir. Weil ich alle seine Bücher hatte und oft mit ihm in Kontakt stand deswegen«, erwiderte Giger, ohne nachzudenken.

»Ach Mensch, tut mir ja leid«, sagte sie. Sie beugte sich über das Bild, dann zog sie die Schultern hoch. »Hm, keine Ahnung. Bin noch nicht sonderlich lange dabei. Warum willst du das eigentlich wissen?«

Giger sah zu Chu. In seinem Blick sah er, dass auch er sich keine Geschichte überlegt hatte, die er hätte präsentieren können. »Na ja, also ... die beiden Teenies, die da drauf sind, das sind ... die Kinder von einem Kumpel von uns beiden. Stimmt's, Kim? Leben bei der Mutter, und sie will nicht, dass er sie sieht. Also, unser Kumpel. Er meint, sie ist vielleicht mit ihnen untergetaucht. Blöde Sache, das alles. Dabei hat er eigentlich das Recht, sie zu besuchen. Und jetzt weiß er nicht mal, wo er sie suchen soll und wie es ihnen geht. Dachte halt, wenn wir schon da sind, vielleicht kennt ihr den Jungen und das Mädel, die Survival-Szene ist ja nicht riesig, oder?«

»Stimmt auch wieder. Vielleicht weiß ja Max was.«

Da meldete sich Klaus zu Wort. »Hm, also, ich kenn die beiden nicht, aber vielleicht hat die Geschichte von neulich was damit zu tun.«

Beat Giger wurde hellhörig. »Welche Geschichte denn?«

»Ein Bekannter hat mir da was erzählt ... er ist ziemlich hart drauf, was das Prepping angeht. Aber ihm ist vor Kurzem im Wald was Blödes passiert, und drei Fremde haben ihm dabei geholfen. Zwei davon Jugendliche. Ein Mädchen um die zwanzig und ein Junge, vielleicht fünfzehn. Ein älterer Typ war auch dabei.«

Chu schluckte, und auch Gigers Puls beschleunigte sich. »Was ist ihm denn passiert? Wo war das? Und wann?«

»Also, wie gesagt: Das war im Wald, nachts. Wo genau, weiß ich nicht. Dem ist eine Rotte Wildschweine nach, die hätten ihn fast gekillt.«

»Und dann?«

»Kamen die drei und haben stattdessen die Wildschweine plattgemacht.«

Giger nickte seinem vietnamesischen Begleiter zu. Das waren sie, kein Zweifel. »Wie heißt dein Freund?«

»Freund? Na ja … Freund ist das keiner. Nicht direkt. Wie gesagt, ein ziemlich krasser Typ. Schon älter. Horst Deutz heißt der. Vielleicht weiß er ja was.«

Giger ließ sich von Klaus die Adresse des Mannes geben, dann verschwanden sie, noch ehe die Mittagspause zu Ende war.

26

»Da hat einer aber gar keine Lust auf Besuch.« Beat Giger und Luong Chu näherten sich der Adresse, die sie bei ihrer Recherche im Preppercamp herausgefunden hatten. Horst Deutz' Haus sah eher aus wie eine Festung – allerdings eine, die aus billigen Baumarktmaterialien zusammengezimmert worden war. Das Gehöft lag abseits der kleinen Ortschaft Gutnitz, die von der Welt vergessen schien. Hier draußen, inmitten brachliegender Felder, war die Einsamkeit geradezu körperlich spürbar. Das trübe Wetter und die sich drohend aufbauenden Regenwolken taten ihr Übriges. Windböen rasten immer wieder über das flache Gelände. Sicher kein Zufall, dass sich Deutz ausgerechnet diesen gottverlassenen Flecken Erde als Zufluchtsort gewählt hatte. Trotzdem hielt er es anscheinend für nötig, sich zusätzlich zu verbarrikadieren: Das heruntergekommene Anwesen war von einem drei Meter hohen Maschendrahtzaun umgeben, der fast durchgehend mit Brettern, Paletten und Planen verkleidet war, sodass nur ab und zu ein Blick auf den dahinterliegenden Hof möglich war. Dort rosteten die Überbleibsel eines einstigen landwirtschaftlichen Betriebs vor sich hin. Stehlen wollte hier sicher niemand etwas, dennoch war auf dem Zaun zusätzlich eine Lage Stacheldraht angebracht.

Giger blieb vor einem selbst gemalten Blechschild stehen und deutete mit dem Finger darauf. Auch Chu musste grinsen: *Privatgrund, kein Zutritt. Staatsgrenze! Gebrauch von Schusswaffen ohne weitere Warnung. Achtung, Minen!*

»Minen, sicher!« Beat Giger schüttelte den Kopf.

Dutzende solcher Schilder hatte Deutz um den Zaun herum angebracht. Auf einigen Pfählen waren Überwachungskameras befestigt, wobei Giger sich ziemlich sicher war, dass es sich dabei nur um Attrappen handelte. Das alles sah doch eher vorsintflutlich aus, nicht nach modernster Sicherheitstechnik.

Eines jedoch war klar: Hier hatte jemand die Welt ausgesperrt und den Schlüssel weggeworfen.

Giger und Chu konnte das nur recht sein. Sie legten keinen Wert auf Zeugen bei dem, was sie vorhatten. Die beiden zuckten die Achseln, dann traten sie vor den Eingang zum Hof – ein umfunktioniertes Garagentor. Nach einigem Suchen fanden sie tatsächlich einen Klingelknopf samt Namensschild, was seltsam deplatziert wirkte, hier inmitten all der Einrichtungen, die zum Ziel hatten, die Menschen um jeden Preis außerhalb der Grundstücksgrenzen zu halten. Giger drückte auf den Knopf und wartete. Erst tat sich nichts, dann ertönte ein leises Surren über ihnen. Sie hoben den Kopf und sahen einen rot leuchtenden Punkt in einem Vogelhäuschen, das ganz oben am Tor angebracht worden war. Mindestens eine der Kameras funktionierte offenbar. Rechts von ihnen ertönte ein Knacken, dann schepperte eine Ansage aus einem Lautsprecher: »Verlassen Sie umgehend das Gelände. Sie befinden sich auf exterritorialem Gebiet. Hier gelten nicht die Gesetze der Bundesrepublik Deutschland, sondern die des Deutschen Reiches, dessen hochrangiger Repräsentant ich bin. Ich werde das Reichsterritorium mit allen Mitteln verteidigen. Es besteht ausdrücklicher Schießbefehl gegen alle Grenzverletzer.« Wieder ein Knacken, und der Lautsprecher verstummte.

Giger verzog das Gesicht. »Hätte es nicht auch ein pensionierter Lehrer sein können, der Tomaten züchtet? Aber nein, wir müssen bei so einem irren Nazi landen.«

Chu zuckte die Achseln und drückte noch einmal auf den Klingelknopf. Es knackte erneut, doch diesmal ertönte nicht die Ansage, sondern lautes Hundegebell. Giger grinste. »Ist schon putzig, dass er uns mit Wachhunden vom Band vertreiben will, oder? Was kommt als Nächstes? Muhende Kühe? Walgesänge?«

Chu verzog die Mundwinkel zu einem schmalen Lächeln.

»Grüß Gott, Herr Deutz, wir wollen nur mit Ihnen reden!«, schrie der Schweizer in Richtung Kamera. Als sich nichts tat, schob er noch nach: »Wir sind unbewaffnet. Und wir haben das hier für Sie dabei.« Er zog ein Bündel Geldscheine aus der Innentasche seiner Jacke und wedelte damit herum.

Noch einmal erklang eine Ansage, die sich von der vorherigen nur dadurch unterschied, dass sie mit den Worten schloss: »Dies ist die letzte Aufforderung.«

Giger verlor langsam die Geduld. Er hatte von diesen paranoiden deutschen Reichsbürgern im Radio gehört und keine Lust darauf, mit einem von ihnen Räuber und Gendarm zu spielen. Früher hatte er es mit ganz anderen Kalibern zu tun gehabt. Er gab Chu ein Zeichen, und sie verschwanden um die Ecke des Zauns, als wollten sie der Anweisung aus dem Lautsprecher Folge leisten. Als sie aus dem Sichtfeld der Kamera verschwunden waren, zischte Giger seinem Begleiter zu: »Glaubst du, der Typ ist wirklich bewaffnet?«

»Kann sein, so wie hier aussieht.«

Der Schweizer nickte. Niemals einen Gegner unterschätzen, das hatte er lernen müssen. Auf die harte Tour. »Also gut, dann kümmern wir uns erst mal um sein drittes Auge.« Er bückte sich und kratzte eine Handvoll Matsch vom

Boden. Dann sprang er hinter der Ecke hervor, zielte und warf in Richtung Kamera. Mit einem Schmatzen landete der Dreck auf dem Objektiv. »So, jetzt ist er schon mal blind«, stellte er zufrieden fest. Dann traten sie wieder vor das Tor. »Kommen wir da rein?«

Der Vietnamese schaute sich um, ging ein paar Schritte am Zaun entlang und kam mit einem rostigen Stück Draht zurück. Fasziniert beobachtete Giger, wie der kleine Mann eine Seite davon zu einem Haken bog, dann flink ein Stückchen am Zaun nach oben kletterte, sich mit einer Hand festhielt und mit der anderen den Draht in den Spalt zwischen der Oberseite des Tors und dem äußeren Rahmen schob. Mit konzentrierter Miene fischte er nun mit dem Haken auf der anderen Seite des Tors, bis er einen Widerstand spürte, anzog und sich das Tor öffnete. Chu musste die Not-Entriegelung erwischt haben.

»Nicht schlecht, little man«, sagte Giger anerkennend. Dann betraten sie den Hof.

Auch wenn es inzwischen fast dunkel war, nahmen sie sofort die Bewegung am anderen Ende des Grundstücks wahr, wo ein Mann seinen Rucksack schulterte und in geduckter Haltung in Richtung Zaun verschwinden wollte. Sie blieben stehen, da entdeckte auch er seine ungebetenen Gäste. Bevor sie etwas tun konnten, warf er sein Gepäck von sich und verschwand im Haus.

Giger fluchte. »Jetzt müssen wir ihn drinnen suchen, da sind wir im Hintertreff…« Er wurde unterbrochen von einem Geräusch in seinem Rücken, als das Hoftor sich wieder schloss. Mit allem hatten die Eindringlinge gerechnet, Fluchtversuchen, Angriff aus Verzweiflung – aber nicht damit, dass Deutz sie einschließen würde. Ein diffuses Gefühl breitete sich in Gigers Magen aus. Es war keine Angst, vielmehr die Erkenntnis, dass das hier kein Spaziergang werden würde. »Scheiße«, schimpfte er und zog seine Pistole aus dem Gürtel.

Chu tat es ihm gleich. Langsam bewegten sie sich vorwärts, wobei sie sich routiniert gegenseitig nach allen Seiten absicherten. Ihr Ziel war ein Schrotthaufen auf halbem Weg zwischen Eingang und Haupthaus. Dort wären sie geschützt und könnten sich ihre weiteren Schritte überlegen. Sie hatten ihn noch nicht erreicht, als Giger plötzlich eine Hand hob und anhielt. Er blickte zu Chu. Der hatte es auch gehört.

»Hunde!«, schrie der Schweizer, doch da hatten die beiden massigen Tiere sie schon fast erreicht. Giger schaffte es gerade noch, seine Waffe zwischen sich und den Hund zu bringen, bevor er zähnefletschend an ihm hochsprang. Dreimal drückte er ab, dann sank das Tier mit einem letzten Wimmern in sich zusammen. Doch neben ihm schien es nicht so glatt zu laufen. Im funzeligen Licht der wenigen Außenlaternen, die auf dem Anwesen verteilt waren, erkannte der Schweizer, dass Chu nicht mehr genügend Zeit gehabt hatte, zu schießen. Seine Pistole lag auf dem Boden, während der Vietnamese versuchte, das Maul des Hundes, der größer war als er selbst, von seinem Hals fernzuhalten. Giger zielte, doch dann ließ er die Waffe wieder sinken. Das Risiko, seinen Begleiter zu treffen, war zu groß. Er kam nicht dazu, weitere Alternativen abzuwägen, denn in diesem Moment packte Chu den Hund am Hals, schmetterte ihn mit einer geschmeidig wirkenden Bewegung zu Boden und brach ihm, noch ehe das Vieh wusste, wie ihm geschah, das Genick.

Schwer atmend standen die Männer da und blickten auf die leblosen Körper vor sich, als die Lichter um sie herum erloschen und völlige Schwärze sie umfing.

»Verdammt, was hat der denn noch alles im Köcher?«, presste Giger hervor, da knallte der erste Schuss.

Der Schweizer hörte das Surren der Kugel, als sie an ihm vorbeiflog. Deutz hatte ihn nur um Haaresbreite verfehlt. Viele Jahre hatte niemand mehr auf Giger geschossen, und er schwor sich, sich an diesem Penner zu rächen, der die damit einhergehenden Gefühle – Wut, Aufregung und Angst – wieder heraufbeschworen hatte. »Nachtsicht«, zischte er und ging in die Hocke. Es gab keine andere Erklärung, niemand konnte im Dunkeln so gut zielen. Deutz war viel besser ausgerüstet, als sie erwartet hatten.

Geduckt pirschten sich Chu und Giger in Richtung Haus vor, immer darauf bedacht, hinter irgendwelchen herumstehenden Gerätschaften Deckung zu suchen. »Ich hab gesehen, woher der Schuss kam«, flüsterte Giger, als sie hinter einem Stapel Traktorenreifen anhielten. »Das war vorne im Haus, zweites Fenster von …«

Wieder knallte es, doch diesmal nicht vom Fenster, sondern weiter rechts und deutlich weiter oben. Sie warfen sich auf den Boden.

»Mehr Leute?«, fragte Chu.

Giger schüttelte den Kopf. »Glaub ich nicht. Aber vielleicht will er, dass wir das denken. Da rein!« Er zeigte auf das Tor eines Nebengebäudes, das weit offen stand. Selbst in der Dunkelheit zeichnete es sich deutlich ab.

»Lauf«, zischte Giger, dann rannten sie darauf zu. Der Schweizer hatte erwartet, dass ihnen dabei die Kugeln um die Ohren fliegen würden, doch es blieb ruhig. »Seltsam«, raunte er, als sie den Eingang erreicht hatten. Vorsichtig tasteten sie sich weiter ins Innere des Gebäudes vor. Auf dem Boden lag zertretenes Stroh, über ihnen prasselten Regentropfen auf eine Dachluke. Sie mussten in der ehemaligen Tenne gelandet sein.

Giger atmete tief durch. Hier waren sie erst einmal in Sicherheit, konnten sich sortieren und überlegen, wie sie weiter vorgehen würden. Er drehte sich zu Chu um, der ebenfalls etwas beruhigt schien. Da spürte er den Luftzug. Hörte das Rauschen von oben, zog unwillkürlich den Kopf ein, dann krachte etwas mit ohrenbetäubendem Lärm auf den Boden. Irgendein massiver Gegenstand war herabgefallen, doch er hatte sie verfehlt. Erleichtert atmete Giger den Dreck und den Staub ein, den dieses Etwas aufgewirbelt hatte. Der Lärm war verklungen, aber in seinen Ohren klingelte es immer noch. Verdammt, sie hatten es mit einem ausgefuchsten Gegner zu tun. Ex-Militär, vermutete er.

Was für Überraschungen hatte Deutz noch auf Lager? Giger spielte mit dem Gedanken, ihr Vorhaben abzubrechen. Aber dazu mussten sie erst einmal heil wieder herauskommen. Atemlos lauschten sie in die Stille. Waren das Schritte? Sie hielten ihre Waffen in die undurchdringliche Schwärze. Dann hallte eine Stimme durch den Raum: »Weg mit den Knarren.«

»Von wo kam das?«, flüsterte Giger.

»Weg, sag ich, sonst …« Ein Schuss knallte, Dreck spritzte vor ihnen auf, als die Kugel den Boden traf.

Sie hatten keine Wahl. Ihr Gegner war ihnen momentan überlegen. Giger legte seine Pistole auf den Boden und hob langsam die Arme. »Los, mach, was er sagt«, rief er Chu zu.

»Kickt die Waffen raus!«, dröhnte die Stimme.

Raus? Giger verstand nicht.

»Wird's bald?«

Er versetzte seiner Pistole einen Stoß mit dem Fuß, Chu tat es ihm gleich. Ein paar Sekunden standen sie mit erhobenen Händen in der Dunkelheit, darauf gefasst, dass Deutz sie jetzt abknallen würde, doch dann schalteten sich flackernd die Neonröhren an der Decke ein. Geblendet hielten sich Chu und Giger die Hände vor die Augen. Sie schauten durch Metallstäbe, bis Deutz in ihr Blickfeld kam, ein ausgemergeltes Männlein mit verfilzten Haaren und fiebrigem Blick, Gewehr im Anschlag, das Nachtsichtgerät auf die Stirn geschoben.

Jetzt erst wurde ihnen klar, was passiert war. Sie waren umgeben von einem mächtigen eisernen Käfig, der an einem Seil hing. Giger folgte dem Seil mit den Augen bis zur Decke, wo es an der Gabel eines alten Heukrans befestigt war, die wie ein riesiges Insekt über ihrer Beute schwebte.

Der Schweizer konnte es nicht fassen. Sie hatten sich von diesem alten Zausel überlisten lassen.

Sie saßen in der Falle.

27

Überfahrt nach Guyana.

Eben noch mal hundert Klimmzüge extra gemacht, oberstes Deck, mittschiffs. Blasen an der Hand von der rostigen Stange.

Seit gestern raue See, trotz sengender Sonne. Öde Tage auf dem Schiff, aber nur noch eine Nacht bis nach Kourou. Ungewöhnliche Anreise nach Guyana. Normalerweise wird geflogen, aber das Schiff der französischen Marine musste über den Atlantik. Vollgepackt mit Fahrzeugen und Ausrüstung für uns, das 3ème Régiment Etranger d'Infanterie. Ich bin jetzt Teil dieser Truppe. Brenne darauf, eingesetzt zu werden. Vielleicht im Dschungel?

Später noch hundert pompes. Einhändig. Dazu vielleicht noch ein paar Deckrunden. Das Training hilft gegen die Langeweile auf dem Meer. Andere kommen nicht so gut klar. Panda hat neulich einen regelrechten Anfall gehabt. Wollte über Bord springen, weil er die Enge in den fensterlosen Kabinen nicht erträgt. Leidet wohl unter Platzangst. Der Dschungel wird ihm guttun.

Raivo, dem Letten, sicher auch. Ihm setzt die Eintönigkeit zu. Hat nur Müll im Kopf seit der Einschiffung. Vielleicht aus Angst vor dem Einsatz? Unterhält uns mit seinen »schmutzigen Tricks«. Der krasseste: Hat sich Sachen aus der Küche besorgt. Speck und Zwiebeln gegessen. Danach drei rohe Eier hinterher und Salz. Hat ein paar Saltos gemacht, dann den Finger in den Hals gesteckt, alles in eine Pfanne gekotzt und ab damit auf den Esbitkocher.

Fire, der Schotte, kam später dazu und hat es auch noch gefressen.

Ich hätte selber beinahe gekotzt. Als Fire gemerkt hat, was los war, hat er Raivo fast bewusstlos geschlagen.

Kranke Aktion, aber alle bejubeln ihn dafür. Ich nicht. Wir müssen uns auch an den Kodex halten, wenn niemand zusieht. »Das Auftreten stets würdevoll«, heißt es.

Georges mag den Letten auch nicht besonders. Kann momentan aber nichts machen. Hängt nur noch über der Kloschüssel oder liegt im Bett. Er leidet, auch unter dieser Schwäche. Kann sich schwer eingestehen, dass selbst er nicht aus Stahl ist. Endlich kann ich ihm einmal helfen. Mich revanchieren. Ich bringe ihm Tee, Zwieback, Medikamente. Kümmere mich. So, dass es keiner merkt. Gutes Gefühl. Mir macht das Schwanken nichts aus, habe aber keinen Hunger. Umso besser. Fasten macht den Geist wacher.

Georges will in Guyana durchstarten. Obwohl er kaum länger dabei ist als wir, ist er schon Caporal. Das geht normalerweise erst nach zwei Jahren. Er darf sich eine Gruppe zusammenstellen. Will, dass seine Leute nur die Besten sind. Ich kann dabei sein, hat er gesagt, muss aber noch fitter werden. Also noch mehr pompes. Gut, wenn man weiß, wofür.

28

»Wo ist er?«

Cayenne stand direkt neben Joshuas Hängematte. Verschlafen schlug der Junge die Augen auf. »Hm?«

»Wo ist Stephan?« In ihrer Stimme lagen Sorge und Wut.

»Der wollte bloß 'n bisschen angeln. An so 'nem kleinen Weiher, ein Stück von hier. Alles okay.«

»Okay? Du findest es okay, dass er mal wieder abhaut, obwohl er immer predigt, wir sollen um jeden Preis zusammenbleiben?«

Joshua gähnte. »Jetzt mach mal halblang. Ist doch gut, wenn er sich drum kümmert, dass wir auch mal was anderes zu beißen kriegen als Wildschwein. Reg dich nicht immer gleich so auf.«

Cayenne sog scharf die Luft ein. Sie war eingeschlafen, als Joshua und Stephan noch am Lagerfeuer gesessen hatten. Mitten in der Nacht war sie aufgeschreckt. Warum, wusste sie selbst nicht – und dann war ihr aufgefallen, dass Stephan nirgends zu sehen war. Er unternahm schon wieder einen Alleingang. Und ließ sie im Stich. *Angeln, klar!* Zu ihrer Wut gesellte sich ein neues Gefühl: Misstrauen. Misstrauen gegen den Mann, der sie und Joshua seit Jahren versorgte und trainierte, sich um sie kümmerte wie ein Vater, der ihr aber seit dem Angriff etwas schuldig geblieben war – die Antwort auf die Frage, warum sie ausgerechnet hierher gekommen waren. Nach Stationen in den verschiedensten Ländern waren sie nun in Deutschland, noch dazu ganz in der Nähe der Hauptstadt. Und offenbar war hier die potenzielle Gefahr sehr viel größer als an all ihren früheren Stationen. Immer wieder war Stephan ihrer Frage ausgewichen, hatte versucht, elegant das Thema zu wechseln, oder allgemeines Zeug geschwurbelt. Und nun verschwand er auch noch mitten in der Nacht.

Ihre Beine kribbelten. Wie immer, wenn ihre Gefühle die Kontrolle über ihren Verstand übernahmen. Aber sie konnte es nicht ignorieren – der Zweifel war da. Wo war Stephan? Was hatte er vor? Warum gab es – seit sie in Deutschland waren – nicht mehr diese Vertrautheit, diese Offenheit, die früher zwischen ihnen geherrscht hatte?

Inzwischen fiel es ihr schwer zu glauben, dass Stephan allein wegen der Survivalkurse immer wieder mal zwei, drei Tage weg gewesen war. Hatte er etwa gewusst, dass die anderen ihnen auf den Fersen waren? Sogar bevor man versucht hatte, sie im Wald zu erwürgen? Möglich wäre es … Andererseits: Wieso sollte er sie einer solchen Gefahr aussetzen?

Wie gern hätte sie all diese Fragen diskutiert, hätte sich Antworten gewünscht, die alles erklären, das Vertrauen wiederherstellen würden. Doch die einzige Person, die diese Antworten geben konnte, war nicht da. Und ihren Bruder wollte sie nicht mit ihren Zweifeln beunruhigen. Er war sowieso schon wieder eingeschlafen. *Ihr kleines Brüderchen.* Obwohl er allmählich erwachsen wurde, fühlte sie sich nach wie vor für ihn verantwortlich. Würde ihn nie im Stich lassen, ihn mit ihrem Leben beschützen, komme, was wolle.

Sie zündete sich eine der verbliebenen Zigaretten an, die sie in ihrem Rucksack versteckt hatte. Auch wenn sie nicht besonders schmeckte. Der Tabak war schon ganz trocken, und die gewünschte Wirkung blieb aus: Das Rauchen machte sie nicht ruhiger. Nach wie vor jagten die Gedanken durch ihren Kopf, als sie die Kippe im feuchten Moos austrat. Seit Stunden regnete es immer wieder, der Wind war böig und es war kalt, auch ein Umstand, der sie nicht gelassener machte. Wenigstens spürte sie ihre Verletzungen kaum noch.

Wie würde es weitergehen? Was, wenn ihre wirkliche Aufgabe darin bestand, sich – und damit auch Joshua – vor Stephan zu schützen?

Cayenne fröstelte bei dem Gedanken. Ohne Jo wäre sie längst abgehauen. Sie könnte sich locker allein durchschlagen. Vielleicht nicht in Deutschland, dazu gab es hier zu viele Vorschriften, stellte man zu viele Fragen. Aber anderswo: überhaupt kein Problem. Es gab genügend Gegenden auf der Welt, in denen niemand so genau wissen wollte, wo man herkam und wohin man ging. Vielleicht würde sie eines Tages sogar in ihre Heimat zurückkehren. Dort, wo ihre Vorfahren gelebt hatten – und ihre Eltern sterben mussten. Aber ohne Joshua wäre das undenkbar. Und mit ihm war es momentan einfach zu kompliziert.

»Fuck!«, schrie sie in den dunklen Wald.

»Kannst auch nicht schlafen, hm?«, murmelte ihr Bruder, setzte sich in der Hängematte auf und stopfte sich seinen Parka in den Rücken. »Sollen wir Feuer machen?«

Cayenne sah ihn lange an. Natürlich konnte sie nicht ohne ihn verschwinden. Aber vielleicht mit ihm … »Feuer? Nee, lass mal. Hör mir lieber zu. Und rück ein Stück.« Sie setzte sich zu ihm in die Hängematte, beide ließen die Beine in der Luft baumeln. »Jo, findest du nicht auch, dass sich Stephan ziemlich verändert hat?«

»Doch, schon. Aber wir haben uns doch alle verändert, seit das mit dir passiert ist. Ist doch ganz normal.«

»Klar, aber so mein ich das nicht. Ich glaub, er ist nicht ganz ehrlich zu uns. Oder hat er dir schon gesagt, warum wir ausgerechnet hier aufgeschlagen sind – da, wo uns *die anderen* letztlich aufgespürt haben?«

Joshua schüttelte verständnislos den Kopf. »Was soll das denn jetzt?«

»Ich hab nur laut gedacht. Was, wenn er …?«

»Scheiße, meinst du, er kümmert sich jahrelang um uns, um uns dann zu verarschen und denen auf dem Silbertablett zu servieren? Du tickst doch nicht mehr ganz richtig.« Joshua schälte sich aus seinem Schlafsack und stand auf. Jetzt zündete er sich eine Kippe an.

Cayenne musste vorsichtig sein mit dem, was sie sagte. »Ich mein doch gar nicht, dass er uns schaden will. Vielleicht … nimmt er es nur in Kauf, weil er nicht anders kann und …«

»Bist du irre? Er macht das hier doch wegen uns! Er könnte völlig normal leben. Niemand sucht *ihn*. Nur wegen uns führt er dieses beschissene Leben. Jetzt hockt er im Regen an irgendeinem verpissten Teich und schaut, dass wir was zu beißen kriegen, und du laberst so eine Scheiße!«

Cayenne seufzte. Sie wollte dem Jungen nicht seine letzten Illusionen rauben. Noch dazu, wo sie sich selbst nicht sicher war, ob sie mit ihren Zweifeln an Stephan nicht völlig danebenlag. Aber so würde sie es vielleicht schaffen, mit ihm zusammen hier wegzukommen. »Ich will, dass wir zusammenbleiben, Joshua. Wir beide.«

Der Junge schüttelte den Kopf. »Beide? Wir sind drei. Wir drei werden zusammenbleiben, klar? Wir sind schließlich eine Familie!«

Cayenne bemühte sich, ruhig zu bleiben. Sie musste ihn irgendwie überzeugen. Da half es nicht, zu streiten oder rumzubrüllen. »Familie? Unsere Familie ist tot. Nur du und ich sind übrig.«

»Und Stephan?«

»Hat sich toll um uns gekümmert, all die Jahre. Aber glaubst du nicht, dass wir mittlerweile allein für uns sorgen können? Frei leben? Machen, was wir wollen, was für uns gut ist? So, wie es unsere Eltern bestimmt gewollt hätten? Irgendwo, wo uns niemand kennt? Keine Bevormundung mehr, keine Befehle, kein beschissenes Training, kein Pennen im Wald, wenn es pisst und arschkalt ist?«

»Nein, ich glaub nicht, dass wir das können. Und ich weiß vor allem, dass ich das nicht will. Ich will nämlich, dass Stephan dabei ist. Weil er zu uns gehört. Weil wir alle zusammengehören, Fuckscheiße! Warum musst du bloß immer alles kaputt machen?«

Seine Stimme brach, er wandte sich ab und schluchzte.

Doch Cayenne wollte noch nicht aufgeben. Konnte nicht. »Stephan soll nachkommen, wenn wir was gefunden haben. Wir bleiben in Kontakt mit ihm, wenn du magst. Wir gehen wohin, wo es warm ist, ich such mir 'nen Job und dann ...«

Abrupt drehte Joshua sich um. Seine Augen waren noch feucht, doch sein Gesichtsausdruck verriet nun eher Wut als Verzweiflung. Cayenne ging auf ihn zu und fasste ihn am Arm, doch er wehrte sie rüde ab. »Job? Was nützt uns ein Job, wenn wir tot sind, weil Stephan uns nicht mehr beschützen kann? Ich bleibe hier, und damit aus. Weil er auf uns aufpasst. Weil er gesagt hat, wir sollen nicht weggehen. Weil er sich auf uns verlassen kann wie wir uns auf ihn. Weil wir uns gegenseitig schon das Leben gerettet haben. Weil wir zusammengehören. Auf immer und ewig.«

»Joshua, ich versteh dich ja. Aber ...«

»Verpiss dich doch, wenn du willst. Ich bleibe hier.«

Während Joshua sich wieder in die Hängematte legte und in seinen Schlafsack hüllte, rann eine Träne über Cayennes Wange. Resigniert setzte sie sich auf einen Baumstumpf und steckte sich die letzte verbliebene Zigarette an.

29

»Was an den Schildern da draußen war so schwer zu verstehen, ihr Arschlöcher?«, krächzte die Stimme ihres Gegenübers.

Giger und Chu antworteten nichts.

»Betreten verboten? Schusswaffengebrauch?«

Der Schweizer und der Vietnamese suchten fieberhaft nach einem Ausweg. Was Deutz nicht entging. »Könnt ihr vergessen. Ihr kommt hier nicht mehr raus«, rief er grinsend. Seine Stimme hallte von den Wänden der leeren Tenne wider.

So langsam wurde den beiden Gefangenen bewusst, dass er recht hatte.

»Wenn ihr wenigstens das dann mal kapiert habt, können wir uns ja ein bisschen unterhalten. Also: Wer seid ihr? BND? Militärischer Abschirmdienst?«

Giger und Chu blickten sich ratlos an.

Deutz bekam große Augen. »Mossad?« Er schüttelte den Kopf. »Leck mich am Arsch. Seid ihr echt vom Mossad? Ich hab mir ja schon immer gedacht, dass die hinter allem stecken. Aber laut darf man gegen die ja nichts mehr sagen in unserem Land.«

Jetzt fühlte Giger sich genötigt, doch etwas zu erwidern, sonst würde der Typ sie wegen irgendeiner wilden Verschwörungstheorie abknallen. Und vielleicht könnten sie sich seine Verrücktheit sogar zunutze machen. »Kamerad, ganz ruhig. Wir sind weder vom Mossad noch von einem anderen Scheiß-Geheimdienst. Wir sind auf deiner Seite.«

Der Alte ließ die Waffe ein wenig sinken. »Moment mal«, sagte er mit zusammengekniffenen Augen, »du bist doch Schweizer, so wie du klingst. Wie hängt ihr denn in der Sache drin? Seid ihr nicht neutral?«

Giger hakte sofort ein. »Genau, das sind wir, Kamerad. Wir haben alle den gleichen Feind.«

»Aha, und der wäre?«

Mist. Mit der Frage hatte Giger nicht gerechnet. Aber seine Erfahrungen im Preppercamp legten zumindest eine Antwort nahe. »Na, die da oben«, erwiderte er vage.

Deutz spuckte aus. »Scheinst ja ’n ganz Schlauer zu sein.«

»Schlau vielleicht nicht. Aber ich hab Augen im Kopf. Und kann mir so manches zusammenreimen.«

Ein leichtes Nicken von Deutz. »Was wollt ihr von mir?« Er hob das Gewehr wieder.

»Okay, nicht schießen, Kamerad, schau erst mal, was ich dabeihabe.« Ganz langsam, mit spitzen Fingern, zog der Schweizer ein Bündel Geldscheine hervor, das Wagner ihnen mitgegeben hatte, um Deutz zum Reden zu bringen. »Das ist für dich. Hätten wir Geld dabei, wenn wir dich … wenn wir mit dir kämpfen wollten?«

Der Alte schien nachzudenken. »Hm, klingt vernünftig. Aber schenken wolltet ihr mir das sicher nicht!«

Giger schüttelte den Kopf. »Nein. Wir brauchen Informationen von dir. Für … für unseren gemeinsamen Kampf. Und gute Informationen sind eben auch etwas wert.«

»Zeig doch mal genau, wie viel du hast. Los, komm ’n Stückchen näher.«

Giger ging ein paar Schritte vor, hielt sich am Gitter fest und streckte die andere Hand durch die Stäbe. Im selben

Augenblick wich Deutz zurück, griff hinter sich an die Wand und legte einen Schalter um. Die Lampe über ihnen begann zu flackern, dann ertönte ein Geräusch, das an einen überlasteten Trafo erinnerte – und Giger begann zu schreien. Er krümmte sich, seine Hand öffnete sich und ließ die Geldscheine fallen. Chu verstand sofort, lief zu ihm und versetzte ihm einen Tritt, der ihn vom Gitter wegschleuderte. Schwer atmend lag der Schweizer auf dem schmutzigen Boden.

In die Stille hinein ertönte ein irres Kichern. »Ihr seid noch dümmer, als ich gedacht hab«, amüsierte sich Deutz. »Ich behalt euch als Geiseln, dann kassier ich doppelt ab.«

Giger spürte, wie die Wut in ihm aufstieg. Der Alte führte sie an der Nase herum, wie es ihm passte.

»So, jetzt mal Schluss mit dem Mumpitz. Also, was wollt ihr? Wenn ihr nicht vom Mossad seid, dann bleibt für mich nur noch eine Lösung: Ihr gehört zu dieser geheimen Kommandotruppe der Regierung. Der GSG … dings.«

»Neun«, entfuhr es Chu.

»Ha, wusste ich es!«

»Halt die Fresse!«, herrschte Giger seinen Begleiter an.

»Lass mal das Schlitzauge in Ruhe«, protestierte der Alte. »Find's ja interessant, dass der überhaupt spricht. Vielleicht sollt ich mich lieber mit dem unterhalten als mit dir, Almöhi.«

Inzwischen hatte sich der Schweizer wieder etwas erholt. »Hör zu, Kamerad«, keuchte er, »ich versteh, dass du misstrauisch bist. Hast ja auch allen Grund dazu. Aber wir wollen wirklich nur mit dir reden. Und dir das Geld geben.«

»Das hab ich ja auch so gekriegt.« Deutz grinste und deutete auf die Scheine, die verstreut vor dem Käfig lagen.

»Aber auf das Geld kommt's dir nicht an, stimmt's? Wichtig ist vor allem unser gerechter Kampf.« Giger ging wieder ein paar Schritte auf die Metallstäbe zu, achtete aber peinlich darauf, sie nicht mehr zu berühren.

»Wüsste nicht, dass wir Waffenbrüder sind.«

»Doch. Doch, das sind wir. Alle drei. Das verbindet uns. Schau uns doch mal an. Ein Schweizer und ein Schlitzauge.« Chu spannte die Kiefermuskeln an, als Giger ihn so nannte, doch der gab ihm mit einem Blick zu verstehen, dass er mitspielen solle. »Mal ehrlich: Sehen für dich so die typischen Vertreter der deutschen Staatsmacht aus?«

Nun schien der alte Zausel tatsächlich ins Grübeln zu kommen.

»Na, siehst du? Du kannst uns vertrauen! Wenn wir uns gegenseitig bekämpfen, dann schaden wir nur unserer Sache. Dann haben die gewonnen. Der Mossad und ... die anderen Geheimdienste.«

»Ah, ihr glaubt auch, dass der Mossad mit drinhängt.«

»Glauben? Wir wissen es!«

»Verdammte Scheiße, also doch.«

Giger entspannte sich allmählich. Jetzt hatte er ihn. Nun würde er ihn noch ein bisschen weiter bearbeiten, würde ... Der Schweizer stockte. Ihm war, als habe er hinter Deutz eine Bewegung wahrgenommen. War der Alte etwa doch nicht allein? Hatte er jemanden übersehen? Oder spielten ihm seine malträtierten Nerven einen Streich?

Nervös blickte er sich zu Chu um. Der hatte es auch gesehen, das erkannte er sofort. Lauernd stand er da, die Muskeln angespannt. Wie ein Tier, das Gefahr wittert.

Wieder eine Bewegung im Dunkeln. Dann, ganz langsam und lautlos, schälte sich eine schwarze Gestalt aus dem Schatten hinter dem Alten. Sie trug eine Maske – und hielt ein Messer in der Hand.

»Pass auf, hinter dir«, schrie der Schweizer.

»Netter Versuch«, gab Deutz zurück. Die Schattengestalt war nur noch wenige Meter von ihm entfernt.

Wer zum Teufel war das? Jemand, der auf ihrer Seite

stand? Wohl kaum. Plötzlich dachte Giger daran, was mit Klamm geschehen war. »Scheiße, Deutz, dreh dich um, sonst ...«

Der wandte leicht den Kopf, da schlug die Gestalt bereits los. Deutz konnte sein Gewehr nicht mehr hochreißen, schaffte es lediglich, die Flinte quer zwischen sich und seinen Angreifer zu bringen. Sie rangen geräuschlos miteinander, doch die muskulöse Gestalt war dem dürren Alten haushoch überlegen.

»Stell ihm ein Bein«, schrie Giger, als er das realisierte, und Deutz tat genau das. Der Schwarzgekleidete knallte mit Wucht auf den Boden.

»Schieß!«, rief Giger so laut, dass sich seine Stimme überschlug. Doch Deutz war zu langsam. Während er noch den Lauf der Waffe herumschwenkte, traf ihn ein heftiger Fußtritt. Das Gewehr flog in hohem Bogen durch die Luft. Mit einem akrobatischen Satz war der Angreifer wieder auf den Beinen. Deutz stand wie erstarrt vor ihm. Erst ein erneuter Ruf, diesmal von Chu, löste seine Erstarrung. »Renn!«

Aber Deutz war nicht schnell genug. Kurz bevor er das Gitter erreicht hatte, warf sich der Angreifer gegen ihn und der Alte knallte, Gesicht voran, auf den Boden. Als er den Kopf wieder hob, sah Giger, dass seine Lippe aufgeplatzt war. Blut rann ihm übers Kinn, als er versuchte, sich aufzurappeln. Der andere ließ es geschehen. Wissend, dass er gewonnen hatte. Da klammerte sich der Alte an das Gitter. Sein Angreifer ging langsam auf ihn zu, packte ihn – und wurde wie von einem heftigen Schlag zurückgeworfen. Wieder flackerte kurz das Licht.

Deutz verzog die blutigen Lippen zu einem Grinsen, spuckte einen roten Fleck in den Dreck und schrie: »Isolierte Schuhe, du dummes Arschloch.«

Dann drehte er sich um, kramte aus seiner Hosentasche

einen Schlüssel und öffnete den Käfig. Sofort stürmten Chu und Giger hinaus und rannten auf ihre Waffen zu, die sie vorher durch das Gitter geworfen hatten. Währenddessen kam auch der Schwarzgekleidete wieder auf die Beine. Er blickte von Deutz zu den beiden anderen, schien seine Chancen abzuwägen, machte dann auf dem Absatz kehrt und lief zurück in die Dunkelheit, aus der er gekommen war.

Chu und Giger rannten noch hinterher, doch von dem nächtlichen Angreifer fehlte bereits jede Spur.

»Ja, ja, ich glaub euch. Sollte euch wohl dankbar sein, dass ihr mir den Arsch gerettet habt.« Deutz presste sich ein schmutziges Taschentuch auf seine blutende Lippe. »Irgendwie brauch ich in letzter Zeit ziemlich oft Hilfe. Ist vielleicht das Alter.«

Giger, der neben ihm auf dem Boden kauerte, legte ihm eine Hand auf die Schulter. »Ach was, alt. Bei uns in der Schweiz sagt man: *Uf alte Pfanne lernt mer choche.*«

Deutz blickte ihn verständnislos an.

»Auf alten Pfannen lernt man kochen«, übersetzte Giger und blickte zu Chu, der lediglich mit den Achseln zuckte. »Aber wieso musst du dauernd gerettet werden?«

»Neulich ist mir auch schon mal was passiert. Da waren zum Glück ein paar Leute im Wald ...«

»Teenager?«

Deutz bekam große Augen. »Ihr wisst davon?«

»Ja, die ... gehören zu uns. Wir müssen sie warnen, hinter ihnen ist der schwarze Typ auch her.«

»Echt? Warum sollte er denn ... und wer ist das überhaupt?«

»Das können wir dir erklären, wenn Zeit dafür ist. Jetzt müssen wir die Kids warnen, bevor es zu spät ist.«

Deutz nickte. Dann erzählte er ihnen, was sie wissen wollten.

Eine halbe Stunde später hatten sie alle Informationen, die sie brauchten. Giger half dem ziemlich ramponierten Deutz, den Käfig wieder nach oben zu ziehen. Währenddessen telefonierte Chu mit Wagner, um ihn auf den neuesten Stand zu bringen.

»Kommst du klar?«, fragte Giger den Alten, als sie sich zum Aufbruch bereit machten.

»Wird schon. Unkraut vergeht nicht.« Er gab dem Schweizer die Hand. Chu machte keine Anstalten, sich an der Abschiedszeremonie zu beteiligen. An ihn gewandt sagte Deutz trocken: »Schön, dass wir uns unterhalten haben.«

Giger grinste. Sie traten durch das Tor in den nächtlichen Regen, während Deutz drinnen die Spuren des Kampfes beseitigte.

»Warte noch Moment«, sagte Chu und ging noch einmal hinein.

Giger hob gerade die Hand zu einem letzten Gruß, da sah er, wie der Käfig noch einmal herunterknallte, Deutz' Kopf nur knapp verfehlte, den Mann zu Boden riss und schließlich auf seinem Brustkorb landete.

Geschockt blickte Giger auf den Mann, der mit zuckenden Gliedmaßen unter dem tonnenschweren Metallgebilde lag. Da kam Chu wieder aus der Scheune und sagte ungerührt: »Jetzt wir können gehen.«

Der Schweizer war fassungslos. »Das war doch nicht … verdammt, hat Wagner dir das aufgetragen?«

Chu erwiderte nichts, marschierte einfach los. Giger drehte sich noch einmal um. Deutz spuckte Blut, seine Bewegungen wurden langsamer. »Ihr Arschlöcher! Ich wusste gleich, dass ihr vom Mossad seid«, presste er gurgelnd hervor.

Angewidert wandte sich Giger ab und folgte seinem Begleiter in die stürmische Nacht.

30

Seit fünf Tagen in Kourou, bei unerträglicher Hitze. Schrecklich schwül. Das gleiche Klima wie damals, mit meinen Eltern und Lena in Santo Domingo, im Ferienclub. Nur hier ohne Pool, ohne Aircondition, ohne Cocktails. So sieht das echte Leben aus, das damals war nur Urlaub für verwöhnte Europäer. Mein Platz ist jetzt hier. Ans Klima werde ich mich schon gewöhnen.

Kourou, wo wir eingelaufen sind, ist eine nette kleine Stadt. Zivilisiert. Bunt und fröhlich. Nach der Ankunft stundenlange, holprige Fahrt durch ein paar gottverlassene Nester. Trotzdem viel schöner als bei uns. Wahrscheinlich wegen der Sonne und den Palmen.

Unterwegs immer wieder Menschen, die uns misstrauisch angestarrt haben. Wir wollen ihnen doch helfen, warum haben sie Angst?

Dann der Dschungel. Nicht so wild, wie ich ihn mir vorgestellt habe. Eher ein dichter Wald. Nur heißer. Grüner. Lauter.

Schließlich Ankunft in unserem Regiment. Endlich wieder Ordnung.

Vor dem Essen erstes Zusammentreffen mit meiner Einheit. Wir sind sieben, ein paar kenne ich schon: Panda, Fire, dann ein sympathischer Kerl, den sie »Cuistot«, also Koch rufen, weil er ständig von irgendwelchen Rezepten erzählt, die er uns zubereiten will. Außerdem Raivo, der Spaßvogel vom Schiff. Dann noch ein Österreicher, der bei allen nur »le Poète« heißt. Ziemlich misstrauischer Typ, der ständig seine Stiefel wienert und sie hütet wie einen Schatz. Niemand darf sich ihnen nähern. Er bewahrt irgendwelche Erinnerungsstücke darin auf. Scheint ein Tick von ihm zu sein. Schließlich noch unser Caporal, Georges. Eine tolle

Truppe. Aber ich werde mich vor Fire in Acht nehmen. Der hat eine kurze Lunte.

Schon am ersten Abend dann gemeinsames Essen. Cuistot hat gekocht, ein Gericht aus seiner Heimat. Riz Casimir. Habe mit viel Appetit gegessen. Und dabei die Menschen genauer betrachtet, mit denen ich die nächsten Jahre verbringen werde. Meine neue Familie. Sie sind in Ordnung, aber sie sind hart. Hart im Nehmen, aber sicherlich auch beim Austeilen. Werde mich noch mehr anstrengen müssen, um mit ihnen mithalten zu können.

Nach dem Essen kurze Ansprache von Georges. Nimmt seinen Auftrag sehr ernst. Macht seine Sache gut. Aber auch er ist hart. Unser Einsatz: nicht wie erwartet Sicherung und Schutz des Weltraumbahnhofs in Kourou. Stattdessen werden wir uns um die Grenze zu Surinam und Brasilien kümmern. Viel interessanter. Hier, mitten in Zentralamerika, verläuft eine Außengrenze Frankreichs. Wir müssen sie schützen. Gegen Schmuggler, Flüchtlinge, Drogenkuriere. Und ihren Verlauf kartographieren. Im Dschungel ist die genaue Lage unklar. Darüber hinaus muss die Legion Präsenz zeigen, um illegale Goldgräber abzuschrecken. Und wir sichern die Stromtrassen der großen Konzerne, die den Menschen hier ein würdiges Leben mit Elektrizität ermöglichen. Es könnte keine wichtigeren Aufgaben für uns geben. Bin stolz, Teil der »Cellule forêt« zu sein.

Vor dem Einsatz aber noch Dschungel-Lehrgang. Wir werden lernen, in der Wildnis zu überleben. Überall zu überleben.

Heute einen Tag freigehabt, um uns einzugewöhnen. Ein paar Untersuchungen, Erkundung des Standorts. In Kourou trifft man auf Franzosen, Kreolen, Brasilianer, Amis und viele Glücksritter aus aller Herren Länder.

Leider gibt es viele Stechmücken hier, moustiques, das nervt. Ansonsten ist für alles gesorgt: Schwimmbad, Kiosk, Bar, sogar ein angegliederter Puff für die Legionäre. Bordel militaire contrôlé.

Habe Cuistot beim Erkundungsgang in der Stadt getroffen. Er wirkt noch unsicher. So wie ich vor vielen Wochen. Das ist für mich vorbei, zum

Glück. Nun kann ich meinem Kameraden helfen. Die Frauen hier haben es dem Schweizer angetan. Aber man muss vorsichtig sein.

Ich wollte mit Georges reden, aber er war seltsam distanziert. Wahrscheinlich wegen seiner Führungsposition und der gestiegenen Verantwortung. Schade. Aber ich verstehe das. Ich muss keine Karriere machen, aber man braucht solche Männer wie ihn hier. Seine erste Bewährungsprobe hatte er schon: Beim Begrüßungsappell hat Raivo Fire einen Zettel an den Rücken geheftet, auf dem auf Französisch stand: »Wenn das Dach rostet, ist der Keller feucht«. Alle haben gelacht, nur der Kompaniechef und Georges nicht. Jeder Blödsinn wird auf seinem Konto verbucht. Er hatte eine Unterredung mit Raivo. Kurz darauf ist er abgehauen. Sie suchen ihn noch. Aber selbst wenn sie ihn finden sollten: Den sehen wir nie wieder, hat Georges gesagt. Ich weiß nicht, was er zu ihm gesagt hat, aber ich bin froh, denn Deserteure brauchen wir hier nicht.

31

»Kuu-Witt! Kuu-Witt! Kuu-Witt!«

Cayenne stöhnte. Stephan war zurück – und ahmte wieder den doofen Vogel nach! Und sie war immer noch hier. Natürlich war sie noch hier. Weil sie niemals ohne ihren kleinen Bruder gehen würde. Es dämmerte bereits – und es goss wie aus Eimern. Sie lag in ihrer Hängematte – zum Glück im Trockenen. Von der Plane, die sie vor dem Felsen gespannt hatten, lief der Regen in Sturzbächen herunter, und auch am Findling selbst rann Wasser entlang, sodass sich unter ihnen schon mehrere kleine Pfützen gebildet hatten. Dennoch: Das Prasseln auf das Tarp hatte eine beruhigende Wirkung auf sie, wie früher, als sie noch ein Kind war und oft stundenlang diesem monotonen Konzert gelauscht hatte.

»*La lune pleure parmi les rameaux et la nuit déserte*«, begann sie leise zu singen. Ihre Stimme war kaum hörbar, eher ein Hauchen. »*En vain, mais nous t'avons appelé sur tous nos sentiers.*« Ausgerechnet dieses blöde alte Lied, das sie zusammen mit Stephan oft vor dem Einschlafen gesungen hatten, war ihr wieder in den Sinn gekommen.

Sie räusperte sich und schwang sich aus der Hängematte. Im Zwielicht sah sie, wie Stephan sich zwischen den Bäumen näherte.

»Cayenne, Joshua! Es ist so weit. Wir müssen los«, zischte er gehetzt, als er sie erreicht hatte.

Sie schaute zu ihrem Bruder, der sie verschlafen anblinzelte. »Los? Wie jetzt, hast du nix gefangen?«

»Nein. Aber darum geht es nicht. Ich habe ... etwas gesehen. Wir müssen weg, vielleicht wissen sie, wo wir sind.«

»Dachte, du warst beim Angeln?«, erwiderte Cayenne herausfordernd.

»Ja ... schon. Ich ... hab jemanden gesehen. Glaubt mir, wir haben jetzt keine Zeit für große Erklärungen. Wir könnten bald entdeckt werden, wenn es schlecht läuft.«

Cayenne glaubte ihm nicht. Weder, dass er beim Angeln gewesen war, noch, dass er wirklich Anhaltspunkte hatte, die einen Aufbruch rechtfertigten. Zumindest nicht, bis er den Grund für seine Annahme genannt hatte.

»Wie kommst du denn darauf? Hast du beim ... *Angeln* jemanden getroffen?« Sie hatte »Angeln« bewusst ironisch klingen lassen. Ihr war klar, dass er sie anlog. Und das sollte er ruhig wissen.

»Ich hab ... Was tut das denn jetzt zur Sache? Wir müssen!«

Nun baute sich das Mädchen vor ihm auf und funkelte ihn an. »Ich beweg mich keinen Meter, bevor du nicht aufhörst, uns Lügen aufzutischen. Ich will jetzt die Wahrheit wissen. Wo du warst, wen du getroffen hast und warum wir in diese verdammte Drecksgegend gekommen sind.«

Stephan musterte sie. Er wirkte ruhig. »Ich war beim Angeln, und ganz in der Nähe saßen zwei Typen in einem Auto, die mir ziemlich verdächtig vorgekommen sind. Reicht das fürs Erste? Kann ich dir alles Weitere später erklären?«

Joshua hatte bereits den Rucksack geholt und stopfte seinen Schlafsack in die Hülle.

»Wer waren die Typen, die du da gesehen hast? Und woher weißt du überhaupt, dass sie dir nicht gefolgt sind?«

Jetzt blaffte Stephan sie an: »Weil ich kein Idiot bin. Zwei von *ihnen* sind in der Gegend. Wir werden jetzt abhauen. Noch ist es wenigstens nicht ganz hell. Kapiert?«

Er war ihr so nahe gekommen, dass sie seinen Atem auf dem Gesicht spüren konnte. Jetzt erst sah sie, dass seine Lippe aufgerissen war. »Und woher hast du die Verletzung?«

»Ich bin hingefallen und auf einem Stein gelandet. So, Fragestunde beendet?«

»Fertig, wir können von mir aus.« Joshua befestigte noch seine Flasche und sein Geschirr am Rucksack, dann schulterte er ihn. »Soll ich dir helfen, Cayenne?«

Stephan holte die Angelrute aus seinem Rucksack und begann, seine wichtigsten Habseligkeiten zusammenzusuchen.

»Jo, verdammt, fall mir doch jetzt nicht in den Rücken!«, schimpfte Cayenne.

»Ich fall dir in den Rücken? Dass ich nicht lache! Du wolltest doch selber weg vorhin, wieso ist dir auf einmal so danach, hierzubleiben?«

Stephan kniete vor seinem Rucksack und starrte sie entgeistert an. »Wie? Du wolltest weg? Wohin denn?« Er stand auf und kam mit fragendem Blick auf sie zu. Da sie nicht reagierte, wandte er sich noch einmal an ihren Bruder. »Jo, was war los? Wir sollten als Familie keine Geheimnisse voreinander haben.«

Ihr Bruder warf Cayenne einen entschuldigenden Blick zu, dann erzählte er alles haarklein.

Stephan war sprachlos. Offenbar aber weniger vor Wut oder Verärgerung als vor Enttäuschung. Er atmete tief durch, dann begann er: »Okay. Vermutlich habt ihr ein paar Antworten verdient. Und ihr kriegt sie. Denn wenn wir uns jetzt entzweien, war alles umsonst, all die Jahre des Umherziehens, all die Entbehrungen, all die Angst.« Er machte eine Pause, schien nachzudenken. Dann fuhr er fort: »Ich weiß, dass ihr ein Recht habt, das zu wissen, was ich weiß.

Vielleicht hätte ich es euch schon längst sagen sollen, sagen müssen. Denn dann werdet ihr kapieren, warum wir jetzt keine Zeit mehr zu verlieren haben.«

»Bin gespannt«, brummte das Mädchen.

»Also, passt auf: Als ich gestern Abend losgegangen bin, wollte ich ...«

Weiter kam er nicht. Seine Augen weiteten sich, sein Atem ging stoßweise.

»Was wolltest du?«, erwiderte Cayenne gelangweilt, die in seinem Verhalten nur einen weiteren Versuch vermutete, ihren Fragen auszuweichen.

Doch Stephan schwieg, hob einen Arm und fasste sich an die Schulter. Langsam drehte er sich um – und die beiden Jugendlichen sprangen mit einem Schrei auf. Knapp oberhalb von Stephans Schulterblatt steckte ein Messer. Blut tränkte sein Tarnhemd. Bevor sie reagieren konnten, ging er einen Schritt zur Seite und gab den Blick frei auf die schwarz gekleidete Gestalt, die hinter ihm stand.

32

Jürgen Wagner nahm einen großen Schluck aus seinem Glas und verzog das Gesicht. Der Wein schmeckte ihm heute überhaupt nicht. Eigentlich hatte er das Zeug noch nie gemocht, war immer ein Biertrinker gewesen, aber in den Kreisen, in denen er sich mittlerweile bewegte, gehörte das Gesöff nun mal zum guten Ton, und so hatte er sich eben »eingetrunken«. Darauf war es auch nicht mehr angekommen bei den vielen anderen Gewohnheiten, die er sich für sein neues Leben hatte zulegen müssen. So viele, dass er selbst manchmal nicht mehr wusste, welche Eigenschaften wirklich seine eigenen waren.

Dass er den Wein heute besonders verabscheute, obwohl er »jeden der hundertzwanzig Euro wert ist«, wie sein Weinhändler ihm versichert hatte, lag aber an der Aussicht. Sie verhieß nichts Gutes. Er stand an den bodentiefen Fenstern seines Penthouse und blickte in den düsteren Himmel. Ein Unwetter zog auf. Eines, wie er es lange nicht gesehen hatte, vielleicht noch nie: Die Wolken türmten sich am Horizont wie die Berge des schrecklichen Landes Mordor aus *Herr der Ringe*. Während in seinem Rücken noch die letzten Sonnenstrahlen hinter dem Horizont verschwanden, war die Wolkenwand vor ihm fast schwarz.

Er ging zu seinem Laptop, aktualisierte zum hundertsten Mal an diesem Abend die Wetterprognose und seufzte, als er das Ergebnis sah. Besser würde es nicht werden. Ein melodiöses Klingeln riss ihn aus seinen düsteren Gedanken. Irritiert blickte er auf die zwei Mobiltelefone, die auf dem Tisch lagen. Welches hatte eben geläutet? Die angespannte Lage zeigte sogar ihm, dem selbst ernannten Meister des Multitasking, seine Grenzen auf. Ständig riefen seine Auftraggeber oder besorgte Politiker an, die fürchteten, dass die Seite, auf die sie sich – manchmal nicht ganz freiwillig – geschlagen hatten, vielleicht doch die falsche gewesen sein könnte. Für sie alle war das schwarze Handy da.

Das goldene daneben würde nur klingeln, wenn Chu bei ihm anrief. Und dass das noch nicht geschehen war, machte ihn wirklich nervös.

Das schwarze Telefon läutete zum zweiten Mal. Er schaute auf das Display. Seine Kontaktperson in einem der größten verbliebenen Kohlekraftwerke der Republik rief an. »Was gibt's?«, fragte Wagner, ohne sich zu melden.

»Spitzt sich zu hier«, lautete die ebenso kurze Antwort.

»Das heißt?«

»Na ja, durch die sich ständig verschlimmernde Unwetterlage in der gesamten Nordhälfte des Landes sind die Stromnetze so langsam an ihrer Kapazitätsgrenze angelangt. Die komplette Windkraft ist down wegen des Sturms. Und ich brauch Ihnen ja wohl nichts über das fragile Gleichgewicht zwischen benötigter Strommenge und dem Umfang des momentan produzierten Stroms zu erklären, oder?«

Nein, das war tatsächlich nicht nötig, dachte Wagner. Seit er für die Energielobby tätig war, hatte er viel gelernt. Manches davon hatte selbst ihn beunruhigt. Dass sich Stromproduktion und Strombedarf immer die Waage halten müssen, war eine dieser überraschenden Informationen gewesen. Es gab so gut wie keine Speicher, immer musste alles genau austariert sein. Und nun drohte dieses Gleichgewicht zu kippen. »Aber ihr habt doch noch nicht alle Kapazitäten ausgeschöpft, oder? Was ist also das Problem?«, fragte er, auch wenn er die Antwort schon ahnte.

»Einige Knotenpunkte sind von den Unwettern bereits lahmgelegt worden. Andere Kraftwerke mussten einspringen. Aber das auszugleichen wird von Mal zu Mal schwieriger.«

»Tun Sie Ihr Bestes«, sagte Wagner und legte auf. Sofort klingelte das Telefon erneut. Er nahm ab und lächelte breit, während er sich meldete, denn er wusste, dass sich ein Siegerlächeln in der Stimme niederschlug, auch wenn es nur gespielt war und der Gesprächspartner es nicht sehen konnte. Oder die Gesprächspartnerin, wie in diesem Fall: Gundula Meier-Knoll.

»Verdammt, Wagner, was ist das für eine Scheiße?«, fiel sie sofort mit der Tür ins Haus. »Ich krieg hier dauernd Eilmeldungen aufs Telefon, dass wieder irgendwo ein Kraftwerk offline gegangen ist. Mann, ich hab mich auf Sie verlassen.«

Das war eine etwas verkürzte Wiedergabe der tatsächlichen Ereignisse, fand er, doch es war nicht der Moment, ihr zu widersprechen. Er entspannte sich etwas. Der Frau ging der Arsch auf Grundeis, das konnte er nachvollziehen, aber sie stellte keine Bedrohung für ihn dar.

»Wenn ich dran bin, reiße ich Sie mit«, raunte sie.

Eine leere Drohung, da war er sich sicher. Während sie am Telefon weiter Dampf abließ, wanderte sein Blick zum Laptop. Die roten Unwetterzellen wurden immer mehr. »Fuck!«, entfuhr es ihm.

»Ja, da können Sie ruhig ausfällig werden, das wird Ihnen nichts nützen.«

Jetzt riss Wagner der Geduldsfaden. »Hören Sie zu, entweder Sie tun, was Sie hier andeuten, oder Sie lassen es. Ich vermute Letzteres, weil es Sie genauso die Karriere kosten würde. Jedenfalls hab ich momentan Wichtigeres zu tun, als mir Ihren Scheiß anzuhören.« Er beendete das Gespräch. Vorerst würde sie Ruhe geben.

Hatte er zumindest gedacht, denn es klingelte schon wieder. »Himmel, hab ich Ihnen nicht gesagt ... oh, Herr Tenstedt.« Der Anrufer saß im Vorstand des größten deutschen Stromversorgers. Still hörte Wagner sich an, was der Mann zu sagen hatte. »Nein, dahingehend müssen Sie sich keine Sorgen machen«, beruhigte er ihn dann. Wagner klang nun so sanft und verständnisvoll wie ein Telefonseelsorger. »Ich hatte Ihnen doch versprochen, dass sich die Politik fürs Erste ruhig verhält«, sagte er, auch wenn er sich dessen nicht mehr sicher war. Tatsächlich hing es ganz von der weiteren Entwicklung ab, wie die Sache ausgehen würde. Wenn es schlecht lief, würden die Ratten das sinkende Schiff schnell verlassen.

Aber noch war es nicht so weit. Noch lief das Spiel nach seinen Regeln. Er gab seiner Haushälterin einen Wink, woraufhin die ihm sofort ein Glas eiskaltes Wasser hinstellte. Sie wusste genau, was er wollte, und er brauchte sich wegen ihr auch am Telefon nicht zurückzuhalten. Schließlich war sie illegal in Deutschland und würde einen Teufel tun, es sich mit ihrem Brötchengeber zu verscherzen – wenn sie überhaupt verstand, was er da jeden Tag Großes verhandelte.

»Nein, nein, Herr Tenstedt, auch mit den Grünen hatte ich gerade noch mal Kontakt. Die sind sogar ganz auf unserer Linie. Und wenn noch was ist, melden Sie sich jederzeit, ja?« Er warf das Telefon vor sich auf den Tisch. »Arschloch!« Wie hatte so ein Hosenscheißer nur in eine solche Position kommen können?

Jetzt griff er sich das goldene Handy, checkte die Anrufliste, die Nachrichten, sogar die WLAN-Verbindung, doch die simple Wahrheit war: Chu hatte sich noch nicht gemeldet. Verdammt, wenn da etwas schiefgegangen war, würden ihm all seine Kontakte nichts nützen. Er nahm einen Schluck und atmete tief durch. Eigentlich konnte nichts sein. Chu war eine Maschine. Ein Profi, der seine Emotionen im Griff hatte, wenn er überhaupt welche besaß. Er würde in jedem Moment Herr der Lage bleiben.

33

Als Stephan sich ganz umgedreht hatte, sah er die Faust des Angreifers direkt auf sein Gesicht zufliegen. Benommen vom Schmerz in seiner Schulter und überrascht von dem Hinterhalt, reagierte er nicht schnell genug, und die Fingerknochen seines Gegenübers krachten ungebremst auf seine Wange. Die Wucht des Schlags warf ihn nach hinten. Taumelnd fiel er zu Boden. Im Fallen drehte er sich, um nicht auf dem Messer zu landen, das in seinem Rücken steckte, und klatschte mit dem Gesicht in den matschigen Waldboden.

Ohne nachzudenken, griff Stephan den Schaft des Messers und zog es sich mit einem Ruck aus der Schulter. Die Schmerzen nahmen ihm den Atem. Es musste sich um eine besondere Klinge handeln, die beim Herausziehen das Fleisch mit sich riss. Der Gedanke daran, wie er dem anderen diese Waffe gleich in den Leib rammen würde, ließ ihn die Zähne zusammenbeißen und verhinderte, dass er das Bewusstsein verlor. Er zog sich an der Felswand hoch. Die Gesichter der Kinder waren kreidebleich, ihre Augen auf den Angreifer gerichtet. Stephan schubste sie rüde nach hinten und baute sich als Schutz vor ihnen auf, das Messer am ausgestreckten Arm auf seinen Gegner gerichtet. Erst jetzt konnte er ihn einige Sekunden betrachten: Sein Gesicht war mit Dreck beschmiert, die schwarze Wollmütze tief nach unten gezogen.

In diesem Moment zuckte ein Blitz am Himmel, gefolgt

von einem Donnerschlag, der alle zusammenzucken ließ. Gleißendes Licht fiel auf das Gesicht seines Widersachers. Stephan erkannte ihn sofort. Es war Beat Giger, der Schweizer. Gerade noch hatte Stephan ihn bei Deutz gesehen, als er den Alten zum Schweigen bringen wollte – zu Recht, wie sich herausstellte. Denn jetzt hatte Giger sie mit Deutz' Hilfe gefunden. Nur er? Bei dem Kampf eben war er nicht allein gewesen. Er hatte Chu dabeigehabt. Aber wo war der?

Wieder ertönte ein ohrenbetäubendes Donnern. Der Himmel hatte sich verdunkelt, wenn es nicht gerade blitzte, drang kaum noch Licht durch die Bäume. Das Unwetter, das sich schon länger zusammengebraut hatte, befand sich nun direkt über ihnen.

Stephan wog das Messer in der Hand, sah, wie massiv es war. Dann schnellte er damit auf Giger zu. Offenbar hatte der nicht damit gerechnet, dass er zu solch einer Aktion noch fähig war, nach den Verletzungen, die er ihm beigebracht hatte. Stephans Ziel war es, den Schweizer am Hals zu treffen und ihn dann in Schach zu halten, bis sich die Kinder von dem Schock erholt hatten und ihm helfen konnten. Denn er musste damit rechnen, dass der Vietnamese jeden Moment hier auftauchen würde.

Doch der Schweizer wich seinem Angriff aus, sodass Stephan ihn nur am Arm erwischte. Erneut zuckte ein greller Blitz durch den Wald, diesmal direkt gefolgt von Donner. Giger hielt sich den verletzten Arm, dann sprang er wütend auf Stephan zu und trat ihm mit einem seiner schweren Stiefel gegen die Hand. Das Messer fiel zu Boden.

»Die Speere, holt die Speere!«, brüllte Stephan den Kindern über die Schulter zu. Giger war nicht allzu schnell, aber ungeheuer kräftig, das wusste er von früher, und daran schien sich nichts geändert zu haben. Stephan würde die Hilfe von Cayenne und Joshua brauchen. Doch bevor die beiden reagieren konnten, löste sich hinter Giger ein zweiter Schatten aus dem Wald. Kleiner, schmaler als der Schweizer. »Vorsicht, Kinder, noch einer«, schrie Stephan, dann landete Gigers Faust an seiner Schläfe, und er ging zu Boden.

Cayenne verstand nicht sofort, was los war. Erst als sie hörte, wie ihr Bruder aufschrie und nach vorn zeigte, realisierte sie, was Stephan gemeint hatte: dass es nicht nur den einen Angreifer gab, sondern noch einen zweiten. Erneut fuhr ein heftiger Blitz durch die Wolken. Cayenne blickte zu Joshua. Der Kleinere der Angreifer kam auf ihn zugelaufen und brachte ihn mit einem Fußtritt zu Fall. Doch ihr Bruder war schnell – und ziemlich gut trainiert. Er war sofort wieder auf den Beinen und stellte sich dem Fremden unerschrocken entgegen.

Sie musste zuerst ihm helfen, Stephan würde mit seinem Gegner selbst zurechtkommen müssen. Cayenne rannte los und holte die Speere – zwei Stangen, an denen sie Kampfmesser befestigt hatten. Damit lief sie zurück zu Joshua, der seinem Gegner noch immer erstaunlich gut Paroli bot: Es gelang ihm, den meisten Kicks und Schlägen auszuweichen, auch wenn er keine eigenen Treffer platzieren konnte. Cayenne sah kurz zu Stephan. Der wälzte sich mit dem anderen auf dem Boden, das Messer für beide außer Reichweite. Immer wieder schrie er auf, weil der andere mit der Faust ständig auf seine verletzte Schulter hämmerte. Er würde schon durchhalten, sagte sie sich.

»Fuckscheiße!« Der Schrei ihres Bruders ließ sie herumfahren. Sein Gegner, ein Asiate, wie sie jetzt erkannte, hatte ein Butterflymesser gezogen und ließ es durch die Luft wirbeln, um schließlich die Spitze auf Jo zu richten.

»Du Schwein«, brüllte Cayenne aus Leibeskräften und ging mit einem der Speere auf den Asiaten los. Die Klinge verfehlte ihn zwar, doch sie setzte mit dem stumpfen Ende nach und traf seine Hand mit voller Wucht am Gelenk, worauf das Messer zu Boden fiel. Sofort warf sie Joshua den anderen Speer zu. Beide richteten nun die Spitzen auf ihren Gegner. Er wirkte überrascht, hatte offensichtlich damit gerechnet, mit den zwei Jugendlichen schneller fertig zu werden. Nervös blickte er zwischen Joshua und Cayenne mit ihren selbst gebauten Waffen hin und her. Er wich immer weiter zurück, schien zu überlegen, wie er aus der Situation herauskommen könnte. Cayenne nutzte die Zeit, griff sich einen kleinen Spaten, der an einem Baum lehnte, und warf ihn mit einem Schrei auf den Mann, der auf Stephan hockte und auf ihn eindrosch. Sie nahm sich nicht die Zeit, dem Geschoss hinterherzuschauen, sondern wandte sich sofort wieder dem Asiaten zu. Er saß in der Falle. Sie fühlte ein warmes Gefühl der Überlegenheit in sich aufsteigen. Diesmal würde der Kampf anders ausgehen als beim letzten Mal. Da zog der Mann eine Schusswaffe.

Stephan stöhnte unter Schmerzen auf und wand sich herum, um den Schweizer von sich abzuschütteln, der sich mit seinem massigen Körper auf ihn geworfen hatte. Immer wieder krallte Giger seine Hand in die klaffende Fleischwunde. Stephan blutete stark, und in das Blut mischte sich Dreck, was höllisch brannte. Doch auch Giger war gezeichnet, sein rechter Arm durch den Schnitt fast lahmgelegt.

Ein hastiger Blick zu den Kindern zeigte Stephan, dass sie Chu mit ihren Speeren in Schach hielten. Er bezahlte seine Sorge um sie jedoch sofort mit neuen Schmerzen, als Giger seinen im Dreck liegenden Kopf mit brutalen Schlägen traktierte. Stephan spürte, wie seine Lippe erneut aufplatzte, das Hämmern in seinem Schädel immer stärker wurde. Wenn er sich jetzt nicht schnell befreite, würde Giger ihn totschlagen.

Und sich danach zusammen mit dem anderen die Kinder vornehmen. Noch ein Schlag. Wieder. Und wieder.

Da hörte er den Schrei. Stephan drehte den Kopf und sah etwas Olivgrünes durch die Luft fliegen. *Cayenne!* Sie hatte einen Klappspaten geworfen, der jetzt auf Gigers Kopf zuflog. Immer wieder hatten sie trainiert, den Spaten als Waffe einzusetzen.

Statt eines weiteren Schlages hörte er ein dumpfes Krachen, als das Werkzeug Giger im Nacken traf. Der Körper über ihm sackte in sich zusammen. Stephan reagierte blitzschnell: Er packte den Spaten, zog die Beine an und drückte den anderen mit aller Kraft von sich weg. Dann kniete er sich auf den Schweizer.

»Stephan, wir …« Cayennes Schrei gellte durch den Wald. Der Rest ihres Satzes ging in Donnergrollen unter. Stephan brauchte nicht hinzusehen, um zu wissen, dass es ein Hilfeschrei war. Er holte mit dem Spaten aus, da riss Giger seine Augen weit auf und glotzte ihn an. »Stephan? Wie … du …?«, stammelte er.

»Ja, ich. Und jetzt halt die Fresse, Giger! Für immer!«

»Aber: Du bist tot …«, zischte der Schweizer, ächzend unter Stephans Knie, das der mit aller Vehemenz auf sein Brustbein drückte.

»Das hab ich schon mal gehört«, schrie Stephan gegen den Sturm und hob den Klappspaten noch ein bisschen höher.

Er hielt jedoch inne, als er sah, wie Beat Giger mit den Lippen ein Wort formte: »Pardon.« Aber er zögerte nur kurz, dann knallte er die Schaufel in Gigers Gesicht.

»Hilfe!« Jetzt war es Joshua, der geschrien hatte. Stephan ließ schwer atmend von Giger ab. Er wusste nicht, ob der Schweizer noch lebte, aber er würde ihnen jedenfalls nicht mehr gefährlich werden. Als er sich aufrappelte, merkte Stephan erst, wie viel er abbekommen hatte: Er konnte sich kaum aufrecht halten, so sehr schmerzten Kopf, Schulter und Brustkorb. Doch die Schmerzen waren vergessen, als er sah, dass Chu eine Waffe gezogen hatte und damit auf die Kinder zielte, die mit ihren Speeren vor dem Vietnamesen standen. Ein ungleicher Kampf. Und egal, was er jetzt tat: Es würde zu spät sein. Gerade als dieser vernichtende Gedanke durch seinen Kopf schoss, durchzuckte ein erneuter Blitz den Wald, gefolgt von einem ohrenbetäubenden Knall und einer Druckwelle, die den Boden unter ihren Füßen erbeben ließ. War das eine Explosion? Alle duckten sich, blickten sich erschrocken um. Alle bis auf Cayenne, die die Irritation nutzte und mit dem Speer in Chus Hand stach. Der ließ sofort die Waffe fallen. Nun baute sich Stephan mit dem Spaten vor dem Vietnamesen auf, während Joshua ihm mit gestreckten Beinen in die Seite sprang. Chu wurde zu Boden geschleudert, sah sich gehetzt um, blickte auf den noch immer reglos daliegenden Beat Giger – und ergriff die Flucht. Stephan wollte ihm nachsetzen, doch schon beim ersten Schritt wurde ihm schwarz vor Augen und er sank ächzend zu Boden.

34

Essen hilft. Um ruhiger zu werden. Zu vergessen. Abzuhaken, was gestern war: die Hitze, den Regen. Um auf morgen zu blicken. Sind von heute an für einige Tage und Nächte im Dschungel unterwegs.

Heute Abend hat Cuistot im Busch für uns gekocht, auf dem offenen Feuer. Exzellent. Jambalaya mit Gürteltier und einer Piranha-Art. Er liebt die kreolische Küche mittlerweile mehr als seine eigene. Und bei ihm kann man sicher sein, dass man sich nichts holt. Er kann alles kochen, was uns in die Fallen geht. Alles schmeckt, wenn es frisch ist.

Fire hatte den »ver macaque«. Fiese Würmer, die Larven haben sich unter seiner Haut bewegt. Eklig. Habe sie ihm gestern rausgeschnitten. Bin im Dschungel so etwas wie der Sanitäter geworden, ganz ohne Ausbildung. Weil es mich am wenigsten ekelt. Und weil ich es einfach gemacht habe. Im Busch musst du alles selber können.

Habe immer »Taiffa« dabei, weißen Rum. Trinke ihn aber nicht. Ist nur zur Desinfektion. Jetzt, nach all den Wochen, ist meine Dschungelausrüstung perfekt. Habe auf eigene Kosten aufgerüstet, im Laden unseres Regiments: ein besseres, dichtes Hamac, eine Hängematte mit Schutzdach und Moskitonetz. Und eine scharfe Machete. Vor allem aber mein neues »Camulus«. Ich liebe dieses Messer, es ist mein wichtigstes Werkzeug hier draußen. Und Autan. Immer wieder Autan. Brauche es gegen die Moskitos. Die anderen auch gegen die Sackratten, die sie sich jedes Mal im Puff holen. Weiß nicht, warum sie sich nicht endlich komplett rasieren. Wie Panda. An seinem Körper ist kein Haar mehr. Aber viel rasieren musste er dafür gar nicht. Er geht allerdings nicht ins

Bordell. Hat gerade ziemliche Probleme mit Malaria, obwohl er was nimmt, wie wir alle. Er beißt sich durch. Lässt sich nichts anmerken. Zäher Kamerad.

Ansonsten heute ruhiger Tag im Dschungel. Dampfende Hitze, aber keine Goldgräber, keine Rebellen, keine Drogenkuriere gesehen. Sind Patrouille gefahren auf dem Fluss, mit unserem Einbaum, der Piroge. Der Kreole, der ihn fährt, ist zuverlässig. Wir vertrauen ihm allmählich.

Auf dem Rückweg einen großen Fischotter geschossen. Gibt es morgen als Geschnetzeltes. Cuistot hat ihn schon eingelegt mit Chili und Kräutern aus dem Dschungel.

Gestern war mehr los. Scheißtag. Schon morgens hat mich ein Skorpion erwischt, weil ich vergessen hatte, die Schnüre meiner Hängematte mit Rasierschaum einzuschmieren gegen die Viecher. Habe das Gift aus der Wunde gesaugt und ausgespuckt. Dann Rum drüber. Tut kaum noch weh.

Was dann kam, war viel schlimmer. Haben einen Stoßtrupp gebildet, zur Erkundung: Fire, Cuistot und ich. Nach einer halben Stunde auf dem Fluss haben wir verdächtige Boote am Ufer gesehen. Sie gehörten illegalen Goldgräbern. Die wirken wie einfache Leute, das ist ihre Masche. Aber anscheinend schmuggeln sie neben Gold auch Kokain.

Fire war ziemlich geladen: Hatte Schmerzen wegen der Würmer. Sollten die Typen nur vertreiben und ihre Hütten plattmachen. Schauen, dass sie nicht wiederkommen und ihr Material zerstören.

Aber Fire hat sich sofort einen ausgesucht, ihn provoziert, weil er ihm das Treibstofflager für ihre Maschinen und Generatoren nicht gezeigt hat. Er hat es trotzdem gefunden, hat ihn in die Baracke reingestoßen und auf die Tanks geschossen. Riesige Explosion. Danach sind wir gefahren. Keine Verluste bei uns, keine weiteren Verletzten auf gegnerischer Seite. Die Typen sind nach der Explosion alle abgehauen. Fire war stolz.

Danach sind wir in die Kaserne zurück. Ich war bei Georges. Allein. Cuistot wollte nicht mitkommen. Ich verstehe ihn. Er möchte nur seine Schulden im echten Leben begleichen, will keinen Ärger. Habe nicht darauf bestanden. Dennoch war mein Bericht an Georges nötig.

Ich wollte nur, dass er mit Fire redet. Diese übertriebene Brutalität schadet uns. Schadet der Kompanie. Der Legion. Der Französischen Republik. Georges sieht es weniger dramatisch. Er sagt: »Abschreckung hilft.« Und: »Whatever happens in the jungle, stays in the jungle.« Ich bin anderer Meinung. Wir haben einen Auftrag. Einen Kodex. Aber ich kann nichts weiter tun. Georges ist mein Caporal. Ich habe meine Pflicht getan und Bericht erstattet. Entscheiden muss er.

Georges zählt auf mich. Ich bin jetzt der Fitteste von allen. Liegt an meinen Extra-Trainingseinheiten. Gestern meinte er, ich soll mich lockerer machen, mit den anderen in den Puff gehen. Aber ich will nicht. Will mir nichts holen. Keine Sackratten, keinen Tripper. Ich seh doch die anderen. Die Nutten können nichts dafür, sie haben es ja von den Legionären. Können sich ihre Kunden nicht aussuchen. Dass das von der Legion geduldet, ja organisiert wird, widert mich an.

War jetzt schon zweimal Bester im Ranking unserer Kompanie. Das ist eine Mischung aus Punkten für Sportlichkeit, Sauberkeit, Pünktlichkeit und Ordnung in der Stube, wenn wir nicht gerade im Busch schlafen wie heute. Dafür gibt es Bonus für unsere Gruppe. Die anderen haben also auch was davon. Mehr Freizeit, mehr Ausgang. Ich selbst? Genugtuung. Stolz. Und jedes Mal einen Gutschein für den Puff. Werde den letzten an Fire verschenken. Vielleicht macht es ihn ruhiger.

35

Cayenne erwachte vor den anderen. Das war ungewöhnlich, aber selbst im Schlaf hatte sie gespürt, dass sich etwas verändert hatte. Und dieses Gefühl hatte sie geweckt. Sie schlug die Augen auf und horchte in die Morgendämmerung. Es war still. *Zu still.*

Sie blickte zu Stephan: Seine ruhigen, regelmäßigen Atemzüge verrieten ihr, dass er noch schlief. Wie konnte das sein? Sonst bekam er doch selbst nachts noch die kleinste Veränderung mit und hörte die Flöhe husten. Er musste völlig erschöpft sein. Von den Angriffen und weil er in den letzten Tagen kaum gewagt hat, ein Auge zuzumachen. Wenn er nicht unterwegs gewesen war, war er immer auf der Hut.

Zu Recht, wie sich herausgestellt hatte. Sie betrachtete ihn mit einem milderen Blick als in den vergangenen Wochen. Er hatte ihr und Joshua das Leben gerettet, wäre für sie gestorben. Auch wenn sie seinetwegen kein richtiges Leben mehr hatten. Nein, das war ungerecht. Sie schämte sich für diesen Gedanken und setzte sich schnell auf. Sofort schossen die Schmerzen wie Nadelstiche durch ihren Körper. Damit kehrte die Erinnerung an gestern zurück, den Angriff, die Flucht und schließlich die erneute Verlegung ihres Lagers hierher, noch tiefer in den Wald. Und teilweise unter die Erde: Sie hatten sich unter einen riesigen Baumstamm verkrochen, der vor Urzeiten umgefallen sein musste, so sehr war er schon mit Moos und Kletterpflanzen überwuchert. Unter ihm war eine Kuhle, die zusammen mit dem Baum eine kleine Höhle ergab – gerade groß genug, um dort einen von außen nicht sichtbaren Unterschlupf anzulegen.

Der Wald bot viele solcher Verstecke, man musste sie nur zu nutzen wissen. *Der Urwald*, wie Stephan immer betonte. Sie hatte nie darüber nachgedacht, was einen Wald zum Urwald machte, aber nun, da sie mittendrin waren, wusste sie es. Alles war noch wilder, dichter, unwegsamer. Und besser geeignet, um sich zu verstecken. Doch der Urwald bot nicht nur ihnen Schutz: Die Angreifer gestern hatten sich ebenfalls unbemerkt nähern können.

Alles begann sich zu drehen, als die Erinnerung über sie hereinbrach. Ihren Lippen entfuhr ein gequältes Stöhnen. Jetzt schreckte Stephan hoch. Das Blut auf seinem Rücken war verkrustet, der Körper übersät von blauen Flecken. Er hatte am meisten einstecken müssen, und doch war in seinem Gesicht kein Ausdruck des Schmerzes erkennbar. Stephan war eine Maschine, dachte Cayenne mit kalter Gleichgültigkeit, die sie selbst erschreckte. Aber Stephan war auch ihr Beschützer. Er liebte sie und ihren Bruder, daran gab es keinen Zweifel. Auch sie hatte ihn geliebt. *Hatte?*

»Was ist los?«, fragte Stephan, dann horchte er in die Stille. »Warum …«

»… hört man nichts?«, vollendete sie seinen Satz.

Er nickte. Dann kniff er die Augen zusammen und schaute in Richtung Waldrand. Es war noch ziemlich dunkel, aber Cayenne wusste, wonach er suchte. Doch da war nichts. Der fahle Lichtschein der Dörfer drum herum, der sonst am Himmel zu erahnen gewesen war, fehlte.

Doch dann … »Stimmen«, flüsterte Cayenne.

Stephan weckte Joshua, hielt ihm den Mund zu und bedeutete ihm mit dem Zeigefinger auf den Lippen, dass er kein Wort sprechen dürfe. Die Unbekannten redeten nun so laut, dass auch Joshua sie hören konnte, weswegen die drei sich weiter in den Schutz ihres Unterschlupfs zurückzogen. Nun würde sich erweisen, ob sie gut genug getarnt waren.

Mit angehaltenem Atem saßen sie da, die Augen nach oben gerichtet, wo die Stimmen, es waren zwei, nun immer näher kamen. Waren die Männer von gestern zurückgekommen? Ihnen hierher gefolgt? Wären sie drei in der Lage, noch einmal einen solchen Kampf durchzustehen? Diese Fragen schossen Cayenne durch den Kopf, als sie die ersten Wortfetzen verstehen konnte.

»... hab das immer vermutet«, tönte eine tiefe Männerstimme.

Eine andere, etwas jünger, antwortete: »Daran hab ich nie gezweifelt.«

»Hast du doch.«

Sie mussten jetzt direkt neben ihnen sein, auf der anderen Seite des Baumstamms, selbst ihre Schritte konnte man spüren. Die Fremden schienen ihr Versteck nicht zu bemerken. Dann jedoch stoppten die Schritte. *Mist*, dachte Cayenne. Sie waren entdeckt worden. Stephan spannte seine Muskeln an. Er griff sich sein Messer.

»Stimmt schon, ich hab gedacht, dass das mit den ganzen Vorräten übertrieben ist«, fuhr die jüngere Stimme fort. »Aber dass man vorbereitet sein soll, das hab ich nie bezweifelt.«

»Warum hast du dann nichts?«

»Ich ... hätte demnächst damit angefangen.«

»Und jetzt erwartest du, dass ich dich durchfüttere?«

»Nur solange der Stromausfall dauert.«

Cayenne blickte zu Stephan. *Stromausfall*. Deshalb war es heute Morgen so ruhig und dunkel gewesen. Ob das etwas mit der Explosion von gestern zu tun hatte?

»Kapierst du denn immer noch nicht, du Idiot?«, fuhr die dunkle Stimme fort.

»Was denn?«

»Kein Strom! Im ganzen Land! Das ist keine Lappalie. Es wird nicht mehr aufhören. Das gehört alles zu ihrem Plan. Um uns fertigzumachen.«

»Jetzt komm schon, das war doch das Wetter, morgen sieht alles schon wieder ganz anders …«

»Warum bist du denn hier? Dann hättest du doch auch in deiner Wohnung abwarten können.«

»Du hast doch gesehen, wie es da draußen zugeht.«

Die drei blickten sich an. Wie ging es denn zu? Was war passiert?

»Ja, jetzt hast du Schiss, was?«

Sie hörten ein Feuerzeug klicken.

»Kannst du mir auch eine geben?«

»Vergiss es.«

»Jetzt sei nicht so.«

»Hau ab, hier draußen ist jeder für sich allein verantwortlich.«

»Gib mir jetzt eine von den Scheiß-Zigaretten …«

»Verpiss dich endlich! Du kriegst nichts von mir. Keine Zigaretten, keine Vorräte, du kleiner Scheißer!«

»So redest du nicht mit mir, klar?«

Cayenne hörte, wie die beiden Männer miteinander rangen. Dann ein dumpfer Schlag, noch einer, dann wieder Schritte, diesmal schneller. Danach war es ruhig.

Eine Weile lauschten sie, bis Joshua fragte: »Können wir jetzt wieder raus?«

Stephan legte den Finger an die Lippen. »Einer ist noch da.«

»Aber es ist doch …«

In diesem Moment drang von oben ein Stöhnen herab. Joshua verstummte sofort. Sie hörten, wie über ihnen jemand ächzte und fluchte, dann klang es, als übergebe er sich. Schließlich hörten sie, wie der Mann sich entfernte. Stephan wartete noch eine Weile. Schließlich nickte er, und sie krochen aus ihrem Versteck.

»Was war das denn eben?«, wollte Joshua wissen.

»Sie kommen«, antwortete Stephan knapp.

Joshua wurde bleich. »Die von gestern?«

»Nein, die ganzen Arschlöcher, die ich die ganze Zeit unterrichtet hab. Die Prepper. So ein Stromausfall ist für die doch ein gefundenes Fressen. Ihre düsteren Visionen, ihre Untergangsszenarien – jetzt werden sie wahr. Und sie fühlen sich wie die Könige, weil sie vorbereitet sind, weil sie es so erwartet haben.«

»Was hat der denn gemeint mit *ihrem Plan* und so ...« Joshua klang besorgt.

»Ach das.« Stephan machte eine wegwerfende Handbewegung. »Vergiss es. Jeder von den Spinnern hat da seine eigene Theorie. Für die einen ist es die Regierung, für die anderen sind's die Russen, für manche die Aliens ...«

»Und was glaubst du?«

»Ich weiß nur: Für uns hätte es nicht besser laufen können. Unsere Angreifer kommen aus dem Licht, wir leben im Schatten. Das ist ein Vorteil. Niemand kennt sich hier so gut aus wie wir. Nur ...«

»Was?«

»Es könnte eng werden.«

»Da drin?« Joshua zeigte auf ihren Unterschlupf.

»Nein, im Wald. Die Prepper werden kommen, wie gesagt. Verstecke im Wald suchen, die Wildnis als Schutz benutzen. Vor den anderen, die nicht für den Ernstfall geprobt haben. Das Gute ist nur, dass die wenigsten von ihnen das Durchhaltevermögen haben, um länger zu bleiben. Bald schon ist es hier wieder einsam. Bis dahin müssen wir auf der Hut sein.«

»Jetzt beiß mal besser die Zähne zusammen.« Cayenne durchstach mit der Nadel die Haut an Stephans Schulter. Joshua hatte sich, etwas grün im Gesicht, abgewandt, als sie sich der nackten Haut genähert hatte. Zwar war er immer vorne mit dabei, wenn es darum ging, sich Heldentaten auszudenken. Wenn es dann aber allzu real – und blutig – wurde, verstummte er schnell wieder. Wobei: Gestern hatte er sich recht gut geschlagen.

Stephan dagegen zuckte nicht einmal, als die Nadel sich in sein Fleisch bohrte. Cayenne kannte niemanden, der über eine derartige Selbstbeherrschung verfügte. Sie selbst war meilenweit davon entfernt. Das machte sie wütend, und sie stach tiefer als nötig. Und öfter.

»So, das dürfte reichen«, erklärte Stephan schließlich, als wisse er, was sie tat.

»Du bist diesmal der Patient, und ich sage, wann es genug ist«, erwiderte sie und setzte noch einen Stich. Dann sprühte sie die Naht großzügig mit Desinfektionsmittel ein. Sie wusste nur zu gut, wie höllisch das brannte.

Joshua stellte sich neben sie, begutachtete die Wunde und zwinkerte ihr zu: »Müsste halten.«

Stephan zog sich sein Shirt wieder über den Kopf. »Danke.«

»Ich wollt mir schon immer mal was Nettes nähen«, sagte Cayenne, worauf Joshua laut loslachte und nacheinander alle mit einstimmten. Es war kein erleichterndes Lachen, aber es tat ihnen gut.

»Wie haben sie uns nur gefunden?«, fragte Joshua dann unvermittelt.

»Ich weiß es nicht«, gestand Stephan.

Cayenne merkte, wie sehr ihm das zusetzte. Egal in welcher Situation: Es war für ihn immer das Wichtigste, die Kontrolle zu behalten. Gestern hatte er sie verloren.

»Ich hatte gehofft, dass sie uns nicht ausfindig machen würden, aber nun ist es doch passiert.«

»Waren … sind wir schuld daran? Haben wir was falsch gemacht?«

Stephan blickte auf. Er schien erstaunt über Joshuas Frage. Cayenne seufzte. Dabei hatte er ihr und ihrem Bruder über die Jahre so oft vorgeworfen, dass sie zu unvorsichtig seien, gepredigt, dass man sie wegen ihres Leichtsinns entdecken würde. Und nun, da es so weit war, hatte Joshua offenbar Schuldgefühle.

Stephan strich ihm über den Kopf und legte die Hand auf seine Schulter. Cayenne stand auf, wischte seine Hand weg und umarmte ihren Bruder.

»Ich glaube nicht, dass jemand von uns was dafür kann«, sagte Stephan schließlich. »Es spielt auch keine Rolle. Wir müssen damit klarkommen, dass sie uns auf den Fersen sind. Nach all den Jahren. Wenn jemand daran Schuld hat, dann ich.«

Er machte eine Pause, doch sie widersprachen ihm nicht.

Joshua nickte, er hatte Tränen in den Augen. »Aber du hattest recht, mit allem.«

Auch darauf wandte Cayenne nichts ein. Diese Typen hatten sie schon zweimal gefunden. Sie würden es wieder tun, denn sie wussten, dass Cayenne und ihr Bruder die Einzigen waren, die ihnen wirklich gefährlich werden konnten. Die beiden waren das letzte Hindernis, das noch aus dem Weg geräumt werden musste. Dann hätten ihre Gegner von niemandem mehr etwas zu befürchten. Das machte die Lage so schwierig – und ihre Widersacher so unberechenbar.

Stephan schien ihre Gedanken zu erraten: »Sie werden

wiederkommen. Bis sie ihr Ziel erreicht haben. Aber wir wissen das jetzt. Das ist ein Vorteil. Und wir stehen zusammen.« Sein letzter Satz klang mehr wie eine Frage.

»Ja, zusammen«, schluchzte Joshua, streckte die Hand aus und zog Stephan mit in ihre Umarmung.

Alle drei konnten die Wärme spüren, die sie durchströmte, dieses vage, aber unglaublich starke Gefühl der Gemeinschaft.

»Zusammen«, sagte schließlich auch Cayenne mit belegter Stimme.

Eine ganze Weile blieben sie so sitzen.

»Wir dürfen uns nicht mehr treiben lassen«, erklärte Cayenne kämpferisch. »Wir müssen ihnen zuvorkommen.«

»Ja, du hast recht. Wenn wir immer nur reagieren, sind wir in der schwächeren Position. Wir müssen das Heft in die Hand nehmen.« Stephan klang aufgeregt. Joshua nickte eifrig, und Cayenne blickte die beiden mit funkelnden Augen an. »Dann lasst es uns beenden. Ein für alle Mal.«

»Und was machen wir mit … dem, den wir gestern … also, ihr versteht schon?«, wollte Joshua wissen.

Ihnen war klar, dass er Giger meinte.

Stephan kniff die Augen zusammen. »Ich weiß, was wir tun werden …«

36

»Ein Verlust in den eigenen Reihen ist nicht akzeptabel, Chu!« Jürgen Wagner blickte durch sein Bürofenster in den düsteren Morgen. Die Spree schäumte grau durch ihr steinernes Bett. Der Regen machte gerade eine Pause, aber die Lage hatte sich dennoch nicht beruhigt: Das, was sich auf den Straßen des Berliner Regierungsviertels abspielte, war anders als sonst. Nervöser. Hektischer.

Der Vietnamese stand mit gebeugtem Kopf hinter Wagner, die Hand notdürftig verbunden, Kratzer im Gesicht.

»Ich weiß.«

Wagner fuhr herum und sah Chu direkt in die Augen. »Das kenne ich nicht von dir. Es enttäuscht mich. Und macht mich wütend.« Er schüttelte den Kopf. Letzte Nacht hatte er so beschissen geschlafen wie lange nicht mehr. Wieder und wieder hatten sie ihn mit Anrufen bombardiert – die ängstlichen Stromfritzen ebenso wie die Kleingeister aus der zweiten Reihe der deutschen Politik. Erst als das Handynetz zusammengebrochen war, hatte Ruhe geherrscht. Der Strom in Berlin war im Laufe des Abends ausgefallen, in anderen Gebieten schon früher. Eines der größten Umspannwerke in Brandenburg war vom Blitz getroffen worden, was eine Kettenreaktion ausgelöst hatte, die dem überlasteten Knotenpunkt und damit auch dem Stromnetz im gesamten Osten und Norden der Republik den Rest gegeben hatte. Ein

Dominoeffekt, genau so, wie er in den Szenarien prophezeit wurde, deren Glaubwürdigkeit er die letzten Wochen öffentlich infrage gestellt hatte.

Seitdem ging nichts mehr. Es war ein bizarres Bild gewesen: die Hauptstadt in fast völligem Dunkel, nur vereinzelt Lichter aus Gebäuden, die über Notstromaggregate verfügten – die Charité, ein paar Botschaften, Polizeistationen, Feuerwachen.

Sonst: Schwärze.

Er würde sich ziemlich unangenehmen Fragen stellen müssen. Sobald der Krisenstab sich konstituiert hatte, würden sie ihn ins Kreuzfeuer nehmen, ihn mit ihrem hämischen »Haben wir es nicht gleich gesagt?« traktieren. Und sie würden Lösungen von ihm erwarten. Doch er hatte keine. Er hatte auf Risiko gespielt, weil er nie damit gerechnet hätte, dass ein solcher Ernstfall eintreten könnte. Nicht in diesem Ausmaß zumindest, mit dieser Wucht. Seine Gegner würden sich auf ihn stürzen wie ein Rudel Wölfe auf ein verwundetes Reh.

Dazu war die Ungewissheit gekommen: Die ganze Nacht hatte er nichts von Chu gehört. Er hatte sich im Bett von einer Seite auf die andere gewälzt, den herben Geschmack des Rotweins am Gaumen, hatte in die Dunkelheit seines Penthouse gestarrt, in dem noch nicht einmal der Fernseher funktionierte, geschweige denn die Kaffeemaschine oder der Fahrstuhl. Nach ein, zwei Stunden Schlaf war er dann vom heraufziehenden Tageslicht geweckt worden, weil die Jalousien nicht funktionierten. *Von wegen Smarthome!* Ohne Elektrizität war seine Hightech-Wohnung dümmer als jede Spießerhütte in irgendeinem Provinznest.

Schließlich hatte er sich durch das für ein Haus in dieser Lage ziemlich schäbige Not-Treppenhaus nach draußen gewagt. Unten hatte er vergeblich versucht, ein Taxi zu bekommen, als Chu mit dem Tesla um die Ecke gebogen war. Allein. Ohne Giger. Wenigstens hatte das Auto noch genügend Akkuladung gehabt, um zurück nach Berlin zu kommen. Später würde er ins Innenministerium müssen, wo der Krisenstab oder, wie er es nannte, die »geballte Inkompetenz« tagte. Wagner war als Vertreter der deutschen Stromversorger geladen.

Chu, den man offiziell als Wagners Fahrer kannte, hatte sich im Auto umgezogen und sein Gesicht von Blut und Dreck gereinigt. Dann waren sie in sein Büro gefahren, er musste nachdenken. Im Auto hatte er sich von Chu erzählen lassen, was vorgefallen war. Wagner hatte kommentarlos zugehört. Jetzt wollte er ein paar Dinge genauer wissen.

Er ging zu dem kleinen Kühlschrank, nahm sich eine der Miniflaschen Cola und verzog das Gesicht. Er hasste warme Cola. Die einzige Alternative jedoch war kalter Kaffee. Auch nicht besser. Alles schien von diesem gottverdammten Strom abzuhängen. Das gesamte Leben. Vielleicht waren diese Prepper doch nicht so hirnverbrannt, wie er immer gedacht hatte. Die saßen jetzt wahrscheinlich an einem Lagerfeuer und tranken ein Tässchen Tee. Er hingegen konnte sich nicht mal einen vernünftigen Espresso machen.

»Ich mein, das sind Kinder!«, sagte er schließlich und ging ein paar Schritte auf Chu zu.

»Stimmt. Aber haben Beschützer. Stark. Muss gewesen sein bei Militär …«

»Wer zum Teufel ist der Kerl?«

Der Vietnamese zuckte die Achseln. Wagner hatte auf seine Frage auch gar keine Antwort erwartet. Dieser geheimnisvolle Unbekannte, der ihnen einmal mehr in die Suppe gespuckt hatte, ließ ihm einfach keine Ruhe. Militär, darin musste die Antwort liegen, das war auch der Inhalt der Botschaft, die ihnen mit Klamms Ermordung geschickt worden war. Bedeutete das, dass Klamms Mörder und der Beschützer der Kinder ein und dieselbe Person waren?

Wagner ging zurück zum Fenster. Der Verkehr war fast komplett zum Erliegen gekommen. Weil in der gesamten Stadt die Ampelanlagen ausgefallen waren, waren die Leute, die trotz des Blackouts ihren Weg zur Arbeit angetreten hatten, irgendwann im Chaos stecken geblieben. Mittlerweile ging praktisch nichts mehr. Er und Chu hatten Glück gehabt, dass sie es gerade noch so geschafft hatten. Busse und Taxis kamen wegen der liegen gebliebenen Autos kaum mehr durch, die Sirenen der Rettungs- und Polizeikräfte heulten ohne Unterlass. Der U- und S-Bahn-Verkehr war eingestellt worden. Als sie hier angekommen waren, hatten gerade ein paar aufgeregte Männer die Schranke der Tiefgarage demontiert, um nach draußen fahren zu können.

»Was weiß dieser Typ? Was wusste er über Klamm? Und warum hilft er diesen Kids?«, sagte Wagner zu sich selbst. Er wusste es nicht. Aber er würde nun nicht mehr den Fehler begehen, die drei aus dem Wald zu unterschätzen.

Er winkte den Vietnamesen zu sich und deutete wortlos durchs Fenster nach unten. Einige findige Leute hatten sich der ungewohnten Situation bereits angepasst, versuchten sogar Profit daraus zu schlagen: Am Spreeufer hatte ein Mann einen Grill aufgebaut und bot Würstchen an. Restaurants und Imbissbuden blieben größtenteils geschlossen, teilweise diskutierten die Inhaber gestenreich vor ihren Läden mit der hungrigen Kundschaft. Auch der Supermarkt, in dem sich das halbe Regierungsviertel mittags versorgte, war verwaist: Die elektrischen Glastüren ließen sich nicht öffnen, der fensterlose Verkaufsraum war dunkel, und bestimmt liefen die Kassensysteme nicht. Die Zahl der Fahrräder auf den Straßen hingegen hatte deutlich zugenommen. Wie schnell sich eine Stadt doch veränderte, wenn ein paar Stunden keine Elektrizität verfügbar war.

»Kannst deinen Wok holen und Streetfood anbieten, Chu. Da verdienst du dir eine goldene Nase. Oder lieber ein bisschen Fahrradrikscha fahren?« Wagners Ton war zynisch.

Chu rang sich ein Lächeln ab. »Können auch machen Musik. Singen«, versuchte er sich ebenfalls an einem Witz und deutete auf die gegenüberliegende Straßenseite. Drei Männer hatten sich dort mit Gitarre, Kontrabass und Geige aufgebaut und untermalten die Szenerie mit Countryklängen, die gedämpft bis zu ihnen ins Büro drangen. Ein paar Touristen, unschwer an ihren Rucksäcken und Regenjacken zu erkennen, tanzten dazu. Die Leute schienen die Lage noch nicht allzu ernst zu nehmen.

Doch das konnte sich schnell ändern. Wenn das Problem noch eine Weile andauerte, würde es sogar bald dramatisch werden. Das wusste kaum jemand besser als Jürgen Wagner, der die schockierenden Prognosen des diesbezüglichen Expertenberichts genau kannte.

Immerhin: Die meisten Notstromaggregate waren auf 24 Stunden Betriebszeit ausgelegt, und da der Blackout fast überall erst abends oder im Laufe der Nacht aufgetreten war, hielt sich die Zahl der Eingeschlossenen, etwa in U-Bahnen und Fahrstühlen, in Grenzen. Hatte jedenfalls das Radio vermeldet. Das wenigstens funktionierte noch – zumindest, wenn man Batterien hatte – und war nun die wichtigste Informationsquelle. Doch Wagner war in diesem Medium schlecht vernetzt, weil er es für altmodisch hielt. Eine Nachlässigkeit, die sich jetzt rächte.

Statt Handys waren nun Funkgeräte gefragt. Oder die vor allem Regierungskreisen und Militärs vorbehaltenen Satellitentelefone. Von denen hatte man Wagner gerade eines gebracht. Bald würde man ihn also wieder anrufen, ihn mit Fragen löchern, auf die er keine Antworten hatte. Und er würde wieder sagen, dass alle auf Hochtouren an einer Lösung arbeiteten. Was natürlich stimmte – nur genügte das im Moment nicht. Und das war noch das kleinste seiner Probleme …

»Du bist sicher, dass Giger tot ist?«, fragte er unvermittelt. Der Gedanke war ihm gerade durch den Kopf geschossen.

»Peilsender ist tot. Beat auch. Hat er bekommen Spaten in Gesicht. Auf Kopf. Auf Hals.« Chu zuckte mit den Schultern.

Wagner nickte. Immerhin das klang auf bizarre Art beruhigend. Der Funksender, mit dem Chu Giger vorsichtshalber ausgestattet hatte, gab seit dem Vorfall im Wald tatsächlich kein Signal mehr von sich. Er war froh, dass er seinem Instinkt vertraut und Giger das Teil aufgenötigt hatte. Sie hatten zu lange keinen Kontakt gehabt, als dass er sagen konnte, wie Giger mittlerweile tickte.

»Wenn Schweizer ist tot, wir brauchen den Schotten«, erklärte der Vietnamese.

»McMillan? Schwierig. Der sitzt im Knast.«

Chu schüttelte resigniert den Kopf. »Lässt sich erwischen immer. Diese Idiot!«

»*Dieser* Idiot«, korrigierte Wagner. »So viel Zeit muss sein, Chu.«

Es klopfte, und die Tür wurde aufgerissen. Ein nervöser junger Mann um die dreißig stürmte herein, richtete seine Nickelbrille und stellte sich als Mitarbeiter des Innenministeriums vor. Der Innenstaatssekretär persönlich schicke ihn, um Wagner abzuholen, weil in Kürze die konstituierende Sitzung des Krisenstabes beginne – und er solle vorab noch einmal eindringlich auf die Brisanz der Lage die innere Sicherheit betreffend hinweisen. Polizei und Grenzschutz seien überlastet, die Nachrichtendienste witterten Terrorgefahr.

»Die Landes- wie auch die Bundesjustizbehörden sorgen sich außerdem um die Sicherheit von Gefängnissen und forensischen Einrichtungen«, fuhr er in eifrigem Ton mit seinem Bericht fort. »Wenn die Situation sich zuspitzt, könnte es sogar zu Flucht- oder Befreiungsaktionen aus Justizvollzugsanstalten kommen.« Dabei rollte er vielsagend mit den Augen.

Wagner hielt die Luft an und sah zu Chu. In seinem Blick erkannte er, dass der Vietnamese dasselbe dachte. Er nickte ihm zu und verließ den Raum.

37

Als Jürgen Wagner die zahlreichen Journalisten auf der gepflasterten Zufahrt des Innenministeriums sah, wurde ihm mit einem Mal klar, dass darin eine Chance lag. Eine Chance, die größer war als die Gefahr, die von dieser sensationshungrigen Meute ausging. Sie suchten einen Schuldigen, wollten den Menschen einen Verantwortlichen präsentieren, den man öffentlich kreuzigen konnte. Warum sollte er ihnen diesen Gefallen nicht tun? Als der Fahrer fragte, ob er lieber den Weg über die Tiefgarage nehmen solle, antwortete er deshalb: »Nein, mitten rein ins Getümmel.« Er hatte schon größere Schlachten geschlagen als diese.

Als er ausstieg, brach sofort ein Blitzlichtgewitter über ihn herein. Die hinter einer Absperrung zusammengedrängten Pressevertreter riefen ihre Fragen in seine Richtung. Er war offenbar einer der wenigen, die sich diesem Trubel aussetzten, so ausgehungert, wie die Journalisten waren. Dabei hatten sie momentan nicht einmal die Möglichkeit, ihre Fotos zu drucken oder ihre Filmchen auszustrahlen. Wagner lächelte. Eigentlich schätzte er es nicht, im Rampenlicht zu stehen, er zog lieber im Hintergrund die Fäden. Aber besondere Situationen verlangten eben besondere Flexibilität. Er sog die nasskalte Luft in seine Lungen, blickte in den düsteren Himmel, aus dem es jetzt wieder in Strömen regnete, dann auf den Behördenbau aus Beton und Glas, in dem der Krisenstab gleich tagen würde. Schließlich schlug er den Kragen hoch, vergrub die Hände in den Taschen seines Mantels und ging mit einem breiten Lächeln auf die Kameras und Mikrofone zu, die ihm entgegengereckt wurden.

Mit dem, was dann folgte, hätte man locker ein Seminar zum Thema »Professionelle PR-Arbeit« bestreiten können, auch wenn Jürgen Wagner nie ein solches besucht hatte, geschweige denn eine Universität. Er handelte aus dem Bauch heraus. Theorie hatte ihn schon immer gelangweilt. Was zählte, war die Praxis, und die beherrschte er wie kaum ein Zweiter. Auch heute. Mal antwortete er ausweichend, mal ungewohnt deutlich, machte Andeutungen, ließ hin und wieder ein paar Namen fallen, gab sich stets freundlich und geduldig. Am Ende dieser kleinen Inszenierung hatten die Journalisten genau das in ihren Aufzeichnungen, was Wagner und auch sie selbst so dringend benötigten: eine Geschichte, Namen, Schuldige.

Ganz offensichtlich kauften ihm die Medienvertreter ab, dass nicht etwa die Stromwirtschaft, sondern allein die Politik die Verantwortung trage, zu lange wichtige Investitionen zugunsten kurzfristiger Popularitätserfolge vernachlässigt hatte, »auf Verschleiß gefahren war« – eine Vokabel, die er erst kürzlich erfolgreich im Zusammenhang mit dem Chaos bei der Deutschen Bahn platziert hatte. Sie glaubten ihm, weil er im selben Atemzug mit den Schuldzuweisungen immer darauf hingewiesen hatte, dass es im Moment nicht um Schuldzuweisungen gehe, sondern um Zusammenhalt, den großen Schulterschluss.

»Wie werden denn dann überhaupt die Konfliktlinien verlaufen, im Krisenstab?«, wollte zum Schluss ein spitzbärtiges Bürschchen wissen. *Großartig!* Irgendein Neuling, der ihm nun seinen Abgang versaute. Wagner zwang sich dennoch, freundlich zu bleiben, und erwiderte nichtssagend: »Es geht nicht um Konflikte, sondern darum, zusammen mit Einsatzkräften, Behörden und Politik alles daranzusetzen, die Normalität im Land möglichst schnell wiederherzustellen.« Sein Gegenüber notierte sich die Aussage Wort für Wort, nickte ihm dankbar zu und wollte sich abwenden, da rief Wagner ihn zurück. »Für welches Medium arbeiten Sie denn?«

»fmOne.«

Radio. Wagner dachte kurz nach. Wieso eigentlich nicht? Es war ein populärer Sender, wenn auch nicht besonders seriös, und er würde sich in dem Fragesteller einen treuen Verbündeten schaffen, wenn er … »Kommen Sie doch mal eben her.«

Er gab den Sicherheitsleuten mit einem Kopfnicken zu verstehen, dass es in Ordnung sei, und ließ den jungen Mann über die Absperrung klettern. »Wie heißen Sie?«

»Tim. Ich bin der Tim«, erwiderte der andere eifrig.

Wagner wartete noch ein bisschen, aber als Tim keinen Familiennamen nachreichte, zuckte er die Achseln. »Also: Ich bin der Herr Wagner«, sagte er, legte kumpelhaft den Arm um Tims Schulter und griff in die Innentasche seines Mantels. »Ich habe da etwas, das dich bestimmt interessiert …«

Wagners Laune war überraschend gut, als er den großen Konferenzraum betrat. Er würde selbst aus dieser Extremsituation noch gestärkt hervorgehen. Seine Stimmung unterschied sich damit wesentlich von der aller anderen Anwesenden, die sorgenvoll oder gehetzt dreinblickten. Er grüßte Bernhard Seibold mit einem Nicken, dann nahm er in der zweiten Reihe hinter ein paar Parlamentarischen Staatssekretären Platz, die sich hier gegenseitig auf die Füße traten. Das war gut. Wagner würde bei dieser Ansammlung von Geltungssucht und Inkompetenz kaum auffallen. Neben den erwarteten Gesichtern entdeckte er auch Vertreter von Bundespolizei, Bundeswehr und des THW.

Er verfolgte die Sitzung einigermaßen entspannt, da sich die Anwesenden mit Vorwürfen überboten, die alle darauf zielten, dem politischen Gegner die Schuld für die momentane Krise in die Schuhe zu schieben. Ihn als Vertreter der Stromerzeuger schienen sie vorerst nicht auf dem Zettel zu haben. Erst als einer der Experten aus dem Innenministerium, der Leiter der Abteilung KM, was für *Krisenmanagement und Bevölkerungsschutz* stand, das Wort ergriffen hatte, horchte Wagner auf. Der Mann verfügte über Informationen, die selbst er noch nicht hatte. »Meine Damen, meine Herren, was wir konstatieren müssen, ist, dass der in Nord- und Mitteldeutschland herrschende Ausfall der kompletten Stromversorgung nicht zeitnah zu beheben sein wird«, begann der Mann, der sich als Doktor Gernot Härtling vorgestellt hatte. Er kam unverblümt zur Sache, was zu einem Raunen im Konferenzraum führte. »Primärer Auslöser ist natürlich das Extremwetter, das zunächst zu vereinzelten Leitungsausfällen geführt hat, die in der Summe dann das allzu fragile Gleichgewicht unserer Stromnetze aus dem Takt gebracht haben bis zum völligen Kollaps der Systeme. Eine Notversorgung wird mit Technischem Hilfswerk und Kräften der Bundeswehr in Gang gesetzt, außerdem haben wir die Notfallpläne des BBK aktiviert.«

Das *Bundesamt für Bevölkerungsschutz und Katastrophenhilfe*, dann war es wirklich ernst. Wagner passte innerlich seine Strategie an.

Nachdem Härtling mit seinem Lagebericht geendet und die Vertreter des THW seine Aussage bekräftigt hatten und beteuerten, auch sie würden alles in ihrer Macht Stehende tun, um zu helfen, führte die Politik wieder das Wort: Eifrig meldete sich Anton Berger zu Wort, neben dem Wagners »Freundin« Gundula Meier-Knoll saß. Offensichtlich mied die Grünen-Vertreterin nach ihrem letzten Zusammentreffen die direkte Konfrontation mit ihm und seinen Auftraggebern – und ließ lieber ihren Lakaien für sie sprechen. »Meine Fraktion ist der Meinung«, begann Berger, »dass die Bevölkerung umgehend über das ganze Ausmaß der Katastrophe informiert werden muss.«

»Mit Verlaub, Herr Kollege, *Katastrophe* ist ja nun wirklich ein großes Wort«, maßregelte ihn der parlamentarische Staatssekretär des Innenministeriums. Sein Dienstherr stapfte derweil sicher bereits öffentlichkeitswirksam in Gummistiefeln durch eine der Krisenregionen.

Die Leute von THW und Bundespolizei warfen sich erstaunte Blicke zu.

»Nur durch umfassende Information bewahren wir die Bevölkerung vor weiteren Schäden, die den Bürgerinnen und Bürgern durch das unverantwortliche Handeln der Stromversorger zugefügt wurden«, fuhr Berger unbeirrt fort.

»Bitte, wir sind doch heute nicht hier, um uns gegenseitig Vorwürfe zu machen«, entgegnete der Staatssekretär.

Darin sah Wagner seine Chance. »Wenn Sie erlauben, Herr Staatssekretär – sehr geehrte Damen und Herren«, ergriff er das Wort, »da wir hier direkt attackiert wurden, möchte ich im Namen der deutschen Stromversorger mein großes Bedauern über die momentane Lage zum Ausdruck bringen. Wir haben bereits einen Hilfsfonds von drei Millionen Euro aufgelegt, aus dem die unmittelbar Betroffenen schnell und unbürokratisch Mittel erhalten sollen.«

Der Hilfsfonds war Wagners Idee gewesen: Er würde zahlreiche Klagen verhindern und dadurch am Ende viel Geld sparen. Im besten Fall funktionierte er sogar als Imagewerbung für seine Auftraggeber.

Nun galt es allerdings, seinen Gegnern den Wind aus den

Segeln zu nehmen: »Einen zu offensiven Umgang mit sensiblen Informationen halten wir für nicht zielführend. Ihr geschätzter Dienstherr hat doch an anderer Stelle zu Recht bemerkt, dass Antworten auf manche Fragen die Bevölkerung auch verunsichern können. Wir sind zuversichtlich, dass innerhalb der nächsten zwölf bis vierzehn Stunden die Schäden behoben sein werden.« Zustimmendes Gemurmel war die Antwort auf diese optimistische Prognose, die durch nichts, was Wagner von der aktuellen Lage wusste, gedeckt wurde. Tatsächlich lagen die internen Vorhersagen um das Drei- bis Vierfache höher. Mindestens. Aber so würden sie erst einmal Zeit gewinnen.

»Eine sehr optimistische Vorhersage, die ich so nicht teilen kann«, widersprach Berger. Alle Augen waren nun auf Wagner gerichtet.

Der lächelte Berger herausfordernd an. »Wenn Sie sich die aktuelle Studie des Bundesamtes für Technikfolgenabschätzung einmal anschauen, werden Sie zum selben Ergebnis kommen wie ich.«

»Ach, meinen Sie die Studie, die *Sie* im Innenausschuss auseinandergenommen haben?« Berger schien sich zu freuen, weil er Wagner in der Defensive vermutete.

»Bitte, meine Herren, das führt doch zu nichts«, schaltete sich jetzt wieder der Staatssekretär ein.

Wagner nickte ihm zu. »Eben. Lassen Sie uns doch lieber sehen, wie wir jetzt schnell Hilfe anbieten können. Ich darf Ihnen ein Angebot unterbreiten, bei dem wirklich alle großen Energieversorger an einem Strang ziehen: Ihnen werden sämtliche verfügbare Notaggregate, die nicht direkt von den Stromerzeugern benötigt werden, für humanitäre Zwecke zur Verfügung gestellt – zum Selbstkostenpreis.«

»Selbstkostenpreis? Wie soll der sich denn bitte berechnen? Es sieht doch vielmehr so aus, als wollten Sie jetzt auch noch Profit aus Ihren Versäumnissen schlagen«, blaffte Berger.

Verdammt, der langhaarige Typ ging ihm allmählich auf den Sack. Wie lange brauchte denn dieser Grünschnabel von draußen noch, um in die Puschen zu kommen?

»Meine Auftraggeber sind privatwirtschaftliche Unternehmen und ihren Aktionären gegenüber zu profitablem Handeln verpflichtet. Dass hier alle großen Stromversorger derart unbürokratisch und selbstlos handeln, verdient Respekt und keine Polemik. Ich würde mich übrigens freuen, wenn wir gleich nach dieser Sitzung unser Vorgehen, was die mobilen Aggregate angeht, mit den Vertretern der Hilfswerke abstimmen könnten. Sie und Ihre Leute machen einen tollen Job und verfügen über ein Know-how, von dem wir alle nur lernen können.«

Die Angesprochenen nickten ihm dankbar zu. Sie fühlten sich gebauchpinselt – damit hatte er sie schon mal auf seiner Seite.

Da öffnete sich eine Seitentür. Eine Mittzwanzigerin kam herein und flüsterte Gundula Meier-Knoll etwas ins Ohr, worauf diese ihren Parteikollegen Berger aufgeregt am Arm zupfte. Sie sprachen leise miteinander, dann entschuldigte sich Meier-Knoll und eilte aus dem Sitzungsraum. In die Reihen der anderen Vertreter kam dadurch Bewegung, sie sahen der Politikerin nach und tuschelten kopfschüttelnd.

Bravo, Tim, gerade rechtzeitig, dachte Wagner. Es hatte sich gelohnt, dem Grünschnabel die belastenden Infos über Meier-Knoll zukommen zu lassen. Das war ein Scoop, den sich dieses Medium nicht entgehen lassen konnte. Selbst in einer Zeit, in der eine Sensationsmeldung die andere jagte. Den Grünen war damit erst mal das Maul gestopft.

Jetzt galt es, die Unruhe auszunutzen. »Meine Damen und Herren, bitte, lassen Sie uns die Konzentration nicht verlieren. Das Angebot mit den Aggregaten steht. Nehmen Sie es an. Doch eines ist klar: Es wird nicht reichen, das Problem zu lösen. Wir appellieren an die Politik, sich mit Sofortmaßnahmen und großzügigen finanziellen Hilfen zu beteiligen. Ich brauche Ihnen nicht zu sagen, dass die Wählerinnen und Wähler ihre Entscheidung im kommenden Herbst von Ihrem Verhalten auch in dieser Frage abhängig machen werden. Dies ist die Stunde, an der wir über unsere Zukunft und die Zukunft unserer Kinder entscheiden.«

Das hatte gesessen. Er sah an den Gesichtern, dass es genau das war, was die Anwesenden hier wirklich umtrieb. Nicht die eigentliche Katastrophe, denn genau das war es, da hatte Berger recht. Nein, die Folgen, die sich daraus für sie ergeben würden, machten ihnen Angst. Die Unsicherheit über die richtige Strategie lähmte ihr Handeln. Sie wollten das Richtige tun. Und sie brauchten jemanden, der ihnen sagte, was das Richtige war: Sie brauchten ihn. »Was glauben Sie, wem die Wähler vertrauen: Jemandem, der mit dem Rechenschieber über die Ressourcen wacht? Oder jemandem, der Größe zeigt, wenn es darauf ankommt, der in der Not unbürokratisch hilft?«

Wagner wusste, wie die Antwort auf diese Fragen lauten würde.

38

»So, das müsste reichen. Hier bleiben wir fürs Erste.« Stephan stellte seinen Rucksack ab und fasste sich mit verzerrtem Gesicht an die verletzte Schulter. Auch wenn er die meiste Zeit versuchte, es nicht zu zeigen: Er musste ziemliche Schmerzen haben. Und der Verband über der nässenden Wunde müsste eigentlich schon wieder gewechselt werden.

Cayenne sah das mit Besorgnis, war aber auch erleichtert, dass sie mit all dem Gepäck nicht noch weiter gehen musste. Dennoch fragte sie sich, ob die Entfernung zu dem Punkt, wo der letzte Überfall stattgefunden hatte, ausreichte. Aber vielleicht konnte Stephan einfach nicht mehr.

»Ist zwar kein Premium-Platz, aber wir können es uns im Moment nicht aussuchen«, beantwortete er ihren fragenden Blick.

Sie wusste, was er meinte: Es wurde allmählich voll hier im Wald. Mit dem Blackout war die Stunde der Prepper gekommen – und es wurden immer mehr. Einige von ihnen waren ausgestattet wie für ein gemütliches Campingwochenende, hatten neben Klappstühlen und Grills kistenweise Bier dabei und machten es sich am Lagerfeuer gemütlich. Bei anderen hingegen musste man aufpassen, dass man nicht regelrecht über sie stolperte, so gut hatten sie sich getarnt.

Stephan deutete auf eine kleine Senke, die eine Lichtung im dichten Baumbestand formte. »Joshua, ihr richtet dort das Lager her, ja? Nur für zwei Tage, höchstens. Wir schlafen am Boden, also keine Hängematten. Und baut ein schönes, großes Lagerfeuer, okay? Aber zündet es noch nicht an. Damit müssen wir warten.«

Cayenne verstand nicht. Ihr war kalt. Ein Feuer würde ihr guttun. Und wenn der Platz in Ordnung war, konnten sie es doch auch gleich anmachen. Wenigstens ein Grubenfeuer. Bei den vielen kleinen Feuerstellen, die überall im Wald vor sich hin qualmten, würde ihre wohl kaum auffallen. Wozu also diese Geheimniskrämerei? Was hatte er in der Nacht des Überfalls erfahren, was er ihnen nicht erzählte? Jener Angreifer, der zurückgeblieben war, war nicht gleich tot gewesen, wie sie zunächst vermutet hatten. Er war noch einmal zu sich gekommen, kurz nachdem der andere sich verpisst hatte. Die Situation war unwirklich gewesen. *Unheimlich*. Es hatte sie aufgewühlt. Sie würde nie vergessen, wie der Mann plötzlich die Augen geöffnet und zu husten begonnen hatte. Ein Schwall Blut hatte sich aus seinem Mund über seinen Oberkörper ergossen. Er hatte sich aufgebäumt, eine Hand gehoben und Stephan zu sich gewinkt. Natürlich hatte sie es für eine Falle gehalten, einen Versuch, ihn doch noch zu überwältigen, aber dann fing er an zu reden. So leise, dass sie nichts verstanden hatte. Nur einen Namen, der mehrmals fiel: Wagner. Stephan schien zu wissen, wer damit gemeint war.

Dann hatte Stephan eine Frage gestellt: Wie Wagner auf sie aufmerksam geworden war. Der Verletzte hatte alle noch in seinem Körper verbliebene Kraft zusammengenommen und aus seiner Jackentasche ein Foto herausgeholt, auf dem Cayenne zusammen mit Jo zu sehen war. Es stammte wohl von einem der Seminare, die Stephan so oft gehalten hatte, hier in Brandenburg. Er hatte bitter gelächelt und genickt. Offenbar hatte er verstanden. Cayenne nicht. Im Gegenteil.

In ihrem Kopf waren durch das Bild nur noch mehr Fragen aufgetaucht. Etwa, wer es gemacht hatte. Und warum Stephan es zugelassen hatte.

Sie beobachtete schließlich fassungslos, wie er neben ihrem Angreifer ausharrte, bis er mit heiserem Röcheln starb. Ein schrecklicher Klang, den sie nie vergessen würde. Genauso wenig wie die seltsame Vertrautheit, die zwischen den beiden geherrscht hatte. Eine Vertrautheit, die sie sich nicht erklären konnte.

Sie drehte sich um und ging Stephan nach.

»Fuck, erklär mir endlich, was du vorhast!«, brach es irgendwann aus ihr heraus.

»Mach dir keine Sorgen, ich hab einen Plan. Tut, was ich sage. Und denkt dran: noch kein Feuer.«

Cayenne konnte es kaum glauben: Er lief einfach weiter. »Einen Scheiß machen wir! Bleib stehen und sag, was hier abgeht«, brüllte sie, doch wieder zeigte er keine Reaktion. Mit einem Mal sprintete sie los und brachte ihn mit einem Hechtsprung in seinen Rücken zu Fall. Zu ihrer Verwunderung machte er keine Anstalten, sich zu wehren, nicht einmal, als sie auf seinem Rücken lag und mit der Faust auf seine verletzte Schulter einschlug. Die Wut hatte so vehement von ihr Besitz ergriffen, dass sie sich nicht mehr unter Kontrolle hatte. Erst als Joshua sie energisch am Kragen packte und hochzog, ließ sie von Stephan ab. Sie richtete sich torkelnd auf.

»Bist du jetzt völlig irre?«, brüllte ihr Bruder sie an.

Schwer atmend stand sie da, den Kopf gesenkt. *Scheiße!* Wenn sie sich jetzt auch noch gegenseitig zerfleischten, konnten sie es gleich vergessen. Nur wenn sie zusammenhielten, hatten sie eine Chance. Trotzdem, Stephan musste mit ihnen reden. Klartext. Noch immer lag er unbewegt am Boden, schüttelte nur resigniert den Kopf. Joshua kniete sich neben ihn und erkundigte sich, wie es ihm ging, doch Stephan winkte ab.

»Sag uns, was du weißt und was du machen willst, bevor es zu spät ist«, presste Cayenne hervor und ließ es erneut eher wie eine Drohung als ein Flehen klingen.

Stephan rappelte sich hoch und nickte. »Okay. Zurück zum Lager. Besprechung«, sagte er erstaunlich gefasst. Cayenne streckte ihm die Hand entgegen, um ihm vollends aufzuhelfen. Dass er sie ergriff, wunderte sie.

Eine Viertelstunde später saßen sie zusammen auf zwei Kiefernstämmen, die sie im Neunziggradwinkel an den Rand des Platzes gerollt hatten, wo später ihr Lagerfeuer brennen sollte. Wenigstens regnete es nicht mehr, und obwohl es kalt war, konnte man es hier draußen noch ganz gut aushalten. Zumindest im dicken Parka. Sie hatten auf dem *Hobo-Kocher*, einem Titan-Gestell, in dem man ein Mini-Lagerfeuer von gerade mal zehn mal zehn Zentimetern entfachen konnte, Wasser erwärmt und damit das Suppenpulver in ihren Blechtassen angerührt. Cayenne umklammerte ihre und genoss die Wärme, die davon ausging.

»Okay, also, ihr habt mich nach meinem Plan gefragt. Wir sind hierhergekommen, in dieses Stück Wald, weil es erstens weit genug von unserem gestrigen Aufenthaltsort entfernt ist, dass sie uns nicht sofort finden können. Andererseits ist es aber auch nicht zu weit weg. Dazu komme ich gleich. Wir werden hierbleiben und uns vorbereiten. Dafür haben wir verschiedene Möglichkeiten, die wir kombinieren werden.«

Cayenne seufzte. Musste er alles aufbauen wie einen Vortrag über Survival-Techniken? Konnte er nicht einfach sagen, was Sache war? Stattdessen holte er jetzt aus einem Packsack mehrere Metallplatten, jede so groß wie eine aufgeschlagene Zeitschrift. Sie erinnerte sich, dass er die Teile auf dem Campingplatz aus einem großen, rostigen Blech geschnitten hatte. Cayenne ahnte, was sie damit machen sollten. Ob Stephan damals schon gewusst hatte, dass sie sie demnächst brauchen würden? Er gab ihr und Joshua zwei kleine Blechscheren. Sie blickte ihn fragend an.

»Okay, ja, der Plan. War ja klar, dass wir nicht ewig so weitermachen können.« Stephan knetete seine Hände. Er schien nach den richtigen Worten zu suchen.

Cayenne stutzte. »Wie meinst du, es *war* klar?«

»Ich meine, dass wir nicht immer nur davonlaufen können. Uns verstecken. Hoffen, dass uns nicht doch irgendwann irgendeiner von ihnen findet.«

»Wie lange hast du das schon vor?«

»Wie … was meinst du?«, fragte Stephan vorsichtig zurück.

»Wie lange hast du schon vor, dich ihnen zu stellen, anstatt wegzulaufen?«

Stephan antwortete nicht.

Das reichte Cayenne als Antwort. Mehr würde sie im Moment ohnehin nicht aus ihm rausbekommen. Und was änderte es schon?

»Hä? Was quatscht ihr da eigentlich? Ich versteh gar nichts.« Joshua blickte ratlos von einem zum anderen.

Cayenne sagte nichts. Was hätte es auch genutzt? Stattdessen nickte sie Stephan zu, der dankbar das Wort ergriff. »Also, was ich sagen will, ist: Wir können nicht ewig weglaufen, aber wir können auch nicht zu ihnen ins Regierungsviertel spazieren. Ja, unsere Feinde sitzen nämlich genau dort, im Zentrum der Macht. Deswegen hab ich doch immer gesagt, wir können niemandem trauen. Nicht mal der Polizei. Wir müssen sie also hierherlocken. Auf unser Terrain. Hier sind wir zu Hause. Im Wald sind wir taktisch am besten aufgestellt. Spielen nach unseren Regeln. Wir werden sie erwarten. Vorbereitet sein. Deswegen die Bleche. Und das da.« Aus dem Packsack zog er mehrere kleine Kartonheftchen, in denen sich Angelhaken an Nylonschnüren befanden. »Damit werden wir den äußeren Verteidigungsring um unser Lager ziehen. Dann haben wir Seile und Fallstricke für den mittleren Ring, mit den Blechen sichern wir uns zusätzlich ab. Dann veranstalten wir noch ein kleines Feuerwerk, und sie werden uns in die Falle tappen. Vielleicht auch nur einer von ihnen, aber wenn einer verletzt wird, ist der andere dadurch erst einmal beschäftigt.«

Joshua nickte, doch dann schienen ihm Zweifel zu kommen: »Aber dass es eine Falle ist, können die sich doch auch denken. Wie willst du sie trotzdem ...?«

»Mithilfe von Beat Giger.«

»Wem?«, fragte Joshua.

»Dem Angreifer von gestern.«

»Der ist tot!«, wandte der Junge hysterisch ein. Cayenne merkte ihm an, dass ihm die Erinnerung an das Sterben des Mannes Schauer über den Rücken jagte.

»Eben. Er ist tot. Das ist es ja!« Stephan stand auf. »Aber er hat mir noch etwas anvertraut, bevor er starb. Vielleicht eine Art Wiedergutmachung.«

»Was hat er dir anvertraut?«, unterbrach ihn Joshua.

Stephan zog ein schwarzes Kästchen aus dem Rucksack, das der Schweizer ihm noch gegeben hatte, bevor er gestorben war. Er hatte es in einen speziellen Beutel gepackt, der Strahlung und Funkwellen abschirmte und den er normalerweise für sein Handy benutzte.

»Wenn wir hier fertig sind, gehe ich zurück zu seiner Leiche und werde sie herschaffen.«

Der Junge wurde bleich. »Du willst ... was?«

Doch Cayenne nickte. Ihr war jetzt klar, was Stephan vorhatte.

39

Seit meinem letzten Eintrag ist viel Zeit vergangen. Komme kaum noch zum Schreiben. Habe auch nicht mehr das Bedürfnis dazu. Schaffe es von Tag zu Tag besser, die Hitze zu meistern, fühle mich gut. Der Schlüssel ist: Nicht zu viel trinken. Hab ich von Georges.

Kann immer besser umsetzen, was ich in meiner Ausbildung gelernt habe. Wir sind bestens vorbereitet, auch wenn die Praxis ganz anders ist. Mein Leben hat Struktur, Ordnung. Das fühlt sich gut an. Morgens früh Appell, dann in den Dschungel, kartographieren. Eintönig, aber wichtig. Mehrere Tage am Stück schlafen wir draußen. Lager bauen, Fallen stellen. Cuistot grillt uns Wildtiere.

Die illegalen Goldschürfer und die Drogenkuriere bekommen wir kaum mehr zu Gesicht. Wenn sie uns wittern, hauen sie ab. Vielleicht doch gutes Abschreckungsmanöver, die Sache damals, als Fire das Treibstofflager der Goldgräber in die Luft gejagt hat. Weitere Kampfeinsätze bisher nicht erforderlich.

Überhaupt selten Einheimische, die unseren Weg kreuzen. Falls doch, bin ich freundlich, aber zurückhaltend. Wir sind zur Neutralität verpflichtet. Aber nicht alle Kameraden halten sich daran. Eigentlich keiner außer mir. Die anderen suchen den Kontakt, vor allem in Kourou. Bei Ausgängen in die Stadt haben sie nach und nach einen einheimischen Freundeskreis aufgebaut. Nicht nur zu Frauen. Auch zwielichtige Gestalten sind darunter. Finde das leichtsinnig. Habe Georges informiert, aber ihn scheint es nicht zu stören.

Werde von meinen Kameraden trotzdem weiter respektiert. Sie sagen mir immer wieder, wie wichtig ich für die Truppe bin. Und ersparen mir Einsatzbesprechungen, weil ich so viel für sie übernehme. Mir würde es nichts ausmachen, dabei zu sein, alle anderen sind es ja auch. Aber das Wichtige bekomme ich ohnehin vor Ort mitgeteilt. Ein kleines Privileg. Auch okay.

Neulich dann erster kritischer Einsatz seit Langem: Sicherung einer Straße, die angeblich eine wichtige Verkehrsverbindung darstellt. In meinen Augen bedeutungslos, auch strategisch. Aber Georges war anderer Meinung. Er meinte: Order von oben. In politische Entscheidungen fehlt uns allen der Einblick, sagt er. Das stimmt. Wir dürften nicht alles hinterfragen. Müssen unsere Befehle ausführen. Das hat mir eingeleuchtet.

Während die anderen eine letzte Taktikbesprechung hatten, durfte ich das Material überprüfen. Vor allem die Waffen. Wichtige Aufgabe. Sie schätzen meine Gründlichkeit. Meine Funktion beim Einsatz: nach hinten absichern. Nicht gerade spannend, aber wichtig. Lebenswichtig. Weil sie wissen, wie wachsam ich bin. Weil niemand Gefahr so riechen kann wie ich, meinen sie. Dieses Vertrauen macht mich stolz.

Beim Einsatz sollten wir einen Konvoi schützen. Was ich seltsam fand: kein Militär, kein Lebensmitteltransport, kein Nachschub für den Weltraumbahnhof Kourou. Stattdessen: große, verdunkelte Limousinen. Im Dschungel? Konnte von meinem Standpunkt aus nicht mehr erkennen. Als der Konvoi hielt, haben Georges und ein paar von den Kameraden mit den Leuten in den Autos gesprochen. Was, weiß ich nicht. Habe meine Arbeit gemacht.

»Wachhund«, hat mich Cuistot genannt.

Eigentlich falsch: Hunde sind Rudeltiere. Ich dagegen habe mehr und mehr das Gefühl, allein zu stehen. Oder bilde ich mir das ein? Immerhin wollen die anderen mich bei jedem Einsatz dabeihaben.

Muss diese Zweifel verdrängen, die Kameraden verdienen meine Unterstützung und mein Vertrauen. Bedingungslos.

40

Chu drückte das Gaspedal des schweren Wagens bis zum Anschlag durch. Das tat er nicht nur, weil die Autobahnen hier kurz vor Berlin so frei waren wie sonst nie. Er tat es, weil er wütend war. Und weil er dieses Gefühl nicht kontrollieren konnte. Nicht wie sonst. *Kühlschrank* hatten sie ihn früher genannt. Dabei stimmte das nicht, denn natürlich hatte er Gefühle. Aber er hatte gelernt, sie zu beherrschen. Emotionen zuzulassen erachtete er als Schwäche. Doch nun fühlte er sich wie ein brodelnder Kessel, und das steigerte seinen Zorn noch.

Er musste sich wieder in den Griff bekommen, bevor er *ihm* gegenübertrat und die schlechte Nachricht überbrachte. Wagner durfte nicht an ihm zweifeln. Chu wollte sich seiner Freundschaft würdig erweisen, ihn nicht schon wieder enttäuschen.

Der Asiate stieg mit gestrecktem Bein in die Bremsen und kam schlingernd zum Stehen. Ein verlassener Wagen stand mitten in der Autobahnausfahrt. Er fuhr auf dem Grünstreifen an dem Auto vorbei Richtung Innenstadt. *Verdammte Scheiße!* Das war knapp gewesen, er hatte nicht aufgepasst. Verlor langsam die Nerven. Schlimmer: die Kontrolle.

Kein Wunder bei diesem Chaos. Die Straßen hier in den Wohngebieten am Stadtrand sahen aus wie nach einem Krieg: Überall standen verwaiste Autos herum, von ihren

Besitzern zurückgelassen, weil sie nicht mehr fuhren ohne Benzin, das man nicht bekam, weil die Tankstellen nicht mehr funktionierten.

Er hatte keine Ahnung, wie Wagner es geschafft hatte, die Akkus des Tesla noch einmal vollzuladen. Doch auch die blinkten jetzt schon wieder rot. Die meisten normalen Menschen dagegen konnten sich nur noch mit dem Fahrrad oder zu Fuß fortbewegen. Autos, die herrenlos herumstanden, waren zum Teil aufgebrochen. Natürlich fuhren auch keine U- und S-Bahnen mehr, und der zivile Flugverkehr war eingestellt worden. Das alles nach nur drei Tagen Stromausfall. Chu fragte sich, wie es in einer Woche aussehen würde.

Aber das war nur ein Nebenkriegsschauplatz, sein eigentliches Interesse galt den drei Waldbewohnern. Den drei verschwundenen Waldbewohnern, um genau zu sein. Seine gestrige Aufgabe war es gewesen, sie aufzutreiben und auszuschalten. Und er war kläglich gescheitert. Obwohl es sich nur um zwei Kinder handelte.

Und ihren ominösen Beschützer. Gut, der war kampferprobt, das hatte er am eigenen Leib erfahren. Aber trotzdem hätten er und der Schweizer das hinbekommen müssen. Jetzt war Giger wahrscheinlich tot. Diese Schmach hatte er so schnell wie möglich aus der Welt schaffen wollen. Doch auch sein heutiger Ausflug, bei dem er seine Aufgabe endlich zum Abschluss bringen wollte, war erfolglos gewesen.

Sie waren unauffindbar.

Dieser Urwald, in den sie sich verkrochen hatten, war wie ein Heuhaufen. Und die drei waren die Nadeln. *Urwald.* Bei dem Begriff überkam ihn eine dunkle Erinnerung, die er schnell beiseitewischte.

Was würde Jürgen dazu sagen? Was … Er musste erneut das Tempo drosseln, obwohl er sich fast nur noch mit Schrittgeschwindigkeit fortbewegte. Je mehr er sich der

Innenstadt näherte, desto vollgestellter waren die Straßen: mit Einkaufswagen, die nicht zurückgebracht worden waren, mit leeren Kartons und Müll, der nicht mehr abgeholt wurde. Dazu kamen umgestürzte Bäume und herabgefallene Äste, die nach dem Sturm nicht beseitigt worden waren. Die Feuerwehrleute hatten momentan anderes zu tun. Und nun gab es direkt vor ihm auf der Straße auch noch einen Tumult, offenbar wegen eines Unfalls. Kein Wunder, die Ampeln funktionierten längst nicht mehr.

Als Chu nur noch wenige Meter von der Stelle entfernt war, sah er das ganze Ausmaß des Unglücks: Ein Krankenwagen war schon da, und zwei Männer in orangefarbenen Westen reanimierten gerade einen am Boden liegenden Mann. Eine Frau und ein Jugendlicher lagen auf dem Asphalt zwischen Scherben und Blut. Viel Blut. Chu blickte konzentriert auf die Straße. Der Unfall interessierte ihn nicht, ganz im Gegensatz zu den Menschen, die um die Verletzten herumstanden und aufgeregt plapperten. Sie versperrten ihm den Weg, weswegen er auf den Bürgersteig ausweichen musste. Doch auch hier kam er nicht durch, weil der Pulk immer größer wurde.

Die Wut loderte inzwischen wie ein Feuer in Chu. Er hatte aufgegeben, sie zu unterdrücken, gab sich ihr hin. Als ihm ein ungepflegter Typ mit langem Bart und Parka die letzte Lücke, durch die er hätte fahren können, verschloss, hupte er ungehalten.

Ein Fehler, wie ihm sofort klar wurde, denn damit hatte er die Leute auf sich aufmerksam gemacht, die nur auf jemanden zu warten schienen, an dem sie ihrerseits ihren Zorn auslassen konnten. Der Mann mit dem Parka zeigte ihm empört den Mittelfinger. Dann forderte er ein paar der Umstehenden auf, sich ihm anzuschließen. Gemeinsam liefen sie jetzt auf Chus Auto zu und machten lautstark ihrem Unmut über den ungeduldigen Autofahrer Luft. Chu hegte den Verdacht, dass die Tatsache, dass er, der kleine Vietnamese, im Gegensatz zu ihnen über ein funktionierendes Fortbewegungsmittel verfügte, noch dazu ein so teures Modell, ihre Entrüstung befeuerte. Als sich der Kreis der Menschen immer enger um sein Auto zog und die Ersten begannen, auf das Autodach, die Scheiben und die Motorhaube zu schlagen, regte sich neben seiner Wut eine weitere, lange nicht gespürte Emotion: Platzangst. Vor vielen Jahren hatte er darunter gelitten, aber er hatte gehofft, sie für immer niedergerungen zu haben.

Als die Panik ihre kalte Hand nach ihm ausstreckte, legte er den Rückwärtsgang ein und trat das Pedal durch. Doch er kam nicht weit, weil ein Laternenpfahl den Wagen blockierte. Chus Fluchtversuch ließ bei der Meute vor ihm nun endgültig die Sicherungen durchbrennen, sie spuckten und trommelten auf das Dach, schaukelten das Auto und bewarfen es mit Steinen. Alles dirigiert vom Mann mit dem Parka, der die Menge mit Sätzen anstachelte wie »Zeigen wir es dem Schlitzauge!« oder »Dieses Arschloch meint, er sei was Besseres!«. Jetzt bückte er sich und hob einen Pflasterstein auf, der am Rand des Bürgersteigs lag. Da wurde Chu mit einem Mal wieder ruhig. Eine direkte Bedrohung war etwas, womit er umgehen konnte. Er trat das Gaspedal durch. Erschrocken entfernte sich die Meute vom Auto, als er auf den Parka-Typen zuraste. Mit weit aufgerissenen Augen und halb erhobenem Arm stand er da und glotzte ungläubig in Chus Gesicht. Als er von der Motorhaube erfasst wurde, verschwand der Mann aus seinem Blickfeld. Das Letzte, was Chu von ihm mitbekam, war das Rumpeln, als er ihn überrollte.

Chus Zorn war inzwischen vollständig erloschen. Er war ruhig, seine innere Balance wiederhergestellt. Ihn schmerzte lediglich, dass der Wagen, Jürgens Wagen, einige Dellen abbekommen hatte – und vielleicht ein paar Blutspritzer, aber das war das kleinste Problem. Wie gut, dass er am Morgen die echten Kennzeichen des Tesla gegen gestohlene ausgetauscht hatte. Der Zwischenfall hatte seinen Fokus wieder auf seine Aufgabe gelenkt, dafür war er dem Mann mit dem Parka fast dankbar.

Etwa eineinhalb Kilometer vor seinem Ziel war dann aber auch für Chu Schluss. Die Brücke, über die er musste, war von verwaisten Autos blockiert, und einen weiteren Umweg wollte er angesichts des schwachen Ladestandes nicht riskieren. Er stellte das Auto in einem Hinterhof ab, montierte die Nummernschilder ab und ging zu Fuß weiter. Auf der menschenleeren Brücke warf er die Schilder in die Spree. Als sie aufs Wasser klatschten, hörte er hinter sich ein vertrautes Surren – ein Fahrradfahrer näherte sich ihm mit hoher Geschwindigkeit. Chu drehte sich um: Der Kleidung nach zu urteilen, war es einer dieser Kuriere, die die Straßen Berlins jeden Tag zur Kampfzone machten, indem sie stets so fuhren, als würden sie ein lebenswichtiges Organ zu einer Transplantation bringen. Der Vietnamese erkannte sofort seine Chance. Er schätzte die Entfernung zu dem Radfahrer ab, versuchte die Route zu berechnen, die er würde nehmen müssen. Dann stellte er sich an die Engstelle, die der Radfahrer passieren musste, einen anderen Weg gab es nicht. Ruhig wartete er, bis der junge Mann auf seiner Höhe war, dann vollführte er ansatzlos eine Drehung und kickte ihn mit einem mörderischen Fußtritt von seinem Rennrad. Der Fahrradfahrer konnte nur noch einen überraschten Schrei ausstoßen, dann flog er durch die Luft und landete krachend auf einem der Autodächer. Chu hörte ein Knacken, als er auf der Dachreling aufschlug. Er wartete auf die Schreie, doch der Junge glitt bewusstlos an der Seite des Fahrzeugs herab. Sein rechtes Bein war verdreht, und aus einer blutenden

Wunde unterhalb der kurzen Radlerhose ragte ein Stück seines Oberschenkelknochens. Sein Fahrrad war noch etliche Meter weitergeschlittert und gegen einen ramponierten BMW geknallt, das Hinterrad drehte sich noch. Chu richtete das Fahrrad auf, schwang sich in den Sattel und trat in die Pedale.

Als er vor dem Apartmenthaus im Zentrum von Berlin ankam, war Chu zwar nass bis auf die Knochen, denn es hatte wieder zu regnen begonnen. Aber er war noch immer ausgeglichen und ruhig. Die Fahrt auf dem Rad an der frischen Luft hatte ihm gutgetan. Weil er es mit nach oben nehmen wollte, um damit zum Auto zurückzufahren, schob er es zur Eingangstür.

Dort saß, zusammengekauert und schluchzend, eine Frau. Eines von Jürgens Flittchen? Als er näher kam, war ihm jedoch klar, dass Wagner diese Frau nicht einmal mit der Kneifzange angefasst hätte: zu dick, zu alt, zu große Titten … Dabei sah die Frau nett aus, fand Chu. Verzweifelt zwar, aber nett. Aus irgendeinem Grund hielt er vor ihr an, beugte sich zu ihr hinunter und fragte: »Alle gut?«

Eine dämliche Frage, aber Small Talk war nun mal nicht seine Stärke. Die Frau sah ihn erst erstaunt an, dann brach es aus ihr heraus. »Kind … zu Hause … Auto fährt nicht mehr … Telefon geht nicht … dauert zu lange«, konnte er zwischen ihren Schluchzern heraushören. Genug, um sich zusammenzureimen, worum es ging. Ohne nachzudenken, hielt er ihr das Fahrrad hin: »Nehmen das. Schneller.«

Augenblicklich hörte die Frau auf zu weinen. In ihrem Blick lag Fassungslosigkeit, dass gerade jetzt, wo nicht motorisierte Fortbewegungsmittel so begehrt waren wie Taxis in einer regnerischen Nacht, ihr jemand seines überlassen wollte.

Sie schien zu überlegen, worauf Chu ihr das Rad energisch entgegenschob. Also griff sie zu, dankte ihm überschwänglich und fuhr schnell davon, als befürchte sie, er könne es sich doch noch anders überlegen. Bevor sie aber um die Ecke bog, rief sie ihm noch etwas über die Schulter zu: »Sie sind ein guter Mensch!«

Chu sah ihr lange nach, dann machte er ruckartig kehrt und betrat das Gebäude.

Er war nicht einmal außer Atem, als er an der obersten Treppe ankam. Wagner hatte offenbar schon auf ihn gewartet, denn die Tür zum Penthouse stand offen. Kaum war der Vietnamese eingetreten, kam ihm der Hausherr entgegen: »Und?« Wagner wirkte fahrig, gestresst, mit hektischen Flecken im Gesicht. So hatte Chu ihn noch nie gesehen. Wie jemand, der die Kontrolle verlor, dachte er.

Der Vietnamese schüttelte den Kopf.

»Nein? Nichts?« Wagners Stimme überschlug sich. »Weißt du, was hier los ist? Hast du mal auf die Straßen geschaut, was da für ein Chaos herrscht?«

Chu war sich sicher, dass er das besser wusste als sein Chef, aber er sagte nichts.

»Du gondelst in der Gegend rum und kommst mit leeren Händen zurück? Nutzloser Idiot!«

Er wusste, dass Wagner es nicht so meinte. Dennoch hatte er recht. Er war nutzlos, jedenfalls im Moment.

»Was ist mit Giger?«

Chu zuckte die Achseln.

»Was meinst du damit? Hast du ihn etwa auch nicht gefunden?«

»Nein, hab ich nichts.«

»Himmel, lern endlich mal richtiges Deutsch. Was soll das heißen? Er muss doch irgendwo rumliegen.«

Wortlos senkte der Asiate den Kopf.

»Meinst du, er lebt doch noch? Oder haben die ihn vielleicht mitgenommen? Aber was wollen sie mit einer Leiche oder einem Schwerverletzten?« Jürgen Wagner pfefferte das Glas in seiner Hand gegen die Wand, was sofort seine Haushälterin auf den Plan rief, die die Scherben mit Besen und Schaufel zusammenkehrte. Den Spuren an der Tapete nach zu urteilen, war es nicht das Erste gewesen, das heute zu Bruch gegangen war. »Der Peilsender gibt noch immer kein Signal. Warst du etwa zu blöd, die Batterien zu wechseln?«

»Vielleicht liegt an keine Strom ...«

»Unsinn! Meinst du, der Blackout in Deutschland legt im All die GPS-Satelliten lahm, oder wie?«

Wagner ging mit Chu zum Sofa. Auf dem Couchtisch lag ein Tablet mit einer digitalen Karte. »Hier sollte eigentlich ein Punkt leuchten und irgendwas piepsen.« Wagner zeigte auf das Gerät. »Hörst du was?«

Chu schüttelte den Kopf.

»Siehst du was?«

Wieder verneinte der Vietnamese mit einer Kopfbewegung.

»Warum nicht?«

Chu überlegte. Wenn Giger tot war, müsste wenigstens ein statisches Signal zu sehen sein. Wenn er noch lebte, konnte es sein, dass er den Sender irgendwie zerstört hatte. Aber weshalb? Oder hatten ihn die anderen gefunden und kaputt gemacht? Er hatte keine Antwort. Egal, welches Szenario er sich ausmalte, es endete immer in einem großen Fragezeichen. Deswegen schwieg er, was Wagners Zorn weiter anheizte.

»Ja, da kriegst du dein Maul nicht auf. Wie immer. Der große buddhistische Schweiger. Aber wenn wir die drei nicht wiederfinden ...«

In diesem Moment ertönte ein metallisches »Ping« auf dem Tablet. Sie starrten auf den Bildschirm, wo ein kleiner blauer Punkt erschien, der sich kaum merklich über die Karte bewegte.

41

»Fuck, also lebt er doch noch, du Idiot!«, entfuhr es Wagner.

Chu blickte noch immer erschrocken auf den Bildschirm.

»Wir müssen da hin. Wo steht mein Auto?«

»Auto hat keine Akku mehr«, gab Chu kleinlaut zurück.

»Und du bist noch bis genau hierher gekommen, oder wie?«

»Nein. Mit Fahrrad. Auto steht in Hinterhof. Bei der großen Brücke. An Spree.«

»Du hast das Auto einfach irgendwo stehen lassen?«

»Bin nicht durchgekommen. Und gehabt Probleme mit diese blöde Fußgänger. Vielleicht bisschen Blut an Wagen.«

Chus Antworten waren noch unverständlicher als gewohnt. »Blut? Was heißt das denn jetzt wieder? Herrgott, das ist mein Auto, und wenn …«

»Keine Problem. Hab ich falsche Nummern, sind jetzt in Wasser. Spree. Wenn alles ist vorbei, wir holen Tesla wieder ab, an große Brücke.«

Wagner betrachtete ihn skeptisch, bohrte aber nicht weiter nach. Für seine Verkehrssünden würde Chu sich im Zweifelsfall selbst rechtfertigen müssen. Jetzt war es erst einmal wichtig, an ein funktionierendes Transportmittel zu kommen, denn sie mussten schnellstmöglich in den Wald, in dem der tot geglaubte Giger auf einmal quicklebendig herumzulaufen schien. Dort würden sie unter seiner Führung bestimmt auch die drei anderen finden und sie endlich aus dem Weg räumen. Wenn nicht, war alles in Gefahr: sein Geld, seine Freiheit – das Leben, das er sich aufgebaut hatte.

»Kannst du nicht kriegen Fahrer? Mit Blaulicht? Ist besser.«

Wagner senkte die Lider und atmete tief ein. »Chu, was soll ich dem Fahrdienstleiter wohl sagen, hm? Dass ich in die brandenburgische Pampa muss, um dort im Urwald ein paar Leute abzuknallen?«

»Können wir Fahrer ausschalten, wenn wir sind unterwegs.«

Wagner schlug die Hand vor die Augen. Was für ein Schwachsinn! »Verdammt, wir sind hier nicht in einem Jackie-Chan-Film!« Aber mit einer Sache hatte der Vietnamese recht: Ein Blaulicht und die damit verbundenen Sonderrechte würden ihnen in dem Chaos da draußen immens weiterhelfen. Und auch die Polizeikontrollen würden sie am ehesten passieren können, wenn sie zu einem Notfall unterwegs waren. Beziehungsweise vorgaben, es zu sein.

»Aber finde ich …«, setzte Chu zu einer Rechtfertigung seiner Idee an, doch Jürgen Wagner winkte nur ab. Er hatte bereits einen Plan.

Zu Fuß gelangten Wagner und Chu zum provisorisch eingerichteten Notfallzentrum des Technischen Hilfswerks, das man eilends auf einem brachliegenden Gelände am Schiffbauerdamm installiert hatte. Hier würden schon bald Baukräne stehen, um auch den letzten Winkel der Hauptstadt zuzubauen, aber im Moment hatte man das Grundstück umfunktioniert: Von hier aus, so hatte Wagner im Krisenstab erfahren, wurden Hilfsgüter wie Decken und Lebensmittel, aber auch Fahrzeuge und Stromaggregate für den Einsatz in der Hauptstadt koordiniert. Marco Wuttke, der

Mann vom THW, hatte ihn sogar explizit eingeladen, sich das Zentrum einmal anzusehen – hierher sollten schließlich auch die Aggregate der Stromversorger gebracht werden, die Wagner versprochen hatte. Dabei wusste er nicht einmal sicher, ob es die überhaupt gab.

Keine halbe Stunde später fuhr Jürgen Wagner mit einem großen blauen Unimog vom Hof und schaltete Blaulicht und Martinshorn ein. Chu hatte auf dem Beifahrersitz das Tablet mit dem Funksignal im Blick. Zur Sicherheit hatte er es an eine Powerbank gehängt, nicht dass ihm noch der Saft ausging. Momentan war der blinkende Punkt, der auf der Bildschirmkarte die Lage von Beat Gigers Peilsender anzeigte, unbewegt. Irgendwo im Nirgendwo der brandenburgischen Provinz musste er sich befinden, mitten in einem Waldstück.

Wagner grinste. Ausgerechnet er, Lobbyist der großen Energiekonzerne, der die Gefahr eines Kollapses aller Stromnetze immer heruntergespielt hatte, kutschierte eines der momentan am dringendsten benötigten technischen Geräte durch die Gegend. Und es zu bekommen war gar kein Problem gewesen: Er hatte sich in Wuttkes improvisiertes Büro bringen lassen, ihm ein wenig Honig ums Maul geschmiert und war dann direkt zur Sache gekommen: Er brauche sofort einen Wagen mit Blaulicht und mobilem Notstromaggregat, ein eiliger Auftrag von höchster Stelle. Wie er eben per Satellitentelefon erfahren habe, solle er zusammen mit Kräften der Bundeswehr ein autarkes Netz für einen Kommandostützpunkt außerhalb der Stadt aufbauen, an den sich die Exekutivgewalt notfalls zurückziehen könne. *Was für ein Schwachsinn!* Mehr dürfe er nicht sagen, alles unterliege strengster Geheimhaltung, aber Wuttke vertraue er es dennoch an, weil er so ein wichtiges Glied in der Rettungskette sei. Nachdem Wagner dann auch noch Chu als ausländischen Experten mobiler Stromversorgung vorgestellt hatte, hatte ihm der Mann vom THW mit großen Augen die Schlüssel des Unimogs ausgehändigt – mit dem Hinweis, sorgsam damit umzugehen. Schließlich brauche man jedes Aggregat für die Notversorgung von Krankenhäusern, Behörden und Gefängnissen. Wagner unterschrieb irgendeinen Wisch und fuhr los.

Der Einsatzwagen erwies sich als Segen, denn die Straßen der Innenstadt waren nach wie vor völlig verstopft. Aber vor dem beeindruckenden Gefährt mit Blaulicht, Martinshorn, donnernden Reifen und röhrendem Motor hatten Fußgänger wie Radfahrer einen Heidenrespekt. Wieder musste Wagner grinsen. Wie lange hatte er schon nicht mehr in so einem Ding gesessen? Das war Jahre her! Er hatte vergessen, was für ein erhabenes Gefühl es war, mit so einer brachialen Maschine unterwegs zu sein. »Wie früher, was, Chu?«

Der Vietnamese sah kurz von dem Tablet auf und nickte, dann vertiefte er sich wieder in die Routenführung. »Jetzt abbiegen rechts. Brücke gestopft«, vermeldete er.

Wagner kniff die Augen zusammen. Sie fuhren mit knapp sechzig auf eine Spree-Brücke zu, auf der kreuz und quer die Autos standen. Da war tatsächlich kein Durchkommen. Also legte er den Unimog scharf in die Kurve, doch dicht hinter der Einmündung saßen Leute auf der Fahrbahn und glotzten erschrocken auf das Gefährt. Er konnte gerade noch rechtzeitig bremsen. Wütend öffnete er sein Fenster und betätigte zusätzlich zum Martinshorn die Hupe. »Seid ihr taub? Wir müssen hier durch, los, macht die Straße frei! Oder wollt ihr schuld sein, wenn Menschen sterben, weil wir nicht vorankommen? Es geht um Leben und Tod!«

Nun kam Bewegung in die Gruppe. Jürgen Wagner machte das Fenster zu und lachte. »Schau dir diese Idioten an. Kaum kommt ein Blaulicht ums Eck, schon rennen sie.«

»Leben und Tod. Irgendwie stimmt auch«, merkte der Vietnamese an.

Ein paar Minuten fuhren sie schweigend weiter, dann fragte Chu: »Vielleicht wir holen erst McMillan jetzt? Sind wir drei, einer mehr?«

Wagner zuckte mit den Schultern. Tatsächlich hatte auch er das schon überlegt, andererseits ... »Ich glaube, das ist noch zu früh. Bis jetzt gibt es noch keine Meldungen über Ausbrüche oder Befreiungen. Wir müssen da vorsichtig sein. Aber vor allem dürfen wir keine Zeit verlieren. Nicht, bis wir Giger haben.«

»Okay, bist du Chef, Jürgen.«

Wagner seufzte. *Chef*. War er das wirklich? Auch wenn er gerade mit einem Spezialgefährt wie ein Superheld durch die Häuserschluchten preschte: Er hatte das Gefühl, dass ihm die Dinge mehr und mehr entglitten. Herr der Lage war er momentan nicht.

»Oh!« Chu hatte es zuerst gesehen, kurz darauf wurde auch Jürgen Wagner klar, worauf sie zusteuerten: Zwei Polizeiwagen standen quer und hatten die Fahrbahnen komplett abgeriegelt. Wagner blickte seinen Beifahrer an. Kleine Schweißperlen hatten sich auf seiner Stirn gebildet. »Nichts Unüberlegtes tun, Chu. Lass mich das regeln.«

Neben den Einsatzfahrzeugen stand eine Menschenmenge im Kreis um etwas herum, das Wagner nicht identifizieren konnte, dazu zwei Rettungswagen. Wagner schaltete das Martinshorn ab, wurde etwas langsamer und fuhr auf zwei Polizisten zu. Sie machten keine Anstalten, ihm Platz zu machen. Jetzt sah er auch den Grund für den Auflauf: Auf dem Bürgersteig lag offenbar ein Toter, abgedeckt mit einer silbernen Folie. An der Seite schaute ein Arm in einem olivgrünen Parka heraus. Wagner hielt an und öffnete sein Fenster. Chu rutschte in seinem Sitz etwas weiter nach unten und starrte stur auf das Tablet mit der Landkarte.

»Kollegen, was liegt an? Können wir helfen?«, fragte Wagner jovial einen der Beamten, der auf den Unimog zulief. Wagner merkte, wie Chu sich immer mehr in seine Ecke drückte.

Der Beamte schaute sich das Fahrzeug an und deutete dann auf den Aufbau auf der Ladefläche. »Was ist das denn für ein Koloss, den ihr da mit euch rumfahrt?«

»Ein Notstromaggregat. Wir haben's ziemlich eilig, wie ihr euch vielleicht denken könnt.«

»Ja, können wir. Ziemlich begehrt gerade, die Dinger, wie?«

»Martin, jetzt lass die beiden mal durch, die müssen ihre Arbeit machen!«, rief der andere Beamte. Er setzte den Streifenwagen zurück, um Platz für den Unimog zu machen.

»Versteht sich. Bitte passieren«, sagte der Polizist eifrig und schob hinterher: »Wenn ihr Polizeischutz braucht, sagt Bescheid. Die Leute sind so aggressiv mittlerweile, das glaubt man kaum! Wir haben hier einen, den hat ein wild gewordener Autofahrer einfach über den Haufen gemäht. Tot!«

»Wir wissen uns schon zu helfen«, sagte Wagner ruhig. »Trotzdem vielen Dank fürs Angebot.«

»Kein Thema. Typen wie euch braucht das Land. Welche, die anpacken, statt immer bloß zu reden!«

Mit diesen Worten machte der Beamte die Fahrbahn frei.

Wagner winkte den Polizisten freundlich zu, bevor er das Gaspedal des Unimog bis zum Anschlag durchtrat. »Siehst du, Chu«, sagte er grinsend, bevor er das Martinshorn wieder einschaltete, »die netten Kollegen von der Polizei wollten uns nur helfen.«

Der Vietnamese antwortete nicht. Er wirkte noch eine Nuance blasser als sonst.

Sie kamen gut voran, und von dem Moment an, in dem sie die Berliner Stadtgrenze passiert hatten, war außer ihnen fast niemand mehr unterwegs. Dennoch brauchten sie eine Weile, um ihr Ziel zu erreichen, mehr als achtzig Sachen machte der Unimog mit dem schweren Aggregat beim besten Willen nicht. Es dämmerte bereits, als sie den Waldrand erreichten. Ein unbefestigter Weg führte bis zu einem Wanderparkplatz, dann war Schluss. Sie stellten den Unimog ab, stiegen aus und zogen ein Tarnnetz über den Aufbau auf der Ladefläche. Wuttke hatte sie extra noch darauf aufmerksam gemacht, dass es möglicherweise besser wäre, das Fahrzeug zu verstecken, so begehrt, wie die mobilen Aggregate im Moment waren. Wagner wäre allerdings auch selbst auf diese Idee gekommen. Nach fünf Minuten fiel der Unimog tatsächlich kaum noch auf. Die Dunkelheit würde ihn bald ganz verschwinden lassen.

Wagner blickte auf das Display in Chus Händen: Im Moment schien sich Giger kaum von der Stelle zu bewegen. Der kleine Punkt auf der Karte veränderte zwar hin und wieder seine Position, aber nur geringfügig, um dann wieder zur Ausgangsposition zurückzukehren.

Bevor sie losgingen, checkten Wagner und Chu noch einmal ihre Waffen: Die beiden entsicherten Glock-Pistolen steckten in ihrem Hosenbund, die Kampfmesser im Gürtel. Diesmal würden sie nichts dem Zufall überlassen.

Sie mussten kerzengerade durch den Wald, höchstens zwei Kilometer. Das diffuse Licht reichte gerade noch aus, um sich zu orientieren. Dabei gingen sie immer ein bisschen abseits der Wege und Trampelpfade, denn sie wollten auf keinen Fall irgendwelche dieser Leute treffen, die seit dem Blackout die Wälder bevölkerten.

Als der Punkt auf dem Display fast mit ihrer eigenen Position übereinstimmte, blieben sie stehen und duckten sich.

Wagner zeigte in eine bestimmte Richtung. Chu nickte: Nur fünfzehn Meter weiter brannte ein Lagerfeuer. Wagner blickte vorsichtig hinüber – und traute seinen Augen kaum: Im Schein des flackernden Feuers saß seelenruhig, als sei er auf einem Campingurlaub, ihr tot geglaubter Freund Beat Giger. Anscheinend machte er ein Nickerchen. Sie mussten vorsichtig sein, denn sie hatten keinen blassen Schimmer, was da wirklich vor sich ging. Vielleicht hatte der Schweizer auch die Seiten gewechselt.

Wagner winkte Chu ein Stück näher zu sich und deutete auf das Feuer. »Wir nähern uns beide von hinten, du von links, ich von rechts«, flüsterte Wagner. Er spürte, wie das Adrenalin durch seinen Körper schoss. Schon lange hatte er diesen Jagdtrieb nicht mehr gespürt.

Der Vietnamese steckte das Tablet ein und lief los. Er hatte einen längeren Weg als Wagner. Der sah im Schein des Feuers, wie Chu sich geschmeidig durch den Wald bewegte, immer wieder innehielt, ab und zu einen Haken schlug und dabei kaum ein Geräusch verursachte, bis … »Scheiße!«, entfuhr es Wagner. Der Vietnamese war mit dem rechten Bein urplötzlich weggesackt. Anscheinend war er in irgendein Loch getreten. Auch wenn er keinen Laut vernahm: Wagner sah, dass er sich unter Schmerzen wand. Und, noch schlimmer, dass er nicht mehr weiterkam. Er steckte fest. *Verdammte Scheiße, also doch eine Falle!*

Er musste Chu helfen, sonst konnten sie alles Weitere vergessen. Sein Blick ging wieder zu Giger. Der saß noch immer in derselben Position am Feuer, hatte bisher nichts mitbekommen. Vorsichtig ging Wagner los, nahm den direkten Weg zu Chu, der noch immer feststeckte. Als er näher kam, sah er, dass der Vietnamese in eine improvisierte Fallgrube getreten sein musste – sein Bein steckte in einer Platte aus Blech fest, deren Zacken sich in seinen Oberschenkel geschnitten hatten. Blut quoll aus dem Fleisch, das in Fetzen aus der weit aufgerissenen Hose hing. Er musste höllische Schmerzen haben, die er aber bis auf ein leises Stöhnen stumm ertrug.

Immer wieder gelang es ihm fast, sein Bein aus dem Blech zu befreien – um schließlich doch wieder hängen zu bleiben und seine Wunden damit noch zu vergrößern. Wagner beschleunigte seinen Schritt, hatte den Vietnamesen schon fast erreicht, als es vor ihm knallte und ihn ein greller Lichtblitz blendete. Er wandte den Blick ab, taumelte zurück, da holte ihn ein brennender Schmerz in seinem Gesicht von den Beinen. Es war, als sei er gegen eine unsichtbare Hecke voller Dornen gelaufen. Verstört sah er auf und entdeckte mehrere dünne Nylonschnüre, an denen dreizackige Angelhaken in Kopfhöhe von einem Ast baumelten. Vor ihm am Boden kokelte ein manipuliertes Feuerzeug vor sich hin. Er sah diese spezielle Art Fallen nicht zum ersten Mal – und ahnte, was noch auf sie wartete.

Rasend vor Wut über seine Unbedachtheit, richtete er sich auf, blickte zu Chu – und sah gerade noch den in einer Seilschlinge befestigten Baumstamm, der mit voller Wucht auf den Kopf des Vietnamesen zuraste.

42

Wütend riss Wagner die Angelhaken aus seiner Wange. Die drei Waldbewohner kämpften offenbar mit primitivsten Hilfsmitteln. Er wusste nicht, was ihn zorniger machte: dass es höllisch wehtat, als das Metall sich in sein Gesicht schnitt, oder dass er so dumm gewesen war, in diese Falle zu tappen. Früher wäre ihm das nicht passiert. Er war wohl doch etwas aus der Übung. Schließlich hatte er in den letzten Jahren Leute gehabt, die direkte Konflikte für ihn ausgetragen hatten – in erster Linie Chu. Das Fädenziehen im Hintergrund lag ihm mehr, und wenn er sich die versehrten Gesichter seiner Handlanger anschaute, war das auch besser so.

Seine Komfortzone hatte er schon länger nicht mehr verlassen müssen. Aber mit dem Kämpfen war es wie mit dem Fahrradfahren, sagte er sich: Man verlernte es nicht. Jedenfalls würde er seinen Gegnern keine weitere Gelegenheit geben, ihm oder Chu gefährlich zu werden.

Wo war der überhaupt? Hatte ihn der Baumstamm so hart erwischt?

Wagner konnte ihn weder sehen noch hören. Er wischte sich übers Gesicht. Als er die Hand zurückzog, war sie rot von seinem Blut. Ungläubig starrte er darauf. Viele Jahre hatte ihn niemand mehr körperlich verletzt. Seine Fassungslosigkeit war genauso groß wie sein Zorn. Gleich würde er die drei umbringen, einen nach dem anderen. Auch dafür.

Und Giger dazu. Durch das Dickicht sah er, dass der Schweizer noch immer am Lagerfeuer saß. Da er schlief, wäre er auf jeden Fall die leichteste Beute. Ein beherzter Schlag in den Nacken und …

In diesem Moment hörte er ein Flirren in der Luft und blickte auf. Gerade noch rechtzeitig, um den Speer zu sehen, der haarscharf an seinem Kopf vorbeizischte.

Verdammt. Schon wieder hatte er eine Gefahr nicht vorausgeahnt. Wenn diese Dilettanten zielen könnten, würde das Ding jetzt in seiner Brust stecken. *Glück gehabt.*

Mit beiden Händen umfasste er seine Waffe und streckte sie nach vorn. Atemlos stand er da. Jetzt würde er sich nicht mehr überrumpeln lassen.

Da traf ihn der Pfeil.

Wagner jaulte auf. Sein rechter Arm brannte wie Feuer, er konnte die Waffe nicht mehr halten. Bestürzt starrte er auf die Wunde: ein Pfeil! In seinem Arm! Es kam ihm unwirklich vor, wie in einem Robin-Hood-Film. Er öffnete und schloss die Faust, was zwar höllisch wehtat, aber funktionierte. Kurzerhand brach er den Pfeil direkt über der Eintrittsstelle ab. Das Geschoss würde die Wunde erst einmal verschließen. Die Schmerzen allerdings blieben. Unfassbare Schmerzen – auch so etwas hatte er lange nicht mehr gespürt.

Wagner ging hinter einem Baum in Deckung, um ein wenig durchzuatmen, seine Gedanken zu ordnen. Da sah er seine Waffe. Sie lag nur zwei Meter von ihm entfernt. So tief wie möglich robbte er über den Waldboden, holte sich die Automatikpistole und kroch weiter, hinter einen anderen Baum, wo er ein paar Sekunden verschnaufte, um dann ganz langsam den Kopf zu heben. In dieser Stellung verharrte er wie ein Tier auf Beutezug, die Augen unbewegt geradeaus gerichtet, um jede noch so kleine Veränderung wahrnehmen zu können. Und er wurde nicht enttäuscht: Vielleicht zwanzig Meter vor ihm bewegte sich das Gestrüpp. Langsam hob er die Pistole, zielte auf die Bewegung, wartete ab, welche Richtung sie einschlug, versuchte abzuschätzen, wo sie im nächsten Moment sein würde – und drückte ab.

Der Schuss zerriss die Stille des Waldes mit ohrenbetäubendem Lärm. Er war sich sicher, dass er getroffen hatte. Nur was? Oder ... wen? Da erklangen die Schreie. Das musste der Junge sein! Aber er war nicht tot, schrie nur wie am Spieß. *Verdammt! Konnte nicht irgendetwas hier mal nach Plan laufen?*

Wagner erhob sich vorsichtig, um den Burschen endgültig zum Schweigen zu bringen, da erschallte ein weiterer Schrei, diesmal rechts von ihm. Er fuhr herum, als eine Gestalt mit wildem Gebrüll und verzerrtem Gesicht aus dem Unterholz brach. *Das Mädchen.*

»Cayenne, nicht!«, tönte es hinter ihr, und jetzt sah Wagner zum ersten Mal den Vernarbten, von dem Chu gesprochen hatte. Er war kurz irritiert von dem Anblick, wusste nicht, wen er zuerst erledigen sollte. Dieses Zögern rächte sich sofort. Mit einem Satz, den er dem Mädchen nicht zugetraut hatte, warf es sich auf ihn.

Verdammt, was hatte diese Göre vor? Noch ehe Jürgen Wagner wusste, wie ihm geschah, warf ihn die Wucht des Aufpralls zu Boden. Sofort drosch sie mit aller Gewalt auf ihn ein, hatte es besonders auf die Wunde abgesehen, in der noch die Hälfte des Pfeils steckte. Wagner schrie auf und ließ erneut die Waffe fallen. Jeder Schlag schmerzte noch mehr als der eigentliche Treffer. Als er im Augenwinkel sah, wie nun auch der Mann mit der Narbe auf ihn zustürmte, bekam er Panik.

Doch genau in diesem Moment tauchte Chu hinter dem Angreifer auf, sprang ihm auf den Rücken, schlang einen

Arm um seinen Hals und hob das Messer, bereit, zuzustechen.

Gott sei Dank, Chu, die Kampfmaschine. Nun würde alles gut werden.

Er fühlte die Euphorie über das plötzliche Auftauchen des Vietnamesen, als ihn ein Stein am Kopf traf. Es tat kaum weh, er war nur benommen, verlor die Orientierung, wusste nicht mehr, wo oben und unten war.

Instinktiv rollte er sich herum und schüttelte das Mädchen ab. So schnell es sein Zustand zuließ, kroch er davon, irgendwohin, ins Unterholz, Hauptsache weg. Er sah sich nicht mehr um, scherte sich nicht um die Äste, die ihm Gesicht und Unterarme zerschnitten, wollte nur weg, musste wieder zu Atem kommen, neue Kraft sammeln. Die Kontrolle zurückgewinnen.

»Halt!« Der Schrei des Mädchens gellte durch die Nacht. Es war die selbstsichere Stimme eines Menschen, der um seine Stärke wusste, der … *die Waffe!* Sie musste seine Waffe haben. Verdammt, er hatte völlig den Überblick verloren. Was war nur aus ihm geworden? Langsam stand er auf und drehte sich um, und tatsächlich: Das Mädchen stand ihm gegenüber, breitbeinig, die Pistole im Anschlag, den hasserfüllten Blick auf ihn gerichtet. Und noch etwas sah Jürgen Wagner: ihren Beschützer, der mit seinen kräftigen Oberschenkeln Chus Arme auf den Waldboden presste.

Giger hingegen saß immer noch reglos am Feuer. Was lief hier nur schief? Sie mussten diesen seltsamen Waldläufern doch haushoch überlegen sein. Aber nun lag Chu am Boden und das Mädchen hatte ihn selbst im Visier, den Finger am Abzug.

»Drück ab«, rief der Vernarbte ihr zu.

Dann wurde ihm alles klar. Es war unfassbar, ungeheuerlich, aber endlich ergab alles einen Sinn. Er kannte den

Mann. Erkannte seine Stimme. Doch ein Geräusch ließ ihn herumfahren und brachte auch das Mädchen aus dem Takt. Ein Geräusch irgendwo im Unterholz. *Der Junge!* Er hatte ihn ganz vergessen, nachdem seine Schreie verklungen waren. Er lebte also noch. Bewegte sich auf sie zu.

In der Miene des Mädchens spiegelte sich nun kein Hass mehr, sondern Angst. Angst um ihren Bruder. Ein Umstand, den Wagner eiskalt ausnutzte. Er wusste, dass er gegen sie keine Chance haben würde, solange sie die Waffe in den Händen hielt. Aber des Jungen würde er schon noch Herr werden, vor allem in diesem Zustand. Schnell hechtete er zu ihm hinüber. Noch im Sprung zog er sein Messer, das er dem Kleinen an die Kehle presste.

Wagner atmete tief durch. *Kontrolle.* Er hatte wieder die Kontrolle, das konnte er an den entsetzten Gesichtern seiner Kontrahenten ablesen. »Lass die Scheiß-Pistole fallen«, schrie er das Mädchen an. Seine Stimme klang schrill, aber er spürte, dass er jetzt die Oberhand hatte, rappelte sich auf und zog dabei den Jungen mit hoch. Der leistete keine Gegenwehr. Ob er zu geschockt war oder ob es seine Verletzung verhinderte, vermochte Wagner nicht zu sagen. Dann standen sie da und fixierten einander. Das war der richtige Moment, fand er. »Ich hätte nicht gedacht, dich noch einmal wiederzusehen, Stephan Schmidt.«

Schmidt? Cayenne war verwirrt. Warum zum Teufel nannte er ihn Stephan Schmidt? Doch bevor sie weiter darüber nachdenken konnte, hörte sie Stephan sagen: »Ich dagegen war mir immer sicher, dass wir uns noch einmal begegnen würden, Jürgen Wagner.«

Wagner? Cayenne spürte, wie ihr Mund trocken wurde. Das war Wagner? Das war – er? Der Kopf des Ganzen? Der Mann, von dem Giger erzählt hatte, bevor er gestorben war? Natürlich, wer sonst! Sie hatte noch keine Zeit gehabt, sich darüber Gedanken zu machen, aber so ergab alles einen Sinn. Wie lange hatte sie dieser Begegnung entgegengefiebert! Und nun – konnte sie nichts ausrichten. Sie suchte den Blick ihres Bruders, doch seine Augen waren glasig. Er war schwer verletzt, das war offensichtlich. Wenn er nicht schnell Hilfe bekam, sah es nicht gut aus. Sie schaute zu Stephan, der noch immer auf dem kleinen Asiaten hockte.

»Lass ihn frei, Stephan«, rief Wagner, und es war keine Bitte. Seine Stimme klang nicht mehr schrill. Offenbar gewann er seine Selbstsicherheit zurück. Was sollte sie nur tun? Da war er, der Mann, den sie mehr hasste als jeden anderen Menschen auf der Welt. Und da war ihr Bruder, den sie mehr liebte als alles andere. Sie hatte keine Wahl. Also warf sie die Waffe zu Boden – allerdings nur zwei Schritte weit. So konnte ihr Gegner sie nicht erreichen.

»Und jetzt lass unseren kleinen asiatischen Freund frei, Arschloch«, rief Wagner Stephan zu.

Der zögerte, worauf Cayenne zischte: »Er hat Joshua, verdammt noch mal.«

»Joshua?«, wiederholte Wagner breit grinsend. »So heißt der Kleine? Also, steig mal lieber von Chu runter, sonst ist Joshuas Akne sein kleinstes Problem …«

Cayenne sah wieder zu Stephan. »Jetzt mach schon, was er sagt«, drängte sie ihn.

Erst zögerte er noch, aber als ihm Cayenne einen vernichtenden Blick zuwarf, erhob er sich langsam. Sobald der Druck auf Chus Beine nachgelassen hatte, wand der Vietnamese sich unter ihm heraus und richtete sich taumelnd auf. Chus Oberschenkel war voller Blut und seine linke Gesichtshälfte stark angeschwollen, wahrscheinlich von dem Baumstamm. Der kleine Mann schleppte sich mühsam zu seinem Begleiter, der ruhig abwartete, bis er hinter ihm in

Deckung gegangen war. »Und jetzt heb die Waffe auf und bring sie mir, Kleine.«

»Nein«, rief Stephan aufgeregt. »Wenn du sie ihm gibst, sind wir alle tot.«

»Ach, das sagt ausgerechnet der, der seinen alten Freund Klamm kaltblütig umgebracht hat?«, erwiderte Wagner.

Cayenne wurde hellhörig. Stephan sollte jemanden umgebracht haben?

»Ich musste es tun. Er war hinter uns … hinter ihr her.«

Jetzt verstand sie. Klamm war der Mann gewesen, der sie angegriffen hatte.

»Gib ihm die Waffe nicht! Glaub mir, ich kenne ihn«, riss Stephan sie aus ihren Gedanken.

Cayenne blickte hilflos zwischen den beiden Männern hin und her.

»Du kennst mich?«, blaffte der andere. »Das dachte ich von dir auch einmal! Also, her mit der Waffe, sonst …«

Wagner schien nervös zu werden. Er drehte sich um. Chu zuckte die Achseln. »Verdammte Scheiße. Gehen wir eben ohne«, presste Wagner hervor. »Aber ein Mucks, dann war's das für ihn.« Dann setzte sich die makabre Prozession in Bewegung: Wagner mit Joshua im Schwitzkasten, Chu, der sich kaum noch auf den Beinen halten konnte, ein Stück hinter ihnen, alle drei im Rückwärtsgang.

Stephan wollte ebenfalls loslaufen, doch Cayenne gab ihm mit einem Handzeichen zu verstehen, dass er das besser bleiben ließ. Sie würden abwarten, bis die drei weiter weg waren, und dann … Da sackte Chu in sich zusammen, wie eine Marionette, der man die Fäden abgeschnitten hatte, und prallte gegen Wagners Rücken. »Scheiße …«, entfuhr es dem, dann stolperte er nach vorn, fiel auf die Knie und riss Joshua mit.

Cayenne wusste nicht, ob sie sich darüber freuen sollte

oder ob die Situation nun endgültig eskalieren würde. Angespannt beobachtete sie, wie Wagner sich und ihren Bruder wieder hochwuchtete. Dann erst schaute Cayenne genauer hin. Als er gestolpert war, hatte sich Wagners Messer tief in den Hals ihres Bruders geschnitten. Wie paralysiert starrte sie auf Jo, der selbst nicht zu begreifen schien, was mit ihm geschah. Er hob die Hände an seinen Hals, aus dem unaufhörlich Blut quoll. Blutblasen erschienen auf seinen Lippen, aus seinem Mund drangen gurgelnde Laute, dann kippte er langsam vornüber.

»Neiiiin!« Cayennes schriller Schrei ließ die Trommelfelle erzittern. Dann stürmte sie los. Nichts konnte sie jetzt mehr aufhalten. Wagner sah sie erschrocken an. Panisch blickte er zu Chu, der bleich auf dem Boden lag. Wagner schien abzuwägen, ob ihm die Flucht mit seinem Begleiter gelingen würde. Kurz zögerte er, dann floh er allein ins dunkle Dickicht des Waldes.

Cayenne ließ ihn ziehen, stürzte zu ihrem Bruder, sah das Blut, die Wunde, verstand, dass sie nichts mehr tun konnte, versprach Joshua verzweifelt, alles werde gut werden, sie würden seine Wunde verarzten und dann raus aus diesem gottverdammten Wald.

Gleichzeitig packte Stephan den am Boden liegenden Chu mit einer Hand und zog ihn hoch. Rasend vor Wut brüllte er ihn an: »Warum Wagner, Chu? Du bist doch für ihn nur ein weiterer Fußsoldat, den er zum Sterben zurücklässt.«

»Wie …?«

»Ja, mich hast du nicht erwartet, hm?«

Cayenne streichelte ihrem Bruder über den Kopf, während ihr die Tränen über die Wangen liefen.

»Wo will er hin?«, hörte sie Stephan fragen, die Hand wie ein Schraubstock um Chus Hals. Es sah aus, als habe der große, muskelbepackte Mann eine Bauchrednerpuppe an seinem Arm. »Was hat er vor? Sag's mir, oder ich schwöre dir, ich mach dich alle. Hier und jetzt.«

Chu schüttelte den Kopf und verzog das geschwollene Gesicht zu einem Grinsen. »Ich unwichtig. Er holen McMillan aus Gefängnis. Wird töten dich. Zweites Mal.«

Da sah Cayenne, wie Stephan seine Hand mit aller Kraft zudrückte und Chus Kehlkopf unter dem Druck seiner Finger nachgab.

43

Morgen kommt es darauf an. Unser wichtigster Einsatz bisher. Es wird heikel werden. Um Leben und Tod gehen. Bei uns wie bei unseren Gegnern. Aber auch dafür sind wir Legionäre da, dafür haben wir vor ein paar Monaten unterschrieben, im Rekrutierungsbüro.

Vielleicht mein letzter Eintrag im Tagebuch? Es wird sich zeigen.

Unsere Einheit wurde ausgewählt. Weil wir die Besten sind. Aber heute Abend sind alle nervös. Sogar Fire. Er boxt seit einer Stunde auf den Sandsack ein. Auch Panda hat noch ein paar Trainingseinheiten eingelegt. Er ist schnell, flink. Auch ohne Waffe. Le poète hat wieder ein Gedicht geschrieben, irgendein politischer Mist. Wittert überall böse Mächte und Verschwörungen. Will nach der Legion Schriftsteller werden, oder Journalist. Würde ihm eher Letzteres empfehlen, die Gedichte sind unsäglich. Oder er wird Schuhputzer. Hat heute mal wieder eine ganze Stunde seine Stiefel gewienert.

Cuistot ist in die Stadt. Hat anscheinend was Festes mit einer Kreolin. Hoffentlich ist er vorsichtig, sonst sieht er seine Berge und seinen geliebten See zu Hause nie wieder. Die Leute hier mögen es nicht, wenn Legionäre sich an ihre Frauen ranmachen. Außer im Puff, aber die meisten da sind Brasilianerinnen, keine Einheimischen. Vor einigen Wochen hatte ein Kamerad von der Dschungelkampfschule ein Messer im Bauch. War anscheinend besoffen, hat provoziert. Streit mit einem Typen in der Stadt. Danach eine Weile nachts Ausgangssperre und verschärfte Kontrollen im Regiment. Sicherheitswarnungen. Wir müssen uns in Acht nehmen, überlegen, wem wir vertrauen können. Auf jeden Fall uns. Untereinander.

Gerade zum dritten Mal die Ausrüstung gecheckt, die Waffen geputzt, geölt und geladen.

Weiß nicht genau, was uns morgen erwarten wird. Geheime Kommandosache. Befehle kommen erst kurz vorher. Nicht dass etwas durchsickert. Es macht mich stolz, dass man die Legion für die Mission ausgewählt hat. Frankreich weiß, was es an uns hat. Wir sind die Elite, der sie vertrauen. Wird auf jeden Fall ein harter Dschungeleinsatz, hat man uns gewarnt.

Auch Georges hat noch keine genauen Direktiven. Geht um internationalen Drogenhandel im großen Stil, der schlimmsten Schaden anrichtet. Gefährliche Leute, die sich als normale Landbevölkerung tarnen. Sie sind schwer bewaffnet. Habe schon mal davon gehört. Hinterhältige Sache. Bin gespannt. Werden wir ein Waffenlager ausheben? Ein Labor zerstören, in der sie Kokain herstellen? Oder noch schlimmer: das verdammte Chrystal Meth?

Morgen um diese Zeit werden wir es wissen. So oder so.

Georges hat uns noch mal auf unsere Pflichten eingeschworen: Wir werden womöglich vielen das Leben retten, wahrscheinlich weit von hier entfernt. In Europa, Nordamerika. Das Leben von Kindern – das Leben von Unschuldigen. Überall dort, wo diese Schweine mit ihren dreckigen Drogen Geld verdienen. Ich weiß, was mit Lena geschehen ist, was für ein Mensch ich durch das Zeug geworden bin, bevor sie starb.

Ich bin bereit. Auch wenn wir töten müssen. Oder getötet werden. Für die Sache, den Frieden, unsere Zivilisation, hat Georges gemeint. Was ist schon das Leben eines Soldaten oder Drogenhändlers für das Leben unzähliger Unschuldiger?

Muss jetzt Schluss machen. Noch einmal die Waffen kontrollieren. Meine Stiefel putzen. Dann schlafen. Muss fit sein. Für morgen.

44

Dunkel.

Kalt.

Sinnlos.

Unerträglich, wie sinnlos nun alles war. Seit gestern Abend. Seit ihr geliebter Bruder, ihre Familie ... Cayenne hatte Angst. Angst davor, den Gedanken zuzulassen. Es dadurch real werden zu lassen. Dass er nicht mehr da war. Sie schüttelte den Kopf. Hatte sie wirklich eben ihren kleinen Bruder bestattet? Mit ihren eigenen Händen? Wie unwirklich dieser Gedanke war. Wie absurd. Damals hatten sie ihre Eltern umgebracht, nun auch noch Jo. Sie hatte es nicht geschafft, ihn zu beschützen, obwohl sie es versprochen hatte. Was war sie nur für eine Versagerin. Ihre ganze Familie – ausgerottet. Warum hatte es nicht auch sie erwischt? Dann wäre der Schmerz vorüber.

Dieser unerträgliche Schmerz.

Cayenne starrte vor sich in das trübe Licht des Waldes. Sie brachte es nicht fertig, zu weinen. Stattdessen fühlte sie Schuld. Was wäre gewesen, wenn sie ihren kleinen Bruder einfach gezwungen hätte, mit ihr abzuhauen? Vielleicht wären sie schon irgendwo in einem Haus am See, wie er es sich immer gewünscht hatte. Doch sie war geblieben. Oder wenn sie den Drahtschlingen-Angriff nicht überlebt hätte – vielleicht wäre ihr Bruder dann noch da. Vielleicht, wäre, hätte, würde ... Wenn sie nur noch einmal kämen, um auch sie selbst endlich zu töten.

»Cayenne, magst du mir helfen? Ich möchte Steine sammeln, schöne helle Steine, für sein ... Grab.«

Sie hob kaum den Kopf, wollte Stephan nicht ansehen. Nicht sehen, wie er die Stelle einebnete, an der sie Joshuas leblosen, kalten Körper verscharrt hatten. Nicht sehen, wie er ein *Grab* daraus machte. Die ganze Nacht hatten sie geschaufelt. Erst ein Loch für Giger und den Asiaten, dann für ihren Bruder. Apathie lähmte Cayennes Körper, der von den Blessuren des gestrigen Kampfes geschwächt war, von einer durchwachten Nacht, von all der Scheiße, die sie in den letzten Tagen durchlebt hatte.

Über alles hatte sich bleischwer Trauer und Wut gelegt. Wut auf die Schweine, die ihren Bruder getötet hatten, Wut auf sich selbst, weil sie ihn nicht hatte retten können. Und vor allem Wut auf Stephan, der sie hierhergebracht, die Konfrontation herausgefordert hatte, vor der er sie angeblich immer beschützen wollte. Inzwischen war sie sich ganz sicher: Sie waren nur nach Deutschland gekommen, weil er die Konfrontation gesucht hatte. Er wollte eine Entscheidung, ein Ende.

Nun war es da: das Ende.

Stephan kam langsam auf sie zu, legte seine Hand auf ihre Schulter, die sie rüde wegwischte. Sie stand auf und suchte sich einen neuen Platz, an dem sie sich zusammenkauerte und in sich zurückzog. So würde sie bleiben, bis auch sie von einer gnädigen Dunkelheit verschlungen wurde.

Irgendwann begann Stephan zu singen. Es war mehr ein Murmeln, trist, monoton. *»La lune pleure parmi les rameaux et la nuit déserte.«*

Cayenne erkannte das Lied sofort. Sie hatten es immer wieder zusammen gesungen, als sie noch klein war. Obwohl es so einen traurigen Inhalt hatte, mochte sie die getragene Melodie.

»En vain, ami, nous t'avons appelé sur tous nos sentiers.«

Es war der *Chant du Légionnaire tombé*, der Trauergesang für die gefallenen Soldaten der französischen Fremdenlegion. Unter all den Liedern, die Stephan ihr und Joshua früher zum Einschlafen vorgesungen hatte, war es ihr liebstes. Sie hatte es sich immer wieder gewünscht, hatte es übersetzt, gepfiffen – doch nie hatte es so gut gepasst wie heute. Weil es um den Schmerz ging, den sie gerade fühlte, um die Endgültigkeit des Verlustes. Reflexartig stand sie auf, auch ihre Lippen begannen sich zu bewegen, dann sang sie mit, ganz leise, nur für sich und ihren Bruder, der vor ihr in der fremden Erde lag. Und endlich weinte sie.

»Seul le vent encore soupire ta chanson parmi les fleurs.«

Sie standen jeder für sich, sangen das Lied. Und bei Cayenne öffneten sich alle Schleusen. Ihre Welt löste sich in Tränen auf.

»Nature qui console ce triste tombeau où tu reposes.«

Dann ging Stephan wieder zu der Stelle mit der frischen Erde und formte ein Kreuz aus Steinen darauf, erhob sich und salutierte vor dem Grab, als sei Joshua einer seiner Kameraden gewesen, gefallen für eine gute Sache.

»Ici même les tiens t'ont oublié, nous chantons pour toi.«

Cayenne hörte der letzten Zeile nach: *Hier haben dich selbst die Deinen vergessen, wir aber singen für dich.* Sie schluchzte laut. Stephan hörte auf zu singen und kam zu ihr, wollte sie in den Arm nehmen, doch sie wand sich aus seiner Umklammerung.

»Ich versteh dich doch, Cayenne! Mir geht es genauso. Es ist schrecklich. Magst du vielleicht etwas schnitzen? Du hast das früher so gern für ihn gemacht. Ich glaube, es wird uns helfen, wenn wir …«

»Uns? Fick dich! *Uns* gibt es nicht mehr.« Wie Galle spie sie Stephan die Wörter entgegen. Der nahm sie nickend zur Kenntnis. Senkte wieder seinen Kopf. Was Cayenne nur noch wütender machte. Wollte er jetzt auf einmal den trauernden Vater spielen? Er war nicht ihr Vater. Er war gar nichts.

Eine Weile schwiegen sie, dann hielt er Cayenne sein Messer und ein Stück Holz hin. »Bei unseren Einsätzen in Guyana sind manchmal Soldaten ums Leben gekommen. Dabei hat es uns immer gutgetan, wenn wir uns würdig von ihnen verabschiedet haben. Es gab Rituale, die es einem …«

Cayenne trat gegen Stephans Hand. Das Messer flog durch die Luft und landete mit dem Ast auf dem Waldboden. »Das ist kein Soldat, den wir hier beerdigt haben. Und das ist kein Krieg! Vielleicht war es deiner, aber sicher nicht seiner.« Sie blickte zu der aufgeschütteten Erde. »Das hier ist das Leben. Und der Tod.«

Stephan rieb sich die Hand. Sagte kein Wort. Dann sah Cayenne, dass auch sein Körper zu zittern begann. Er weinte.

Ihr stockte der Atem. Sie hatte ihn noch nie weinen sehen. Mit Gefühlsregungen aller Art hatte er sich immer zurückgehalten. Sein vernarbtes Gesicht hatte seine Züge verhärtet, man sah ihm kaum je an, was er empfand. Und auf einmal zeigte er Emotionen? Jetzt, wo es zu spät war?

Cayenne wandte sich ab, zog ihr eigenes Messer aus der Tasche, hob das Holzstück auf und begann zu schnitzen. Sie hieb regelrecht auf das Holz ein, die Späne flogen in alle Richtungen.

Es dauerte eine Weile, bis sich Stephan wieder gefangen hatte. Er stand auf und kam auf sie zu. »Hör zu«, sagte er ruhig, »wir müssen ihn erledigen. Wagner. Das sind wir Joshua schuldig. Es ist sein Vermächtnis. Damit zumindest wir in Frieden leben können.«

Cayenne blickte ihn fassungslos an. »*Joshuas Vermächtnis?* Bullshit!« Sie sprang auf und trat ihm energisch gegenüber, das Messer fest umklammert. In seinen Augen erkannte sie etwas, das sie erschreckte: Er hatte Angst. Vor ihr. Sie steckte das Messer weg. So durfte es nicht enden. Mit zusammengebissenen Zähnen presste sie hervor: »Du wirst nie aufhören, oder? *Wir* ist gestern gestorben.« Stephan wich ein Stück zurück. »Der Fehler«, fuhr sie fort, »mein unverzeihlichster Fehler war, nicht einfach mit Jo abzuhauen. Allein hätten wir eine Chance gehabt, aber mit dir war alles zum Scheitern verurteilt. Ich habe versagt bei der Aufgabe, meinen Bruder zu schützen. Und ich wollte so lange nicht wahrhaben, dass ich ihn vor allem vor dir hätte schützen müssen.«

Stephan schluckte, fuhr sich mit der Hand über die feuchten Augen. Cayenne hatte eine heftige Gegenrede erwartet, doch es kam nichts dergleichen.

»Nein, Cayenne. Nicht du hast versagt, sondern ich«, murmelte er stattdessen kraftlos. »Du warst ein Kind, als deine Eltern starben. Als Kind konntest du Jo nicht beschützen. Es war meine Aufgabe. Ihr habt mich versorgt, euch um mich gekümmert, damals, als ich halb verbrannt in dieser Hütte lag. An diesem Tag habe ich mir geschworen, auf euch aufzupassen, euch auszubilden – und irgendwann in ein Leben zu entlassen, in dem ihr keine Angst mehr zu haben braucht. Weil ihr stärker seid als sie.«

»Und jetzt? Waren die anderen stärker!«

Er schwieg.

»Du hast uns hierhergebracht, weil dein Plan war, sie anzulocken. Du wolltest eine Entscheidung erzwingen. Weil du es nicht mehr ausgehalten hast, dich vor denen zu verstecken. Und weil du Rache wolltest. Rache für das, was sie mit dir gemacht haben.«

»Nein, nicht deswegen …«

»Also stimmt es? War das dein Plan?«

»Nicht alles im Leben ist planbar. Vielleicht war es mein Instinkt, der mir gesagt hat …«

»Dein Instinkt?«

Stephan machte seinerseits einen Schritt auf sie zu. »Ich weiß, dass ich versagt habe. Nur ich, dich trifft keine Schuld, hörst du? Ich hatte nur eine Aufgabe und bin gescheitert. Aber …«

Sie sah, wie sehr er sich quälte, wie sehr er mit den Worten rang, doch sie verspürte kein Mitleid.

»Versagen ist … kein Grund, aufzugeben. Dann hätten unsere Gegner gesiegt.«

Sie packte ihn bei den Schultern, als wolle sie ihn wach rütteln. »Stephan, wir können nicht mehr siegen. Wir haben längst verloren. Alles. Unsere Niederlage wurde an dem Tag besiegelt, als meine Eltern gestorben sind. Als du in unser Leben getreten bist.«

Stephan schloss die Augen und sog die Luft ein. Seine Kiefermuskeln traten hervor. »Dann wäre Joshua umsonst gestorben«, flüsterte er.

Sie nickte. »Das ist er.«

Er wurde bleich. »Mein Leben war ein einziger Fehlschlag. Ich habe nur Leid verursacht.«

»Jetzt werd nicht melodramatisch. Was ist mit mir? Ich hatte noch gar kein Leben! Wenn ich Joshua etwas schuldig bin, dann, dass ich weggehe. Und endlich damit beginne: dem Leben. Auch wenn ich nicht weiß, wie das gehen soll.«

Er sah sie mit einer Mischung aus Verzweiflung und Entschlossenheit an. »Du hast recht. Aber lass uns dem vorher ein Ende machen. Dann trennen sich unsere Wege. Für immer …«

Der letzte Satz klang seltsam endgültig in Cayennes Ohren. Sie atmete tief ein. Rang mit sich. Sie wollte keine Rache. Rache machte alles nur noch schlimmer. Rache hatte sie hierhergeführt. Aber es stimmte: Wagner würde nicht aufhören, nach ihr zu suchen. Nur wenn er tot wäre, könnte sie tatsächlich frei sein. Und Stephan? Cayenne wunderte sich, wie egal ihr das mittlerweile war. Es ging nicht mehr um ihn. Es ging um sie. Um ihre Eltern. Um Joshua. »Gut, wir machen es. Danach ist Schluss, und du lässt mich ziehen.«

»Ich werde dich nie wieder behelligen.«

»Wie gehen wir vor?«

Die Verletzlichkeit fiel von Stephan ab, und er schlug wieder den militärischen Ton an, den sie von ihm gewohnt war. »Von Chu wissen wir, dass sie McMillan aus dem Knast holen wollten«, erklärte er. »Wagner hat immer irgendwelche Leute gebraucht, die die Drecksarbeit für ihn machen. Allein ist er ein Niemand.«

»Es gibt viele Gefängnisse hier, wie sollen wir ...?«

»Ich weiß, wo er einsitzt«, unterbrach er sie.

Sie nickte. Natürlich war er vorbereitet.

»Es ist nicht weit. Wir müssen uns nur bis dorthin durchschlagen. Dann kriegen wir sie beide.«

»Oder sie uns«, wandte Cayenne ein. Und wenn schon. So oder so: Heute würde alles enden.

45

Der Lärm verursachte pochende Schmerzen im Kopf des *Schotten.* So nannten ihn alle. Mit seinen riesigen Händen fuhr er sich über die roten Haarstoppeln auf seinem Schädel. Er hasste den Lärm und war ihn auch nicht mehr gewohnt: Hier ging es normalerweise ruhig und für ein Gefängnis relativ gesittet zu. Dafür sorgten schon die Wärter. Und diejenigen unter den Insassen, die das Sagen hatten. Doch seit ein paar Tagen war hier nichts mehr normal. Als die Lampen zum ersten Mal ausgegangen waren, waren bei einigen Gefangenen die Sicherungen durchgebrannt, und es war von Tag zu Tag schlimmer geworden. Ein elektrisches System nach dem anderen hatte den Geist aufgegeben. Erst das Licht, dann die Lüftung, die Heizung, schließlich das warme Wasser. Für jemanden wie ihn kein Problem, aber die ganzen anderen Pussys hier drin krakeelten sofort nach ihren Anwälten, klagten über die miesen Haftbedingungen, forderten eine Verlegung und solche Scherze. Doch es passierte genau das Gegenteil: Eine Vergünstigung nach der anderen wurde ihnen gestrichen, Extras wurden eingeschränkt. Aus »sicherheitstechnischen Gründen«. Wie es immer hieß, wenn hier etwas geändert wurde. Was so viel bedeutete wie: *Was wir machen, geht euch einen Scheißdreck an.*

Und jetzt auch noch das: Der fette Gefängnisleiter hatte eben vor den versammelten Insassen vermeldet, dass eine

Einzelunterbringung nicht mehr möglich sei. Um den Betrieb aufrechtzuerhalten, müsse man die Notstromversorgung auf einen kleinen Teil des Gefängnisses beschränken, was bedeute, dass sich vorübergehend bis zu fünf Mann eine Zelle teilen müssten.

Das Geschrei, das nach dem Verkünden dieser Nachricht im Essenssaal, in dem sie alle zusammengetrieben worden waren, losbrach, war ohrenbetäubend. Geschirr und Essen wurden durch die Gegend geworfen. Und der Tumult steigerte sich noch, als der Fettsack meinte, sie sollten mit den Mahlzeiten besser sparsam umgehen, denn die Portionen müssten von nun an rationiert werden. Dabei gab es sowieso nur noch kalten Fraß.

Nun packte auch den Schotten die Wut. Mit allem konnte er leben, alles hatte er schon gesehen, hatte in Erdlöchern gehaust, auf Bäumen, in Wüsten. Aber wenn das Essen knapp wurde, fingen seine Nerven an zu flattern. Dabei war es nicht so, dass es einem bei dem Zeug, das sie einem hier vorsetzten, nach mehr verlangte. Aber seine einhundertzwanzig Kilo – früher reine Muskelmasse, die sich immerhin noch erahnen ließ – brauchten entsprechend viel Brennstoff. Für die meisten der Insassen waren die Essenstermine außerdem die Höhepunkte ihres tristen Alltags. Wobei es einem in Deutschland ja noch gut ging, fand er. Er hatte schon in ganz anderen Rattenlöchern gesteckt, die sich Gefängnis schimpften. Dagegen war das hier eine Nobelunterkunft.

Wie auch immer: Kleinere Rationen in Verbindung mit größeren Zellenbelegungen – das war ein Pulverfass. Das musste doch auch den Wärtern klar sein. Der Schotte ließ seinen Blick schweifen: Die meisten der Justizvollzugsbeamten, wie sie sich hier nannten, waren Extremsituationen nicht gewachsen. Sie wirkten träge, hatten graue, teigige Gesichter oder waren picklige Kids. Ihnen allen stand die

Furcht, dass sie die Kontrolle verlieren könnten, ins Gesicht geschrieben.

Immerhin hörte jetzt dieser beschissene Lärm auf, weil der Fettsack – offenbar aus Angst – versprach, dass es zumindest heute noch die normale Portion geben würde. Morgen müsse man dann weitersehen. Aber die Laune des Schotten war schon im Keller, und wenn seine Laune schlecht war, brauchte er noch mehr Essen als sonst. Bevor er sich also seine eigene Ration holte, griff er sich im Vorbeigehen das Tablett eines Mithäftlings. Als dem seine Mahlzeit vor der Nase weggezogen wurde, sprang er auf, hob den Kopf und holte gerade Luft für eine Schimpftirade, als er erkannte, wer den Mundraub begangen hatte. Sofort nahm sein Gesicht einen versöhnlichen Ausdruck an. »Lass es dir schmecken, Tom«, sagte er noch, doch der Rothaarige war bereits weitergegangen.

Einigermaßen satt, aber noch immer schlechter Laune, trottete der Schotte eine halbe Stunde später mit ein paar Mithäftlingen zu dem einzigen Zellentrakt, der noch mit Strom versorgt wurde. Die Wärter waren nervös, schon beim kleinsten Regelverstoß, der unter normalen Umständen nur ein Schulterzucken hervorgerufen hätte, begannen sie zu schreien und mit ihren Schlagstöcken herumzufuchteln. Er sah ihnen interessiert zu. Beeindrucken konnten sie ihn mit ihrem Gebrüll nicht, er roch förmlich die Angst unter ihrem martialischen Gehabe. Aber vielleicht würde die Sache mit dem Stromausfall doch noch interessant werden. In welche Richtung sich in den nächsten Tagen alles entwickeln würde, war kaum abzusehen. Und wenn es ihnen jetzt schon solche Mühe bereitete, die Ordnung aufrechtzuerhalten, wie würde das dann erst in einer Woche aussehen?

Etwas besser aufgelegt betrat er die Zelle, die sie für ihn

vorgesehen hatten. Zwei Stockbetten und ein Einzelbett waren in die paar Quadratmeter gezwängt worden, dazu ein Waschbecken und eine Toilette. Als der mächtige Rothaarige eintrat, verstummten die anderen vier, die schon in der Zelle warteten. Drei davon kannte er, der Letzte musste neu sein, er hatte ihn noch nie gesehen. Sie hatten viele Neue gebracht in den letzten beiden Tagen. Anscheinend war auch draußen ganz schön was los, ohne Strom. Die, die ihn kannten, warteten, welchen Schlafplatz der Rothaarige sich aussuchen würde. Als er sich auf das Einzelbett setzte, wählten auch sie sich jeweils eines aus und verkrochen sich wortlos darin. Nur der Neue schien mit der Situation nicht zufrieden. Er stellte sich vor den Schotten und streckte die Hand aus. »Hallo, ich bin Klaus, aber die meisten nennen mich Rock«, begann er leutselig. »Nicht wie das Kleidungsstück, sondern wie *Dwayne The Rock Johnson.* Aus den Filmen, kennst du bestimmt.«

Der Schotte schwieg. Die anderen drei rollten sich noch weiter in ihren Decken zusammen. »Schon klar, du denkst jetzt: *The Rock*, das is doch 'n Neger. Ich natürlich nicht. Aber der hatte als Wrestler so 'nen krassen linken Haken drauf wie ich eben«, plapperte der Neue weiter und baute sich breitbeinig vor dem Rothaarigen auf. Das Schweigen seines Gegenübers schien ihn nicht zu stören. »Okay, bist nicht von der gesprächigen Sorte, verstehe. Respektier ich auch, keine Frage. Bist eher so wie *Drago*. Aus *Rocky*, weißt schon, auch 'n Film. Kennste? Der blonde Russe. Nur, dass du ja rothaarig bist. Ire?«

Seine Kiefermuskeln begannen zu mahlen. Er war Schotte, reinrassiger Schotte, kein verfickter Irenarsch. Sorgfältig krempelte er die Ärmel seines Hemds hoch.

»Egal. Cooles Branding übrigens. Selber gemacht?« Er zeigte auf die Narben auf dem kräftigen Oberarm des

Briten, die eine Granate mit sieben Flammen bildeten. Der verzog keine Miene. »Was anderes«, fuhr Klaus schließlich fort, »ich weiß nicht, wie ihr das hier für gewöhnlich so handhabt. Mit den Betten, mein ich. Aber ich hätt auch gern das einzelne. Krieg sonst schnell Platzangst. Sollen wir losen oder so?«

Die Augen des Schotten verengten sich, doch er antwortete nicht.

Jetzt wurde der Typ doch ein wenig unruhig. »Na ja, können wir ja noch überlegen. Hab jetzt erst mal Wichtigeres zu tun.« Klaus knöpfte sich die Hose auf und setzte sich auf die Toilette.

»Was machst du da?« Es war das erste Mal an diesem Tag, dass der Schotte sprach, weswegen sein Bass rau und belegt klang. Die anderen zogen die Köpfe ein. Sie wussten, dass es selten ein gutes Zeichen war, wenn er zum Reden gezwungen wurde.

»Ah, es spricht«, sagte Klaus grinsend. »Sorry, aber ich muss schon seit 'ner Stunde tierisch einen abseilen.« Dann verzerrte sich sein Gesicht, und kurz darauf hörte man ein Platschen in der Schüssel.

Der Schotte erhob sich, ging langsam auf den Mann auf dem Klo zu, packte ihn dann mit einer blitzschnellen Bewegung vorn am Hals und zog ihn mit einer Hand hoch. Klaus ruderte mit den Armen, seine Augen vor Überraschung weit aufgerissen, die Hose in den Kniekehlen. Als der Schotte ihn losließ, begann er zu fluchen: »Geht's noch? Verdammt, kann man nicht mal in Ruhe scheißen?« Weiter kam er nicht, denn wieder griff der Rothaarige zu, diesmal von hinten. Er packte Klaus mit seiner Pranke im Nacken, drückte ihn mit einer schwungvollen Bewegung nach unten und tauchte seinen Kopf in die Kloschüssel. Der Neue kreischte, als er ihn wieder losließ und auf den Boden warf.

»Hast du sie noch alle, du Arschloch?«, geiferte er, da traf ihn ein Fußtritt so heftig in den Bauch, dass ihm die Luft wegblieb. Ein weiterer knallte gegen seinen Brustkorb. Wäre sein Gesicht nicht voller Scheiße gewesen, hätte ihn der Schotte auch noch in seine geschwätzige Fresse getreten. Bevor er sich eine weitere Stelle für einen Tritt suchen konnte, kamen die Wärter.

»McMillan, hör auf damit«, rief einer in die Zelle.

Der Schotte warf ihm einen müden Blick zu, ging zurück zu seinem Bett, legte sich hin und verschränkte die Hände hinter dem Kopf.

Die Tür wurde aufgeschlossen, drei Wärter kamen mit gezückten Schlagstöcken herein. »Willst du uns Ärger machen, McMillan?«, fragte einer von ihnen, ein junger Mann, der höchstens halb so viel wog wie der Angesprochene. Der sagte nichts, starrte nur weiter an die Decke.

»Sieht nicht so aus«, befand ein anderer und steckte seinen Schlagstock weg. Er schien erleichtert. Dann wandte er sich an Klaus. »Und du wasch dir die Scheiße aus dem Gesicht, ist ja ekelhaft.« Mit diesen Worten verließen sie die Zelle wieder.

Konsterniert blickte Klaus ihnen nach. »Du bist McMillan?«, fragte er ungläubig, als sie außer Hörweite waren. Da der Schotte nicht reagierte, schob er nach: »Ich hab eine Nachricht für dich.«

46

Jürgen Wagner war nicht er selbst, als er den THW-Unimog durch den Regen steuerte. Und das in zweierlei Hinsicht. Schon als er in Berlin aufgebrochen war, hatte er seine normale Arbeitskleidung – Anzug, Krawatte, Hemd, alles wie immer Ton in Ton – gegen eine blaue Cargohose getauscht. Ein ausgeleiertes Sweatshirt und eine Weste komplettierten den Look. Er wollte wie jemand aussehen, der hinter das Steuer eines solchen Gefährts gehörte. Aber er war auch unrasiert, hatte Ringe unter den Augen, seine Bewegungen waren fahrig. Das war das Resultat der letzten Tage, in denen nichts nach Plan gelaufen war.

Er drehte das Radio lauter, um nicht ins Grübeln zu verfallen, nicht wieder und wieder die Entscheidungen, die sich als falsch erwiesen und zum Tod seines einzigen Freundes geführt hatten, zu durchdenken.

Es änderte ja nichts. Das Wichtigste war, dass er überlebt hatte, dass er das Ruder wieder herumreißen konnte. Dazu aber mussten alle Entscheidungen, die er ab jetzt treffen würde, die richtigen sein.

Am Horizont tauchte im Dämmerlicht der Umriss des Gefängnisses auf. Wenigstens ein Gutes hatte dieser vermaledeite Blackout: Ein weiterer Verbündeter würde sich ihm in Kürze anschließen. Einer, an den er unter normalen Umständen nicht herangekommen wäre.

Der Regen ließ etwas nach, als er auf das nur spärlich beleuchtete Bauwerk zufuhr, aber es würde nicht lange trocken bleiben. Es waren weitere ergiebige Niederschläge vorhergesagt, und wenn man in den Himmel blickte, wo die Welt trotz dieser relativ frühen Stunde von schwarzen Wolken verdunkelt wurde, hatte man daran keinen Zweifel.

Die Eingangskontrolle war ein Witz, man merkte, dass diese Einrichtung im Moment ganz andere Probleme hatte, als Menschen am Reinkommen zu hindern. Und die Aussicht auf ein zusätzliches Stromaggregat und damit eine Entspannung der Lage öffnete ihm sofort Tür und Tor. Er parkte auf dem Innenhof, schnappte sich ein Klemmbrett aus dem Handschuhfach, nahm den Werkzeugkoffer vom Beifahrersitz und stieg aus. Ein Wärter kam ihm sofort entgegengerannt. Er musste seine Uniformmütze festhalten, so stark blies der Wind.

»Sie haben Strom für uns?«, fragte der Beamte. »Es hat Sie gar niemand angekündigt.«

»Wie auch, die Leitungen sind ja tot. Tag, Kollege.«

»Ja, richtig. Wir haben hier gerade alle Hände voll zu tun.«

Wagner nickte.

»Aber dieses Ding bringt uns doch einiges an Erleichterung.« Der Mann blickte hoffnungsvoll auf den Unimog. Dann streckte er die Hand aus. »Klein. Aber kannst gern Alex zu mir sagen.«

Wagner ergriff die Hand. »Jürgen«, erwiderte er. Er sah keine Notwendigkeit, einen anderen Namen zu verwenden. Wenn das hier klappen würde, wären all seine Probleme gelöst. »Ich müsste mir allerdings erst mal die Anlage anschauen.«

»Hast du irgendwelche Papiere?«, fragte der Wärter.

Wagner hatte mit dieser Frage gerechnet. »Also, viel hab

ich nicht«, sagte er und wedelte mit dem Klemmbrett, »aber von *denen* kriegst du im Moment auch nichts Brauchbares. Die haben ganz andere Sorgen.« Er führte nicht näher aus, wen er meinte, doch Klein schien auch so zu verstehen.

»Ja, klar. Aber trotzdem …«

»Weißt du, mir ist das egal, wir können auch in dein Büro gehen, einen trinken, und ich düse wieder ab. Für meine Maschine hier find ich schnell neue Abnehmer, glaub mir. Aber ich sag's dir ganz offen: Wenn der Strom hier endgültig die Biege macht, das Chaos ausbricht und euch eure Knackis abhauen, dann vielleicht auch noch Leute verletzt werden oder hopsgehen, was glaubst du wohl, wo die nach dem Schuldigen suchen? Oben? Nee, bestimmt nicht, da müssen Leute wie du und ich den Kopf hinhalten.«

Der Beamte kämpfte mit sich, dann sagte er: »Hast recht, komm mit.«

»Hau mir eine rein.«

»Du spinnst wohl.« Klaus starrte ungläubig McMillan an, der mit dem Finger auf sein Kinn zeigte.

»Doch, du musst. Mach endlich.«

»Aber ich … nach vorhin, ich mein … dann krieg ich wieder eine in die Fresse.« Nachdem er Bekanntschaft mit den Muskeln des Schotten gemacht hatte, schien Klaus keine Lust darauf zu haben, einen neuerlichen Streit mit ihm zu beginnen.

»Verdammt, los jetzt, hau zu, sonst wachst du vor morgen nicht mehr auf.« McMillan schloss nicht einmal die Augen, als Klaus zuschlug. Zuckte nicht, als die Faust gegen seinen Kiefer krachte. Der andere zog seine Hand zurück und rieb sich die schmerzenden Knochen. »Du Pfeife«, raunte McMillan, ging zur Wand und knallte seinen Kopf derart dagegen, dass etwas vom Putz abbröckelte und sofort Blut aus einer Platzwunde auf seiner Stirn rann. Dann rief er die Wärter.

Wenige Minuten später befand sich der Schotte auf der Krankenstation – beziehungsweise in jenem kleinen Teil davon, der noch in Betrieb war. Er saß im Behandlungsraum auf der Liege und wartete, bis der Anstaltsarzt den Riss auf seiner Stirn genäht hatte.

»Deine hässliche Visage hab ich schon lange nicht mehr hier gesehen, Thomas. Hat keiner mehr Lust, sich mit dir zu prügeln? Oder wirst du alt?«, sagte der Arzt, während er seine Nadel grob durch die Wunde führte.

»Hab alle durch«, murmelte der Schotte und fügte ein »fast« hinzu.

»Ja, das ist natürlich auch eine Erklärung. So, fertig. Wird vielleicht 'ne kleine Narbe zurückbleiben, aber die fällt in deiner Fresse ja kaum auf.« Der Arzt erhob sich und öffnete die Tür. »Und jetzt mach, dass du wieder zu Deinesgleichen kommst.«

Jürgen Wagner tat, als blicke er sorgenvoll auf die Maschine vor sich. Sie hatte die Größe eines Kleiderschranks und ratterte mit der Lautstärke einer Harley vor sich hin. Er hatte eine Klappe geöffnet: Die Kabel und Rohre, die sich darin befanden, wirkten alt und brüchig, während die Verkleidung wie neu aussah. Oft war das Ding anscheinend nicht benutzt worden.

Er drehte sich zu Alex um, den er im funzeligen Licht der Energiesparlampe in dem Kellerraum kaum erkennen konnte. »Und das ist alles, was ihr habt?«

»Ja, das ist unser Aggregat. Läuft am Limit, mehr ist aus dem alten Ding nicht mehr rauszuholen.«

Jürgen Wagner nickte. »Ja, schon klar. Da wird wieder

gespart. Aber ihr vor Ort müsst dann mit den Folgen leben.«

»Wem sagst du das«, antwortete der Beamte. »Kannst du da was machen?«

»Hm, ich werd versuchen, meine Maschine einfach mit dranzuhängen.«

»Das geht?«

»Ich glaub schon.« Wagner hoffte, dass Alex ihm keine weiteren Fragen stellen würde, denn er hatte keinen blassen Schimmer. Aber Alex schien es genauso zu gehen. »Ich mach mich dann mal an die Arbeit«, sagte Wagner, ging vor dem Aggregat in die Hocke und holte aus dem Werkzeugkoffer einen Schraubenschlüssel. Er ließ sich extrem viel Zeit damit, doch sein Begleiter stand immer noch hinter ihm. Was sollte er tun? Ihm das Werkzeug über den Schädel ziehen? Aber wenn ihn dann jemand vermisste? *Lieber erst einmal auf die sanfte Tour.*

»Das kann 'ne Weile dauern, ich melde mich, wenn ich fertig bin, ja?«, sagte er bestimmt. Er drehte sich nicht um dabei, konnte aber förmlich spüren, wie Alex mit sich rang. »Okay, dann lass ich dich mal machen«, sagte der schließlich.

Besser für dich, dachte Wagner. Er wartete noch, bis der Beamte gegangen war, folgte ihm ein paar Schritte, um zu hören, ob er noch in der Nähe war, und kehrte dann zurück zum Gefängnis-Aggregat. Wagner öffnete eine transparente Kunststoffabdeckung, worauf die Steuereinheit, ein Paneel mit zahlreichen Schaltern und Reglern, zum Vorschein kam.

Aus dem Werkzeugkoffer zog er den größten Hammer heraus und schlug immer wieder auf die Steuereinheit ein. Eine Weile tat sich nichts, das Aggregat lief unbeirrt weiter, doch dann schien er die richtige Stelle getroffen zu haben.

Ein schriller Warnton erklang, und die Maschine fuhr mit einem enttäuschten Brummen herunter.

Dann wurde es schwarz um ihn herum.

»Was ist denn jetzt … Mist!« Der Arzt blieb wie versteinert in der Tür stehen, als die Lichter erloschen.

McMillan hörte, wie er den Lichtschalter mehrfach drückte. *Das wird dir nichts nützen*, dachte der Schotte und erhob sich.

»Thomas?«, fragte der Arzt in die Dunkelheit. »McMillan? Wo … bist du? Mach jetzt keinen Scheiß!«

Er konnte die Angst des Weißkittels aus jedem seiner Worte hören. Gerade noch hatte er sein Maul so weit aufgerissen, jetzt war er auf einmal ganz kleinlaut. Der Schotte ging auf die Stelle zu, von der das gepresste Atmen kam, hob seinen Arm und schlug mit aller Kraft zu. Alles, was der Arzt nun von sich gab, war ein ersticktes Stöhnen, dann ging er zu Boden.

Er widerstand der Versuchung, ihn weiter zu traktieren, und befolgte die Anweisungen, die ihm der Neuankömmling vorher weitergegeben hatte. Tastete sich durch dunkle Gänge in die vorgegebene Richtung, öffnete Türen, die eigentlich versperrt hätten sein müssen, deren elektrische Schlösser nun aber nicht mehr funktionierten. Als er die letzte aufmachte, stand er in einem kleinen Raum, den er bereits kannte: Es war die Sicherheitsschleuse, die auch die Krankenwagen benutzten, wenn sie Gefangene mit schweren Verletzungen abholten. Zwei große Fenster spendeten etwas Licht, auch wenn es draußen schon fast dunkel war.

Hier war Endstation, denn das Tor war mechanisch verschlossen. Doch das beunruhigte ihn nicht, denn genauso hatte man es ihm geschildert. Er würde einfach warten müssen. Bestimmt nicht lange. Nur bis … Da! Von draußen drang ein kratzendes Geräusch zu ihm herein, Metall, das auf Metall rieb. Das Timing war perfekt.

Gebannt blickte er auf das Tor. Der Spalt zwischen den beiden Flügeln vergrößerte sich um ein paar Millimeter, dann schob sich die Spitze eines Brecheisens hindurch. Während er zusah, wie das Tor Stück für Stück aufgehebelt wurde, wurde es hinter ihm immer lauter. Stimmen, die durcheinanderriefen, ein Krachen und Rumpeln, dann noch mehr Rufe. Der Stromausfall ließ im Gefängnis das Chaos ausbrechen. *Umso besser.*

Dann krachte es vor ihm, und die Tür flog auf. Eine schwarz vermummte Gestalt stand mit dem Brecheisen im Türrahmen.

McMillan stürmte auf ihn zu, riss ihn kurz an sich, umarmte ihn. »Well done, Jürgen«, rief er euphorisch, doch die Gestalt hob nur eine Hand und presste den Zeigefinger an die Lippen.

Sofort senkte der Schotte die Stimme. »Verstehe. Und jetzt?«

Der andere bedeutete mit der Hand, ihm zu folgen. Im Schutz der Dunkelheit pirschten sie sich, dicht an die Mauer gedrückt, um eine Ecke des Gebäudes. Wahrscheinlich hätten sie auch singend mitten auf dem Weg gehen können, dem Krach nach zu urteilen, der aus dem Zellentrakt zu ihnen herüberdrang. Doch es war besser, kein Risiko einzugehen. Sie kamen an eine Feuerleiter, die auf ein Vordach führte. Wagner kletterte voraus, McMillan dicht hinterher. Er konnte kaum Schritt halten, die Jahre im Knast forderten ihren Tribut.

Als er schließlich oben ankam, klopfte er sich den Staub von der Kleidung und blickte auf. Was er sah, irritierte ihn. Auf dem Dach stand noch eine weitere schwarz gekleidete Gestalt. Kleiner und schlanker als sein Retter. Doch dann war ihm klar, wer das sein musste. »Panda?«, fragte er ins letzte Licht des Tages, aber auch die Gestalt vor ihm gab ihm zu verstehen, dass sie leise sein mussten.

Jetzt sah der Schotte, dass die zweite Gestalt etwas in der Hand hielt.

Eine ... Flasche. Wollten sie gleich hier auf seine Rettung anstoßen? Der Kleinere gab sie an Wagner weiter, der sie nahm, ein Feuerzeug aus seiner Tasche holte und die Lunte anzündete, die aus dem Flaschenhals hing. *Ein Molotow-Cocktail!* McMillan hatte selbst schon viele dieser explosiven Mixturen zusammengebraut, war früher eine Art Experte in solchen Dingen gewesen. *Fire* hatte man ihn genannt. Und das nicht nur wegen seiner roten Haare. Er musste grinsen. Die Lunte war viel zu lang. Dennoch lobte er die beiden: »Gut ausgerüstet. Wie immer. Ich hatte nie Zweifel, dass ihr mich irgendwann holt. *Niemand bleibt zurück*, oder?«

Langsam nickte der Mann vor ihm, dann fasste er sich an die Maske und zog sie sich mit einem Ruck vom Kopf. Im flackernden Schein der Lunte sah McMillan, dass es nicht Wagner war, der da vor ihm stand. Es war ein anderer, den er noch nie gesehen hatte. Er sah schrecklich aus, eine Gesichtshälfte war eine einzige Narbe. Eine typische Brandnarbe.

Ein unbehagliches Ziehen machte sich im Magen des Schotten breit, eine Ahnung, so unglaublich, dass er sie nicht wahrhaben wollte. Bis der andere zu sprechen begann. McMillan erkannte die Stimme sofort. »Niemand?«, sagte der Mann.

Bevor der Schotte etwas erwidern konnte, holte der Mann aus und warf ihm die Flasche vor die Füße, wo sie sofort aufplatzte. Dann stand Thomas McMillans Welt in Flammen.

47

»Scheiße«, schimpfte Wagner, als er sich an der Hauswand entlang zum vereinbarten Treffpunkt vortastete. Es hatte länger gedauert als erwartet. Die Dunkelheit im Gebäude, die auf sein Konto ging, hatte auch ihn selbst ausgebremst. Und das nur, weil er im Eifer des Gefechts die Taschenlampe im Wagen hatte liegen lassen. Egal, die Geräusche aus dem Zellentrakt sagten ihm, dass die Befreiung ein Kinderspiel sein würde. Das Gefängnis versank im Chaos.

Endlich hatte er den Treffpunkt erreicht, die Schleuse mit der Tür, die ... offen stand? Verdammt, er hatte McMillan doch ausrichten lassen, dass er warten sollte. Hatte der schottische Dickschädel mal wieder mit dem Kopf durch die Wand gemusst? Aber womit hatte er die Tür überhaupt geöffnet?

Da hörte Wagner die Schreie. Sie waren lauter als die Stimmen aus dem Hauptgebäude. Und näher. Es waren Schreie, die ihm durch Mark und Bein gingen. Todesschreie. Wo war McMillan? So schnell er konnte, rannte er nach draußen, bog um eine Ecke und sah das Feuer. Auf dem Vordach, etwa fünf Meter über ihm, brannte ein Mensch. Lichterloh. Wie eine Fackel. Schrie, torkelte, ruderte mit den Armen. Aber da war noch mehr. Wagner schluckte. Zwei dunkle Gestalten standen ebenfalls auf dem Dach und sahen ruhig dabei zu, wie der Mensch vor ihnen bei lebendigem

Leib verbrannte. Wagner verstand noch nicht, was da genau vor sich ging.

Die brennende Gestalt näherte sich dem Rand des Daches. Nun erkannte er auch die Stimme des Mannes, der so markerschütternd schrie: Es war McMillan. Mit einem letzten, erstickten Laut stolperte der Schotte über den Abgrund hinaus und raste wie ein Feuerwerkskörper auf den Boden zu. Er schlug so hart auf, dass die Funken in alle Richtungen stoben. Wagner wich einen Schritt zurück. Was ihn noch viel mehr schockierte als der Anblick seines brennenden Kameraden, war die Erkenntnis, dass er nun ganz allein war.

48

Wie anfangen?

Es fällt mir schwer, das hier aufzuschreiben. Dies wird der letzte Eintrag sein. Danach gibt es nichts mehr zu sagen, alles fließt in diesen Moment. Habe mich durchgerungen, auch das niederzuschreiben. Weil mein ganzes Leben sonst eine Lüge wäre.

Was ich bis heute, viele Monate danach, immer noch nicht verstehe: Ich habe es nicht durchschaut. Wo war mein siebter Sinn, den meine Kameraden immer beschworen haben? Wo war der »Wachhund«? Hätte ich es nicht merken müssen? Vielleicht gibt es so etwas wie einen Gefahrensinn gar nicht. Falls doch: An diesem Tag hat er versagt.

Es begann früh. Die Sonne war noch nicht aufgegangen, da sind wir schon los. Sind mit den Zodiacs den Fluss entlang. Weit hinein. Weiter als je zuvor. Die anderen schienen zu wissen, wohin es geht. Ich hatte keine Ahnung. Das war nicht ungewöhnlich. Im Laufe des Tages wollte man mir genauere Anweisungen geben. Doch sie blieben aus. Ich war ein wenig nervös, mehr nicht. Verdammt, warum nicht? Wollte ich nicht mehr wissen?

Langer Marsch durch dichtes Gestrüpp. Kaum einer sprach. Seltsam. Alle wirkten sehr konzentriert. Dann wurden wir langsamer. Ich ganz hinten. Plötzlich tauchten Hütten auf. So tief im Dschungel hatte ich noch nie Häuser gesehen. Dann war endlich Georges bei mir, erklärte mir die Situation. Ungeheuerlich: Das kleine Dorf im Dschungel sei kein echtes Dorf. Diene nur der Tarnung einer schwer bewaffneten Bande von Drogenhändlern, die es als Zwischenlager nutzen. Internationale

Geschäfte, im ganz großen Stil. Drogen, mit denen sie unsere Kinder kaputt machen, in unseren Heimatländern.

Ich war erschüttert. Das hatte ich nicht erwartet. Aber der Ernst der Lage war mir sofort klar. Das war kein Spiel. Ihr Leben gegen unseres, gegen das unserer Familien zu Hause. Ich dachte an Lena, meine Schwester. Jetzt endlich hatte ich die Chance, etwas gegen das Scheißzeug zu tun. Etwas gutzumachen.

Eine ganze Weile dann nur beobachten. Das Dorf wirkte friedlich, genau, wie sie es gesagt hatten. Einheimische, die ihrem Tagwerk nachzugehen schienen. Perfide Tarnung.

Die Hitze schlimmer als sonst.

Dann endlich Bewegung: Georges und Fire gehen los, ohne Deckung. Wieso Fire? Der Mann mit der kurzen Lunte? Wir anderen bleiben in Deckung. Die beiden werden begrüßt wie alte Bekannte. Zwei Männer kommen aus einer der Hütten. Sprechen mit Georges.

Auf einmal geht alles ganz schnell: Georges wirkt aufgebracht, es gibt ein Handgemenge, Georges zieht eine Waffe. Mein Mund wird trocken. Ich kann schießen, ich kann kämpfen, aber bisher war es nicht nötig. Was wird passieren?

Georges schreit: »C'est un piège!«

Eine Falle? Wir sind doch zu ihnen gekommen. Ohne zu zögern, erschießt er den Einheimischen. Danach bricht die Hölle los.

Ich verliere den Überblick. Nach dem Schuss von Georges viele Schüsse, Schreie. Die anderen stürmen los. Die Einheimischen haben nur zum Teil Schusswaffen, die anderen gehen mit Werkzeugen auf uns los: Hacken, Beile. Sind sie wahnsinnig? Sie haben keine Chance. Warum greifen sie nicht zu den Waffen, die sie hier angeblich auch lagern? Sie sind schlecht organisiert, das ist klar. Ein Vorteil für uns.

Ich renne zu meiner Einheit. Immer mehr Schreie, Staub und Rauch von den Schüssen. Chaos. Körper fallen, meine Kameraden kämpfen um ihr Leben. Ich sehe, wie Poète einen Typen aus dem Hinterhalt mit seiner Garotte erledigt.

Vor mir Cuistot, er wirkt ebenfalls erschüttert. Einer der Einhei-

mischen rennt auf ihn zu, Cuistot zögert zu lang, die stumpfe Seite eines Beils trifft seine Schläfe. Er sackt zusammen.

Erst Erstarrung, dann Wut. Ich verfolge den Angreifer. Nehme alles andere kaum mehr wahr. Um mich herum knallen Schüsse, Blut tränkt den sandigen Boden. Mein Blick haftet an dem Angreifer. Hat er meinen Kameraden getötet?

Der Einheimische flüchtet in eine Hütte. Ich trete die Tür ein. Da steht er, zusammen mit einer Frau. Sie schreien hysterisch in einer Sprache, die ich nicht verstehe, halten abwehrend die Hände nach vorn. Ich schreie zurück: »Baissez-vous!« Doch sie legen sich nicht auf den Boden, schreien weiter. Draußen dumpf immer noch Schüsse. Weniger jetzt. »Baissez-vous!« Sie schieben sich vor eine Tür. Sind dahinter die Waffen, die wir sicherstellen sollen? Oder Pakete mit den todbringenden Drogen? Ich muss sie finden. »Ouvrez!« Doch die beiden bleiben stehen. Die Frau greift in ihre Tasche. Sie will mich erschießen, aber ich bleibe ruhig. Zweimal abdrücken nur, zwei Schüsse in den Kopf, dann Stille. Sie liegen vor mir, dickflüssiges Blut rinnt aus ihren Schädeln.

Ich atme durch. Auch draußen keine Schüsse mehr. Haben wir gesiegt? Ich bezweifle es nicht. Steige über die Leichen und öffne die Tür.

49

Jürgen Wagners Kehle war trocken, sein Herz schlug bis zum Hals. McMillan lag nicht weit entfernt von ihm, der Geruch von verbranntem Fleisch erfüllte die Luft. *Allein also*. Kein Einziger seiner Verbündeten war ihm geblieben. Seine Gegner waren immerhin noch zu zweit. Und sie waren besser als er. Stärker. Schneller. Warum lief eigentlich seit Wochen überhaupt nichts mehr glatt in seinem Leben?

Vor dem Gefängnis gab es Tumult: Häftlinge grölten, Wärter brüllten hysterisch, Schüsse fielen. Wagner hörte den Lärm bis hierher. Anscheinend waren in der Anstalt sämtliche Dämme gebrochen. Die Männer rannten in ihre Freiheit und beglichen auf dem Weg ein paar Rechnungen mit den Wärtern.

Wie sollte das bloß alles weitergehen? Würde das Land tatsächlich im Chaos versinken? Nur weil ein paar Tage der Strom ausfiel? Wagner hatte das für unmöglich gehalten. Egal. Es hatte im Moment keinen Sinn, über die Zukunft nachzugrübeln. Denn sollte er diesen Kampf nicht für sich entscheiden, würde er sie nicht mehr erleben. Wagner spürte etwas, das er zuvor nicht in diesem Ausmaß gekannt hatte: Angst.

Dennoch wollte er die Sache beenden. Jetzt. Nur wusste er nicht, wo sich Stephan und das Mädchen gerade aufhielten. Das musste er ändern. Er zog seine Pistole, entsicherte sie und zielte vage auf den Rand des Flachdachs. Dann begann er zu schreien. »Komm raus, du feige Sau! Komm raus, wenn du ein Mann bist, und stell dich dem Kampf! Hast du in Castelnaudary nicht gelernt, wie man seinen Feinden begegnet? Los, zeig dich, du Memme! Machen wir endlich reinen Tisch.«

Keine Antwort.

»Bleib da, das ist eine Falle! Er will dich nur provozieren.«

Cayenne hielt Stephan an der Jacke fest. Er wollte losstürmen, zum Rand des Daches. Doch sie hatte sich nicht reizen lassen. Ihr war klar, was Wagner bezweckte: Stephan würde sich am Rand des Daches zeigen, Wagner würde ihn von unten abknallen, und sie stand ihm dann allein gegenüber.

»Dieses Schwein zieht alles in den Dreck, verkehrt alles ins Gegenteil«, zischte Stephan aufgebracht.

»Mag sein. Aber denk an das, was du uns beigebracht hast: immer einen kühlen Kopf behalten.« War das nicht auch Teil von diesem Ehrenkodex der Legionäre, den er immer beschworen hatte? *»Im Kampf agierst du stets ohne Leidenschaft, ohne Hass«*, zitierte Cayenne.

»Du hast gut aufgepasst. Und es stimmt. Wir müssen strategisch denken. Durch sein Gebrüll wollte er uns rauslocken – und hat uns dadurch seine Position verraten.«

Cayenne nickte. Zum Glück war Stephan wieder zur Vernunft gekommen.

»Er müsste ziemlich genau unter uns sein. Wir robben bis zur Kante vor, vielleicht können wir ihn von da aus sehen.«

Da ertönte wieder Wagners Stimme. »Hast du deiner kleinen Freundin eigentlich erzählt, was an dem Tag in Guyana passiert ist, an dem du krepieren solltest? Oder soll ich das machen, Arschloch?«

Cayenne blickte Stephan fragend an, doch der wich ihrem Blick aus.

»Du und deine bescheuerten Ideale«, brüllte Wagner hämisch. »Was haben sie aus dir gemacht? Los, sag schon!«

»Dieses Schwein«, keuchte Stephan.

Cayenne legte einen Finger auf ihre Lippen. Er durfte jetzt nicht die Kontrolle verlieren. Das wäre ihr Ende.

»Ich sag es dir: Ein entstelltes Monster haben sie aus dir gemacht! Einen gottverdammten Krüppel, der irgendwo im Wald haust, weil die Menschen ihn fürchten.«

Endlich waren die beiden am Rand des Daches. Cayenne schaute schnell über die kleine Mauer, zog ihren Kopf aber sofort wieder zurück. »Du hast recht, er ist direkt vor dem Dach«, flüsterte sie. »Nur ein paar Schritte links von uns. Mit seiner Waffe im Anschlag.«

Stephan holte tief Luft. »Okay. Er kann nicht gut sehen da unten. Wir müssen uns aber beeilen. Wir greifen beide gleichzeitig an, zwei schnelle Schüsse. Schnelligkeit vor Genauigkeit. Alles klar?«

»Klar.«

Stephan zählte mit den Fingern herunter: *Drei, zwei, eins …*

Cayenne schnellte hoch und gab zwei Schüsse ab, Stephan ebenso, dann duckten sie sich sofort wieder. Horchten in die Nacht. Keine Schreie, nichts. Ob Wagner tot war?

Da knallte es. Und noch einmal. In Bruchteilen von Sekunden zischten zwei Projektile über ihre Köpfe.

»Shit!«, schimpfte Cayenne. Noch so eine Aktion konnten sie sich nicht leisten. Wagner kannte nun ihre genaue Position, und sie hatten nicht genügend Munition, um sie einfach zu verballern.

Dann hörten sie, wie jemand wegrannte. Cayenne wartete noch einen Augenblick, blickte nach unten und sah

Wagner auf das verlassene Hauptgebäude des Gefängnisses zulaufen.

»Hinterher!«, rief Stephan, als Cayenne bereits hastig die Feuerleiter hinunterkletterte.

Je weiter sie in das Gefängnis vordrangen, desto stiller wurde es. Gespenstisch still, wenn man bedachte, was für ein Inferno hier vor ein paar Minuten noch getobt haben musste. Anscheinend hatten alle Insassen die Gelegenheit genutzt und waren in die Freiheit geflohen. Sämtliche Geräusche waren verklungen, nur ganz vereinzelt drangen von draußen noch dumpfe Schreie durch die dicken Mauern der Anstalt. Die Spuren der Zerstörung waren hingegen überall zu sehen: Wie in einem Kriegsgebiet loderten hier und da ein paar kleine Feuer, vermutlich von den Gefangenen gelegt, um das verhasste Gebäude niederzubrennen. Dazwischen lagen auf dem Boden verstreut Bettwäsche, zerbrochene Schränke, aus der Wand gerissene Kabel, Kleidungsstücke, Papier … und hin und wieder auch ein lebloser Körper.

Das alles wirkte im flackernden Licht der Notbeleuchtung auf Cayenne furchtbar beklemmend. Sie brauchte all ihre Kraft, um die aufkeimende Panik niederzukämpfen. Mit beiden Händen umfasste sie die Waffe. Das kalte Metall vermittelte zumindest den Anschein von Sicherheit. Es war Chus Pistole, Wagners hatte sie nicht gewollt. Damit war ihr Bruder getötet worden. Damit würde Stephan Wagner richten, wenn sie ihn in diesem labyrinthischen Durcheinander endlich gefunden hatten. Es sei denn, sie bekam ihn zuerst in die Finger. Er hatte sich verkrochen, wie eine Ratte in der Kanalisation, aber da er die einzige Ratte in diesem Loch war, würden sie ihn finden.

Cayenne wandte sich zu Stephan um. Auch er schien nicht daran zu zweifeln. Die Lippen fest aufeinandergepresst und die Waffe im Anschlag, setzte er langsam einen Fuß vor den anderen. Ob sie sich diesmal auf ihn verlassen konnte? Sie war sich nicht sicher. Andererseits: Er kannte Wagner, wusste am besten, worauf sie achten mussten, um ihm nicht in die Falle zu gehen. Sicher hatte er diesen Moment schon unendliche Male in Gedanken durchgespielt. Den Moment der Abrechnung mit ihrem schlimmsten Feind.

Ihrem? Oder doch nur seinem? Das spielte nun keine Rolle mehr, Wagner hatte Joshua getötet.

Wortlos pirschten sie sich in dem endlos scheinenden Gang vorwärts. Rechts und links war ihr Weg gesäumt von den massiven Türen der Zellen, die alle offen standen. Sie passierten gerade eine davon, als es in dem Raum dahinter krachte. Schnell duckte sie sich. Stephan ließ sich zu Boden gleiten und lehnte sich mit dem Rücken an die Wand neben der Tür. Cayenne tat es ihm auf der anderen Seite gleich. Der Eingang zur Zelle lag nun direkt zwischen ihnen. Sie blickten sich in die Augen. War Wagner da drin? Würde nun alles enden? Stephan legte seinen Zeigefinger an die Lippen und bedeutete ihr, sitzen zu bleiben. Auch er bewegte sich nicht. Es kostete Cayenne sehr viel Selbstbeherrschung, aber sie wollte jetzt nicht alles durch eine unbedachte Aktion gefährden. Also wartete sie. Die Sekunden zogen sich. In der Zelle rührte sich nichts. Hatten sie sich getäuscht?

Da ertönte von drinnen ein Ächzen. *Er ist verletzt*, schoss es ihr durch den Kopf. Das würde es ihnen leichter machen. Schleifende Geräusche näherten sich der Tür. Wagner schien sich zum Eingang zu schleppen. Dann schob sich eine Hand nach draußen, krallte sich in den Boden, wollte den Körper nachziehen, doch sie kam nicht dazu. Blitzschnell zückte Stephan sein Messer und nagelte damit die Hand auf den dicken Linoleumboden. Die Finger krümmten sich wie die Beine einer Spinne, die von einer Nadel aufgespießt wird, dann erklang ein markerschütternder Schrei. Stephan sprang auf und richtete die Waffe auf seinen Gegner, doch Cayenne hatte bereits an seinem Schrei erkannt, dass das unmöglich Wagner sein konnte. Langsam erhob sie sich, schaute ungerührt auf die Gestalt, die vor ihr auf dem Boden lag. Stephan bückte sich und zog das Messer wieder aus der Hand. Der Mann betrachtete ungläubig wimmernd das Loch darin. »Lasst mich gehen, bitte«, flehte er. »Ich bin heut erst hier reingekommen. Eigentlich gehör ich gar nicht hierher. Dieser Irre hat mich vorher ins Scheißhaus getunkt, dabei hab ich gar nichts …«

Sie hörten nicht weiter zu, ließen ihn liegen und setzten ihren Weg fort. Der Typ würde sich selbst helfen müssen.

»Da!« Stephans gezischter Laut ließ sie innehalten. Cayenne folgte seinem Blick – dann sah sie ihn auch. Jedenfalls seine Beine, die eine stählerne Treppe hinaufrannten. Sie legte an.

»Nicht«, sagte Stephan, doch es war zu spät, sie hatte schon abgedrückt. Ohrenbetäubend hallte der Schuss von den kahlen Wänden wider. Kurzzeitig hatte sie ein pelziges Gefühl in den Ohren, dann klärte sich ihre Wahrnehmung wieder.

»Es bringt nichts, wenn wir hier wild rumballern«, schimpfte Stephan. »Dann weiß er höchstens, wo wir sind.«

»Soll er doch«, erwiderte sie trotzig. Doch ihr war klar, dass Stephan recht hatte. Wenigstens konnten sie jetzt sicher sein, dass Wagner noch da war. Sie rannten also zur Treppe, spähten hinauf, versicherten sich, dass er nicht oben mit gezückter Waffe auf sie wartete, und liefen hinterher. Atemlos. Zum ersten Mal in ihrem Leben spürte Cayenne so etwas wie Jagdfieber. Fieber auf der Jagd nach einem Menschen. So musste es Stephan früher ergangen sein, als er noch bei der Fremdenlegion war.

Der Gang, den sie erreichten, sah genauso aus wie der vorige. Nur dass sie sich jetzt ganz oben im Gebäude befanden. Wagner saß in der Falle. Sie hörten seine gehetzten Schritte. Cayenne meinte, Angst darin zu erkennen.

»Jürgen«, rief Stephan, doch die Schritte liefen einfach weiter. Da schrie er aus vollem Hals: »Georges!«

Augenblicklich blieb Wagner stehen.

Sie lauschten. Belauerten sich. Warteten darauf, dass der andere etwas tun würde.

»Was gibt es, Etienne?«, gellte es da zurück.

Cayenne blickte zu Stephan. Der wusste, wer damit gemeint war.

»Ich bin hier«, antwortete er.

Cayenne verstand nicht.

»Komm raus und zeig dich, *mon Caporal*«, rief Stephan. »Das bist du einem alten Kameraden schuldig.«

Wieder Stille. Dann tönte ein irres Lachen zurück.

Stephan schloss die Augen und drehte sich einmal um die eigene Achse. Als er sie wieder öffnete und sie anblickte, wusste Cayenne, warum. Er wollte Wagners Position bestimmen und wusste nun offenbar, wo er war. Vor ihnen lag ein langer Gang, unterbrochen nur von einer verschlossenen Gittertür. In einer der Zellen dahinter musste er sein. Lautlos bedeutete Stephan ihr, dass sie den Gang zurückgehen und sich Wagner von hinten nähern sollte. Sie nickte und rannte los, getrieben von der Hoffnung, dass sie es sein würde, die ihn als Erstes zu fassen bekam.

50

Stephan blickte Cayenne nach. Es war lange her, dass sie seine Instruktionen so prompt und ohne Proteste befolgt hatte. Doch er wusste, dass das kein Zeichen dafür war, dass sie sich nun wieder näherkamen, dass sie verstand, was er für sie und Joshua getan hatte, was er für sie aufgegeben hatte. Es bedeutete eher das Gegenteil. Als Cayenne um die Ecke verschwand, befiel ihn schlagartig eine lähmende Panik. Was, wenn er auch sie ins Verderben geschickt hatte? Wäre dann nicht alles umsonst gewesen: ihr Umherirren, ihr Leben auf der Flucht, die unzähligen Trainingseinheiten? Er atmete tief ein. Nein, Cayenne war stark. Stärker als Joshua. Stärker als er selbst. Die Panik wich und machte einem anderen Gefühl Platz: Stolz. Er war stolz auf *sein Mädchen*. Denn dass sie so stark war, war auch sein Verdienst. Wenigstens sie hatte er beschützen können. Bei Joshua hatte er versagt. Aber die Tatsache, dass sie lebte, gab allem einen Sinn. Vielleicht gab es doch noch eine gemeinsame Zukunft für … Seine Gedanken wurden unterbrochen, als die Stimme seines einstmals engsten Vertrauten durch das Gemäuer schallte.

»Ich schulde dir gar nichts, Etienne.« Wagners Ruf klang hasserfüllt. Cayenne wollte sich darauf konzentrieren, unbemerkt in Wagners Rücken zu gelangen. Doch sie musste zuhören. Begriff, dass es hier um ihrer aller Vergangenheit ging. Ob sie durch dieses Gespräch endlich mehr über das erfahren würde, was Stephan ihnen nur bruchstückhaft erzählt hatte?

»Wenn, dann umgekehrt«, brüllte Wagner weiter. »Ohne mich hättest du keinen Tag in der Legion überlebt. Ist es nicht passend, dass dein Name Stephan Schmidt im Französischen so weibisch klingt? *Etienne Lefèvre* ... Ohne mich wärst du nicht einmal eingetreten. Die Sache mit deiner Schwester hätte dich in den Abgrund gezogen.«

Stephans Schwester? Er hatte sie nie erwähnt.

»Lass Lena aus dem Spiel.« Seine Stimme klang plötzlich brüchig. »Ich weiß, dass ich es ohne dich nicht gepackt hätte. Vielleicht erinnerst du dich aber auch daran, was wir dort gelernt haben? Über Verantwortung? Pflicht? Prinzipien wie Menschlichkeit und Ehre?«

»Du warst immer schon der einzige Idiot, der den Scheiß geglaubt hat.« Wieder schallte Wagners kaltes Lachen durch die leeren Flure. Cayenne erschauderte. »Wir waren nur Werkzeuge für andere. Wohin haben dich denn deine Ideale gebracht, Etienne?«

»Dass wir heute hier sind, hat nichts mit der Legion zu tun. Daran bist allein du schuld. Du und dein verdammter Egoismus.«

Cayenne merkte, dass Wagner es geschafft hatte, Stephan wütend zu machen. Das war nicht Teil ihres Plans gewesen. Sie wusste, wie viel ihm die militärischen Ideale bedeuteten, die Wagner da durch den Schmutz zog. Aus reinem Kalkül, wie sie fürchtete, um ihn so aus der Fassung zu bringen. Damit er Fehler beging. Sie musste sich beeilen.

»Ja, das mag stimmen«, gab Wagner ihm recht. »Aber jeder muss sehen, wo er bleibt. Und vergiss nicht: Ich habe dich zu dem gemacht, der du heute bist. Du bist mein Geschöpf.« Wieder dieses Lachen. Es war jetzt ganz nah, nur noch eine Ecke, um die Cayenne musste. Sie umklammerte die Pistole so fest, dass ihre Finger schmerzten.

»Ich bin nicht dein Geschöpf. Wenn ich wäre wie du, wärst du längst tot.«

»Ach komm, du Arschloch. Wenn du nicht schon immer diese lächerlichen Pfadfindertugenden vor dir hergetragen hättest, wären wir gar nicht hier. Du hättest schön mitgemacht, und alle anderen wären noch am Leben.«

Mitgemacht? Cayenne hielt inne. Wovon sprachen die beiden? Sie spähte einmal kurz um die Ecke. Da stand Wagner. Er war etwas aus der Zelle herausgetreten, verschanzte sich nun hinter der offenen Tür. Wenn sie jetzt abdrücken würde, wäre er Geschichte. Aber sie wollte, dass er sie sah. Wollte, dass er mitbekam, dass er jetzt sterben würde. Wollte seine verzweifelten Rechtfertigungsversuche hören. Die Angst in seinen Augen sehen. Und er sollte wissen, dass es Joshuas Schwester war, die ihn tötete.

»Aber du hast dich gegen uns gestellt wegen ein paar Bauern in einem gottverlassenen Urwaldkaff. Du hättest ein gutes Leben haben können an meiner Seite, Etienne.«

Die nächsten Worte spie Stephan geradezu aus. »An deiner Seite gibt es kein gutes Leben. Das sieht man an Panda.«

»Chus Tod geht auf deine Kappe.«

»So wie Joshuas auf deine.«

Der Name ihres Bruders verdrängte alle anderen Gedanken in Cayennes Kopf. Die blanke Wut übernahm die Kontrolle. Das Mädchen sprang aus ihrer Deckung, stellte sich breitbeinig hin, hob die Waffe und zielte. Nicht auf Wagners Kopf, sondern auf seine Körpermitte. Sie wollte nicht, dass er sofort starb. Und sie wollte, dass er sich endlich umdrehte.

»Hey«, brüllte sie.

Wagner fuhr auf dem Absatz herum. Ungläubig starrte er in den Lauf ihrer Waffe. Dieser Blick floss wie ein warmer

Strom durch Cayennes Körper. Genau diesen Ausdruck in seinen Augen hatte sie sehen wollen.

Dann drückte sie ab.

Sie machte sich gefasst auf den Rückschlag, auf ohrenbetäubenden Lärm, doch alles, was sie hörte, war ein trockenes Klicken. Verdammt, was hatte sie falsch gemacht? Was hatte ihr Stephan bei den Schießübungen immer eingebläut? Erst entsichern ... In diesem Moment stürmte Wagner mit irrem Geschrei auf sie zu und riss sie mit der ganzen Wucht seines Körpers zu Boden. Die Waffe entglitt ihr und schlitterte auf dem Steinboden bis zum Geländer des Lichthofes, kippte dort über die Kante und war weg. Jetzt musste sie das tun, was sie am besten konnte: kämpfen. Nur noch dieses eine Mal.

Sie zog das Knie hoch und traf Wagner im Magen. Mit angespannten Muskeln wartete sie, dass er einknicken würde, um ihn von sich zu stoßen und auf die Beine zu kommen, doch er schien völlig unbeeindruckt von ihrem Tritt. Stattdessen traf sie der Griff seiner Pistole hart an der Stirn.

Benommen sackte sie in sich zusammen, verlor die Orientierung, spürte, wie sie brutal hochgezogen wurde, hörte Stephan brüllen, versuchte, sich auf den Beinen zu halten. Als ihre Sinne sich wieder aufklarten, verstand sie, in welch aussichtslose Situation sie sich manövriert hatte: Wagner hatte sie von hinten in einem Klammergriff gepackt, der ihr den Atem raubte. Sie war überrascht, dass dieser schlanke Typ solche Kräfte mobilisieren konnte. Mit der anderen Hand hielt er ihr den kalten Lauf einer Pistole an die schmerzende Schläfe. Er würde beim Schießen sicher keinen Fehler machen. Im Gegensatz zu ihr.

Ohne den Druck auf ihren Hals zu lockern, schleifte er sie vorwärts, trat ihr von hinten in die Beine, während sie auf das Gitter zustolperten. Das Gitter, hinter dem Stephan stand. Mit verzweifeltem Gesichtsausdruck rüttelte er an den Metallstäben, schrie, drohte, hob seine Waffe, ließ sie wieder sinken. Er war machtlos.

Wagner wusste das. »Schau dir deinen Beschützer an«, zischte er ihr ins Ohr, als sie ganz nah vor der unüberwindlichen Grenze standen. Wenn sie den Arm ausstreckte, könnte sie Stephan fast berühren. »Da steht er und kann wieder mal nicht helfen. Muss wieder zusehen, wie jemand stirbt. Wie bei seiner Schwester. Und deinem Bruder.«

»Lass sie los, du Schwein«, brüllte Stephan. Seine Stimme überschlug sich. »Nimm zuerst deine Waffe runter, dann sehen wir weiter«, erwiderte Wagner, der nun völlig ruhig schien. »Wenn sich einer von euch bewegt, bewegt sich auch mein Zeigefinger.«

Stephan stand wie versteinert am Gitter. Seine Lippen bebten, Tränen liefen ihm über die Wangen.

»Die Pistole! Wird's bald?«, rief Wagner.

Ganz langsam ließ Stephan die Waffe sinken.

»Schieb sie durchs Gitter.«

Stephan gehorchte.

»Na also, Befehle befolgen ist einfach das, was du am besten kannst, stimmt's?«

»Ich werde dich töten, Georges«, krächzte Stephan.

Wagner lachte nur. »Sicher. Und ich werde mit dem Blut deiner kleinen Freundin die Wände hier pinseln. Lass doch diese albernen Drohungen. Du hast verloren. Mal wieder.«

Cayenne versuchte noch einmal, sich dem stahlharten Griff zu entwinden. Aussichtslos. *Das ist das Ende*, dachte sie. Aber es machte ihr nichts aus. Sie würde bei Joshua sein. Bei ihren Eltern.

»Lass ihn gehen«, flüsterte sie.

Wagner schien überrascht. »Ihn? Nicht dich?« Er blickte zwischen den beiden hin und her. »Sag mal, Etienne, kann es sein, dass du ihr nie gesagt hast, wie es damals wirklich abgelaufen ist, in ihrem Dorf?«

Cayenne sah Stephans Entsetzen. Eiseskälte breitete sich in ihrem Körper aus. Wagners Worte hallten in ihrem Kopf wider: *Wie es wirklich abgelaufen ist* … Gab es noch eine andere Wahrheit als die, die sie kannte?

»Oh, da hab ich wohl ins Schwarze getroffen, was?« Wagners Stimme klang amüsiert. Cayenne wollte gerade nachfragen, da redete er von sich aus weiter. »Vielleicht ist es an der Zeit, Mädchen, dass du endlich die Wahrheit erfährst über diesen vermaledeiten Tag im Dschungel von Guyana …«

51

Bevor ich die Tür aufstoße, fällt mein Blick auf die Frau am Boden. Sie hält keine Waffe in der Hand. Es ist ein Stoffelefant. Dann schaue ich ins Innere des kleinen Raumes: Wände aus Lehm, Schilfmatten auf dem Boden. Darauf zwei Matratzen. In der Ecke ein Mädchen und ihr kleiner Bruder, vielleicht acht und zehn Jahre. Sie kauern verängstigt da, zittern am ganzen Körper. Das Mädchen hat schützend den Arm um ihren kleinen Bruder geschlungen. Sie starrt mich zu Tode erschreckt aus ihren dunklen Augen an. Ist nicht einmal in der Lage zu schreien.

Kein Waffenarsenal, kein Sprengstofflager, keine skrupellosen Drogenhändler. Sondern Eltern, die ihre Kinder schützen wollten. Und deswegen starben.

Jetzt ein leises Wimmern von den Kindern. Haben sie ihre Eltern entdeckt? Sofort lasse ich die Waffe sinken, schiebe sie in das Holster. Hebe meine Hände. Beschwichtigung, wo nichts zu beschwichtigen ist. Die Kinder bekommen Panik, als ich auf sie zukomme. Rutschen noch weiter in die Ecke, wenden sich ab. Ich strecke ihnen meine Hand entgegen, sie starren mich an. »Pas de panique, je veux vous aider«, flüstere ich. »I want to help you.«

Sie verharren, ich warte ab. Dann, irgendwann, ergreifen sie meine Hand. Ich bringe sie nach draußen, wir steigen über ihre toten Eltern, sie halten inne, sie weinen still. Ich ziehe sie weg. Nach draußen. Gleißendes Licht blendet uns. Überall tote Menschen. Die Kameraden stehen dazwischen, sie rauchen. Noch immer die Gewehre entsichert. Sie haben ganze Arbeit geleistet. Kein Leben mehr, im ganzen Dorf.

Als wir hinausgehen, starren sie uns geschockt an. Wähnten sie mich schon tot? Georges kommt aufgeregt zu mir, die anderen folgen. Er brüllt mich an. »Was willst du mit den Kindern?«

Ich sage ihm, dass sie nichts dafür können, wir uns vielleicht getäuscht haben, getäuscht wurden. Die anderen lachen nur. Ich soll die Zeugen beseitigen, verlangt Georges. Weil sie alles gesehen haben. Uns gesehen haben. Uns wiedererkennen können. Uns gefährlich werden können, eines Tages.

Ich weigere mich. Georges ist außer sich.

Ich werde ganz ruhig, schüttle den Kopf. Stelle mich schützend vor die Kinder. Bedeute ihnen, abzuhauen. Sie sind erstarrt, können nicht rennen, sehen ihr ausgelöschtes Dorf, in dem Fire bereits kanisterweise Treibstoff verschüttet. Auf die Hütten, die Toten, auf alles. »Allez! Vite! Sauvez-vous, ils vont tirer!«, brülle ich, gebe den Kindern Zeichen, dann nehmen sie auf einmal die Beine in die Hand. Gott sei Dank!

Georges setzt sein Gewehr an, drückt ab, aber ich reiße seinen Lauf herum. Sie verschwinden im Dschungel. Georges kommt direkt auf mich zu. Um mich zu erschießen? Nein. Stattdessen erneute Vorwürfe, Beleidigungen.

Ich frage ihn, was schiefgelaufen ist. Er sagt: »Nichts. Nur dass wir jetzt zwei Zeugen haben!«

Ich will wissen, wo die Waffenlager der Drogenhändler sind, wann wir sie ausheben. Er fängt nur an zu lachen. Cuistot nicht. Der Schweizer wendet sich ab. Beschämt? Ich sage, wir haben überreagiert, ein Massaker an unschuldigen Zivilisten angerichtet, haben unseren Code d'Honneur missachtet. Schande über Frankreich gebracht. Poète beginnt, eine Melodie zu pfeifen: die Marseillaise. Chu schüttelt den Kopf, beginnt zu kichern. Holt seinen Schwanz aus der Hose, pisst auf den Boden, sein Strahl trifft dabei auch einen der Männer, die tot im Dreck liegen.

Le Poète fängt an zu lachen.

Dann verstehe ich langsam. Nicht wir wurden reingelegt. Sondern ich. Von meinen Kameraden. Wir waren nur hier, um das Dorf auszulöschen. Sie wussten alles. Mir fällt der Konvoi ein, die schwarzen

Limousinen. Hat Georges sich und die anderen kaufen lassen? Natürlich! Deshalb war ich bei keiner Besprechung mehr dabei! Ich hätte es nicht zugelassen, das wussten sie. Wegen der Sache mit Lena, meiner Schwester. Georges wusste davon. Und weil ich an den Code d'Honneur glaube. Sie haben gemeinsame Sache mit einer Bande von Drogenbossen gemacht. Wir haben an diesem Tag nur dafür gesorgt, dass niemand aus der Reihe tanzt. Das Dorf wollte ein größeres Stück vom Kuchen und auf eigene Faust dieses Dreckszeug verticken. Dafür mussten sie blutig bezahlen. Meine Kameraden haben sich kaufen lassen wie die mieseste, dreckigste Söldnertruppe. Sie haben mich zum Kriegsverbrecher gemacht, zum Mörder. Mein Leben ist zerstört. Ich brülle ihnen die Wahrheit ins Gesicht.

Georges wendet sich ab und pfeift Fire zu sich.

»Tue-le!«

Fire scheint nicht zu verstehen.

»Kill him!«

Fire nickt.

Niemals werde ich diesen Befehl vergessen. Ein Schwall Benzin trifft mich im Gesicht.

Was danach geschehen ist, kann ich nur in Bruchstücken rekonstruieren. Das ganze Dorf brennt. Ich brenne. Ich entledige mich noch der Jacke, der Waffe, der Munition. Brülle, laufe, wälze mich am Boden. Unermesslicher Schmerz. Die anderen hauen ab in den Dschungel. Hoffentlich kriegen sie das Mädchen und den Jungen nicht. Sie sollen leben, wenn ich sterbe. Damit die anderen bestraft werden. Schaffe es in ein Wasserloch, unter einer brennenden Hütte.

Dann Schwärze.

Einmal sehe ich Beine vor mir stehen. Kleine, dünne Beine, keine Schuhe an den Füßen. Ertrage die Schmerzen nicht. Wieder Ohnmacht. Werde wach in einer Hütte. Das Mädchen aus dem Dorf steht vor mir mit Bandagen, Umschlägen, eingeweichten Blättern aus dem Urwald. Sie zuckt ängstlich zurück, als ich die Augen aufschlage. Ich beginne zu verstehen: Sie verarzten mich in den Resten einer niedergebrann-

ten Behausung. Dann ist es wieder dunkel. Zu viel Schmerz, selbst für mich.

Werde am selben Ort wieder wach. Diesmal dauerhaft. Versuche, mit den Kindern zu sprechen. Langsam, leise, auf Französisch. Sie scheinen mich doch zu verstehen. »Je vais vous aider. Toute ma vie. C'est promis!«

Ein Versprechen. Mehr noch: ein Schwur, diese beiden Kinder, deren Eltern ich getötet habe, zu beschützen. Wie ein Vater für sie zu sein. Und sie vorzubereiten. Auf den Tag, an dem die Mörder, die auch mich zum Mörder gemacht haben, kommen werden, um die letzten Zeugen zu beseitigen.

Mich wähnen sie tot, aber dass die Kinder leben, das wissen sie.

Ich habe meinen Schwur seither nicht gebrochen. Als die Wunden an meinem Körper, in meinem Gesicht zu Narben geworden sind, als die Kinder angefangen haben, Fragen zu stellen, habe ich ihnen meine Version der Geschichte erzählt.

Ich unterrichte sie, habe ihnen meine Sprache beigebracht. Ich bin streng, aber das muss ich sein.

Denn ich weiß, dass die anderen eines Tages kommen werden.

52

»Verstehst du jetzt, Kleine? Er hat dich verarscht, genauso, wie er mich und alle anderen verarscht hat. Willst du immer noch, dass ich ihn gehen lasse?« Jürgen Wagner bedachte Cayenne mit einem verständnisvollen Lächeln. Sie blickte zu Stephan: Er kauerte blass an der Wand. Als er endlich aufsah, trafen sich ihre Blicke durch das Gitter, und sie wusste, dass alles, was Wagner eben gesagt hatte, der Wahrheit entsprach.

Da begann Stephan zu reden. »Cayenne, hör zu: Ich wollte es euch sagen, nur … wie hätte ich das tun sollen? Ich konnte es ja nicht mehr rückgängig machen. Aber mich um euch zu kümmern, das war etwas Gutes in all dem Schrecklichen. Damit kann ich nichts ungeschehen machen, ich weiß, aber … ihr seid wie meine eigenen Kinder. Ihr seid meine Kinder. Ich liebe euch … dich wie ein Vater.«

Cayenne betrachtete Stephan. Sie fühlte nur Leere. »Du bist nicht mein Vater.«

»Es war ein Fehler, Cayenne, ein fataler Irrtum. Die anderen haben mir eine Falle gestellt. Aber ich wollte es wiedergutmachen …«

»Gut?«, unterbrach ihn Cayenne. »Wärst du nur einfach abgehauen, wie deine Mörderfreunde. Oder besser krepiert! Dann wäre alles anders geworden. Vielleicht nicht gut, aber anders.«

»Wie hätte ich euch die Wahrheit denn sagen können? Wie in Worte fassen, was …«

»Richtige Familientherapie, was?«, mischte sich Wagner ein. »Sprecht euch nur aus. Aber kommt langsam mal zum Ende.«

Cayenne ließ sich nicht von seinem Zynismus beeindrucken. Ebenso wenig wie von der Waffe an ihrer Schläfe. »Du hast all die Jahre nur versucht, dein Gewissen zu beruhigen«, fuhr sie mit ihrer Anklage fort.

Wagner grinste. Man sah ihm an, wie sehr er genoss, dass sich die Dinge gerade zu seinen Gunsten entwickelten.

Mit dünner Stimme verteidigte sich Stephan: »Glaub mir, ich dachte, hinter der Tür wären Waffen, Sprengstoff, Drogen, was weiß ich. Und ich musste euch doch in Sicherheit bringen, nachdem es passiert war. Falls sie zurückgekommen wären. Um Zeugen auszulöschen.«

Wieder griff Wagner ins Gespräch ein. »Ich sag dir eins, Etienne: Hättest du nicht kalte Füße bekommen damals, hättest du viel Leid verhindern können. Wo lag denn dein Problem? Bei Klamm hast du doch auch bewiesen, dass du Eier hast. Du hast uns übrigens allen einen Gefallen damit getan, dieses Arschloch zu beseitigen.«

Stephans Ton veränderte sich, als er ihm antwortete. Aus ihm sprach nun blanker Hass. »Ich habe die Kinder entkommen lassen, weil ihr mich belogen habt und wir Unschuldige ermordet haben! Auf keinen Fall konnte ich zulassen, dass es noch mehr werden. Ihr habt mich zum Mörder gemacht, Georges. Lange bevor ich mich mit Klamm befassen musste.«

»Hätte der Schotte bessere Arbeit geleistet, dann wäre uns einiges erspart geblieben. Und nicht nur uns, wie es aussieht.« Er sah auf Cayenne.

»Das stimmt sogar«, pflichtete die ihm bitter bei.

»Siehst du? Sogar dein Ziehtöchterchen stellt sich gegen dich.« Wagner schien die Situation mehr und mehr zu genießen. Er streckte sein Bein und zog damit die Waffe zu sich, die Stephan durch die Stäbe der Gittertür geschoben hatte. »Auch wenn's gerade so nett ist: Wird Zeit, dass wir der Sache ein Ende bereiten. Wie es ausgeht, ist ja bereits entschieden. Ihr werdet beide sterben«, konstatierte Wagner ruhig. »Aber wenn du willst, Mädchen, darfst du unseren gemeinsamen Freund selbst richten. Den Mörder deiner Eltern. Einmalige Gelegenheit. Na, wie wär's?«

Stephans Mundwinkel hoben sich leicht. Offenbar schien er in der Offerte eine Chance für sie zu sehen, es doch noch hier raus zu schaffen. Cayenne blickte ihm tief in die Augen – und sein Lächeln erstarb.

Alex Klein rieb sich den Hinterkopf. War da nicht eben ein Schuss gefallen? Bruchstückhaft kehrte die Erinnerung zurück – und mit ihr schier unerträglich pochender Schmerz. Der Strom … damit hatte es angefangen. Alles war ausgefallen, er war zurück in den Versorgungsraum gelaufen, wo dieser Typ vom THW am Aggregat herumgeschraubt hatte. Und dann …

»Verdammter Bockmist!«, murmelte Klein zu sich selbst. Der Mann musste ihm eins über den Schädel gezogen haben. Aber warum? Dieser … Jürgen, ja, so hieß er, hatte am Aggregat herumgefummelt. Vielleicht wollte er jemanden befreien? »Scheiße, dieser Idiot kostet mich noch meinen Job!«, brummte Klein, schaltete die Taschenlampe ein und schleppte sich ächzend zu dem Raum, in dem das Notstromaggregat stand.

Er konnte nicht fassen, was er dort im Licht seiner Lampe sah. Dieses Arschloch hatte ganze Arbeit geleistet: Die Steuerung des Geräts war zerstört. Er hatte offenbar wie wild darauf eingeschlagen. Das Ding würde er niemals wieder zum Laufen bringen. *Verdammt.* Ohne das Aggregat ging gar nichts mehr. Er suchte mit der Taschenlampe den Raum ab. Vor dem Schaltschrank lag ein dickes Stromkabel, das der Typ aus seinem Unimog mitgenommen und hierhergebracht hatte. Anscheinend nur als Ablenkungsmanöver. Er starrte das Kabel an. Sein Kopf pochte. Wenn es ihm gelang, das Aggregat hinten auf der Ladefläche des Unimog in Gang zu setzen, könnte er vielleicht Elektrizität ins Gebäudenetz einspeisen. Und seinen Fehler damit wiedergutmachen.

Er nahm das Kabel, steckte das eine Ende in die Dose des Notstromnetzes und rollte die Trommel ab, während er durch den dunklen Korridor nach draußen ging. Jeder Schritt verursachte entsetzliche Schmerzen in seinem Kopf.

Endlich stand er vor dem blauen Unimog im Hof. Auch hier war alles dunkel – und seltsam ruhig. Wo waren denn alle auf einmal? Er öffnete die einzig sichtbare Klappe an dem Kasten auf der Ladefläche, steckte das Ende des Kabels in eine der Dosen darunter und legte einen metallenen Hebel um. *Bingo!* Die Birnen über den fünf kleinen Schaltern leuchteten sofort auf. Trotz seiner hämmernden Kopfschmerzen musste er grinsen: Das Ding war leichter zu bedienen als sein Rasenmäher. Er drückte die Kippschalter, die alle auf *OFF* standen, nach rechts. Sofort sprang knatternd das große Dieselaggregat an.

53

»Ich geb sie dir, Mädchen, aber komm nicht auf dumme Gedanken.« Wagner schien dieses Spiel Spaß zu bereiten. Er hatte die zweite Pistole in der anderen Hand und hielt sie Cayenne hin. Seine Waffe presste er noch immer an ihren Kopf. »So schnell bist du nicht. Ehe du auch nur zuckst, hab ich den Abzug gedrückt.«

Sie wusste, dass er recht hatte. Was sollte sie tun? Nach der Pistole greifen, einen letzten verzweifelten Versuch unternehmen, doch noch davonzukommen? Nein, sie hatte keine Chance. Was dann? Sollte sie wirklich auf Stephan schießen?

Ein metallisches Klicken unterbrach ihre Gedanken. Wagners Körper spannte sich an. Auch er hatte es gehört. Was war das für ein Geräusch gewesen? Es hatte geklungen wie vorher, als ihre Pistole nicht losgegangen war. War noch jemand hier, den sie nicht bemerkt hatten?

Verwirrt suchten ihre Augen den Gang ab – und weiteten sich, als sich die Gittertür ein Stück öffnete. Das Klicken musste vom Schloss gekommen sein. Aber wie war das möglich? Die Tür ließ sich nur elektrisch entriegeln, und der Strom war weg. In diesem Moment flackerten die Deckenleuchten auf.

Cayenne schluckte, als Stephan das Gitter vollends aufstieß, sodass es krachend gegen die Wand schlug. Auch

Wagner schien nun zu begreifen, was da gerade passierte. Er nahm die Waffe von ihrer Schläfe und richtete sie nach vorn.

Cayenne wusste, dass sie nur eine Chance hatte, und tat genau das, was Stephan ihr beigebracht hatte: Sie presste die Luft aus ihren Lungen, rutschte aus dem Griff nach unten, rollte sich auf dem Boden herum und trat Wagner mit voller Wucht in den Schritt. Er schrie auf, krümmte sich und taumelte ein paar Schritte zurück. Die Zeit reichte Stephan. Mit wutverzerrtem Gesicht sprang er direkt auf Wagners Oberkörper zu. Der Aufprall riss beide zu Boden. Wagner verlor dabei die beiden Pistolen, eine schlitterte unter dem Geländer durch und fiel in den Lichthof. Es dauerte ein paar Sekunden, bis sie unten scheppernd aufschlug. Der Abgrund war tief. Tiefer, als Cayenne gedacht hatte. Am Boden rangen die Männer weiter, bis Wagners Kopf heftig gegen das Geländer schlug.

Cayenne rappelte sich hoch und griff sich die andere Waffe. Die, mit der sie Stephan hatte erschießen sollen. Dann blickte sie wieder zu den beiden Männern, die sich einen erbitterten Kampf auf Leben und Tod lieferten. Sie hatten sich aufgerichtet, und Stephan trat wie wild auf Wagner ein, um ihn so über das Geländer zu befördern und in den Abgrund zu stürzen. Wagner jedoch tauchte unter den Tritten weg, sprang vor, riss Stephan wieder um und krallte sich in seinem Gesicht fest. Er versuchte, in seinen Augenhöhlen Halt zu finden und ihn gleichzeitig kampfunfähig zu machen. Beide schrien unter heftigen Schmerzen immer wieder auf.

Cayenne atmete tief durch, betätigte den Sicherungshebel an der Pistole und brachte sich in Position. Zielte. Und drückte ab. Der Pistolengriff schlug heftig gegen ihre Handfläche. Die beiden Männer auf dem Boden rührten sich nicht mehr. Zwei aufgerissene Augenpaare starrten sie an. Staub, der sich beim Eindringen der Kugel aus der Betondecke gelöst hatte, rieselte zu Boden.

»Gut gemacht, Cayenne! Jetzt knall ihn ab«, rief Stephan.

Sie sah ihn an. Auf einmal wurde ihr die Macht bewusst, über die sie gerade verfügte. Das Schicksal aller Anwesenden lag einzig und allein in ihren Händen. Die Entscheidung darüber, wer sterben würde. Der Mörder ihrer Eltern oder der ihres Bruders. Oder beide. Es war so weit. Sie würde es tun. Ihre Hand begann zu zittern.

Würde sie?

Stephan löste sich als Erstes aus seiner Erstarrung, rappelte sich halb auf, wurde aber von einem heftigen Faustschlag gegen die Schläfe wieder von den Beinen geholt. Benommen torkelte er zur Ziegelwand gegenüber der Brüstung und sank zu Boden.

Cayenne ließ die Waffe sinken, sah zu, wie Wagner sich am Geländer hochzog und erneut auf Stephan losging. Er sprang mit den Stiefeln voraus auf seinen Kopf zu, doch im letzten Moment drehte sich Stephan zur Seite. Ungebremst knallte Wagner gegen die Wand und ging stöhnend zu Boden.

Stephan versuchte, sich an einem Stromkabel hochzuziehen, das halb aus der Wand heraushing. Doch er war zu schwer: Das Kabel wurde aus der Verteilerdose an der Decke gerissen und fiel neben ihm zu Boden. Funken stoben aus den blanken metallenen Enden. Stephan hatte Mühe, dem Kabel auszuweichen.

Mit einer Ruhe, die sie sich nicht erklären konnte, beobachtete Cayenne das Geschehen. Auch auf Stephans Flehen reagierte sie nicht.

»Hilf mir doch endlich, schieß!«, krächzte er – doch sie tat nichts dergleichen. Sie wusste selbst nicht, warum. Weil sie zu schwach war? Weil es nicht an ihr war, das alles zu beenden? Zu töten?

Cayenne hielt die Waffe noch immer in ihrer Rechten. Sie war nutzlos. Sinnlos. Sie kam sich vor wie die Zuschauerin eines bizarren Kampfspektakels. Als würde es sie gar nicht betreffen, was da geschah.

Stephan hatte sich von dem Kabel weggerollt und starrte abwechselnd auf die blanken Enden und auf Wagner. Cayenne wusste, was er vorhatte. Er packte den isolierten Teil und versuchte, seinen Gegner mit den Enden zu erwischen, um ihm einen vernichtenden Stromschlag zu verpassen. Doch sein ehemaliger Kamerad wich geschickt aus und konnte ihm sogar noch einen Treffer gegen den Brustkorb versetzen. Krachend landete er an der Ziegelmauer und hatte alle Mühe, sich nicht selbst mit dem Stromkabel zu verletzen.

»Tu doch endlich was, Cayenne, bitte«, entfuhr es ihm noch einmal.

Sie sah ihn an. Konnte nichts machen. Wollte nicht. Für einen Moment dachte sie, er würde auf sie losgehen, denn als er keuchend wieder aufstand, das Kabel in der zitternden Hand, schwankte er ein wenig in ihre Richtung. Dann jedoch sah sie seinen Blick. Sah seine Erkenntnis, dass er auf sich allein gestellt war. Sah die Entschlossenheit. Er bäumte sich auf und verpasste Wagner einen harten Kinnhaken mit der freien Hand, worauf sein Gegner gegen das Geländer knallte. Sofort war Stephan über ihm – und stopfte die Kabelenden direkt in Wagners blutverschmierten Mund.

Cayenne schloss die Augen, als der Körper vom Strom durchzuckt wurde. Sie konnte nicht schon wieder mit ansehen, wie jemand starb. Aber sie hörte die Schreie. Es dauerte lang. Dann wurde es dunkel. Und still.

Als sie die Augen wieder öffnete, sah sie Wagner im Schein der Notbeleuchtung leblos vor dem Geländer liegen. Seine Mundpartie war verkohlt. Er war tot, kein Zweifel. Das

Kabel in seinem Mund surrte und knisterte. Sie roch das verschmorte Fleisch.

Und Stephan? Er war weg. Sie war auf einmal ganz allein mit dem Toten. In diesem Moment fühlte sie, wie die Angst Besitz von ihr ergriff. Die Befürchtung von eben sich zur Gewissheit auswuchs: Stephan würde jetzt sie töten. Sie war ihm nicht zu Hilfe gekommen, hatte in Kauf genommen, dass er starb, und dafür würde er sich nun rächen. Irgendwo in einem der dunklen Gänge würde er auf sie warten, und dann ...

Da hörte sie ein Keuchen. Es kam von unterhalb der Kante. Nun erkannte sie auch die Hand am Rand unterhalb des Geländers. Schwer atmend lief sie darauf zu, den Blick starr auf die verkohlten Fingerspitzen gerichtet.

Ohne zu überlegen, lief sie los, beugte sich über den Abgrund und langte zu. Ergriff den Arm mit beiden Händen, während sie ihre Beine ins Geländer stemmte, um nicht selbst nach unten gezogen zu werden. Sie blickte in Stephans weit aufgerissene Augen. Er atmete schwer, schien nicht in der Lage, ein Wort zu sagen. Aber das brauchte er auch nicht. Sein Gesichtsausdruck reichte. Wie hatte sie ihm nur zutrauen können, ihr etwas anzutun? Nein, dazu wäre er nicht in der Lage.

»Zieh dich hoch, ich kann dich sonst nicht halten«, presste sie hervor. Sein Leben lag buchstäblich in ihren Händen. Sie wusste nicht, wie lange sie durchhalten würde. Doch er hörte nicht auf sie, sondern fasste mit der anderen Hand in seine Tasche, um etwas hervorzuholen. *Ein Messer?* Unsinn. Es war ein Notizbuch.

»Nimm es«, keuchte er.

Ein Notizbuch? In dieser Situation? Das war ihm jetzt wichtig?

»Wenn du es liest, wirst du alles verstehen.«

Sie schüttelte den Kopf.

»Bitte.«

In seinem Blick lag ein Flehen, wie sie es noch nie bei ihm gesehen hatte. Sie seufzte, stemmte ihre Beine noch fester ins Geländer und ergriff mit einer Hand das Buch. Sie erschrak, als Stephans Arm ein Stück abrutschte. Nun hielten sie sich nur noch an einer Hand. *Etienne* stand in Stephans eckiger Handschrift auf dem Einband des Büchleins. Sie ahnte, was sie da in Händen hielt. Doch was bezweckte er damit? Vergebung?

Forschend blickte sie ihn an. Da war nichts. Keine Empfindung. Nur Leere. Dann, ganz langsam, lösten sich ihre Hände voneinander. Glitten auseinander, bis sich nur noch die Fingerspitzen berührten. Und lautlos, ohne zu schreien, fiel Stephan in die Tiefe. Sie sah ihm nach, bis sein Körper drei Stockwerke tiefer mit einem dumpfen Krachen aufschlug.

Cayenne wandte den Blick ab, stand auf und drehte sich um. Dann machte sie sich auf den Weg aus der Hölle.

Nach draußen.

Als sie den Gefängnishof etwa zur Hälfte durchschritten hatte, sprangen mit einem Mal die riesigen Flutlichtmasten an. Blendeten sie für einen Moment mit ihrer gleißenden Helligkeit. Der Strom war zurückgekommen.

Cayenne ging unbeirrt weiter, über den menschenleeren Hof, auf das große, offen stehende Tor zu. Als sie es durchschritten hatte, blieb sie stehen.

Nun war es so weit. Ihr Leben konnte neu beginnen. Nur wie?

Ihr Blick ging nach links. Folgte dem Feldweg, der unbefestigt in den Wald führte. Still lag die Landschaft da. Friedlich. Als wäre nie etwas Schlimmes geschehen.

Ein Geräusch zu ihrer Rechten ließ sie die Blickrichtung ändern. Waren das Polizeisirenen? In der Ferne sah sie, wie am Horizont nach und nach die Lichter aufflackerten. Verheißungsvoll.

Cayenne blickte auf das Notizbuch, das ihr Stephan gegeben hatte. Sein Vermächtnis. Ihr erster Impuls war, es einfach in den Dreck zu werfen und weiterzugehen. Sie holte aus, doch mitten in der Bewegung hielt sie inne. Betrachtete die krakelige Schrift auf dem Einband. Und stopfte das Büchlein schließlich in ihren Hosenbund.

Dann hob sie den Kopf. Wohin sollte sie gehen? Sie musste sich entscheiden. Eine Richtung wählen. Für sich. Für ihr Leben.

Cayenne schloss die Augen, sog die kalte Luft in ihre Lungen und rannte los.

Dank

Dieses Buch zu schreiben war für uns eine ganz besondere Erfahrung. Zum ersten Mal reine Spannungslektüre, ein ganz neues Setting – das war für uns ein Experiment mit offenem Ausgang. Jetzt, da wir es zu Ende gebracht haben, möchten wir allen danken, die uns auf dieser spannenden Reise begleitet haben, uns ermutigt haben, uns kritisch zur Seite standen – und die oft weniger an uns gezweifelt haben als wir selbst.

Allen voran danken wir unserer Lektorin, die gleich mit dem zweiten Buch, an dem wir drei gemeinsam gearbeitet haben, diesen neuen Weg mit uns beschritten hat, die von Anfang an dabei war, als Cayenne auf unserem Radar aufgetaucht ist, Gestalt angenommen hat und schließlich ungeplant zur Hauptfigur wurde. Nina Wegscheider hat ihre Kritik dabei immer in so homöopathischen Dosen verpackt, dass wir auch bittere Pillen schlucken konnten, ihr Rat und Fachwissen war uns eine unverzichtbare Bereicherung – noch dazu als frischgebackene Mama – Respekt!

Erneut war es eine große Freude, mit dem kreativen Ullstein-Team zusammenzuarbeiten. Besonders intensiv und spannend war die Zusammenarbeit mit der Marketing-Abteilung um Anne Christmann, Friederike Schönherr und Julian Hein. Unser Dank gilt aber auch Vertriebsleiterin Stephanie Martin. Nicht zuletzt ist es großartig, mit Christian Schumacher-Gebler, dem Geschäftsführer von Bonnier Media Deutschland, einen kompetenten und freundschaftlichen Berater an unserer Seite zu wissen.

Für die verschiedenen Themen in diesem Buch durften wir auf die Fachkompetenz einiger weiterer Helfer zurückgreifen: Phillipp Davis, der ganz in unserer Nähe eine Survivalschule betreibt und sich die Zeit genommen hat, uns in die Geheimnisse des Fallenstellens, Fährtenlesens und Feuermachens (ohne Streichhölzer) einzuweisen – und das alles an einem kalten, zugigen Novembertag im Wald, der uns, als es schon früh dunkel wurde, dann doch ziemlich lang vorkam.

Vielen Dank auch an Dr. Eva Wirthensohn, die uns einmal mehr mit medizinischem Rat zur Seite gestanden hat – Verletzungen gibt es in diesem Buch ja genug. Herzlich danken wir auch Frank Niemeyer, der sich mit der Akribie eines erfahrenen Thriller-Lesers unseres Manuskriptes angenommen hat.

In die Welt der Fremdenlegion haben wir uns erst einmal eingelesen – mit dem Buch »Mythos Fremdenlegion« von Stefan Müller und mit den Büchern von Stefan Gast (»Leben unter fremder Flagge«, »Guyana«), die uns nicht nur Informations-, sondern in vielerlei Hinsicht auch Inspirationsquelle waren.

Dass wir weitere Fakten und Eindrücke dann auch noch aus erster Hand von einem richtigen Ex-Legionär bekamen, war ein besonderes Erlebnis für uns. Vielen Dank unserem Gesprächspartner, der nicht möchte, dass sein Name hier genannt wird, für das Vertrauen und die Offenheit, die er uns entgegenbrachte.

Und schließlich ein großes Dankeschön an unseren Freund und Agenten Marcel Hartges, der sich besser für unsere Belange einsetzt als wir selbst und der uns das Unangenehme vom Hals hält, damit wir uns unserer Kernkompetenz noch besser widmen können – dem Schreiben.

Volker Klüpfel und Michael Kobr, August 2019

Volker Klüpfel und Michael Kobr im Interview

Mit DRAUSSEN legen Sie Ihren ersten Thriller vor – raus aus dem beschaulichen Allgäu, rein in ein düsteres Endzeit-Szenario. Was hat Sie daran gereizt?

V. Klüpfel: Ziemlich genau das, was in der Frage schon anklingt. Wir wollten gerne mal etwas ohne Humor machen, reine Spannungslektüre, ohne einen Ermittler, ohne dem Schema »Es passiert ein Mord und jemand klärt ihn auf« folgen zu müssen. Auch das Spiel mit Cliffhangern und Plot-Twists hat großen Spaß gemacht.

M. Kobr: Am schönsten war, sich im Ernsthaften auszuprobieren zu können, einen anderen, nüchternen Ton zu finden.

DRAUSSEN spielt in der Prepper-Szene, fernab jeglicher Zivilisation im Wald. Wie sind Sie auf die Idee gekommen?
M. Kobr: Eine Reportage hat uns auf das Thema Prepping und Bushcrafting gebracht. Prepper bereiten sich ja eher im Verborgenen vor, weshalb sie ihr Tun nicht unbedingt an die große Glocke hängen. Bei der Recherche haben wir gemerkt, dass die Szene gar nicht so klein ist, wie man vielleicht denken würde.
V. Klüpfel: Es ist eine wahnsinnig interessante Parallelwelt. Was treibt Menschen dazu, auf den Komfort unserer modernen Welt zu verzichten? Was wäre, wenn es wirklich einen großen Blackout geben würde und wir auf unsere Grundbedürfnisse reduziert werden?

Ihre Hauptfigur ist Cayenne, ein junges Mädchen, die eher unfreiwillig in die Prepper-Szene reingewachsen ist. Gab es für sie ein Vorbild?
V. Klüpfel: Nein. Dass Cayenne die Hauptfigur der Geschichte wird, war nicht geplant. Sie hat sich immer mehr in den Vordergrund gespielt. Das spricht auf jeden Fall für die Stärke der Figur, dass sie sich so entwickelt hat.
M. Kobr: Die Kluftinger-Welt ist tatsächlich sehr maskulin dominiert – und irgendwie wurde Cayenne als Protagonistin hier ein wenig zum Gegenentwurf zum »alten weißen Mann Kluftinger«. Und wenn schon anders, dann richtig ...

Neben der Prepper-Szene gibt es auch einen Handlungsstrang, der in Berlin angesiedelt ist – im Bundestag sowie der Lobbyisten-Szene. Was hat es damit auf sich?
V. Klüpfel: Natürlich hängt beides zusammen, auch wenn zunächst nicht klar ist, wie und weshalb. Wir brauchten den Kontrast: hier die mediengetriebene, atemlose Welt der Politik, dort das Ursprüngliche, Archaische. Dennoch funk-

tioniert beides auf seine Weise nach dem Prinzip »Survival of the fittest«.
M. Kobr: Die Fallhöhe zwischen der glitzernden, hektischen und modernistischen Großstadt und dem primitiven Camp irgendwo im Wald, ohne die Segnungen der Zivilisation – das reizte uns von Anfang an.

DRAUSSEN hat nichts gemein mit Ihren bisherigen Büchern. Ist dieser Thriller ein Befreiungsschlag?
V. Klüpfel: Das nicht, wir haben ja nicht gelitten – weder am Kluftinger noch am Humor, der unsere bisherigen Bücher prägt. Aber es ist das lustvolle Beschreiten eines neuen Weges, der Spaß, etwas anderes auszuprobieren und, zugegeben, auch der Wunsch zu zeigen: Wir können auch anders.
M. Kobr: Ich glaube, dass man dem Thriller durchaus anmerkt, dass wir ihn geschrieben haben. Wichtig war uns das Beschreiben der Charaktere, der Blick auf ihre Empfindungen, auf ihr Innenleben – das alles machen wir in den Krimis auch. Nur, dass wir nicht nur eine Perspektive – die Kluftingers –, sondern ganz verschiedene einnehmen konnten.